politik. wirtschaft. gesellschaft.

Chancen und Risiken weltwirtschaftlicher Verflechtungen

Abiturjahrgang 2021

Themenheft
für das Kurssemester 13.2

David Beckeherm
Daniel Fliesen
Dr. André Griemert
Stefan Prochnow

Ernst Klett Verlag
Stuttgart · Leipzig

1. Auflage 1 5 4 3 2 1 | 24 23 22 21 20

Alle Drucke dieser Auflage sind unverändert und können im Unterricht nebeneinander verwendet werden.
Die letzte Zahl bezeichnet das Jahr des Druckes.

Autoren: David Beckeherm, Daniel Fliesen, Dr. André Griemert, Stefan Prochnow

Externe Redaktion: Dr. Siegfried Brewka, Regensburg

Entstanden in Zusammenarbeit mit dem Projektteam des Verlages.

Satz: krauß-verlagsservice, Ederheim/Hürnheim
Druck: AZ Druck und Datentechnik GmbH, Kempten/Allgäu

Printed in Germany
ISBN 978-3-12-007205-8

9 783120 072058

So arbeiten Sie mit diesem Buch

Das Themenheft besteht aus sieben Kapiteln und einem Glossar.
Die Kapitel enthalten meist eine oder mehrere Methodenseiten und am Ende jeweils eine Zusammenfassung.

Die **Verfassertexte** sind in der Regel Einleitungstexte. Sie aktivieren das Vorverständnis und ordnen die nachfolgenden Inhalte in einen größeren Zusammenhang ein.

Die **Materialien** sind mit einem **M** gekennzeichnet und können Quellentexte, Karikaturen oder Grafiken enthalten.

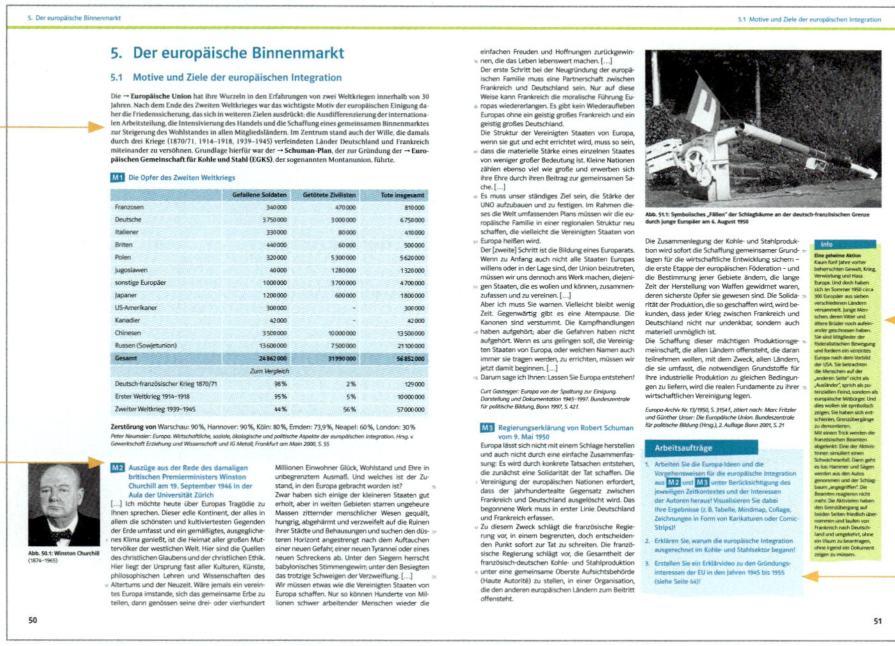

In den **Info-Kästen** finden Sie hilfreiche Informationen zu Personen, Begriffen und Fremdwörtern.

Die **Arbeitsaufträge** beziehen sich in der Regel auf die Materialien. Die verwendeten Operatoren sind auf der vorderen Umschlagseite erklärt.

Die **grünen Methodenseiten** erklären Schritt für Schritt die wichtigsten Methoden im Unterrichtsfach Politik-Wirtschaft.

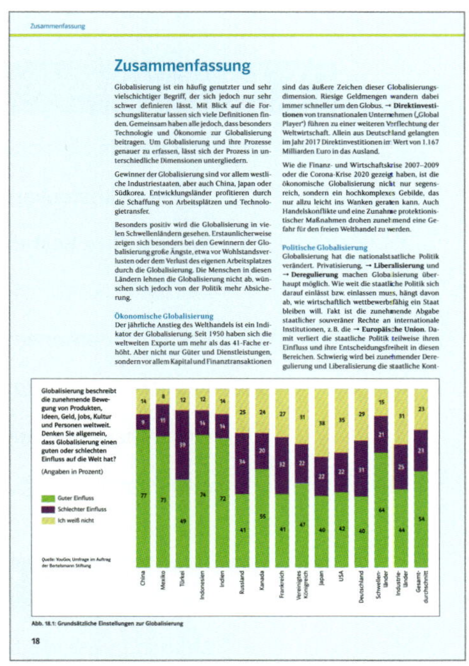

Die **blauen Zusammenfassungsseiten** geben die wichtigsten Inhalte des Kapitels kompakt wieder.

Symbole im Buch

Online-Code

Auf einigen Seiten im Buch finden Sie **Online-Codes**.
Diese führen Sie zu Musterklausuren im Internet.
Geben Sie den Code dazu in das Suchfeld auf www.klett.de ein.

→ Begriffserklärung im Glossar

Die mit → gekennzeichneten Begriffe sind im Glossar am Ende des Buches beschrieben und erklärt.

ABI

Diese Seiten beziehen sich besonders auf die thematischen Schwerpunkte des Zentralabiturs.

Inhalt

Die mit **ABI** gekennzeichneten Seiten sind für Ihre Vorbereitung auf die Abiturprüfung im Fach Politik-Wirtschaft besonders wichtig: Sie behandeln die thematischen Schwerpunkte Ihres aktuellen Abiturjahrgangs.

1. Dimensionen der Globalisierung

1.1 Was ist Globalisierung?

M1 Einstellung der Deutschen zur Globalisierung

Abb. 6.1: Gewinner der Globalisierung

Handel ist gut, Schutz ist besser: Obwohl die Bürger Globalisierung und internationalen Handel grundsätzlich positiv sehen, wünschen sich die Menschen in vielen Industrie- und Schwellenländern – auch in Deutschland – ein besseres Sicherheitsnetz, das negative Folgeerscheinungen abfedert. 70 Prozent der Deutschen bewerten den wachsenden Welthandel grundsätzlich positiv. Jedoch fühlt sich eine knappe Mehrheit (52 Prozent) nicht ausreichend gegen negative Effekte der Globalisierung geschützt. 57 Prozent der Deutschen fordern sogar mehr Schutz gegenüber ausländischen Wettbewerbern. Das zeigt eine internationale Umfrage der Bertelsmann Stiftung, für die das Umfrageinstitut YouGov repräsentativ in zwölf Industrie- und Schwellenländer mehr als 14.000 Menschen befragt hat. […] Insgesamt sehen die Menschen in der weltweiten Vernetzung Vorteile für → **Wirtschaftswachstum** und Lebensstandards. Gleichzeitig sind sie besorgt, dass Gehälter und sozialer Zusammenhalt unter Druck geraten könnten. […]

Der Wunsch nach mehr Absicherung ist in allen untersuchten Industrie- und Schwellenländern zu beobachten – auch in Deutschland: Eine knappe Mehrheit (52 Prozent) ist besorgt, dass die Bundesregierung ihre Bürger nicht genug vor den negativen Folgen der Globalisierung schützt. Lediglich ein Viertel fühlt sich hingegen ausreichend abgesichert. Besonders ausgeprägt ist das Schutzbedürfnis beim Exportweltmeister Deutschland, wenn es um internationale Konkurrenz geht: 57 Prozent der Deutschen wünschen sich mehr Schutz für ihre Wirtschaft vor ausländischen Wettbewerbern. In anderen Industriestaaten ist dieses Bedürfnis sogar noch stärker ausgeprägt (Frankreich: 75 Prozent; USA: 61 Prozent; Großbritannien: 59 Prozent). Auffallend ist: Die Bundesbürger begrüßen einerseits ausländische Investitionen in ihrem Land (53 Prozent), sehen Firmenübernahmen durch fremde Unternehmen aber sehr kritisch (63 Prozent).

Dieses Schutzbedürfnis der Deutschen spiegelt ihre Ängste vor den Nebenwirkungen der internationalen Verflechtung wider. An erster Stelle steht hierzulande die Sorge um Gehälter: 57 Prozent glauben nicht, dass die Globalisierung die Einkommen steigen lässt. Dafür fürchten 55 Prozent eine steigende soziale Ungleichheit aufgrund der Globalisierung. Fast ausgewogen ist hingegen die Bewertung des internationalen Handels im Zusammenhang mit der Arbeitsplatzsicherheit: 42 Prozent der Deutschen fürchten, dass der internationale Handel negative Auswirkungen auf die Arbeitsplatzsicherheit hat. 37 Prozent dagegen sehen einen positiven Einfluss des globalen Warenverkehrs darauf. „Weltweit profitiert kaum ein Land so stark von → **Freihandel** und Globalisierung wie Deutschland. Dennoch sehen viele Bürger Herausforderungen wegen des durch Globalisierung verursachten Strukturwandels", so Christian Bluth, Wirtschaftsexperte und Leiter der Umfrage bei der Bertelsmann Stiftung. […]

Dr. Christian Bluth: Deutsche wünschen sich Sicherheitsnetz für Globalisierung und Freihandel (19.04.2018). In: https://www.bertelsmann-stiftung.de/de/themen/aktuelle-meldungen/2018/april/deutsche-wuenschen-sich-sicherheitsnetz-fuer-globalisierung-und-freihandel, Zugriff am 30.03.2020

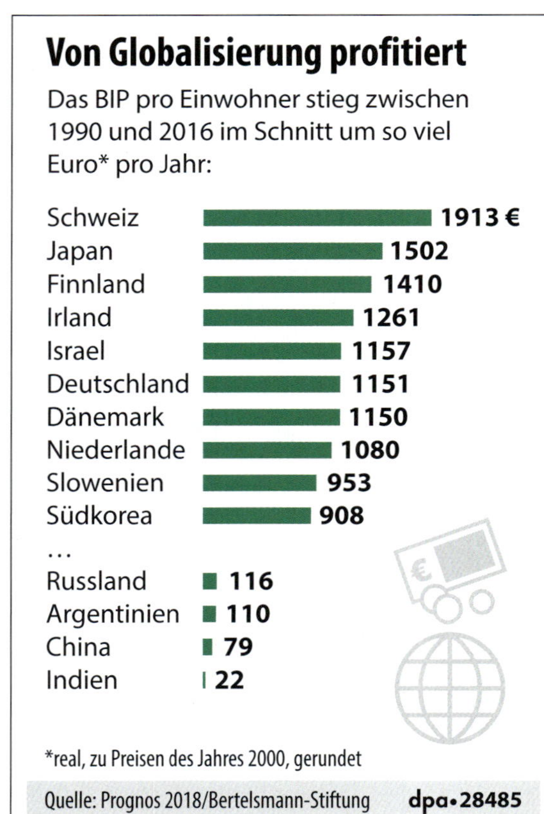

Abb. 6.2: Gewinner der Globalisierung

M2 Was ist Globalisierung?

Unter Globalisierung verstehen wir die zunehmende wirtschaftliche, politische, soziale und kulturelle Verflechtung der Länder und Menschen. Globalisierung ist mehr als weltweite Arbeitsteilung und grenzüberschreitender Handel. Sie umfasst auch den internationalen Austausch von Ideen, Wissen, Technologien, Kulturen und Traditionen sowie die internationale Migration. Wir bewerten die Globalisierung und ihre Auswirkungen grundsätzlich positiv. Sie hat weltweit die Armut verringert, die → **Produktivität** gesteigert und das → **Wirtschaftswachstum** erhöht. Für viele Menschen bedeutet das höheren materiellen und immateriellen Wohlstand (Lebenserwartung, Bildungsstand) und bessere Entwicklungsmöglichkeiten. Gleichzeitig sehen wir aber auch negative Begleiterscheinungen. Zum Teil hat Globalisierung die Wohlstandsunterschiede sowohl zwischen als auch innerhalb der Länder vergrößert. In den Industrieländern verschlechtern sich die Arbeits- und Einkommenschancen für Geringqualifizierte, was zu Verunsicherungen und sozialen Spannungen führt.

Bertelsmann Stiftung: Globalisierung (ohne Datum). In: https://www.bertelsmann-stiftung.de/de/themen/megatrends/globalisierung, Zugriff am 30.03.2020

M3 Globalisierung

[…] In der vorherrschenden ökonomischen Definition umschreibt Globalisierung das Phänomen der modernen internationalen Arbeitsteilung, wie sie sich seit den 70er-Jahren herausgebildet hat. […] Die aktuelle internationale Arbeitsteilung ist durch vier unterschiedliche, gleichwohl miteinander verbundene Aspekte zu charakterisieren:

1. hohe Offenheitsgrade der Güter- und Dienstleistungsmärkte,
2. Internationalisierung der Produktion (Multinationale Unternehmen),
3. weltweite Verflechtung der Finanzmärkte,
4. zunehmende internationale Migration.

Die Zuwachsraten der internationalen Leistungs- und Kapitaltransaktionen lagen in den letzten drei Jahrzehnten regelmäßig über den Zuwachsraten der nationalen Sozialprodukte. Dadurch hat sich eine immer größere Bedeutung internationaler im Vergleich zu nationalen wirtschaftlichen Aktivitäten ergeben. Hinzu treten insbesondere in den letzten Jahren vermehrt ökonomisch und politisch motivierte Wanderungen von Menschen in andere Staaten. Derartige Migrationsbewegungen sind zwar historisch gesehen nicht ungewöhnlich. Noch im 19. Jahrhundert sind über 30 Millionen Menschen aus Europa ausgewandert, vornehmlich in die Überseeischen Gebiete. Auch waren damals bereits sehr intensive internationale Kapitalverflechtungen zu beobachten, sodass von einer frühen Welle der Globalisierung gesprochen wird. Zusammen begründen diese Entwicklungen damals wie heute das Kernphänomen der Globalisierung. Als wesentliche Ursachen der aktuellen Globalisierungswelle können die folgenden Faktoren genannt werden:

1. (Erneute) → **Liberalisierung** des Handels- und des Kapitalverkehrs nach dem Zweiten Weltkrieg (Allgemeines Zoll- und Handelsabkommen – → **GATT** – WTO).
2. Die technologische Entwicklung. Durch sie sind die Informations- und Transportkosten über Jahrzehnte hinweg auf einen Bruchteil der Ausgangswerte gesunken. Gleichzeitig machten es präzisere Produktions- und Organisationsmethoden möglich, komplexe Produktionsprozesse und Dienstleistungen in immer stärkerem Maße aufzuteilen (Fragmentierung der Produktionsprozesse) und international zu diversifizieren.

Es sind insbesondere die Internationalisierung der Produktion und das damit verwandte Phänomen der neuen Formen der Internationalisierung sowie die weltweit nahezu zeitgleiche Verfügbarkeit von Informationen, die die heutige Globalisierung von früheren Entwicklungen unterscheidet. […]

Heinz G. Preuße: Globalisierung (ohne Datum). https://www.kas.de/de/web/soziale-marktwirtschaft/globalisierung, Zugriff am 31.03.2020

Arbeitsaufträge

1. Sammeln Sie zunächst alles, was Ihnen zum Thema Globalisierung einfällt! Gliedern Sie die gesammelten Beiträge anschließend in einer Mindmap!
2. Entwickeln Sie mithilfe Ihrer Ergebnisse aus Aufgabe 1 eine eigene Definition des Begriffs Globalisierung!
3. Analysieren Sie M1! Beschreiben Sie die Einstellung der Deutschen zur Globalisierung!
4. Vergleichen Sie Ihre Ergebnisse aus Aufgabe 3 mit den Daten in Abb. 6.2!
5. Vergleichen Sie das in M2 formulierte Verständnis von Globalisierung mit Ihrer eigenen Definition aus Aufgabe 2!
6. Arbeiten Sie aus M3 Aspekte und Ursachen der Globalisierung heraus!
7. Nehmen Sie auf der Basis Ihres aktuellen Wissensstandes Stellung zur Globalisierung: Sehen Sie die Folgen eher positiv oder negativ?
8. Nehmen Sie Stellung zu Sigrid Hartmanns Gedicht „Globalisierung"!

Globalisierung
von Sigrid Hartmann

8 Milliarden Menschen
Teilen sich die Welt
Und alle wollen das Eine
Wohlstand alleine zählt

8 Milliarden Menschen
Genügt nicht mehr das Brot
Sie sehen den goldenen Westen
Dort kennt man nicht die Not

8 Milliarden Menschen
Erklären ihren Anspruch
Wollen Wohnung und ein Auto
Und das ist nicht genug

8 Milliarden Menschen
Fordern ihren Teil
Und viele sind's die treiben
Zwischen uns einen Keil

8 Milliarden Menschen
Zerstören Meer und Land
Die Erde zu beschützen
Es liegt in unserer Hand

8 Milliarden Menschen
Und täglich werden's mehr
Wenn wir nicht bald verstehen
wird unsere Zukunft schwer

1.2 Ökonomische Dimension der Globalisierung

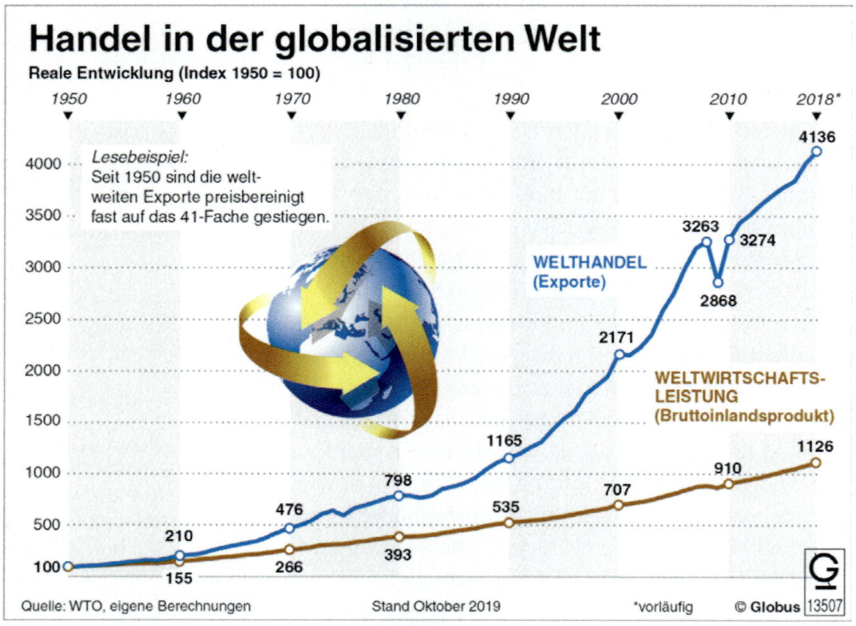

Abb. 8.1: Entwicklung des globalen Handels

M1 Grenzüberschreitender Handel von Waren und Dienstleistungen

[…] Das Wachstum des internationalen Handels, ist eigentlich kein neues Phänomen und konnte schon zu anderen Zeiten – zum Beispiel um die Jahrhundertwende vom 19. zum 20. Jahrhundert, als es noch keine Welthandelsorganisation (WTO) gab – beobachtet werden. Es wird zum Beispiel geschätzt, dass die internationale wirtschaftliche Integration – gemessen als prozentualer Anteil des Welthandels an der Weltgüterproduktion – von unter 5% um 1800 auf bis 20% vor dem ersten Weltkrieg angestiegen ist und damit einen vorläufigen Höhepunkt erreichte.

In den Verheerungen von zwei Weltkriegen und einer Weltwirtschaftskrise brach auch der internationale Güterhandel drastisch ein und betrug am Ende des zweiten Weltkrieges gerade noch 5%. Erst in den 1970er-Jahren erreichte der Anteil des Welthandels wieder den Stand von 1913. Das Aufkommen des Protektionismus und der Rückgang des Welthandels während der Zeit der zwei Weltkriege wird verschiedentlich als Beleg dafür gesehen, dass die ökonomische Integration der Weltmärkte nicht etwas ist, das zwangsläufig zunimmt, sondern dass auch Rückschritte und manchmal abrupte Einbrüche möglich sind. Nur in friedlichen Zeiten und Regionen und unter einigermaßen stabilen Verhältnissen kann sich ein reger internationaler Handel entwickeln.

Den überwiegenden Teil des Welthandels machen auch heute noch Waren, Vorprodukte und Rohstoffe aus. In den letzten 20 Jahren – und das ist ein qualitativ neues Merkmal des gegenwärtigen Globalisierungsprozesses im Vergleich zu früheren grenzüberschreitenden Handelsbeziehungen – lässt sich jedoch der Trend beobachten, dass die grenzüberschreitend gehandelten Dienstleistungen noch schneller anwachsen als die internationalen Warenströme. Solange sich der Welthandel weitgehend auf materielle Güter beschränkt, sind sie beim Grenzübertritt prinzipiell staatlicher Kontrolle zugänglich. Mit dem Trend hin zur Dienstleistungsgesellschaft werden auch im internationalen Güteraustausch zunehmend immaterielle Güter gehandelt. Wenn aber nicht mehr Warenströme, sondern Datenströme den Welthandel prägen, wird staatliche Regulierung (Einfuhrzölle, Besteuerung von Dienstleistungen, Rechtssicherheit etc.) immer schwieriger.

Die internationale Handelsausweitung der letzten Jahrzehnte erfolgte nicht in allen Ländern einheitlich, vielmehr entfiel der Löwenanteil auf die Industrieländer und Schwellenökonomien wie China, Indien oder Brasilien. Insofern ist die Globalisierung des Welthandels bislang eher eine zunehmende Verflechtung der Wirtschaftszentren in Amerika, Europa und Südostasien. Die Mehrheit der Entwicklungsländer verzeichnete hingegen keine wesentliche Ausweitung des Außenhandels. Tatsächlich mussten die meisten der am wenigsten entwickelten Länder, eine Gruppe, zu der fast alle Länder Afrikas südlich der Sahara gehören, einen proportionalen Rückgang ihres Anteils an den Weltmärkten hinnehmen – und dies obwohl viele dieser Länder Maßnahmen zur → **Liberalisierung** des Handels durchgeführt haben und Mitglied der WTO geworden sind.

Sascha Meinert, Bernd Stegmann und Michael Stollt (teamGLOBAL): Grenzüberschreitender Handel von Waren und Dienstleistungen (23.10.2009), hrsg. v. Bundeszentrale für politische Bildung (teamGLOBAL). In: https://www.bpb.de/veranstaltungen/netzwerke/teamglobal/67284/handel-mit-waren-und-dienstleistungen, Zugriff am 30.03.2020

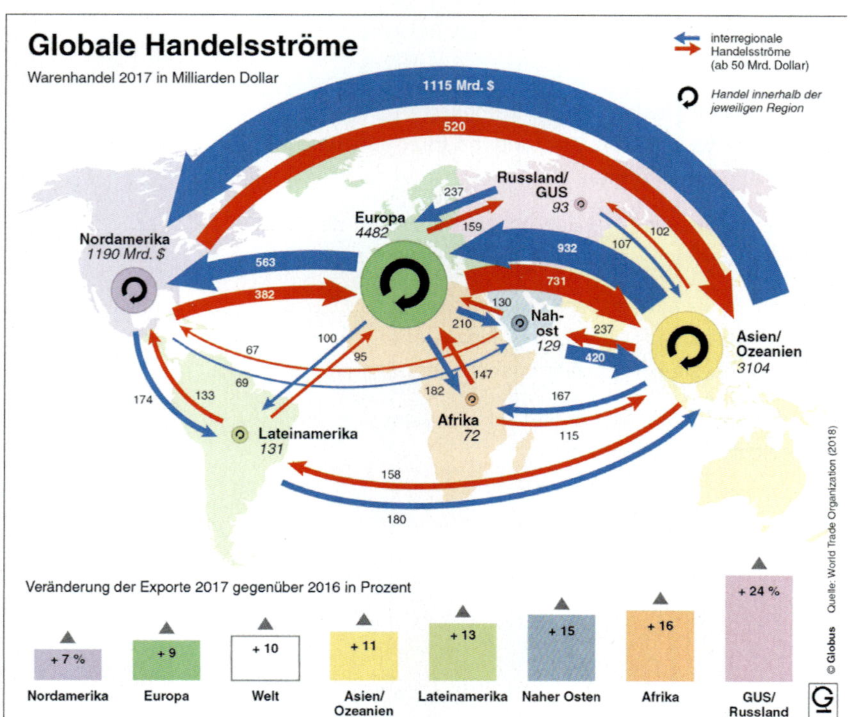

Abb. 8.2: Übersicht der globalen Handelsströme 2017

M2 WTO sieht deutliche Risiken für den Welthandel

Der Handelsstreit vor allem zwischen den USA und China belastet den Welthandel. Die Vorzeichen stehen 2019 auf weitere Abschwächung. IWF-Chefin Lagarde befürchtet aber zumindest keine Rezession. Der globale Warenaustausch wird laut WTO [siehe S. 20/21] von internationalen Handelskonflikten ausgebremst. Das Wachstum werde 2019 wohl auf 2,6 Prozent nachlassen, sagte die Welthandelsorganisation (WTO) am Dienstag in Genf voraus. Bislang war sie von 3,7 Prozent ausgegangen, nachdem es 2018 noch zu 3,0 Prozent gereicht hatte. 2020 könnte es einen Anstieg um 3,0 Prozent geben. „Angesichts der enormen Handelsspannungen sollte sich niemand über diesen Ausblick wundern", sagte WTO-Generaldirektor Roberto Azevedo. Das auf bestimmten Regeln basierende Handelssystem zu schwächen, „wäre ein historischer Fehler – mit Auswirkungen für Jobs, Wachstum und Stabilität rund um die Welt".
Als aktuell größtes Risiko gilt der Handelskonflikt zwischen den beiden Wirtschaftsmächten USA und China, die sich mit Strafzöllen überzogen haben. Noch mehr Schaden können der WTO zufolge die von den USA angedrohten Importzölle auf Autos anrichten.
Lagarde fordert deshalb eine bessere Zusammenarbeit zwischen den Ländern. Die Erfahrungen aus 180 Ländern in den vergangenen Jahrzehnten zeigten, dass eine engere Handelsanbindung Investitionen deutlich erhöhe. Umgekehrt würden Handelshemmnisse eindeutig Investitionen und Beschäftigung schaden.

Deutsche Welle: WTO sieht deutliche Risiken für den Welthandel (02.04.2019). In: https://www.dw.com/de/wto-sieht-deutliche-risiken-f%C3%BCr-den-welthandel/a-48160908, Zugriff am 03.04.2020

M3 Welthandel im Zeichen der Corona-Krise

Die Corona-Krise macht der chinesischen Wirtschaft schwer zu schaffen. Der chinesische Außenhandel brach im Januar und Februar 2020 im Vergleich zum Vorjahreszeitraum um rund 11 Prozent ein. Die schwachen Handelszahlen Chinas haben auch Konsequenzen für Deutschland: Der Handel zwischen diesen beiden großen Handelspartnern hat sich im gleichen Zeitraum um 19,4 Prozent reduziert. […]
Die Corona-Pandemie sorgt weltweit für wesentliche Einschränkungen und verschärft die Regeln. Viele Transportfahrten werden ersatzlos gestrichen und eine große Anzahl von eintreffenden Schiffen kann nicht einmal in chinesischen Häfen anlegen. Diese Entwicklung wird zukünftig erhebliche Konsequenzen mit sich bringen, was wiederum einen starken negativen Einfluss auf die Versorgung mit Gütern haben könnte.

Sonja Beer: Corona-Krise und die chinesische Wirtschaft – Dramatische Auswirkungen (20.03.2020). In: https://www.iwkoeln.de/studien/iw-kurzberichte/beitrag/sonja-beer-dramatische-auswirkungen-464103.html, Zugriff am 30.03.2020

Abb. 9.1: Die größten Exporteure des Jahres 2019 im Überblick

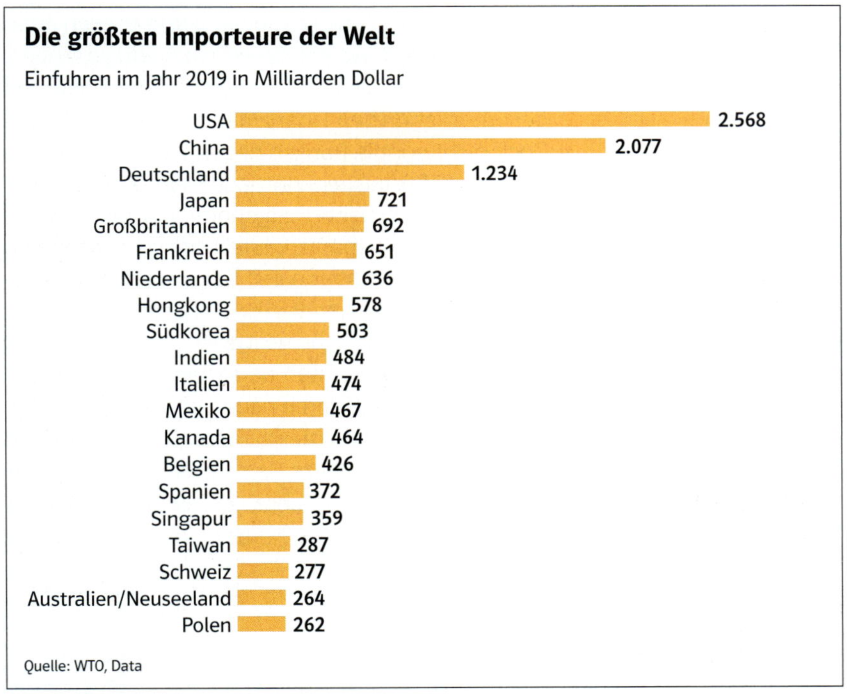

Abb. 9.2: Die größten Importeure des Jahres 2019 im Überblick

Arbeitsaufträge

1. Analysieren Sie die Informationen zur Entwicklung des globalen Handels und entwickeln Sie einen kurzen Videoclip, in dem Sie Ihre Ergebnisse präsentieren (M1)!
2. Erläutern Sie anhand der Materialien M2 und M3 Probleme der wirtschaftlichen Globalisierung!
3. Erörtern Sie Vor- und Nachteile der ökonomischen Globalisierung!

1.3 Globalisierung der Finanzmärkte – Fluch und Segen?

M1 Globalisierung der Finanzmärkte

Der [...] seit den 1970er-Jahren am schnellsten wachsende Teilbereich der internationalen Wirtschaftsbeziehungen [...] ist der internationale Kapitalverkehr, auf den sich die Globalisierung der Wirtschaft in besonders starkem Maß auswirkte: Als Folge der → **Liberalisierung** der Finanzmärkte und der wachsenden Bedeutung multinationaler Unternehmen häufte sich die Zahl der Finanztransaktionen und die internationalen Kapitalströme schwollen an.

Für die Zunahme der internationalen Kapitalbewegungen lassen sich mehrere Gründe anführen. So entsteht beispielsweise durch den wachsenden Waren- und Dienstleistungshandel ein zunehmender Finanzierungsbedarf. Bedeutender als Ursache ist jedoch die Internationalisierung der Finanzmärkte und der Anlagemöglichkeiten. Banken agieren heute in einem weltweiten, durch Telekommunikation verbundenen Finanzsystem und legen ihre Gelder dort an, wo sie – unter Berücksichtigung von Wechselkurs- und politischen Risiken – die günstigsten Renditen [...] finden. Geldinstitute decken ihren Geldbedarf dort, wo die Zinsen am niedrigsten sind. Täglich werden circa 2000 Milliarden US-Dollar auf den internationalen Finanzmärkten gehandelt. [...]

Doch nicht nur die Banken haben ihre internationalen Geschäfte ausgedehnt; auch die privaten Auslandsgeschäfte haben zugenommen. So sind die Aktien- und Wertpapierkäufe von Privatpersonen und die von multinationalen Unternehmen im Ausland aufgenommenen Bankkredite seit den 1970er-Jahren um das 16-Fache gestiegen.

Die Ausweitung des internationalen Kapitalverkehrs ist auch auf das Auftreten neuer Akteure auf dem internationalen Kapitalmarkt zurückzuführen. Neben Banken, Versicherungen und „klassischen" Investmentfonds geraten neuerdings die so genannten Hedgefonds und staatliche bzw. unter staatlichem Einfluss stehende Investmentfonds als bedeutende Investoren auf den internationalen Kapitalmärkten in den Blick der Öffentlichkeit.

Klaus-Peter Kruber, Anna Lena Mees, Christian Meyer: Weltwirtschaftliche Entwicklung zu Beginn des 21. Jahrhunderts (27.08.2008). In: https://www.bpb.de/izpb/8165/weltwirtschaftliche-entwicklungen-zu-beginn-des-21-jahrhunderts?p=all, Zugriff am 02.04.2020

M2 Direktinvestitionen

→ **Direktinvestitionen** (DI) sind internationale Investitionen, die ein in einem Wirtschaftsgebiet ansässiger Investor tätigt, um eine langfristige Beteiligung an einem in einem anderen Wirtschaftsgebiet ansässigen Unternehmen zu erwerben. Langfristige Beteiligung bedeutet, dass eine dauerhafte Beziehung zwischen dem Direktinvestor und dem Unternehmen besteht und dass der Investor einen maßgeblichen Einfluss auf die Geschäftspolitik des Unternehmens ausübt. Nach der offiziellen Definition ist ein Unternehmen Gegenstand einer Direktinvestition, wenn ein Direktinvestor mindestens 10 % der Stammaktien oder Stimmrechte (im Fall eines Unternehmens mit eigener Rechtspersönlichkeit) bzw. einen vergleichbaren Anteil (im Fall eines Unternehmens ohne eigene Rechtspersönlichkeit) besitzt.

Ausländische Direktinvestitionen können als eine alternative wirtschaftliche Strategie von Unternehmen betrachtet werden, die Investitionen zur Errichtung einer neuen Betriebsstätte bzw. einer neuen Niederlassung oder zum Erwerb bestehender Anlagen eines ausländischen Unternehmens tätigen. Hierbei streben diese Unternehmen an, den Außenhandel durch die Produktion (und häufig auch den Verkauf) von Waren und Dienstleistungen außerhalb des Landes ihrer Niederlassung zu ergänzen oder zu ersetzen.

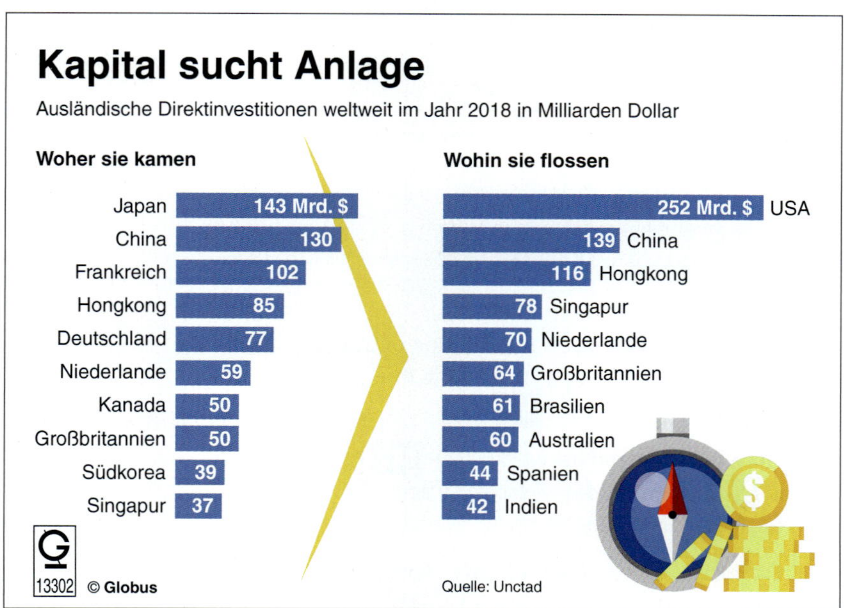

Abb. 10.1: Ausländische Direktinvestitionen im Jahr 2018

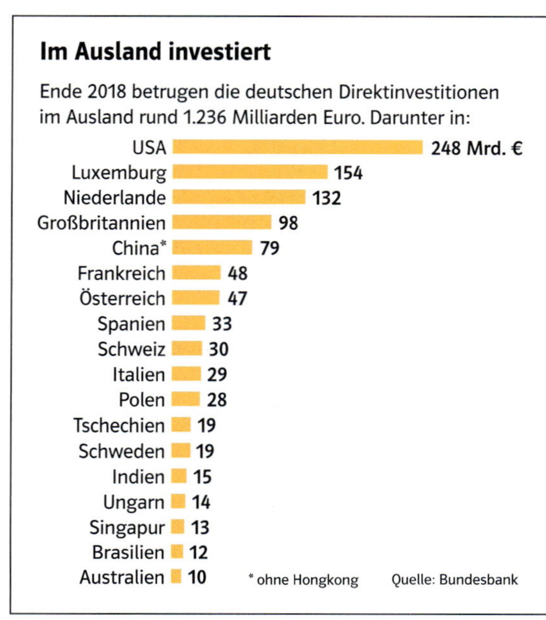

Abb. 10.2: Deutsche Direktinvestitionen im Jahr 2018

Ausländische Direktinvestitionen erfolgen auf zwei Arten: Schaffung von Produktivvermögen durch Ausländer und Erwerb bestehender Produktionsmittel durch Ausländer (z. B. durch Kauf, Fusionen, Übernahmen). ADI unterscheiden sich insofern von Wertpapieranlagen, als sie in der Absicht getätigt werden, das betreffende Unternehmen zu kontrollieren oder wesentlichen Einfluss in der Unternehmensleitung auszuüben, und eine langfristige Beteiligung angestrebt wird. Direktinvestitionen umfassen nicht nur den anfänglichen Erwerb von Beteiligungskapital, sondern auch nachfolgende Kapitaltransaktionen zwischen dem ausländischen Investor einerseits und inländischen und verbundenen Unternehmen andererseits.

Eurostat: Direktinvestitionen (ohne Datum). In: https://ec.europa.eu/eurostat/de/web/structural-business-statistics/global-value-chains/fdi, Zugriff am 30.3.2020

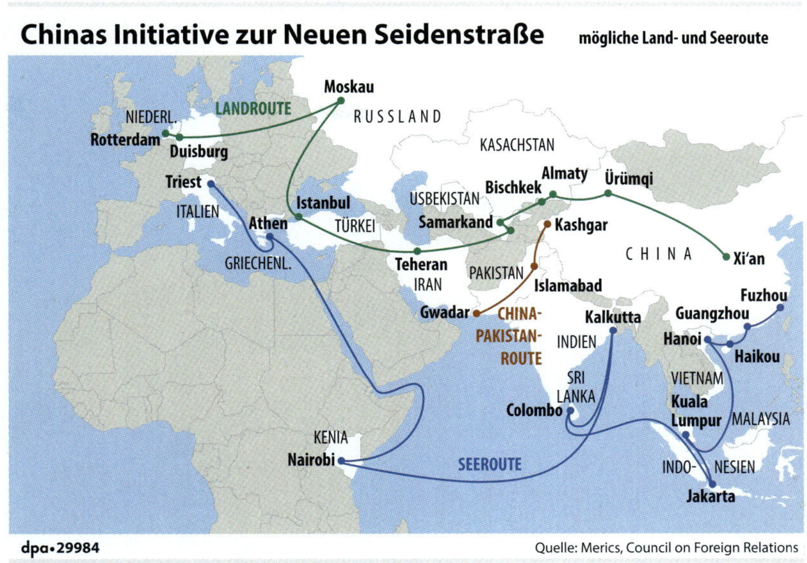

Abb. 11.1: Chinas Neue Seidenstraße

M3 Chinas Direktinvestitionen als Gefahr für Europa?

Spätestens seit der Übernahme des deutschen Robotikherstellers Kuka durch den chinesischen Midea-Konzern im Jahr 2016 genießen chinesische ausländische Direktinvestitionen (ADI) erhöhte Aufmerksamkeit in der deutschen Öffentlichkeit. Die Investitionen aus dem Reich der Mitte stoßen auf immer größer werdende Skepsis und Widerstand in Politik und Gesellschaft. Die ungewohnte Situation für Deutschland als Zielland für Investitionen aus einem Schwellenland, das noch dazu ein stark staatlich geleitetes Wirtschaftsmodell verfolgt, führt hierzulande zu Unbehagen und ersten Abwehrreaktionen. Dies zeigen auch erste verhinderte Transaktionen wie beispielsweise die geplante Übernahme des deutschen Netzbetreibers 50Hertz durch den chinesischen Staatskonzern State Grid Corporation of China letztes Jahr sowie die anhaltende Diskussion um den chinesischen Telekommunikationsausrüster Huawei. […] Befeuert wird diese Unsicherheit auch durch China selbst: Groß inszenierte strategische Vorgaben für die Wirtschaft im Rahmen der nationalen Strategie „Made in China 2025" mit dem Ziel der Technologieführerschaft Chinas, aber auch die gekonnt vermarktete „Belt-and-Road-Initiative" als Mammut-Infrastrukturprojekt machen Chinas wirtschaftliche Ambitionen als neue Weltmacht deutlich […]. Chinesische ausländische Direktinvestitionen haben in den letzten zehn Jahren stark an Bedeutung gewonnen. Während Investitionen (Baukontrakte) im Jahr 2005 jeweils gerade einmal 10 Mrd. US-Dollar (9 Mrd. US-Dollar) betrugen, waren es im Jahr 2017 bereits 177 Mrd. US-Dollar (103 Mrd. US-Dollar), bevor sie im Jahr 2018 auf 105 Mrd. US-Dollar (73 Mrd. US-Dollar) absanken. Ein großer Teil dieser Transaktionen ist auf die im Jahr 2013 offiziell initiierte Belt-and-Road-Initiative zurückzuführen, allerdings sind sowohl Investitionen als auch Baukontrakte global stark verteilt. Die meisten Transaktionen finden in den Bereichen Energie, Transport, aber auch in Immobilien sowie dem Metallsektor statt. Europa hat in den letzten Jahren vor allem als Investitionsziel an Prominenz gewonnen. Die Investitionen in Unternehmen der kritischen Infrastruktur und Hochtechnologie bewegen sich hier bislang auf bescheidenem Niveau, stiegen aber in den letzten Jahren – getrieben vornehmlich durch einzelne große Transaktionen – merklich an. […] Für Deutschland lässt sich zusammenfassen, dass sich das chinesische Investitionsvolumen in den letzten Jahren zwar signifikant erhöht hat, dies aber im Wesentlichen auch hier auf einzelne große Transaktionen zurückzuführen ist. Es ist daher übertrieben, von einer chinesischen Investitionsflut zu sprechen, in der systematisch und flächendeckend deutsche Unternehmen aufgekauft werden. Chinas vormals große Leistungsbilanzüberschüsse sind sehr deutlich geschrumpft und könnten heuer erstmals negativ werden, sodass das Land insgesamt weniger Kapital für Investitionen im Ausland hat. Möglicherweise ist der Investitionsboom schon vorüber.

Heinz G. Preuße: Globalisierung (ohne Datum). https://www.kas.de/de/web/soziale-marktwirtschaft/globalisierung, Zugriff am 31.03.2020

Arbeitsaufträge

1. Fassen Sie die wesentlichen Informationen zum Begriff Direktinvestitionen zusammen und erklären Sie den Begriff anschließend in eigenen Worten (M2)!
2. Analysieren Sie die Diagramme Abb. 10.1 und Abb. 10.2!
3. Erörtern Sie Vor- und Nachteile ausländischer Direktinvestitionen aus Sicht der
   a) Investoren
   b) Empfängerländer!
4. Diskutieren Sie die Bedeutung von Direktinvestitionen für die globale Wirtschaft kritisch. Berücksichtigen Sie dabei auch das Beispiel des Robotikherstellers Kuka (M3)!

1.4 Politische Dimension der Globalisierung

Abb. 12.1: Weltgemeinschaft

M1 Nationalstaat und Globalisierung

Ist der Staat machtlos gegenüber Globalisierung? Hat Globalisierung positive oder negative Auswirkungen auf den wirtschaftlichen Wohlstand? In der öffentlichen Debatte gehen die Ansichten zu diesen Fragen weit auseinander. [...] Auf der einen Seite wird vor der Macht großer Konzerne gewarnt, die den Spielraum von Staaten einengen würde. Auf der anderen Seite werden wachsender Wohlstand, stärkerer Wettbewerb und die Schaffung neuer Arbeitsplätze mit der Globalisierung verbunden. [...]
Die politikwissenschaftliche Diskussion über Globalisierung ist von zwei Positionen geprägt: Eine Gruppe [...] argumentiert, dass der Staat durch Globalisierung geschwächt sei, da seine Handlungsfähigkeit territorial beschränkt ist, während sich die Akteure der Globalisierung grenzüberschreitend bewegen und sich somit dem Zugriff des Staates heute leichter entziehen könnten. [...] Allerdings hält eine Reihe von Autoren diese Thesen über die Wirkungen von Globalisierung für übertrieben und sieht den Staat nach wie vor politisch gestaltungsfähig. [...]
Empirisch stellt Globalisierung insofern eine neue Herausforderung an den Staat dar, als sie nationale Regierungen unter Druck setzt, ihre Politik den Gewinnerwartungen globaler Märkte anzupassen, um mobile Ressourcen im Land zu halten bzw. neue anzuziehen. Damit verändert Globalisierung – als wachsender Anteil grenzüberschreitender Aktivitäten an der gesamten Wirtschaftsleistung – zunächst einmal nur die Rahmenbedingungen für staatliches Handeln und für private Interessen: Aufgrund der gestiegenen Mobilität von Kapital und Produktion sind Staaten und Unternehmen einem stärkeren Wettbewerb um Standortvorteile und Absatzmärkte ausgesetzt. Dies bedeutet aber nicht eine Schwächung des Staates per se: Selbst wenn der Staat an Einfluss auf transnationale Akteure verliert, muss dies keineswegs eine Schwächung des Staates in Hinblick auf grundlegende Staatsfunktionen wie die Sicherung ökonomischen Gemeinwohls bedeuten.

Stefan A. Schirm: Politische Optionen für die Nutzung von Globalisierung (06.05.2003). In: https://www.bpb.de/apuz/27835/politische-optionen-fuer-die-nutzung-von-globalisierung, Zugriff am 17.04.2020

M2 Die Rückständigkeit der politischen Strukturen

[...] Die „Krise der Politik" ist nicht der Globalisierung an sich geschuldet, sondern der Organisation der Politik. Weltwirtschaft und -gesellschaft haben sich in den vergangenen zwei Dekaden nachhaltig verändert, die Institutionen der Politik sind nicht „nachgewachsen"; ihr Beharrungsvermögen ist (zu) groß; es mangelt an institutionellen und politischen Innovationen. Die Weltgesellschaft ist in diesem Sinne „untersteuert", institutionell unter- bzw. fehlentwickelt: Die Kluft zwischen der internationalisierten Ökonomie, globalen Umweltgefährdungen, grenzüberschreitenden Problemen (wie Migration, Kriminalität, Wald- und Artensterben) auf der einen Seite und der weitgehend territorialstaatlichen Fixierung des politischen Handelns auf der anderen Seite wächst. Konstitutive Koordinaten unseres politischen Denkens werden von der Realität in Frage gestellt oder überholt. Während innen- und außenpolitisch orientierte politische Institutionen klar voneinander getrennt sind und zwei unterschiedlichen politischen „Communities" angehören, verschwimmen de facto die Grenzen zwischen Innen- und Außenpolitik, weil Probleme zunehmend grenzüberschreitenden, nicht selten gar globalen Charakter haben: das Problem von Steuersenkungswettläufen infolge des Standortwettbewerbs und das Problem der Besteuerung von Kapitaleinkommen (mit der Folge einer schrumpfenden Steuerbasis in vielen Ländern) aufgrund der → **Liberalisierung** der internationalen Finanzmärkte, betrifft unmittelbar die nationale Fiskalpolitik, innerstaatliche Sozialbeziehungen und zugleich das Verhältnis zu anderen Gesellschaften; lokale und nationale Umweltprobleme haben oft grenzüberschreitende Wirkungen oder „externe" Ursachen; Fragen des innergesellschaftlichen sozialen Ausgleichs sind mit Interessenkonflikten verwoben, die sich z.B. aus internationalen Entwicklungsdisparitäten ergeben (Stichworte: Sozial- und Umweltdumping im Welthandel, Brock 1997). Angesichts dieser Trends stellt auch die in der Wissenschaft noch dominante Trennung in Innenpolitik und Außenbeziehungen einen analytischen Hemmschuh dar. Althergebrachte Begrifflichkeiten und Interpretationsmuster, durch die „die Welt" wahrgenommen wird, aber auch institutionelle Arrangements, die die Richtung der Politik bestimmen, werden durch die Dynamik von

Globalisierung, Technologie und weltweiten Märkten entwertet.

Welt- und grenzüberschreitende Probleme sind nur durch ein Mehr an internationaler Kooperation lösbar. Wir leben in einem System geteilter Souveränitäten – die Möglichkeiten von Nationalstaaten, die drängenden Zukunftsfragen im Alleingang zu bewältigen, sind begrenzt […]. Das traditionelle Verständnis von „nationaler Souveränität" und eine zu enge Definition „nationaler Interessen" führen angesichts der internationalen Interdependenzbeziehungen in politische Sackgassen und zu Politikversagen […]: Zur Stärkung der Handlungsfähigkeit der Nationalstaaten sind internationale Kooperation, selektiver Souveränitätsverzicht und internationaler Lastenausgleich unabdingbar. Auch das Prinzip der Nicht-Einmischung in innere Angelegenheiten bedarf einer Anpassung an die neuen Verhältnisse zunehmender internationaler Interdependenz. Zum Schutz der Menschenrechte, zur Eindämmung von Bürgerkriegen, zur Bekämpfung internationaler Umweltkrisen, zur Verfolgung von Völkermord, zur Kontrolle der Einhaltung internationaler Vereinbarungen müssen international verbindliche Regelwerke und Monitoringsysteme als Grundlage für neue Formen „wechselseitiger Einmischung" […] geschaffen werden. […]

Dirk Messner: Globalisierung, Global Governance und Entwicklungspolitik. In IPG1/99, S. 5–18, hier S. 7. In: https://library.fes.de/pdf-files/ipg/ipg-1999-1/artmessner.pdf, Zugriff am 17.04.2020

M3 Global Governance

Die Erfahrungen zweier verheerender Weltkriege sowie ein gestiegenes Bewusstsein für globale Herausforderungen haben die internationale Zusammenarbeit in den vergangenen 60 Jahren deutlich an Konturen gewinnen lassen. Zentrum von Global Governance ist heute die vielschichtige Zusammenarbeit zwischen den Staaten im Rahmen der Vereinten Nationen und ihrer Sonderorganisationen. Doch die Nationalstaaten sind nicht mehr die einzigen Akteure auf der internationalen Bühne.

Die Idee dahinter war, die internationalen Beziehungen zu verrechtlichen und die Interaktionen zwischen den Mitgliedstaaten so zu verdichten, dass die Wahrscheinlichkeit einer erneuten Katastrophe, wie es der Zweite Weltkrieg gewesen war, möglichst gering gehalten würde. Hierzu wurde eine Vielzahl von UN-Sonderorganisationen und -Programmen gegründet, in denen die Staaten in verschiedenen Politikfeldern zusammenarbeiten […]. Von besonderer Bedeutung für das Projekt einer wachsenden globalen Verflechtung der Nationalstaaten im ökonomischen Bereich war zudem die Verabschiedung des Allgemeinen Zoll- und Handelsabkommens → **GATT** im Jahr 1947 (Vorläufer der 1994 gegründeten Welthandelsorganisation), mit dem die → **Liberalisierung** des globalen Handels vorangetrieben werden sollte. Für Stabilität in den internationalen Finanz- und Währungsbeziehungen sollten der Internationale Währungsfonds (IWF) und die Weltbank [siehe S. 26–28] sorgen. […]

Mit dem Zusammenbruch der kommunistischen Regime Ende der 80er-Jahre ergaben sich neue Handlungsspielräume für die Vereinten Nationen und die internationale Kooperation beschleunigte sich in den 90er- und 2000er-Jahren. […] Gleichzeitig erfuhr die ökonomische Verflechtung seit den 90ern eine enorme Beschleunigung, angetrieben auch durch neue Kommunikations- und Informationstechnologien. Der lange Zeit geltende Grundsatz der absoluten Souveränität der Nationalstaaten gerät immer stärker ins Wanken […]. Dennoch ist es – nicht zuletzt angesichts offenkundiger Interessenkonflikte zwischen den Ländern – schwierig geblieben, sich auf unterschiedlicher Ebene auf verbindliche globale Zielsetzungen zu verständigen, wie insbesondere die Verhandlungen über globale Klimaschutzziele und Emissionsreduktionen zeigen.

Bundeszentrale für politische Bildung: Global Governance seit 1945 (27.6.2012). https://www.bpb.de/veranstaltungen/netzwerke/teamglobal/67458/gg-seit-1945, Zugriff am 17.04.2020

„Global Governance ist keine Weltregierung, sondern ein internationaler Rahmen von Prinzipien, Regeln und Gesetzen inklusive einer Reihe von Institutionen, um diese aufrechtzuerhalten, die notwendig sind, um globale Probleme zu bewältigen."

Centre for the Study of Global Governance

Abb. 13.1: Politik und Ökonomie (Karikatur Klaus Mester, 2003)

Arbeitsaufträge

1. Fassen Sie die Aussagen Stefan A. Schirms zum Verhältnis von Nationalstaat und Globalisierung zusammen (M1)!
2. Erläutern Sie, was Dirk Messner unter Rückständigkeit politischer Strukturen versteht (M2)!
3. Beurteilen Sie die Aussage der Karikatur 13.1 hinsichtlich des Verhältnisses von Nationalstaat und Globalisierung!
4. Nehmen Sie Stellung zu der Frage, ob der Nationalstaat im Zuge der Globalisierung am Ende seiner politischen Entscheidungskraft angelangt ist!

1.5 Technologische Dimension der Globalisierung

M1 Wie ein Container den Welthandel veränderte

Die ersten Container gingen am 26. April 1956 auf Reisen. „Ideal X" hieß der umgebaute Tanker, den der amerikanische Transportunternehmer Malcom McLean bei der US-Marine günstig erworben hatte. An Bord befanden sich 56 Blechkisten, die von Port Newark im Bundesstaat Pennsylvania nach Houston in Texas transportiert werden sollten.

Eine Stahlkiste reist um die Welt

„Ich habe keine Schiffe, ich habe seegängige Lkw", erklärte Malcom McLean damals. Er konnte nicht ahnen, welche Revolution er mit seiner eigentlich so simplen Idee auslösen sollte. Zehn Jahre später wurde im Bremer Überseehafen der erste Container über die Kaimauer gehievt.

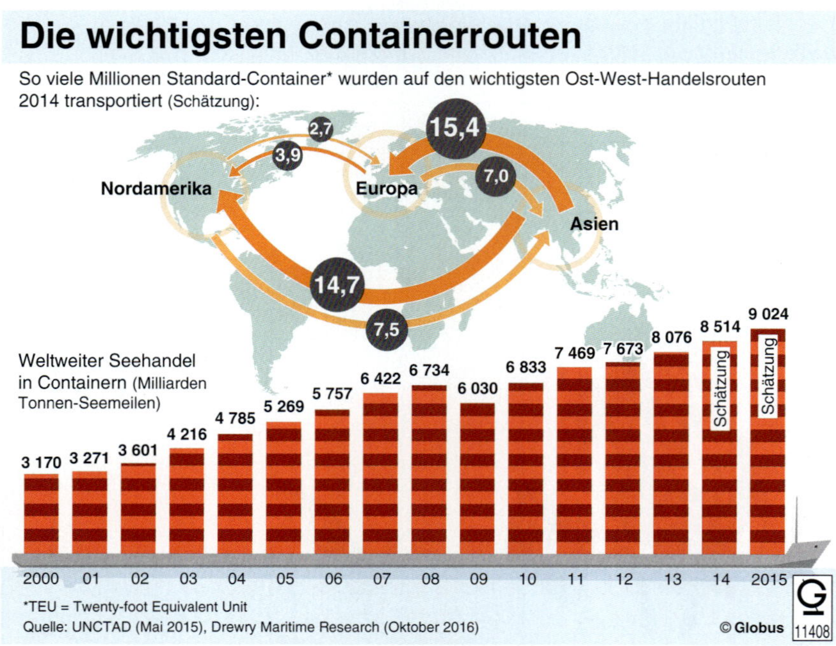

Abb. 14.1: Überblick über den globalen Containerverkehr im Jahr 2014

Ein Jahr später begann auch im Hamburger Hafen das Containerzeitalter. Da sich mit dem raschen Güterumschlag vor allem die Liegezeiten der Schiffe verkürzen ließen und gleichzeitig die Transportauslastung der Schiffe deutlich gesteigert werden konnte, interessierten sich die Reeder für die Containerboxen beim Stückguttransport. 1968 gelang es dann, sich weltweit auf das 20-Fuß-Standardmaß bei Containern zu einigen.

Bis heute haben die Stahlkisten ihre festen Maße von 6,06 Metern Länge, 2,44 Metern Breite und 2,59 Metern Höhe behalten. Inzwischen gibt es sie auch in doppelter Länge, als 40-Fuß-Container. […]

Vom praktischen Nutzen der stählernen Kisten

Container sind ungemein praktisch, da sich so gut wie alles in ihnen verstauen lässt, was früher in Säcken, Kisten oder Ballen verschifft wurde. Massenstückgut wie DVD-Player oder Mobiltelefone, Laufschuhe oder Jeans, aber auch Autozubehörteile, Werkzeugmaschinen, ja sogar flüssige Güter werden in flexiblen und verschlossenen Plastikbeuteln per Container verfrachtet.

Ohne die Containerschifffahrt wäre die Globalisierung des Welthandels undenkbar. Schätzungsweise 16 Millionen Container sind derzeit weltweit im Einsatz und die Branche bleibt optimistisch, dass nach dem Ende der derzeitigen Wirtschaftskrise die Zahl weiter ansteigen wird.

Mit der Einführung der Stahlboxen konnten die Transportkosten drastisch verringert werden. In einen 20-Fuß-Standardcontainer passen etwa 10 000 in Fernost geschneiderte US-Markenjeans. Sämtliche Transportkosten vom Hersteller zum Auftraggeber, einschließlich aller Logistikleistungen bis zum Endverbraucher werden mit etwa 4 000 Euro pro Container veranschlagt. Damit liegt der gesamte Transportkostenanteil pro Jeans heute bei gerade mal 40 Cent.

Weltweit sind die Entladestationen an den Kaianlagen darauf vorbereitet, die 20-Fuß-Standardcontainer oder auch die doppelte Größe zu bewegen. Sind die Container erst einmal an Land, werden sie per Lkw oder Bahn zum Kunden transportiert.

Die Ware muss nicht mehr im Hafen ausgepackt und dort abgeholt werden, sondern wird bis zum Kunden gebracht und dort entladen. All das spart Zeit und damit Geld. Mehr als 100 Millionen Tonnen Stückgutfracht werden jedes Jahr an den vier Containerterminals des Hamburger Hafens umgeschlagen. Verschwindend klein ist daneben jene Menge Stückgut, das nicht containergerecht zerlegt und verpackt werden kann.

[…] Immer größere Transportschiffe sollten der stetig wachsenden Nachfrage nach Containern gerecht werden. Jetzt kommen die ersten Mega-Carrier auch nach Hamburg. […] Solche Superfrachter können über 14 000 Container transportieren. [….]

Unübersehbar ist allerdings der Trend zu immer größeren Containerschiffen. Bislang sind noch überwiegend Schiffe der sogenannten „PanaMax"-Klasse im Einsatz. Dabei handelt es sich um Containerfrachter, die gerade noch durch das Nadelöhr des Panamakanals passen.

Sie haben eine maximale Länge von 294,50, eine Breite von 32,50 und einen maximalen Tiefgang von 13,52 Metern. Die nächste Schiffsgeneration – die ersten Giganten dampfen schon über die Weltmeere – bezeichnet man als „PostPanMax"-Schiffe. Einer dieser Mega-Carrier ist die „Emma Maersk" der dänischen Reederei „Maersk". Mit einer Länge von 398, einer Breite von 56 und einem Tiefgang von 16,50 Metern kann dieser Containerfrachter rund 14 400 Container transportieren. […]

Ulrich Neumann: Containerschifffahrt (Stand: 13.05.2020). In: https://www.planet-wissen.de/technik/schifffahrt/hamburger_hafen/pwiecontainerschifffahrt100.html, Zugriff am 30.03.2020

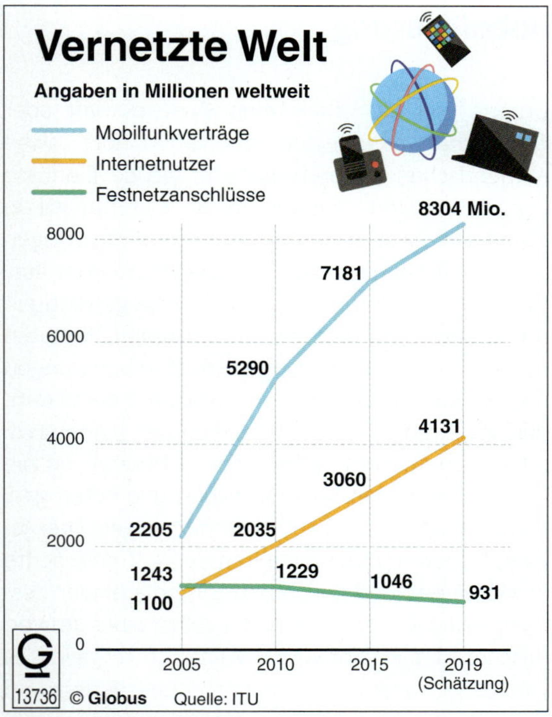

Abb. 15.1: Digitale Vernetzung der Welt

M2 Globalisierung 4.0

Als die Zuwachsraten im weltweiten Warenaustausch zurückgingen, dachten viele, die Globalisierung sei am Ende. Doch der Welthandel wird vor allem digitaler, die Bedeutung des klassischen Güterverkehrs geht zurück. Das birgt Chancen, aber auch Risiken für alle [...].

Das alljährliche Weltwirtschaftsforum im schweizerischen Davos gilt als weltweiter Marktplatz für neue Ideen. Seit etwa vier Jahren beherrscht dort die digitale Revolution in Wirtschaft und Gesellschaft die Köpfe der globalen Eliten. Insbesondere das Zusammenspiel von künstlicher Intelligenz und großen Datenmengen verändert ganze Wirtschaftszweige – und damit auch den internationalen Austausch von Gütern, Dienstleistungen und Informationen.

Das hat Folgen für Welthandel und Globalisierung. Dass der Protektionist [siehe S. 42] Donald Trump zu einem Zeitpunkt Präsident der USA wurde, da die Digitalisierung viele Unternehmen zu einem radikalen Wandel zwingt und zahlreiche Arbeitsplätze gefährdet, ist kein Zufall. Trump und die digitale Revolution sind zwei Seiten derselben Medaille. Der US-Präsident versucht, den Wandel durch neue Handelsbarrieren abzubremsen. Das ist jedoch ein Kampf gegen Windmühlen. Die Globalisierung hat längst ihr Gesicht verändert. Gegen den globalen Austausch von Daten sind Stahlquoten und Strafzölle auf importierte Waschmaschinen machtlos.

Als sich die Volkswirte der Schweizer Großbank Credit Suisse 2017 mit der Zukunft der Weltwirtschaft befassten, prophezeite eines ihrer drei Szenarien noch das Ende der Globalisierung. Ein Grund dafür war, dass die Wachstumsraten des Welthandels nach der Finanzkrise 2007/08 dramatisch zurückgingen und nur noch halb so hoch waren wie die globale Wirtschaftsleistung. Als dann noch Trump mit seinem nationalistischen Motto „America first" die Welt erschreckte, schien das Ende der Globalisierung besiegelt. [...]

Das McKinsey Global Institute (MGI), Denkfabrik der gleichnamigen Unternehmensberatung, sieht das hingegen anders: Die Globalisierung stoße nicht an ihre Grenzen, verändere aber mit der Digitalisierung ihr Erscheinungsbild. Die Bedeutung des klassischen Güteraustauschs gehe zurück, dafür würde der internationale Datenverkehr immer wichtiger.

Ein Beispiel aus der Praxis des US-Industriekonzerns General Electric (GE) verdeutlicht den Wandel. GE eröffnete 2015 im indischen Chakan eine moderne Fabrik, in der Kraftstoffdüsen für Flugzeugtriebwerke hergestellt werden. Statt jedoch die Einzelteile nach Indien liefern zu lassen, um sie dort zusammenzubauen, werden die Fertigungspläne digital übertragen, den Rest erledigen 3D-Drucker.

Nach Berechnungen der MGI-Forscherinnen und Forscher haben die globalen Güter-, Kapital- und Datenflüsse schon 2014 die weltweite Wirtschaftsleistung um rund zehn Prozent auf 7,8 Billionen Dollar erhöht. Davon gingen 2,8 Billionen Dollar auf das Konto des internationalen Datenverkehrs. Die digitalen Informationsflüsse steuerten damit mehr zum globalen Wachstum bei als der herkömmliche Güterverkehr.

Diese Zahlen zeigen nach Ansicht von Freihandelsbefürwortern, dass Wachstumschancen vergeben werden, wenn sich Länder national abschotten. „Länder, die mehr handeln, können dadurch ihr Wachstum um bis zu 25 Prozent erhöhen", sagt MGI-Direktor James Manyika. Für diese Entwicklung seien auch große Internetplattformen wie Amazon, eBay, Facebook und Google verantwortlich, die weltweite Vertriebswege öffneten. „Kleine und mittelgroße Unternehmen können ihre Verkäufe vervielfachen, wenn sie digitale Plattformen nutzen", so Manyika. Sie würden dadurch zu „Micro-Multinationals". Rund zwölf Prozent des weltweiten Güterhandels werden heute bereits über solche Handelsplattformen abgewickelt. [...]

Torsten Riecke: Globalisierung 4.0 (09.04.2018). In: https://www.bpb.de/politik/wirtschaft/freihandel/266543/globalisierung-4-0, Zugriff am 21.04.2020

Arbeitsaufträge

1. Erklären Sie die Bedeutung des technologischen Fortschritts für die Globalisierung am Beispiel des Standardcontainers und der digitalen Kommunikation (M1 und M2)!
2. Erörtern Sie Vor- und Nachteile des stetig steigenden Containerverkehrs und der Entwicklung immer größerer Containerschiffe!

1.6 Soziokulturelle Dimension der Globalisierung

Abb. 16.1. McDonald's-Filiale in der Neustadt von Marrakesch

M1 Was bedeutet kulturelle Globalisierung?

[…] Wie die Globalisierung insgesamt ist auch die kulturelle Globalisierung ein komplexer Prozess mit sehr widersprüchlichen Formen, Reichweiten und Ausdrucksweisen, der sich einer eindeutigen Kennzeichnung entzieht.

Weder „Globalisierung" noch „kulturelle Globalisierung" sind wissenschaftliche oder auch nur politische Begriffe, mit denen konkretere Aussagen verbunden sind – ausgenommen jene, dass Ökonomie, Technik, Politik und Kultur heute weltweit in so engen Austausch- und Kommunikationsbeziehungen stehen wie noch nie in der Geschichte. Über den Charakter und die Reichweiten dieser Verflechtung von Menschen, Gütern, Orten, Dienstleistungen und Kapital, die dadurch hervorgerufenen Veränderungen und die Entwicklungsperspektiven sowie die damit verbundenen Chancen und Gefahren ist mit diesen Bezeichnungen noch nichts gesagt. „Globalisierung" und „kulturelle Globalisierung" sind Arbeitsbezeichnungen für sehr unterschiedliche Entwicklungen und keine eindeutig definierten Begriffe. […]

M2 Entwicklung von Kultur durch ständigen Austausch

[…] In der Diskussion über kulturelle Globalisierung gibt es eine sehr populäre Auffassung, nach der eine sich immer stärker ausbreitende US-amerikanische bzw. westliche Kultur die Kulturen in den anderen Ländern, Regionen und Kontinenten verdränge und alles zum großen Einheitsbrei, der „McDonaldisierung" (George Ritzer), einer „Cocacolization" (Zdravko Mlinar) oder der „McWorld" (Benjamin Barber) zusammenschmelzen würde.

Die Vorstellungen von der Zerstörung einer Kultur durch eine andere basieren auf einem Verständnis, nach dem Kulturen weitgehend in sich abgeschlossene Gebilde sind, gebunden an Orte und eine Gruppe von Menschen, eine Gemeinschaft oder Gesellschaft, eine Region oder Nation. Aber solche authentischen Kulturen, ohne prägende Einflüsse von außen, sind eine Fiktion, da Kulturen nie in „Reinform" existieren, nicht statisch und homogen sind und immer aus der Begegnung und dem Austausch mit anderen Kulturen, dem gegenseitigen Aufnehmen und Abgrenzen entstehen. Kulturen sind Produkt von Beziehungen und Durchquerungen und entwickeln sich erst im Kontakt mit dem Fremden, Anderen. Kultur bedeutet immer schon „zwischen den Kulturen" (Alexander Düttmann), ist nie rein und homogen, sondern hybrid und heterogen. Kulturen sind „Bastarde", nicht nur wegen ihrer jeweils früheren Übernahme fremder Kulturelemente in die eigene Kultur, sondern „grundlegender deshalb, weil der Gestus der Kultur selbst einer des Vermischens ist: Es gibt Wettbewerb und Vergleich, es wird umgewandelt und uminterpretiert, zerlegt und neu zusammengesetzt, kombiniert und gebastelt". Im „World Culture Report 2000" der UNESCO bildet dieses Verständnis vom Entstehen und der Entwicklung von Kultur durch den ständigen kulturellen Austausch den Ausgangspunkt der Untersuchung der gegenwärtigen kulturellen Situation. Danach besteht „die Welt nicht aus einem Mosaik der Kulturen, sondern ist ein sich ständig wandelnder Fluss der Kulturen, dessen verschiedene Strömungen sich dauerhaft mischen". […]

Info

Laut Duden bezeichnet „McDonaldisierung" den Trend moderner Gesellschaften, weltweit immer mehr Bereiche und Prozesse zu vereinheitlichen.

M3 Grundlagen heutiger kultureller Globalisierung

[…] Die Herausbildung einer Weltliteratur, einer Weltmusik und einer Weltkunst im 19. und 20. Jahrhundert sind Vorläufer der kulturellen Globalisierung, die heute unser Leben prägt. Es handelt sich dabei um Internationalisierungsprozesse, die einen kulturellen Teilbereich, die Künste, betrafen – und auch hier nur einen Teil.

Der zentrale Unterschied früherer und heutiger Formen kultureller Globalisierung besteht darin, dass sie heute weit über die Künste hinaus reichen und die Alltagskulturen sowie teilweise auch die mit Kultur und Kunst verbundenen Werthaltungen und Bedeutungen umfassen. Zudem zeichnet sich der gegenwärtige durch die Globalisierung bewirkte kulturelle Wandel durch eine bis in die letzten Zipfel der Erde reichende Ausbreitung aus sowie eine ungeheure Geschwindigkeit und eine gesteigerte Intensität, mit der die Kulturen in Kontakt stehen, sich austauschen, vermischen und neue Kulturen hervorbringen.

Diese neue Qualität kultureller Globalisierung geht vor allem auf drei zentrale gesellschaftliche Veränderungen zurück, die alle Länder, wenn auch in unterschiedlichem Ausmaß prägen: die Herausbildung einer Weltgesellschaft durch die ökonomische

Globalisierung, die weltweiten Migrationsprozesse und die Medienentwicklung. [...]

M4 Kennzeichen heutiger kultureller Globalisierung

[...] Die ökonomischen, gesellschaftlichen und medientechnischen beziehungsweise medienwirtschaftlichen Entwicklungen der vergangenen drei Jahrzehnte haben die heutigen Formen kultureller Globalisierung hervorgebracht beziehungsweise ermöglicht. Dabei umfassen sie im Unterschied zu früheren kulturellen Austauschprozessen heute vor allem mit den Konsumgütern große Bereiche der Alltagskulturen und die verschiedenen Popularkulturen. Für die Menschen in den entwickelten und in den ökonomisch weniger entwickelten Ländern ist dadurch der Umfang kultureller und allgemeiner Konsumangebote, über die sie verfügen können, enorm gewachsen, auch wenn einige einheimische Produkte unter dem Druck der globalen Konkurrenz verschwunden sind. Die gegenwärtigen Formen kultureller Globalisierung sind vor allem durch drei Aspekte gekennzeichnet:

1. Die Eine-Waren-Welt

Das auffälligste Merkmal - und das wird von vielen Kritikern als alleiniges Kennzeichen wahrgenommen - ist die Angleichung eines Teilbereiches des kulturellen Lebens über universelle Bilderwelten, uniforme Muster von Popularkulturen und gleiche Konsumgüter, die von der transnationalen Kulturindustrie und den internationalen Konzernen in alle Weltgegenden transportiert werden. [...]

2. Lokal - Global - Glokal

Die immer stärkere Ausbreitung westlicher Konsumgüter und Kulturmuster geht oft mit einer verstärkten Rückbesinnung auf lokale kulturelle Traditionen und ihre Wiederentdeckung einher. In Anbetracht vieler weltweit gleicher Kulturangebote werden die Besonderheiten der eigenen Kultur gegenüber anderen Kulturen hervorgehoben. Kulturelle Identitätssuche in lokalen, regionalen und nationalen Bezügen zur Selbstvergewisserung bildet nicht nur bei Migranten, nationalen Minderheiten und in Ländern des Südens die andere Seite der kulturellen Globalisierung. Lokal-, Regional- und Nationalkulturen als Ausdruck kultureller Traditionen sollen dabei ein Zusammengehörigkeitsgefühl vermitteln und dadurch den Menschen einen Orientierungspunkt bieten. [...]

3. „Hybride Kulturen"

Jede Kultur ist immer vermischt mit anderen Kulturen, aus dem Austausch mit ihnen entstanden, ein Bastard und multikulturell. Dieser Prozess ist nie abgeschlossen. Es war bislang aber in der Regel eine eher allmähliche Herausbildung und kontinuierliche Weiterentwicklung. Die gegenwärtige kulturelle Situation ist im Gegensatz dazu nicht nur durch ständig wechselnde kulturelle Moden, sondern auch in immer kürzeren Abständen neu entstehende Kulturformen und Kulturstile geprägt. Diese entwickeln sich aus der Kombination und Durchmischung unterschiedlicher Kulturtraditionen. Dafür wird der Begriff „Hybridisierung" gebraucht. Hybridisierung meint die Vermischung verschiedener kultureller Stile, Formen und Traditionen, aus der etwas Neues, eine „globale Melange" entsteht. [...]

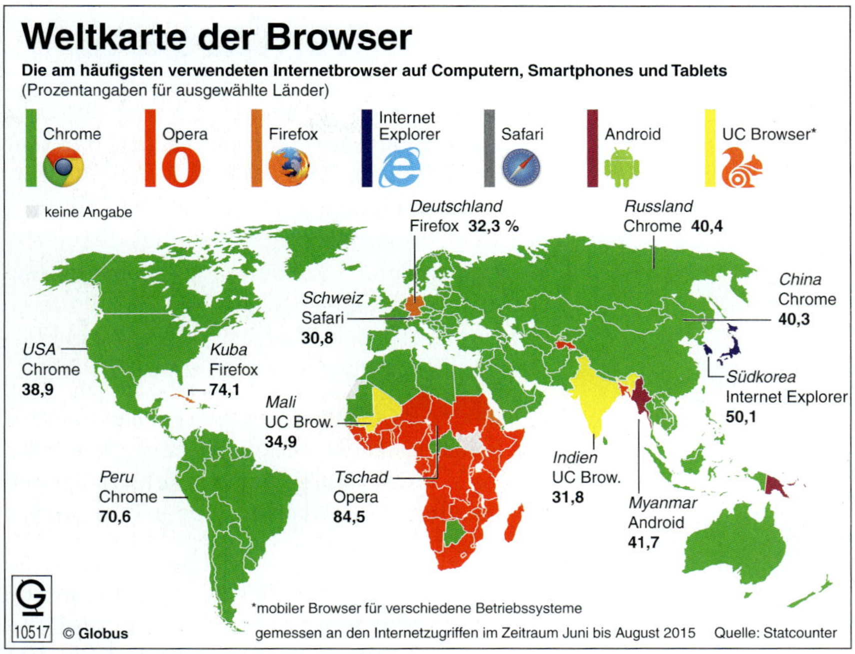

Abb. 17.1: Häufigkeit der Verwendung von Internetbrowsern weltweit

M1–M4: Bernd Wagner: Kulturelle Globalisierung. Von Goethes „Weltliteratur" zu den weltweiten Teletubbies. Aus Politik und Zeitgeschichte, Band 12, Bonn 2002. In: https://www.bpb.de/apuz/27022/kulturelle-globalisierung, Zugriff am 14.06.2020

„Globalisierung bedeutet nicht, dass alle anderen Menschen nach der westlichen Façon selig werden müssen."

Helmut Schmidt (1918–2015), Bundeskanzler der Bundesrepublik Deutschland von 1974–1982

Arbeitsaufträge

1. Geben Sie in eigenen Worten wieder, was man unter kultureller Globalisierung versteht!
2. Charakterisieren Sie den Begriff kulturelle Globalisierung (M2 - M4)!
3. McDonald's gilt als Sinnbild für die globale Ausrichtung an einem westlichen Lebensstil. Recherchieren Sie weitere Beispiele kultureller Globalisierung!
4. „Einheitliche Weltkultur" oder „zurück zur Regionalkultur"? Begründen Sie Ihre Position zu dieser Frage (M1 - M4)!

Zusammenfassung

Globalisierung ist ein häufig genutzter und sehr vielschichtiger Begriff, der sich jedoch nur sehr schwer definieren lässt. Mit Blick auf die Forschungsliteratur lassen sich viele Definitionen finden. Gemeinsam haben alle jedoch, dass besonders Technologie und Ökonomie zur Globalisierung beitragen. Um Globalisierung und ihre Prozesse genauer zu erfassen, lässt sich der Prozess in unterschiedliche Dimensionen untergliedern.

Gewinner der Globalisierung sind vor allem westliche Industriestaaten, aber auch China, Japan oder Südkorea. Entwicklungsländer profitieren durch die Schaffung von Arbeitsplätzen und Technologietransfer.

Besonders positiv wird die Globalisierung in vielen Schwellenländern gesehen. Erstaunlicherweise zeigen sich besonders bei den Gewinnern der Globalisierung große Ängste, etwa vor Wohlstandsverlusten oder dem Verlust des eigenen Arbeitsplatzes durch die Globalisierung. Die Menschen in diesen Ländern lehnen die Globalisierung nicht ab, wünschen sich jedoch von der Politik mehr Absicherung.

Ökonomische Globalisierung

Der jährliche Anstieg des Welthandels ist ein Indikator der Globalisierung. Seit 1950 haben sich die weltweiten Exporte um mehr als das 41-Fache erhöht. Aber nicht nur Güter und Dienstleistungen, sondern vor allem Kapital und Finanztransaktionen sind das äußere Zeichen dieser Globalisierungsdimension. Riesige Geldmengen wandern dabei immer schneller um den Globus. → **Direktinvestitionen** von transnationalen Unternehmen („Global Player") führen zu einer weiteren Verflechtung der Weltwirtschaft. Allein aus Deutschland gelangten im Jahr 2017 Direktinvestitionen im Wert von 1.167 Milliarden Euro in das Ausland.

Wie die Finanz- und Wirtschaftskrise 2007–2009 oder die Corona-Krise 2020 gezeigt haben, ist die ökonomische Globalisierung nicht nur segensreich, sondern ein hochkomplexes Gebilde, das nur allzu leicht ins Wanken geraten kann. Auch Handelskonflikte und eine Zunahme protektionistischer Maßnahmen drohen zunehmend eine Gefahr für den freien Welthandel zu werden.

Politische Globalisierung

Globalisierung hat die nationalstaatliche Politik verändert. Privatisierung, → **Liberalisierung** und → **Deregulierung** machen Globalisierung überhaupt möglich. Wie weit die staatliche Politik sich darauf einlässt bzw. einlassen muss, hängt davon ab, wie wirtschaftlich wettbewerbsfähig ein Staat bleiben will. Fakt ist die zunehmende Abgabe staatlicher souveräner Rechte an internationale Institutionen, z. B. die → **Europäische Union**. Damit verliert die staatliche Politik teilweise ihren Einfluss und ihre Entscheidungsfreiheit in diesen Bereichen. Schwierig wird bei zunehmender Deregulierung und Liberalisierung die staatliche Kont-

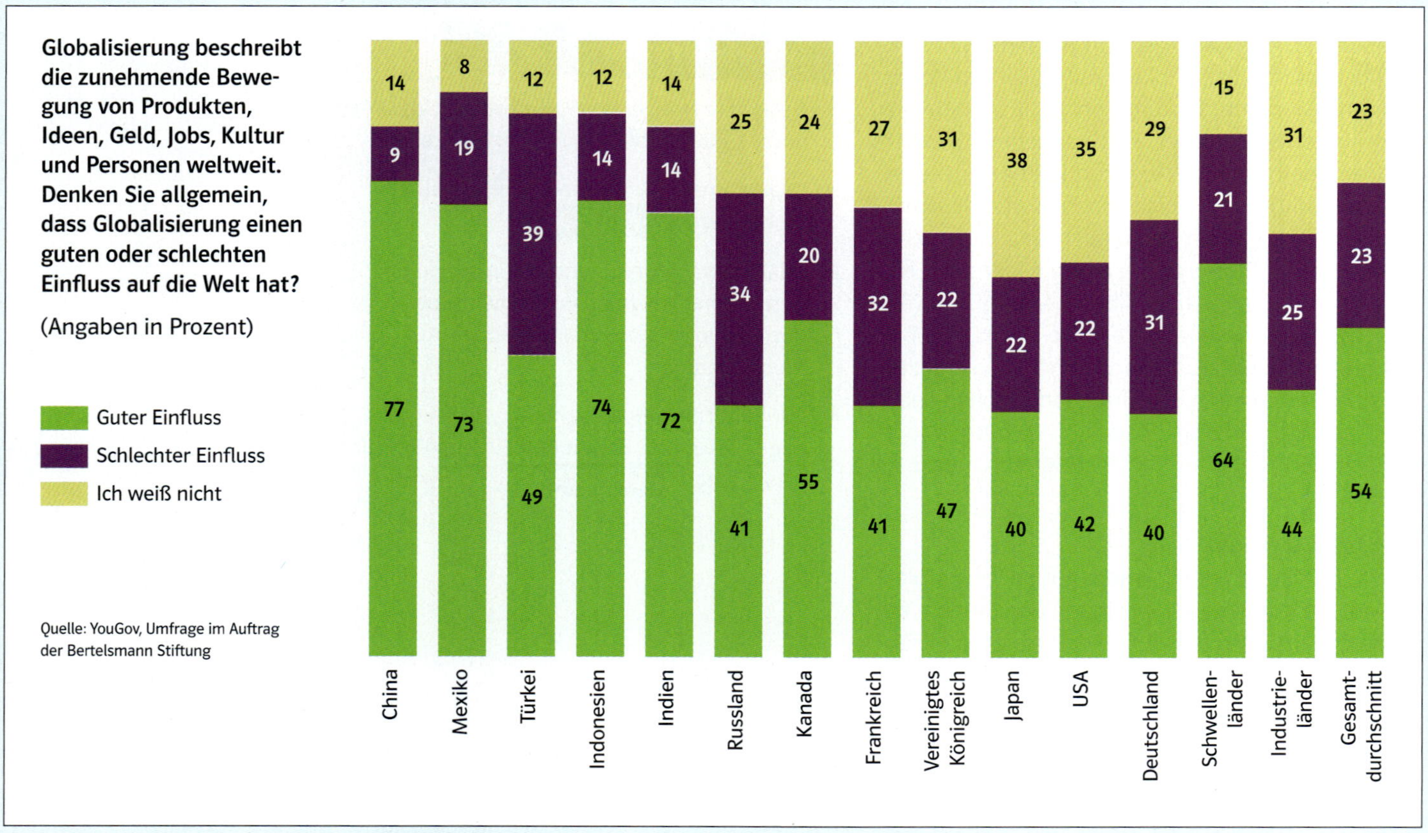

Abb. 18.1: Grundsätzliche Einstellungen zur Globalisierung

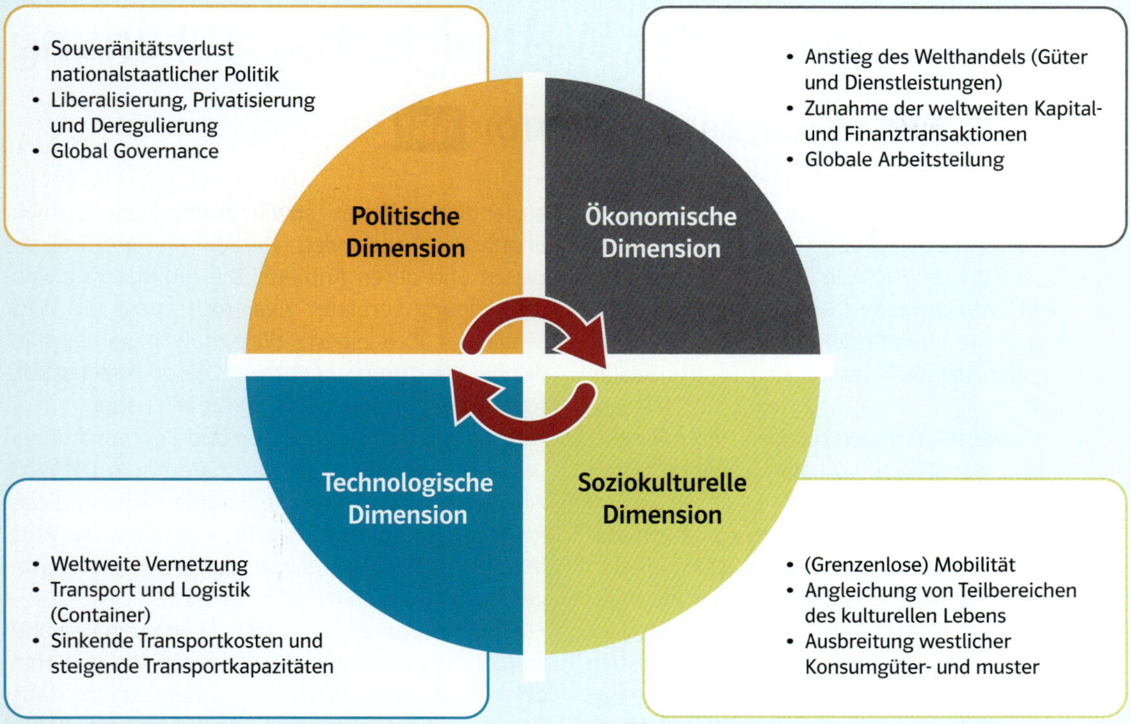

Abb. 19.1: Dimensionen der Globalisierung

rolle besonders von global agierenden Konzernen wie Facebook oder Alphabet. Die faktische Globalisierung ist bedeutend fortgeschrittener als die dazugehörigen internationalen Regelungen. Global Governance versucht Defizite aufzufangen, allerdings ist man von einer globalen, verbindlichen Welthandels-, Weltfinanz- oder Weltwährungsordnung noch entfernt.

In den vergangenen Jahren haben solche Bemühungen Rückschläge hinnehmen müssen, da es in einigen Staaten wie den USA, aber auch in einigen Mitgliedsstaaten der Europäischen Union wieder verstärkt Renationalisierungstendenzen gibt.

Technologische Globalisierung

Die rasante Entwicklung in der Informations- und Kommunikationstechnik lässt die Welt enger zusammenrücken. Innerhalb von Sekunden ist es mittlerweile möglich, wichtige Informationen und nahezu unbegrenzte Datenmengen auf der ganzen Welt zu versenden und zu empfangen. Diese Entwicklung erleichtert es Unternehmen, global zu agieren. Besonders im Bereich der mobilen Kommunikation lassen sich in den letzten Jahren rasante Zuwachsraten beobachten. Gleichzeitig bringt diese Entwicklung aber auch neue Probleme, wie z. B. die Frage der Datensicherheit, mit sich.

In den letzten Jahren sind die Transportkosten aufgrund steigender Transportkapazitäten und günstiger Betriebsstoffe gesunken. Dies fördert einen weiteren Anstieg des globalen Handels.

Diese beiden Komponenten technischen Fortschritts lassen weltweite Unternehmensstandorte zu, die für eine Produktion günstig scheinen. Auch der weltweite Rohstofftransport zu günstigen Kosten führt zu weltweitem Handel: Bestellungen per Internet und Transportmöglichkeiten durch z. B. Flugzeug oder Container sind relativ kostengünstig. Der Preis dieser Zunahme des globalen Handels ist jedoch eine zunehmend stärkere Belastung der Umwelt.

Soziokulturelle Globalisierung

Nicht nur Waren, Güter, Dienstleistungen und Kapital bewegen sich global. Hinter all diesen Entwicklungen stecken Menschen, für die es mittlerweile ebenfalls keine Grenzen mehr gibt: Mobilität ist das Stichwort. Daraus resultiert die „eine W-Waren-Welt", bei der sich Produkte weltweit durchsetzen wie Coca-Cola, McDonald's-Fastfood oder das iPhone. Bislang wird dieser Prozess des kulturellen Austausches besonders von der westlichen Popularkultur dominiert. Häufig wird in diesem Zusammenhang auch von der „McDonaldisierung" der Welt gesprochen.

Dieses schafft zwar eine Angleichung kultureller Symbole, führt aber auch zur Kritik an der kulturellen Nivellierung und der Angst vor dem Verlust der nationalen/regionalen/lokalen Identität. Daher erfolgt häufig eine verstärkte Rückbesinnung auf lokale kulturelle Traditionen, die von den Menschen wiederentdeckt werden. In Anbetracht vieler weltweit gleicher Kulturangebote werden die Besonderheiten der eigenen Kultur gegenüber anderen Kulturen hervorgehoben. Dabei wird schnell vergessen, dass kultureller Austausch schon immer stattgefunden hat. Die Globalisierung beschleunigt diesen Prozess jedoch.

Musterklausur Kapitel 1 mit Lösung
5xs6tt

2. Institutionen der Weltwirtschaftsordnung

2.1 Die Welthandelsorganisation (WTO) ABI

Info

Die Welthandelsrunden (→ GATT/ab 1995 WTO) und ihre Themen:
1947: Zollverhandlungen (–)
1949: Zollverhandlungen (Annecy-Runde)
1951: Zollverhandlungen (Torquay-Runde)
1956: Zollverhandlungen (Genf-Runde)
1960–1961: Zollverhandlungen (Dillon-Runde)
1964–1967: Preise, Zollverhandlungen (Kennedy-Runde)
1973–1979: Zollverhandlungen, Handelshemmnisse (Tokio-Runde)
1986–1994: Reformen, Gründungsvorbereitung der WTO (Uruguay-Runde)
Seit 2001: Entwicklungsländer und Welthandel (Doha-Runde)

M1 Was ist die WTO?

Die Welthandelsorganisation („World Trade Organization" = WTO) wurde 1995 in Genf als Nachfolgerin des → **GATT-Abkommens** („General Agreement on Tariffs and Trade") gegründet. […]

Die Aufgaben der WTO lassen sich in drei Säulen darstellen:

- Forum für Verhandlungen zwischen ihren Mitgliedern über den Abbau von Handelshemmnissen […]
- Überwachung der WTO-Abkommen sowie der nationalen Handelspolitiken der WTO-Mitglieder: […] Zudem erfüllt die WTO zusammen mit Weltbank und UNCTAD ein G20-Mandat zum Monitoring nationaler handelspolitischer Maßnahmen in der Bewältigung der Wirtschafts- und Finanzkrise. Streitschlichtung im Falle der Verletzung von WTO-Abkommen […].

Prinzipien

Die → **multilaterale** Welthandelsordnung der WTO beruht auf einer Reihe von Grundprinzipien, zu deren Einhaltung sich die Mitglieder bei der Ausgestaltung ihrer Handelspolitiken verpflichten.

Meistbegünstigung […]: Das Prinzip der Meistbegünstigung verpflichtet die WTO-Mitglieder, alle Vorteile, die sie im Handel mit Waren einem Handelspartner zugestehen, unverzüglich und bedingungslos auch jedem anderen WTO-Mitglied und seinen Staatsbürgern zu gewähren. Dies gilt gleichermaßen für den Handel mit Dienstleistungen […] sowie im Zusammenhang mit handelsbezogenen Aspekten des geistigen Eigentums […].

Inländerprinzip […]: Das Prinzip der Inländerbehandlung verlangt von den WTO-Mitgliedern, dass ausländische Waren sowie deren Anbieter nicht ungünstiger behandelt werden als einheimische Waren und deren Anbieter. Die multilaterale Handelsordnung verbietet zwar nicht, dass die WTO-Mitglieder ihre eigene Wirtschaft gegen ausländische Konkurrenz schützen. Dieser Außenschutz muss jedoch gleiche Wirkung für alle haben.

Transparenz […]: Regelungen und Beschränkungen des Außenhandels sollen transparent sein. Die WTO-Vorschriften verlangen die Veröffentlichung dieser Regelungen und sehen vielfach vor, dass die WTO-Mitglieder dem Sekretariat der WTO Veränderungen auch mitteilen (Notifizierungen).

→ **Liberalisierung** […]: Die WTO bildet ein Verhandlungsforum, das dem Abbau aller Arten von Handelshemmnissen dient. Man unterscheidet dabei zwischen den tarifären Handelsbarrieren (Zölle) und den nicht-tarifären Handelsbeschränkungen. […]

Gegenseitigkeit: […] Treten die WTO-Mitglieder in die Handelsverhandlungen ein, müssen sie sich vom sog. Prinzip der Gegenseitigkeit leiten lassen. Dies besagt, dass die wechselseitig eingeräumten Konzessionen gleichgewichtig und ausgewogen sein sollen. Eine Sonderstellung nehmen die Entwicklungsländer ein, von denen die Industrieländer keine gleichwertigen Konzessionen verlangen sollen.

Bundesministerium für Wirtschaft und Energie: Die WTO – Ziele, Aufgaben und Prinzipien (Stand: 2020). In: https://www.bmwi.de/Redaktion/DE/Artikel/Aussenwirtschaft/wto-ziele-aufgaben-prinzipien.html, Zugriff am 23.04.2020

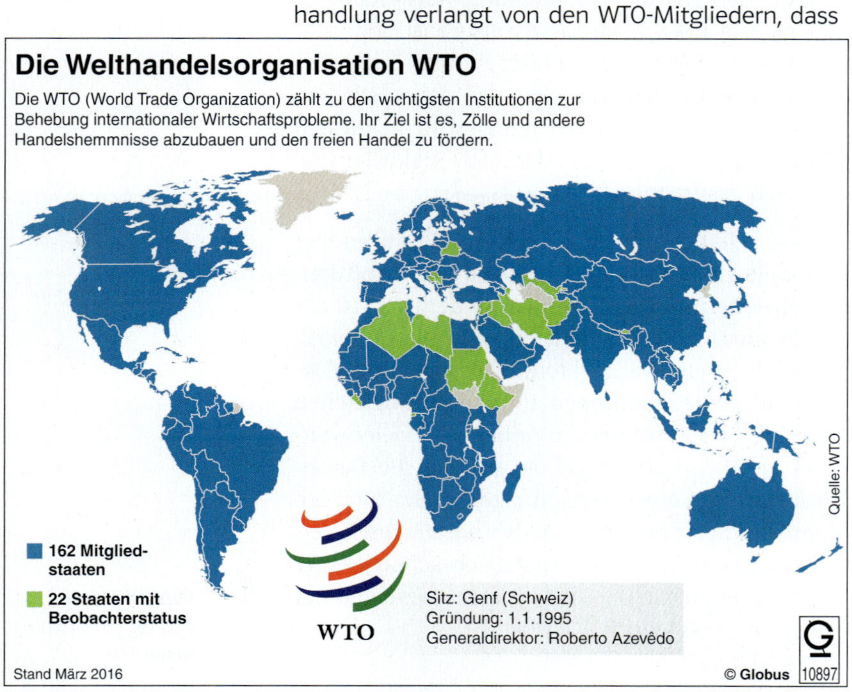

Abb. 20.1: Mitglieder der WTO

M2 Die Schwäche der WTO

Fast unschuldig kommt der Satz daher: „Die Regierung Trump wird die amerikanische Souveränität in Fragen der Handelspolitik entschlossen verteidigen." So steht es im jüngsten Bericht aus dem Büro des US-Handelsbeauftragten an den Kongress. Was das bedeutet, macht der Bericht auch klar, und das ist alles andere als unschuldig: Die USA werden sich nicht mehr ohne Weiteres den Regeln und Entscheidungen der Welthandelsorganisation (WTO) beugen. Und zwar dann nicht, wenn diese Regeln und Entscheidungen nach Meinung der Regierung den USA schaden. […] Würden die USA jedoch die Legitimität der WTO in Zweifel ziehen oder die Organisation ganz verlassen, dann läge die liberale Weltwirtschaftsordnung der Nachkriegszeit in Trümmern, dann wäre auch die *Pax Americana* dauerhaft beschädigt. […]

Als Organisation ist die WTO machtlos. Anders als der IWF oder die Weltbank hat sie kein Geld zu vergeben, jedes Mitglied hat genau eine Stimme. Alles hängt davon ab, dass die großen Handelsmächte,

also vor allem die USA und die EU, hinter der WTO stehen und sich ihren Schiedssprüchen beugen. Entfällt diese Voraussetzung, dann ist die WTO nicht viel mehr als ein schönes Bürogebäude aus den Zwanzigerjahren am Genfer See. Kritik an der Organisation kam bisher meist von links. In einem Papier der Organisation Attac heißt es: „Die von der WTO rigoros betriebene Freihandelspolitik war und ist eine der wesentlichen Ursachen der globalen Ungleichgewichte und der globalen Krise." […]
Die WTO […] verlor zuletzt zunehmend an Einfluss. Nach den Terroranschlägen vom 11. September 2001 beschlossen die Mitglieder noch eine neue Liberalisierungsrunde, die besonders armen Ländern helfen und so den Terrorismus bekämpfen sollte. Die Runde begann am 9. November 2001 in Doha, der Hauptstadt von Qatar. Doch die „Doha-Runde" ist bis heute nicht abgeschlossen, weil die Schwellenländer untereinander uneinig waren, und weil die Industrieländer das Interesse verloren. […]
Jetzt hat die WTO in Washington praktisch keine Freunde mehr. Nicht nur Donald Trump lehnt die Organisation ab, sondern auch der linke Senator Bernie Sanders aus Vermont, der selbst gerne Präsident geworden wäre. „Linke und Rechte sind gemeinsam dabei, die WTO sturmreif zu schießen", sagt düster ein Beamter des Bundeswirtschaftsministeriums. […]

Nikolaus Piper: Welthandelsorganisation – Geliebt, verhasst, vergessen (10.03.2017). In: https://www.sueddeutsche.de/wirtschaft/welthandelsorganisation-geliebt-verhasst-vergessen-1.3413660, Zugriff am 23.04.2020

Abb. 21.1: Das Ende der WTO?

M3 Kritik an der WTO ist verfehlt

[…] Die Vorwürfe sind vielfältig. Die WTO sei undemokratisch, benachteilige vor allem die ohnehin schwachen Entwicklungsländer und fungiere lediglich als verlängerter Arm der vermeintlich so mächtigen multinationalen Konzerne in den Industrieländern. Die WTO-Kritik ist jedoch in den meisten Punkten verfehlt oder überzogen:

- Jeder Staat hat in der WTO das gleiche Gewicht und zudem aufgrund des Einstimmigkeitsprinzips ein Veto-Recht. Demokratische Prinzipien sind in der WTO folglich fest verankert. Kein Land kann gezwungen werden, seine Handelsbarrieren gegen seinen Willen zu senken. Die Tatsache, dass sich das Übergewicht der Entwicklungsländer in der WTO im Zeitverlauf immer stärker erhöht hat, trägt daneben auch zum Einfluss der Entwicklungsländer bei. […]
- Sicherlich dominieren gleichwohl EU, USA und Co. die Bühne der globalen Handelspolitik. Wenn es um niedrigere Handelsschranken und mehr Marktzugang geht, haben sie als große Wirtschaftsnationen naturgemäß eine große Verhandlungsmacht. Gäbe es keine WTO, müssten die Entwicklungsländer, wenn sie mehr Güter in die Industrieländer exportieren wollten, jedoch in vielen Fällen einzeln an den Verhandlungstisch. Die Erfahrung zeigt freilich, dass sie dabei in der Regel mehr Zugeständnisse machen müssen. Zudem würden vor allem kleinere Entwicklungsländer, die wenig Marktpotenzial zu bieten haben, bei derartigen Verhandlungen ganz außen vor bleiben, weil die großen Industrienationen erst gar keine Verhandlungen aufnehmen würden. […]
- Darüber hinaus zwingt die WTO auch die wirtschaftlich mächtigen Staaten in ein Regelkorsett. So gehört zu dem umfangreichen Vertragswerk, das Rechtssicherheit garantiert, ein Streitbeilegungssystem, vor dem sich auch EU und USA zu verantworten haben. […]
- Der Erfolg gibt der WTO Recht. Sie kann den Entwicklungsländern nicht pauschal schaden. Andernfalls würden nicht immer mehr arme Länder Mitglied werden. Von den 50 ärmsten Ländern der Welt sind seit 1995 25 der WTO beigetreten, 11 stehen in Beitrittsverhandlungen oder kurz davor und 6 waren bereits bei WTO-Gründung Mitglieder der Organisation. Damit bleiben lediglich 8 der ärmsten Staaten derzeit noch außen vor.

Welthandelsorganisation: Kritik (ohne Datum). In: https://www.wirtschaftundschule.de/wirtschaftslexikon/w/welthandelsorganisation-kritik/, Zugriff am 31.03.2020

Arbeitsaufträge

1. Beschreiben Sie die Aufgaben und Prinzipien der WTO. (M1)!
2. Arbeiten Sie aus M2 mögliche Kritikpunkte an der WTO heraus!
3. Recherchieren Sie aktuelle Meldungen zur Rolle der WTO im Handelskonflikt zwischen den USA und Europa!
4. Setzen Sie sich kritisch mit der Rolle der WTO in der Weltwirtschaftsordnung auseinander (M1 – M3)!

2.2 G7 und G20 – Club der Mächtigen? ABI

Abb. 22.1: US-Präsident Trump und Frankreichs Präsident Macron beim G7-Gipfel in Biarritz 2019

M1 G7 oder G8?

Die Gruppe der 7 (G7) beziehungsweise Gruppe der 8 (G8) ist – wie die G20 – keine internationale Organisation, sondern ein informelles Forum der Staats- und Regierungschefs. Sie treffen sich auf Einladung der jeweiligen Präsidentschaft einmal jährlich zu einem Gipfel. Dabei diskutieren sie über Schlüsselfragen der Weltpolitik, tauschen ihre Standpunkte aus und versuchen, konstruktive Lösungen zu entwickeln. Der Vorsitz innerhalb der Gruppe wechselt jährlich unter den Mitgliedern. In der Vergangenheit waren diese Gipfeltreffen Ausgangspunkt verschiedener entwicklungspolitischer G7- beziehungsweise G8-Initiativen.

Zur vormals „Gruppe der 8 (G8)" genannten Gruppe gehörten bisher Deutschland, Frankreich, Großbritannien, Italien, Japan, Kanada, Russland und die Vereinigten Staaten von Amerika; zusätzlich die → **Europäische Union**, die in der G7/G8 einen Beobachterstatus hat. [...]

Die Länder der G7 stellen 10,5 Prozent der Weltbevölkerung und erwirtschaften etwa 44 Prozent des weltweiten Bruttonationaleinkommens. Sie gehören zu den größten Beitragszahlern in internationalen Organisationen und finanzieren knapp 70 Prozent der weltweiten öffentlichen Ausgaben für Entwicklungszusammenarbeit (ODA).

Die Entscheidungsfindung innerhalb der G7 beziehungsweise G8 findet im Konsens statt. Auch wenn die gemeinsam erarbeiteten Beschlüsse und Selbstverpflichtungen keine rechtliche Bindung haben, ist ihre weltweite Wirkung nicht zu unterschätzen. Umgesetzt werden sie über bilaterale Maßnahmen der Staaten und über deren großen Einfluss in vielen → **multilateralen** Organisationen.

Bundesministerium für wirtschaftliche Zusammenarbeit und Entwicklung: Gruppe der G7/Gruppe der G8 (ohne Datum). https://www.bmz.de/de/service/glossar/G/g8.html, Zugriff am 22.04.2020

M2 Gruppe der 20 – G20

1999 trafen sich erstmals die Finanzminister und Zentralbankgouverneure der 19 größten → **Volkswirtschaften** sowie ein Vertreter der EU und der Europäischen Zentralbank, um wichtige Themen der Weltwirtschaft zu diskutieren. Sie bilden die Gruppe der 20 (G20), bestehend aus den G7-Staaten sowie Argentinien, Australien, Brasilien, China, Indien, Indonesien, Mexiko, Russland, Saudi- Arabien, Südafrika, Südkorea, der Türkei und der Europäischen Union.

Die G20 ist ein informelles Forum. Im Zuge der Finanz- und Wirtschaftskrise und auf Beschluss der führenden Industrie- und Schwellenländer wurde sie zum wichtigsten Koordinierungsgremium für Wirtschafts- und Finanzfragen. Zusätzlich zu den Treffen der Finanzminister begegnen sich auf der G20-Ebene inzwischen auch die Staats- und Regierungschefs.

Die G20-Staaten erwirtschaften mehr als 85 Prozent des weltweiten Bruttoinlandsprodukts, wickeln drei Viertel des Welthandels ab und stellen rund zwei Drittel der Weltbevölkerung.

Die Bundesregierung setzt sich seit langem dafür ein, Entwicklungsfragen innerhalb der G20 stärker zu thematisieren. Beim Gipfel in Seoul 2010 wurde eine G20-Entwicklungsagenda mit einem mehrjährigen Aktionsplan verabschiedet. [...]

Bundesministerium für wirtschaftliche Zusammenarbeit und Entwicklung: Die Gruppe der 20 – G20 (ohne Datum). http://www.bmz.de/de/ministerium/wege/multilaterale_ez/akteure/G20/index.html?follow=adword, Zugriff am 22.04.2020

M3 G20 – kompetent, aber unbeliebt

Säulen des G20-Arbeitsprozesses

FINANZ-TRACK	SHERPA-TRACK
Themenauswahl: • Internationale Finanzarchitektur • Rahmen für Wachstum • Finanzmarkt-regulierung	**Themenauswahl:** • Entwicklung • Bildung und Beschäftigung • Gesundheit • Klima und Energie
• Minister- und Zentralbank-gouverneurstreffen • Fachkonferenz • Arbeitsgruppen	• Fachministertreffen • Fachkonferenzen • Arbeitsgruppen

G20-GIPFEL
Staats- und Regierungschefs

Quelle: Bertelsmann Stiftung

Abb. 22.2: Arbeitsprozess der G20

[...] Mehr als zwei Drittel der Menschen in den untersuchten Staaten [Argentinien, Deutschland, Russland, Großbritannien und USA] haben nur eine sehr vage Vorstellung davon, was die G20 ist. In den fünf Ländern verfügen insgesamt 46 Prozent der Bürger über nahezu kein Faktenwissen zur G20 – sie konnten keine der Fragen richtig beantworten. Hinzu kommen 23 Prozent, die lediglich eine Frage richtig beantworteten. In Widerspruch zu ihrer Relevanz als Koordinationsforum der Mitgliedsstaaten spielt die G20 in der Wahrnehmung vieler Bürger in den fünf Ländern damit keine nennenswerte Rolle. [...]

Insgesamt ist die Bewertung der G20 und ihrer Problemlösungskompetenz in der Tendenz positiv: 45 Prozent der Menschen in den fünf Ländern sind ihr gegenüber positiv eingestellt, 20 Prozent negativ. Rund ein Drittel der Bürger gibt an, keine Meinung zur G20 zu haben. Der Staatenclub wird damit zwar nicht mehrheitlich abgelehnt. Uneingeschränkte

begeisterte Unterstützung lässt sich jedoch ebenso wenig konstatieren. […]
G20-Gipfel wurden seit 2009 immer wieder von Protesten begleitet. Dabei stand häufig auch der Ablauf der Gipfeltreffen in der Kritik. Intransparent, demokratisch nicht ausreichend legitimiert, ineffektiv und zu teuer – so lautete vielfach das Urteil. […] Die Bürger Argentiniens, Deutschlands, Großbritanniens, Russlands und der USA wurden gefragt, wie stark sie bestimmte Eigenschaften mit dem Zusammentreffen der Staats- und Regierungschefs ihrer Länder verbinden. Das Ergebnis: In ihren Augen mangelt es den Gipfeltreffen an Transparenz. Insgesamt halten über die fünf Staaten hinweg nur 26 Prozent der Menschen die Gipfel für transparent, knapp 40 Prozent sind hingegen der Meinung, dass „transparent" G20-Gipfel ziemlich oder sogar sehr schlecht beschreibt.

Die G20: 9 Fakten und Hintergründe (November 2018). In: https://www.bertelsmann-stiftung.de/fileadmin/files/BSt/Publikationen/GrauePublikationen/ZD_Factsheet_06_2018_Die_G20_9_Fakten_und_Hintergruende.pdf, S. 6–8, Zugriff am 31.03.2020

M4 G20 ganz nah am Abgrund

[…] Zehn Jahre nach ihrer Gründung auf Ebene der Staats- und Regierungschefs ist die Gruppe der 20 als Forum zur Lösung globaler Probleme klar auf dem absteigenden Ast. Als Mittel zur Regulierung der international aus dem Ruder laufenden Finanzmärkte inmitten einer eklatanten Krise gegründet, hat sich das G20-Format offenbar überlebt. Nicht weil die Idee falsch wäre, dass globale Lösungen für globale Probleme besser sind, sondern weil der politische Wille vieler Handelnder abhandengekommen ist. Abschottung, Nationalismus, Protektionismus haben auch als Antworten auf die Finanzkrise, auf die vermeintlichen Folgen einer als zügellos empfundenen Globalisierung weltweit betrachtet zugenommen.
Anführer dieser Bewegung ist zweifellos der planlos um sich holzende US-Präsident Donald Trump, der ein bekennender Dekonstruktivist ist – also jemand, der die bestehende Ordnung einreißen will, weil er glaubt, sie funktioniere für ihn nicht. […] Aber Donald Trump, und das ist das Fatale, ist nicht allein. Auch der russische Präsident, der saudische Kronprinz, der türkische Autokrat und der chinesische Präsident am Tisch der G20 geben nicht viel auf Recht und Gerechtigkeit. Zu diesem Klub der „Mein Land zuerst"-Bewegung kommen immer mehr Vertreter hinzu. […] Das sind keine guten Aussichten für den nächsten G20-Gipfel im japanischen Osaka. Es wird langsam einsam um die deutsche Kanzlerin, den kanadischen Premier, den französischen Präsidenten und die Vertreter der EU, die das Fähnlein des → **Multilateralismus** in Buenos Aires hochgehalten haben. Selbst innerhalb der EU ist ja zu beobachten, dass Populismus und Eigenbrötlertum sich immer mehr ausbreiten. Jüngstes Beispiel dafür ist nach dem Brexit jetzt die populistische Regierung in Italien.

Abb. 23.1: G8-Mitglieder zuerst …!

Liest man die dürre Absichtserklärung der G20, die hier verabschiedet wurde, dann erscheint diese Vereinigung von zwei Dritteln der Menschheit nur noch als leere Hülle. Zwar bekennt man sich mit Ach und Krach noch zu einer Reform des Handelssystems. Gegenseitig jedoch überziehen sich Teile der Gruppe der 20 inzwischen mit Strafzöllen, um ein größeres Stück vom Weltwirtschafts-Kuchen zu ergattern. Theorie und Praxis klaffen da weit auseinander.
[…] Dem Publikum und den Wählern daheim – sofern man welche hat, auf die man Rücksicht nehmen muss – ist nur noch schwer zu vermitteln, wozu die G20 taugen sollen, wenn dort mehr und mehr ruppige Einzelkämpfer am Tisch sitzen.
Nicht einmal ihre ureigenste Aufgabe, nämlich die Besteuerung von digitalen Unternehmen weltweit zu regeln, hat die G20 bis heute erledigt. Die gerechte Besteuerung wurde wieder einmal verschoben, auf Drängen der USA, auf den übernächsten Gipfel, falls der noch stattfinden sollte. Die G20 wieder auf Minister-Niveau wie vor 2008 herabstufen oder ganz aufzulösen, wäre ein Sieg für die Nationalisten, den man ihnen nicht gönnen sollte. So wird vielleicht weiter gegipfelt, aber die G20 könnte leicht zum „dead man walking" werden, dem Todeskandidaten auf dem Weg zur politischen Hinrichtung.

Bernd Rieger: G20 ganz nah am Abgrund (1.12.2018). https://www.dw.com/de/kommentar-g20-ganz-nah-am-abgrund/a-46540044, Zugriff am 22.04.2020

Arbeitsaufträge

1. Fassen Sie wesentliche Informationen zu G8 und G20 in eigenen Worten zusammen. (M1, M2)!
2. Erklären Sie das Dilemma der G20 (M3)!
3. Analysieren Sie die Karikatur (Abb. 23.1) im Hinblick auf die Aussageabsicht des Verfassers!
4. Nehmen Sie Stellung zur Position Bernd Riegers bezüglich des G20-Formats (M4)!

Visualisierung als Lernstrategie

Visualisieren als Lernstrategie

Visualisieren als Lernstrategie einzusetzen bedeutet, die Schüler aufzufordern, ihre mentalen Repräsentationen sichtbar zu machen, indem sie diese als grafische Struktur darstellen. Dabei geht es allerdings nicht nur darum, bereits vorhandene Netze grafisch umzusetzen, sondern häufig werden beim Zeichnen grafischer Strukturen diese Wissensnetze erst gebildet. Wenn Schüler zum Beispiel einen Sachtext erschließen und dabei eine grafische Struktur zeichnen, dann schaffen sie dabei eine eigene Landkarte des in dem Text dargestellten Zusammenhangs.

Funktionen des Visualisierens als Lernstrategie

Dass das Visualisieren bei Prozessen des Lernens hoch wirksam ist, ist unumstritten. Gerade die eigenständige Anfertigung von Visualisierungen unterstützt die Schüler dabei, umfangreiche Wissensbestände auf Kernelemente zu reduzieren und zu ordnen sowie Texte tiefer zu durchdringen, kurz: die eigenen Wissensbestände zu erweitern.

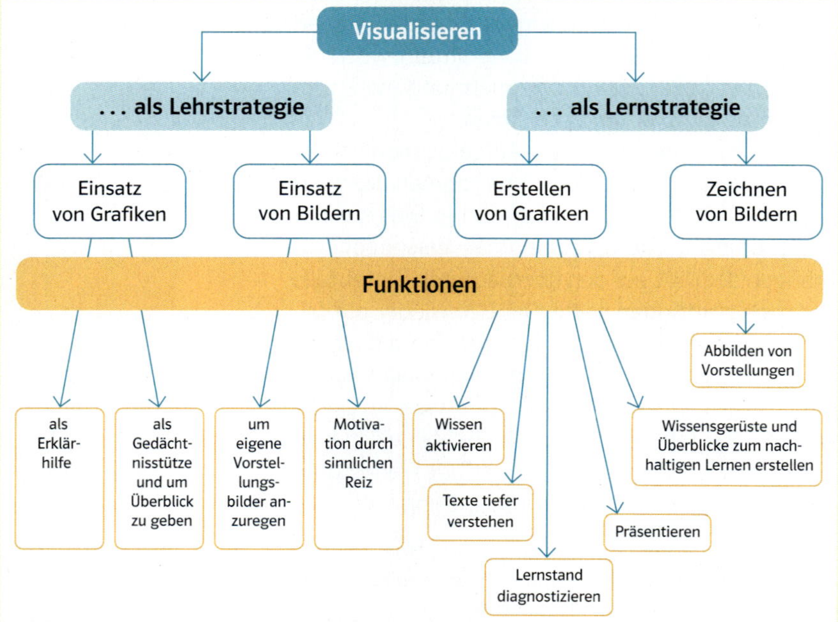

Abb. 24.1: Visualisierung

Strategien der Visualisierung werden daher auch „Selbsterklärungsaktivitäten" der Lernenden genannt. Dies sei am Beispiel der Texterschließung erklärt: Wenn ein Text in eine grafische Struktur transformiert wird, dann erfordert dies notwendig eine vertiefte und aktive Auseinandersetzung mit dem Inhalt. Die Schüler können nur eine angemessene grafische Struktur erstellen, wenn sie die logische Struktur des Inhalts durchdrungen haben. Da diese aber meist nicht an der Oberfläche eines Textes sichtbar ist und explizit genannt wird, führen Strategien der Visualisierung zu einer vertieften Auseinandersetzung mit den Texten.

Wer einen Text grafisch transformieren kann, hat ihn wirklich verstanden.

Welche Form der Visualisierung die Schüler jeweils benutzen, hängt von der logischen Struktur des Textes ab, der visualisiert werden soll. Das Visualisieren als Lernstrategie kann daneben noch viele andere Funktionen haben:

- Die Schüler können beim Erstellen der Strukturen nicht nur selbst erkennen, was sie noch nicht verstanden haben; auch die Unterrichtenden können sie zur Diagnose des Lernstands einsetzen, da sie an den Visualisierungen sehr schnell Missverständnisse oder Lücken erkennen.
- Visualisierungen können zur Aktivierung der Wissensvoraussetzung eingesetzt werden: Wenn die Schüler vor Beginn des Lernprozesses ihr Vorwissen in einer Grafik darstellen, dann können sie das neu zu Lernende leicht daran anknüpfen und so in ihr individuelles Wissensgerüst integrieren. Dies ist eine Voraussetzung für nachhaltiges Lernen.
- Wenn Schüler nach einer Unterrichtsreihe den gesamten Sachzusammenhang in einer grafischen Struktur darstellen, dann durchdringen sie das Thema nicht nur in seinen Querverbindungen, sondern sie bereiten sich auch optimal auf Prüfungen vor, da sie sich einen Überblick über den gesamten Lernstoff verschafft haben.
- Wenn die Schüler etwas präsentieren, dann sind Visualisierungen eine große Hilfe, damit die Zuhörer ihnen folgen können. [...]

Dabei hat das selbstständige Visualisieren für das Lernen der Schüler die größte Bedeutung, da sie auf diese Weise mental aktiviert werden, ihre eigenen Wissensmodelle konstruieren und sich so Wissen selbstständig aneignen.

Immer möglich ist es [...], Inhalte durch einfache Visualisierungen wie Grafiken, Schaubilder oder Fotos zu veranschaulichen – unabhängig davon, über welches Medium sie präsentiert werden. Durch die Kombination von Aussage und Bild wird die Abspeicherung der Inhalte auf einfachste Weise optimiert. Im mündlichen Vortrag stehen dafür Tafel, Plakate oder Overheadfolien zur Verfügung. Aber auch ein Handout, auf dem Sie für den Zuhörer wichtige Inhalte festhalten, oder eine Tischvorlage, die Sie dem Zuhörer als Grundgerüst für mögliche Notizen während des Vortrages anbieten, lassen sich durch Visualisierungen verbessern.

Ludger Brüning, Tobias Saum: Visualisieren als Strategie erfolgreichen Unterrichts. In: Praxis Schule 5–10, Heft 5, Westermann Verlag, Braunschweig 2007, S. 6–8 (auch Abb. 24.1)

Checkliste: Visualisierung

✓ Folien mit Diagrammen oder Strukturbildern sind ohne Verbalisierung nutzlos. Auch eine Illustration, die Zusammenhänge auf einen Blick erkennbar macht, bedarf immer einer Erklärung.

✓ Eine Skizze muss die Zusammenhänge einfach und verständlich darstellen – eine Vereinfachung ist aber gleichzeitig auch eine Reduktion. Keine Angst davor – dies verringert die Bedeutung der jeweiligen Inhalte nicht.

✓ Die Visualisierung muss für alle Zuhörer gut zu erkennen sein: Das betrifft sowohl die Größe von Schrift und Bild als auch die Zeit, die der Einzelne braucht, um eine Darstellung zu betrachten.

Farbe, Grafik, Wort – die grundlegendsten Gestaltungsmittel

Eine Veranschaulichung von Zusammenhängen durch Visualisierung können Sie durch unterschiedliche Möglichkeiten erreichen: durch **Farbe, Symbole, Grafiken** oder auch einfach durch einen **Text**. Schon die Überschriften, die für jedes Kapitel oder für jede Folie verwendet werden, sind bereits Hilfen zur Strukturierung und Ordnung.

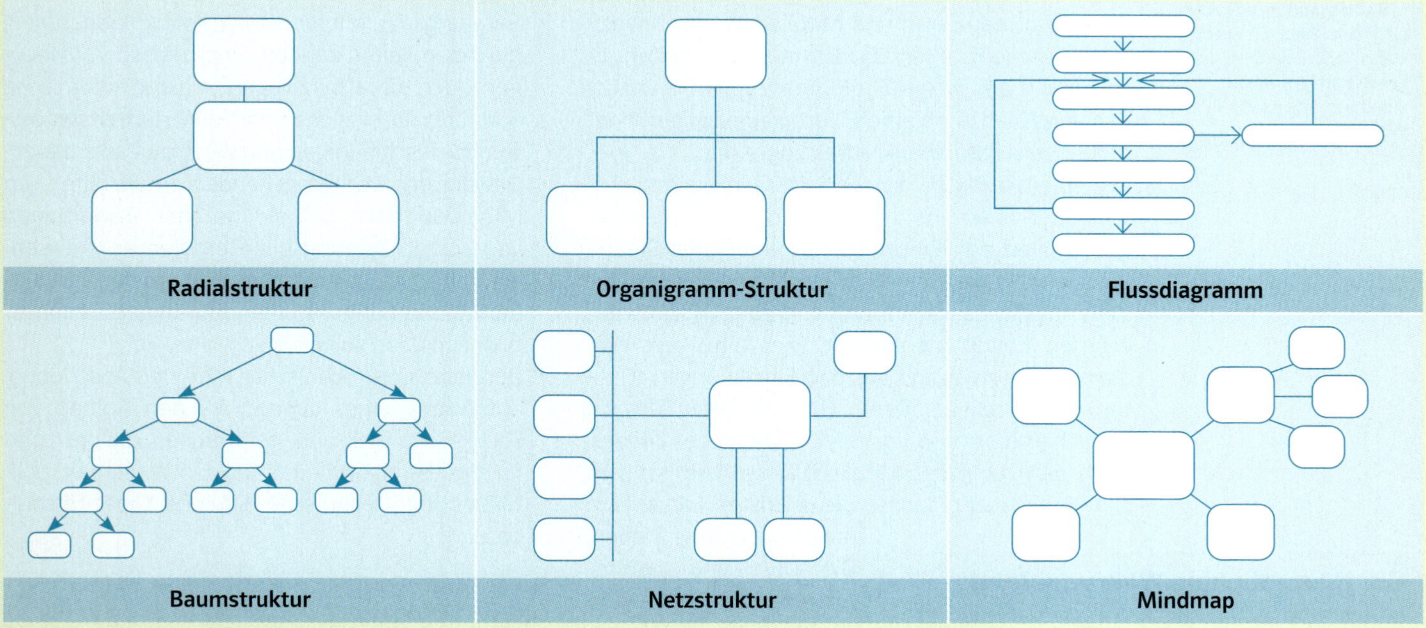

Abb. 25.1: Beispiele zur Strukturierung

Schrift
- unverschnörkelte Druck- statt Handschrift verwenden
- Großbuchstaben vermeiden
- lesbare Schriftgröße wählen
- nur Wesentliches nennen: Schlagwörter

Symbole
- standardisierte Symbole nutzen:
  - → Grund *oder* Folge
  - positive Aspekte
  - geprüfte Inhalte
  - ! wichtige Informationen
  - ? wichtige Fragestellungen
  - = Gleichsetzung
  - ≠ Gegenteil
- neu eingeführte Symbole erklären
- Symbole einheitlich verwenden

Farben
- zur Verdeutlichung, nicht zum Dekor nutzen
- maximal drei Farben verwenden
- lesbare, eher dunkle, kräftige Farben bevorzugen
- Farben einheitlich einsetzen (eine bestimmte Farbe für bestimmte Elemente)
- gängige Farbsymbolik nutzen
  - rot = Spannung, Dynamik
  - blau = Seriosität, Konzentration
  - grün = Neutralität, Sicherung
  - weiß = Schlichtheit, Klarheit

Grafiken
- nicht überladen mit zu vielen Details
- reduzieren auf das Wesentliche
- Zweck verdeutlichen
- Deutung oder Erklärung hinzufügen

Abb. 25.2: Beispiele zur grafischen Umsetzung

Angelika Gassner et al.: Seminar Wissenschaftspropädeutisches Arbeiten. Ernst Klett Verlag, Stuttgart 2011, S. 117, 165

2.3 Die Rolle des Internationalen Währungsfonds (IWF) und der Weltbank ABI

Info

IWF und Weltbank (man spricht auch von der Weltbankgruppe) sind Sonderorganisationen der UN, daher werden beide häufig in einem Atemzug genannt. Im Gegensatz zum IWF unterstützt die Weltbank realwirtschaftliche Entwicklungsziele. Beide Gremien stehen jedoch durch einen gemeinsamen Ministerausschuss miteinander in Verbindung.

M1 Der IWF – Einführung

Der **Internationale Währungsfonds** (IWF) ist eine der mächtigsten Finanzorganisationen der Welt. Er wurde 1944 mit der Weltbank als Sonderorganisation der Vereinten Nationen in Bretton Woods (USA) gegründet. Sein Sitz ist in Washington. Deutschland ist seit 1952 Mitglied. Die Aufgaben des IWF sind es, die internationale Zusammenarbeit in der Währungspolitik und stabile Wechselkurse zu fördern, das Wachstum des Welthandels zu erleichtern, das Ungleichgewicht in den Zahlungsbilanzen der Mitglieder zu reduzieren und Mitgliedern mit finanziellen Schwierigkeiten durch Kredite zu helfen. Er überwacht also weltweit die Finanzsysteme, um bei Zahlungsbilanzproblemen von Regierungen oder drohendem Staatsbankrott einzugreifen.
Um einen Kredit zu erhalten, müssen die Empfängerländer finanz- und wirtschaftspolitische Auflagen erfüllen, zum Beispiel die Sanierung des Staatshaushalts. Je nach Problem des Mitglieds stellt der Währungsfonds verschiedene Kredite mit jeweils eigenen Konditionen bereit. Die Mittel des IWF stammen vorwiegend aus den Einzahlungen (Quoten) der Mitglieder. Deren Höhe variieren je nach wirtschaftlicher und finanzieller Stärke des Landes. Nach der Quote des Mitgliedslandes bemisst sich sein Stimmrecht, sodass die reichsten Länder am meisten Einfluss haben. Die USA sind größter Anteilseigner mit rund 17 Prozent, gefolgt von Japan (6,5 Prozent) und Deutschland (6,1 Prozent). Der IWF hat insgesamt 186 Mitgliedsländer. Zentrale Beschlüsse im IWF müssen mit einer Mehrheit von 85 Prozent getroffen werden. Der IWF spielt bei der Bekämpfung der Eurokrise eine wichtige Rolle, da er einen Teil der Kredite für die Euro-Sorgenstaaten Griechenland, Portugal und Irland zur Verfügung stellt. Insofern ist der IWF neben EU-Kommission und EZB auch Teil der sogenannten Schuldner-Troika, die die Fortschritte der Schuldnerstaaten regelmäßig kontrolliert.

Landeszentrale für politische Bildung Baden-Württemberg: IWF (ohne Datum). https://www.lpb-bw.de/iwf, Zugriff am 24.04.2020

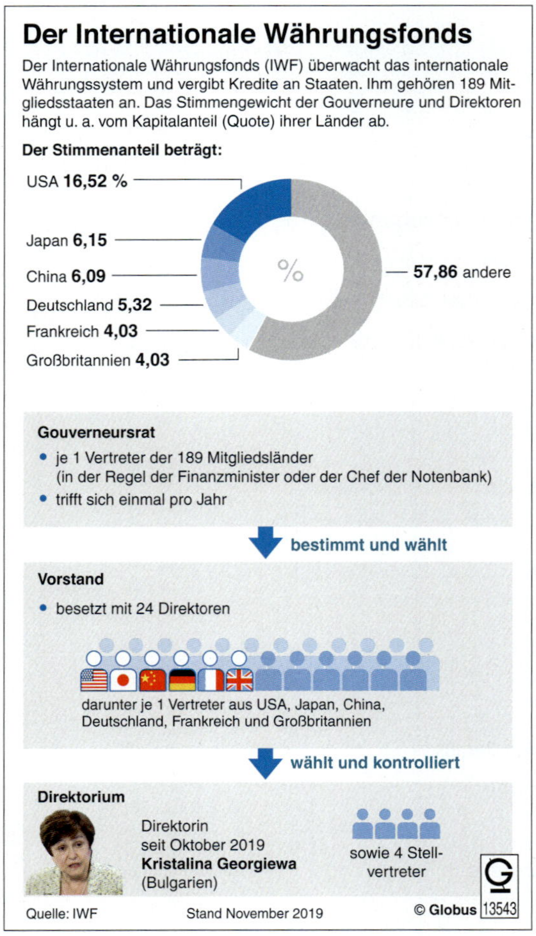

Abb. 26.1: So funktioniert der IWF

M2 Hauptaktivitäten des IWF

- Beobachtung der weltwirtschaftlichen und regionalen Entwicklungen, Offenlegung von Risiken und Empfehlungen zu deren Begrenzung (→ **multilaterale** Surveillance);
- Analyse und Bewertung der Wirtschafts-, Währungs- und Finanzpolitik jedes einzelnen Mitgliedslandes gemäß Artikel IV des IWF-Übereinkommens, Beratung mittels wirtschafts- und währungspolitischer Empfehlungen (bilaterale Surveillance);
- Beratung der Mitglieder zu Politikmaßnahmen, die ihnen helfen können, Finanzkrisen vorzubeugen oder diese beizulegen, makroökonomische Stabilität zu erreichen, ihr → **Wirtschaftswachstum** zu beschleunigen und die Armut abzubauen;
- Gewährung vorübergehender Finanzhilfen an Mitgliedsländer, um sie bei der Bewältigung von akuten Zahlungsbilanzproblemen (Devisenknappheit) zu unterstützen und um den Ländern die Wiedererlangung einer tragfähigen Zahlungsbilanzposition zu ermöglichen sowie
- Bereitstellung technischer Hilfe und Ausbildung, auf Antrag eines Landes, für den Aufbau von Fachkenntnissen und Institutionen, die das Land für die Verfolgung einer soliden Wirtschaftspolitik benötigt (technische Hilfe und Kapazitätsaufbau).

Bundesfinanzministerium: Internationaler Währungsfonds (ohne Datum). In: https://www.bundesfinanzministerium.de/Content/DE/Standardartikel/Themen/Internationales_Finanzmarkt/Internationale_Finanzpolitik/Internationaler_Waehrungsfonds/IWF-Definition.html, Zugriff am 24.04.2020

M3 Unterschätzter IWF

IWF und Weltbank werden gern von allen Seiten angegriffen. Doch wer dies tut, versteht die Aufgaben der Organisationen falsch. Es geht nicht um Utopien und Politklamauk, sondern um konkrete Schritte in Richtung Good Governance.

IWF und Weltbank sind sehr nützliche, zweitbeste Institutionen. Beide sind Institutionen der Mitgliedsstaaten und können deshalb auch nicht besser sein, als es die Staatenwelt zulässt. Sie sind vom Westen dominiert und verbreiten und stärken seine demokratischen und marktwirtschaftlichen Weltordnungsvorstellungen. Das ist in einer Welt mit einer Staatenmehrheit halb demokratischer und diktatorischer Länder eine wichtige und für die Demokratisierung förderliche Funktion. […] Der IWF ist vor allem für die Industrie- und Schwellenländer zuständig. Er hat derzeit die neue Aufgabe, den Aufsteiger China besser einzubeziehen und dessen Rolle als notorischer Währungskursdrücker im Interesse seiner billigen Exporte zu mäßigen. Für Krisenfälle wie bei der letzten Finanzkrise sollte die Feuerwehrfunktion des IWF unbedingt gestärkt werden.

Leider ist die Bereitschaft dazu schon wieder gesunken, weil eine Einigung der EU-Länder mit den USA sehr schwerfällt. Eine Entwicklungsagentur ist der IWF nicht und das sollte er auch nicht werden. Ein Selbstbedienungsladen für Kreditnehmer wäre das Ende seiner Funktionsfähigkeit. Seine Auflagen sind bei Schuldnern zwangsläufig unbeliebt, aber ohne diese würden Schuldenstaaten nicht zur Disziplin angereizt. [...]
Die Leistungen von IWF und Weltbank werden von links und rechts üblicherweise verkannt und schlechtgeredet. Die Linken sehen die Lösung in immensen Geldgeschenken, die letztlich versickern würden, die politische Rechte will die Steuergelder nur im Lande belassen und verkennt die globalen Verflechtungen. [...] Die meisten Entwicklungsländer brauchen für einen erfolgreichen Entwicklungspfad nicht in erster Linie mehr Geld, sondern verantwortliche politische Eliten statt kleptokratischer Staatsklassen mit schlechter Regierungsführung. [...]

Reinhard Rode: Leistungen und Mythen. In: The European (28.10.2010). https://www.theeuropean.de/reinhard-rode/2663-die-rolle-von-weltbank-und-iwf, Zugriff am 25.04.2020

M4 Die Weltbank – Gründung und Funktion

Die Weltbank setzt sich aus zwei Institutionen zusammen: Der Internationalen Bank für Wiederaufbau und Entwicklung (IBRD – International Bank for Reconstruction and Development) und der Internationalen Entwicklungsorganisation (IDA – International Development Association). Die IBRD wurde gemeinsam mit dem Internationalen Währungsfonds [...] im Jahr 1944 bei der Währungs- und Finanzkonferenz in Bretton Woods/USA gegründet. Sie ist eine Sonderorganisation der Vereinten Nationen (UN) mit Sitz in Washington, D.C./USA. Die Gründung der IDA erfolgte im Jahr 1960. Entsprechend ihrer Entstehungsgeschichte vergab die Weltbank in den ersten Jahren überwiegend Kredite für den Wiederaufbau Europas. Heute stehen die Armutsbekämpfung und die Anhebung der unteren Einkommen in den ökonomisch sich entwickelnden Staaten im Mittelpunkt. [...] Während die IBRD Kredite zu marktnahen Konditionen an Staaten mit mittlerem Einkommen vergibt, vergibt die IDA langfristige, zinslose Kredite und Zuschüsse an die einkommensschwächsten Staaten. [...] Im Geschäftsjahr 2016 [...] vergab die Weltbankgruppe 64,2 Milliarden US-Dollar an Krediten, Zuschüssen, Beteiligungsinvestitionen und Garantien an ihre Mitglieder und private Investoren in den Mitgliedstaaten [...]. Im Durchschnitt der Jahre 2012 bis 2015 lag der entsprechende Wert bei 54,9 Milliarden US-Dollar. Damit ist die Weltbankgruppe der weltweit wichtigste Geldgeber im Bereich der Entwicklungszusammenarbeit. [...] Neben einem Grundstock an Stimmrechten für jeden Mitgliedstaat bestimmen der Kapitalanteil der einzelnen Staaten sowie die ökonomische Leistungsfähigkeit der Staaten maßgeblich über die Stimmenverteilung bei den Institutionen der Weltbankgruppe. [...]
Bis Ende der 1960er-Jahre förderte die Weltbank insbesondere Infrastrukturprojekte. Erst danach gewannen die Themen Gesundheit, Ernährung und Familienplanung an Bedeutung. Zwischen 1980 und 2000 unterstützte die Weltbank verstärkt marktorientierte Ansätze und förderte die Privatisierung. Entsprechend warfen Kritiker der Weltbank eine eindimensionale Ausrichtung auf ökonomische Wachstumsraten und die zu häufige Förderung von ökologisch und sozial bedenklichen Großprojekten vor. Seit dem Jahr 2000 hat sich die Bedeutung sozialer Themen wieder erhöht. Nach Angaben der Weltbank werden inzwischen die lokalen Gegebenheiten sowie die Nachhaltigkeit der Projekte stärker berücksichtigt. Nach eigenen Angaben will die Weltbank bis 2030 zwei Ziele erreichen: Erstens soll dann der Anteil der Personen, die in extremer Armut leben, an der Weltbevölkerung bei weniger als drei Prozent liegen. Zweitens möchte sich die Weltbank dafür einsetzen, dass in allen Staaten der Welt die Einkommen der unteren 40 Prozent der Einkommensbezieher steigen.

Bundeszentrale für politische Bildung: The World Bank (01.10.2017). https://www.bpb.de/nachschlagen/zahlen-und-fakten/globalisierung/52799/the-world-bank, Zugriff: 26.04.2020

Abb. 27.1: David Malpass ist seit April 2019 Präsdent der Weltbank.

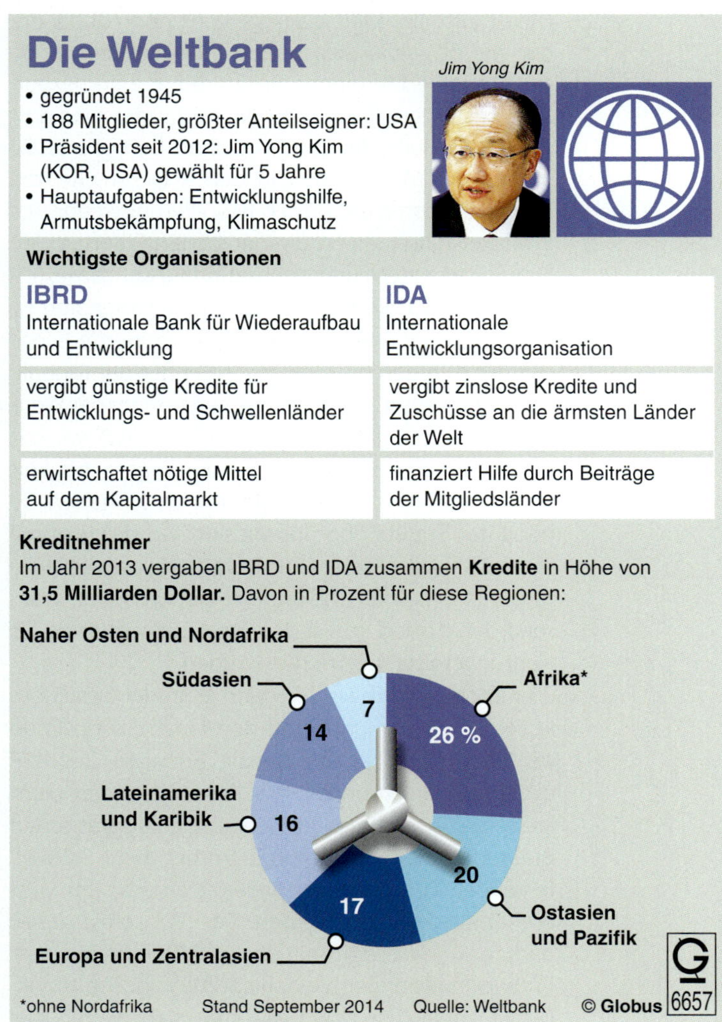

Abb. 27.2: Aufbau der Weltbank

Abb. 28.1: Proteste anlässlich der IWF/Weltbank Jahrestagung in Istanbul

M5 IWF und Weltbank: Mit Schulden Politik machen?

Undemokratische Gehilfen der reichen Industrienationen – so sehen Globalisierungskritiker und Umweltorganisationen den Internationalen Währungsfonds IWF und die Weltbank. [. . .]

Die Kritiker werfen dem IWF eine Schuldenpolitik im Interesse der Industriestaaten vor, indem die Wirtschaft sogenannter Entwicklungsländer auf Kosten der Armen liberalisiert werde. Gleichzeitig macht man IWF und Weltbank mitverantwortlich für Umweltzerstörungen durch die langjährige einseitige Förderung von Großprojekten wie Staudämmen oder fossilen Energien.

Das sind schwere Vorwürfe an die Organisationen, die 1944 auf der UN-Konferenz von Bretton Woods gegründet wurden, um nach der Weltwirtschaftskrise der 1930er-Jahre für Stabilität auf den internationalen Finanzmärkten und im Welthandel zu sorgen oder – im Fall der Weltbank – um den Aufbau schwacher Länder zu unterstützen. [. . .]

Tatsächlich sind die meisten ihrer Kredite an strenge Auflagen gebunden. Besonders kritisiert wurden die sogenannten Strukturanpassungsprogramme. Darin gab man den Schuldnerländern häufig vor, Staatsausgaben wie Sozialleistungen drastisch zu kürzen und staatliche Betriebe schnell zu privatisieren. Außerdem sollten Handelsschranken abgebaut werden.

Das empfanden viele als ungerecht, denn Geberländer wie etwa die Staaten der Europäischen Union subventionierten eigene Agrarprodukte und exportierten sie gerade in Entwicklungsländer, was dort die Entwicklung der Landwirtschaft behinderte. So gingen die Maßnahmen in den ärmeren Staaten häufig zu Lasten der armen Bevölkerungsmehrheit. Profitiert haben meist die nationalen Eliten in den Schuldnerländern und internationale Konzerne.

Gestützt wird die Kritik an den internationalen Finanzorganisationen von einem prominenten Insider, der sich durchaus nicht als Gegner der Globalisierung versteht. Der frühere Chefökonom der Weltbank Joseph Stiglitz [. . .] wirft [. . .] dem IWF vor, mit seinen Auflagen immer wieder die Ungerechtigkeit im weltweiten Armutsgefälle forciert zu haben. So berichtet Stiglitz über Indonesien, wo der Großteil eines Milliardenkredits zur Bezahlung privater Kredite aus den Industrieländern dienen sollte, während den Armen im Lande die → **Subventionen** für Nahrungsmittel gestrichen wurden. [. . .]

Zu massiver Kritik am IWF kam es in der Schuldenkrise der 1980er-Jahre und den Finanzkrisen Ende der 90er-Jahre. Länder, die die Auflagen des IWF erfüllt hatten, konnten ihre Krisen dennoch nicht meistern: Argentinien etwa oder die ostasiatischen Staaten. In der Folge zahlten immer mehr Schwellenländer ihre Kredite frühzeitig zurück, um vom IWF unabhängig zu werden. Der IWF selbst geriet dadurch in eine Legitimationskrise. Nur die ärmeren Entwicklungsländer blieben auf IWF- und Weltbank-Mittel angewiesen und mussten sich weiter den Auflagen unterwerfen.

Auch politische Einflussnahmen hat man dem Internationalen Währungsfonds immer wieder unterstellt: Die Türkei etwa erhielt im Gefolge der türkischen Unterstützung für den US-amerikanischen Anti-Terror-Krieg im Jahr 2001 überraschend einen dritten Beistandskredit in Milliardenhöhe, während man Argentinien die bereits zugesagte Unterstützung versagte. Ähnliche Vorwürfe gab es schon früher: Während des Kalten Krieges vermutete man politische Gründe hinter den Krediten für Gegner der Sowjetunion. Der IWF hat solche Vorwürfe stets zurückgewiesen. [. . .]

Weil beim IWF die Mitgliedsstaaten mit den größten Anteilen am gemeinsamen Fonds die meisten Stimmrechte haben, wird die Organisation bis heute vom größten Zahler USA und weiteren reichen Industrienationen und ihren wirtschaftspolitischen Vorstellungen dominiert. Die USA, die im IWF als einziger Staat de facto ein Vetorecht besitzen, stellen stets den Präsidenten der Weltbank, die Europäer den Vorsitzenden des Internationalen Währungsfonds. [. . .]

Die deutsche Kanzlerin Angela Merkel fordert die Neuordnung der Weltwirtschaft. Anfang Februar hatte sie die Chefs aller Weltwirtschaftsorganisationen nach Berlin eingeladen. Dabei hat sie erneut betont, wie wichtig es sei, bei einer neuen Weltwirtschaftsordnung die Entwicklungsländer im Blick zu haben: „Sie haben nicht nur ein Recht auf eine faire Entwicklung, sondern es ist in unseren gemeinsamen Interessen, dass hier eine gute Entwicklung stattfindet". Zur Begründung sagte die deutsche Regierungschefin, ohne die Entwicklungsländer könne es auf Dauer kein Wachstum der Weltwirtschaft geben. [. . .]

Andrea Grunau: IWF und Weltbank: Mit Schulden Politik machen? (23.02.2009). In: https://www.dw.com/de/iwf-und-weltbank-mit-schulden-politik-machen/a-4050118, Zugriff am 26.04.2020

Arbeitsaufträge

1. Fassen Sie Aufbau und Hauptaktivitäten des IWF in eigenen Worten zusammen (M1, M2)!
2. Beschreiben Sie den Aufbau und die Aufgaben der Weltbank (M4)!
3. Setzen Sie sich kritisch mit der Rolle des IWF im Zuge der Rettung Griechenlands auseinander! Recherchieren Sie dazu im Internet!
4. Analysieren Sie M5 hinsichtlich der Einstellung der Autorin zum IWF und zur Weltbank!
5. Beurteilen Sie abschließend die Rolle des IWF und der Weltbank für die globalisierte Weltwirtschaft!

Zusammenfassung

Im Zuge des stetig wachsenden globalen Handels und der voranschreitenden globalen Vernetzung haben die Nationalstaaten frühzeitig die Notwendigkeit erkannt, bestimmte Prozesse auf → **multilateraler** Ebene zu steuern. In den vergangenen 60 Jahren haben sich daher die unterschiedlichsten Strukturen und Mechanismen entwickelt, um aktiv auf die Globalisierungsprozesse einzuwirken.
Viele dieser Strukturen nehmen vor allem die ökonomische Dimension der Globalisierung in den Blick. Internationaler Handel benötigt prinzipiell strukturelle Institutionen, die einen reibungslosen, fairen und nachhaltigen Wirtschaftsaustausch ermöglichen, kontrollieren und gegebenenfalls sanktionieren.

Welthandelsorganisation (WTO)

Die Welthandelsorganisation existiert in ihrer aktuellen Form seit 1995. Sie bemüht sich besonders darum, den internationalen Handel möglichst frei von Handelsbarrieren zu halten und etwaige Handelskonflikte zu regeln. Diesen Aufgaben ist die WTO bislang erfolgreich nachgekommen. Gleichwohl gibt es immer wieder Kritik, etwa dass sie undemokratisch sei oder Entwicklungsländer benachteilige. In letzter Zeit leidet die WTO unter der Blockade seitens ihres wichtigsten Mitgliedes, der USA.

G7/G20

In diesen Formaten treffen sich die führenden Industrienationen und Schwellenländer regelmäßig, um über Themen der internationalen Politik zu beraten. Besonders zur Lösung globaler Probleme galten beide Runden lange als unverzichtbar. Allerdings kamen in letzter Zeit verstärkt Differenzen zwischen den Mitgliedern zutage, etwa zwischen den USA und China/Russland, die das Finden gemeinsamer Positionen zunehmend erschweren. Ähnlich wie die WTO müssen sich G7/G20 immer wieder vorhalten lassen, die Bedürfnisse der Entwicklungsländer zu vernachlässigen.

IWF/Weltbank

Gemeinsam haben der IWF und die Weltbank, dass sie beide Sonderorganisationen der UN sind, daher stehen die Gremien beider Organisationen auch im regelmäßigen Austausch.
Während die Weltbank vor allem die realwirtschaftliche Entwicklung fördert und die Armut bekämpft, konzentriert sich der IWF auf die internationale Währungspolitik. Hinzu kommt die Möglichkeit des IWF, in Not geratenen Mitgliedsstaaten mit Krediten zu helfen, so zum Beispiel Griechenland oder Argentinien. Voraussetzung für die Kreditvergabe ist die Umsetzung harter Sanierungsmaßnahmen, deren Durchführung vom IWF kontrolliert wird.
Gerade diese rigorosen Maßnahmen führen zu starker Kritik am IWF, besonders bei der Bevölkerung in den betroffenen Ländern. Trotz dieser Kritik darf nicht vergessen werden, dass der IWF häufig dann eingreift, wenn einem Staat die Zahlungsunfähigkeit droht.

Musterklausur Kapitel 2 mit Lösung
5xs6tt

	G7 (G8)/G20	WTO	OECD	IWF	WB
Bedeutung der Abkürzung	Group of Seven (Eight)/Group of Twenty – Gruppe der Sieben (Acht)/Zwanzig	World Trade Organisation – Welthandelsorganisation	Organisation for Economic Cooperation and Development – Organisation für wirtschaftliche Zusammenarbeit und Entwicklung	International Monetary Fund – Internationaler Währungsfond	World Bank – Weltbank
Gründung	G8: seit 1998, USA, F, GB, D, Japan, Can, I (ehemals/wieder G7) und Russland, Teilnahme EU-Vertreter. G20: seit 1999	1995 als Nachfolgeorganisation der → GATT	1961 als Nachfolgeorganisation der OEEC gegründet (Organisation für Europäische Wirtschaftliche Zusammenarbeit)	UN-Sonderorganisation 27.12.1945	UN-Sonderorganisation 27.12.1945
Mitglieder	7 führende Industrieländer bzw. 19 führende Industrie- und Schwellenländer + EU, EZB, IWF und Weltbank	zurzeit 161 Mitglieder	34 Mitgliedstaaten	188 Mitgliedstaaten	187 Mitgliedstaaten
Sitz	in der Regel jährlich wechselndes Gastland	Genf/Schweiz	Paris/Frankreich	Washington/USA	Washington/USA
Aufgaben/Ziele	Ursprünglich als Wirtschafts- und Währungsforum der Industrienationen gedacht, werden alle Themen internationaler Politik beraten (Wirtschaft, Umwelt, Sicherheit, Gleichberechtigung, Migration etc.)	Senken internationaler Handelsbarrieren, Förderung des internationalen Handels, Regelung von Handelskonflikten (Streitschlichtungsverfahren)	Verbesserung der wirtschaftlichen und sozialen Gegebenheiten weltweit. Instrumente sind dabei die Beratung und Expertise zu bspw. Wohlstandförderung, Armut, Bildung oder Wachstum	Internationale Zusammenarbeit bei der Währungspolitik, Stabilität der Währungen, Kreditvergabe, Beseitigung von Devisenbeschränkungen, Ausweitung des Welthandels	Förderung der wirtschaftlichen Entwicklung, Bekämpfung der Armut, Vergabe von Krediten
Entscheidungsmodus/Stimmenverteilung	Grundsätzlich keine Abstimmung. Allerdings einigen sich die Mitglieder auf gemeinsame Erklärungen.	Jedes Land hat eine Stimme. In der Regel Einstimmigkeitsprinzip oder – je nach Themengebiet – mit festgelegten Mehrheiten.	Jedes Mitgliedsland hat innerhalb des Rates der OECD eine Stimme. Die Entscheidungen werden im Konsens getroffen.	Entscheidungen trifft das Exekutivdirektorium; Stimmrechtsumfang richtet sich nach dem Kapitalanteil.	Oberste Entscheidungsinstanz ist der Gouverneursrat; Stimmrechtsumfang richtet sich nach dem Kapitalanteil.
Verbindlichkeit der Entscheidungen, Sanktionsmöglichkeiten	Grundsätzlich besteht keine rechtliche Verpflichtung zur Umsetzung. Keine verbindlichen Sanktionsmöglichkeiten.	Die Entscheidungen sind für Mitglieder verbindlich (vor allem die Ergebnisse der Streitschlichtungsverfahren).	Grundsätzlich besteht keine rechtliche Verpflichtung zur Umsetzung. Keine verbindlichen Sanktionsmöglichkeiten.	keine verbindlichen Sanktionsmöglichkeiten	keine verbindlichen Sanktionsmöglichkeiten

Abb. 29.1: Akteure und Institutionen des Welthandels (Zusammenstellung: Ingo Langhans)

3. Außenhandelstheorien

Bestimmungsgründe des Außenhandels

Abb. 30.1: Der Kran in Lüneburg diente dem Warenhandel.

Archäologische Funde zeigen, dass es Fernhandel mit Waren schon in der Zeit um 10.000 v. Chr. gab. Im Mittelalter dominierte der Städtebund der Hanse den Handel im Ostseeraum. Noch heute zeugen viele prächtige Bauten vom Wohlstand, den der Handel vielen Städten auch in Niedersachsen bescherte, etwa in Einbeck, Lüneburg und Stade.
Doch worin liegt die Motivation für Außenhandel? Die Frage nach dem „Warum" des internationalen Güteraustauschs gehört zu den ältesten Fragestellungen der Volkswirtschaftslehre. Bedeutsame Ausführungen dazu finden sich bereits bei den klassischen Nationalökonomen wie Adam Smith (1723–1790), David Ricardo (1772–1823) und John Stuart Mill (1806–1873). Insgesamt lässt sich die Ausgangsfrage so beantworten: Inländer kaufen dann Güter aus dem Ausland, wenn diese nicht oder nur zu einem höheren Preis oder nicht in der gewünschten Art und Qualität aus inländischer Produktion verfügbar sind.

Ursachen des internationalen Handels – Ursachen der internationalen Arbeitsteilung		
Mangelnde Liefermöglichkeiten im Inland	**Kostenvorteile**	**Kundengeschmack**
• Fehlende Rohstoffvorkommen • Ungeeignetes Klima • Unzureichende Fertigkeiten der Arbeiter • Fehlendes Kapital • Fehlende geeignete Unternehmer • Ungeeignete geografische Gegebenheiten	• Absolute Kostenvorteile: Produkt kann in dem anderen Land billiger hergestellt werden • Komparative Kostenvorteile: unterschiedliche Kosten- bzw. Preisrelationen zwischen In- und Ausland • Mögliche Ursache für Kostenunterschiede: unterschiedliche Ausstattung mit Produktionsfaktoren, Spezialisierung, kostengünstige Massenproduktion → **economies of scale**	• Persönlicher Geschmack der Kunden • Höheres Einkommen (führt tendenziell zu steigenden Importen) • Unterschiedliche Produktgestaltung

Abb. 30.2: Ursachen des internationalen Handels (Stefan Prochnow)

3.1 Mangelnde Liefermöglichkeiten des Inlands

Produkt	Selbstversorgungsgrad in %
Aluminium	1
Ananas	0
Äpfel	70
Bananen	0
Baumwolle	0
Blei	68
Braunkohle	100
Chrom	1
Eier	72
Erdgas	7
Fisch	27
Gemüse (Tomaten, Gurken, Zwiebeln)	38
Getreide (Weizen, Roggen)	114
Gold	0
Honig	31
Kartoffeln	148
Kupfer	40
Mangan	1
Mineralöl	2
Molybdän	3
Nickel	5
Vanadium	4
Wolfram	3
Zink	9
Zinn	0
Zucker	161

Abb. 30.3: Selbstversorgungsgrad der deutschen Volkswirtschaft bei ausgewählten Gütern und Rohstoffen. Teilweise wird beim Selbstversorgungsgrad Rohstoff-Recycling berücksichtigt.

M1 Ohne Gewässer kann man keine Fische fangen

Der Vorteil des internationalen Austauschs liegt auf der Hand, wenn es sich um Güter handelt, die jeweils nur in einem Land vorkommen. Man spricht hier von Nicht-Verfügbarkeiten. Die Ursache ist eine unzureichende Menge oder Qualität der benötigten Produktionsfaktoren im betreffenden Land. Aufgrund unterschiedlicher Beschaffenheit des Faktors Boden, zu dem auch Klima und Rohstoffausstattung zählen, können einige Staaten manche Güter nicht selbst herstellen oder anbieten, Beispiele sind Erdöl oder tropische Früchte. Solche natürlichen Produktionsvoraussetzungen sind, wenn überhaupt, nur mit großem Kostenaufwand zu verändern. So müssten beispielsweise erst Gewächshäuser gebaut werden, um Bananen in Deutschland anbauen zu können.

Klaus-Peter Kruber, Anna Lena Mees, Christian Meyer: Theoretische Grundlagen des internationalen Handels. In: Informationen zur politischen Bildung, Heft 299, Bonn 2008, S. 23

M2 Selbstversorgungsgrad

Der Selbstversorgungsgrad gibt an, wie hoch die inländische Produktion bestimmter Güter in Prozent ihres jährlichen inländischen Verbrauchs ist. Ist die Zahl größer 100, kann das Land als Nettoexporteur dieses Gutes auf dem Weltmarkt auftreten oder die Waren als Vorrat einlagern Bei Werten unter 100 wird die Differenz zum jährlichen inländischen Verbrauch in der Regel durch Importe ausgeglichen.

Stefan Prochnow, eigener Text

3.2 Absolute Kostenvorteile

M1 Arbeitsteilung

Die drei Seefahrer Anton, Björn und Christian hat es als Schiffbrüchige auf eine einsame Insel verschlagen, auf der sie sich selbst versorgen müssen. Jeder „arbeitet" zwölf Stunden täglich: vier Stunden zum Pflücken von Kokosnüssen, vier Stunden zum Pflücken von Bananen und vier Stunden zum Fischen. Dabei erzielen sie, je nach Geschicklichkeit, folgende Produktionsleistungen:

	Kokosnüsse	Bananen	Fische
Anton	5	20	2
Björn	2	7	15
Christian	10	5	5
insgesamt	17	32	22

Stefan Prochnow, eigener Text

M2 Adam Smith

Bereits der Gründervater der Nationalökonomie, der schottische Philosoph Adam Smith (1723–1790), hat die Vorteile der Spezialisierung durch internationale Arbeitsteilung 1776 an einem anschaulichen Beispiel begründet:

Ein Familienvater, der weitsichtig handelt, folgt dem Grundsatz, niemals etwas herzustellen zu versuchen, was er sonstwo billiger kaufen kann. So sucht der Schneider nicht seine Schuhe selbst zu machen, er kauft sie vielmehr vom Schuhmacher. Dieser wiederum wird nicht eigenhändig seine Kleider nähen, sondern lässt sie vom Schneider anfertigen. Auch der Bauer versucht sich weder an dem einen noch an dem anderen, er kauft beides jeweils vom Handwerker. Alle finden, dass es im eigenen Interesse liegt, ihren Erwerb uneingeschränkt auf das Gebiet zu verlegen, auf dem sie ihren Nachbarn überlegen sind, und den übrigen Bedarf mit einem Teil ihres Erzeugnisses oder, was dasselbe ist, mit dem Erlös daraus, zu kaufen. Was aber vernünftig im Verhalten einer einzelnen Familie ist, kann für ein mächtiges Königreich kaum töricht sein. Kann uns also ein Land eine Ware liefern, die wir selbst nicht billiger herzustellen imstande sind, dann ist es für uns einfach vorteilhafter, sie mit einem Teil unserer Erzeugnisse zu kaufen, die wir wiederum günstiger als das Ausland herstellen können.

Adam Smith: An Inquiry into the Nature and Causes of the Wealth of Nations, 1776. Zitiert nach: Der Wohlstand der Nationen, nach der 5. Auflage von 1789 übersetzt von Horst Claus Recktenwald, C. H. Beck Verlag, München 1974, S. 371 f.

M3 Kostenvorteile in einem Beispiel

	Produktionskosten für 1 kg Kartoffeln	Produktionskosten für 1 kg Reis
Inland	1 $	2 $
Ausland	2 $	1 $

Jedes der beiden Länder hat bei einem Gut gegenüber dem anderen Land absolute Kostenvorteile. Das Inland kann Kartoffeln und das Ausland kann Reis kostengünstiger herstellen.
Es ist einsichtig, dass es sich für beide Länder lohnt, auf die Produktion des jeweils kostenungünstigeren Produkts ganz oder teilweise zu verzichten, die dadurch frei werdenden Produktionsfaktoren für eine vermehrte Produktion des kostengünstigeren Gutes einzusetzen und die Güter auszutauschen.
Für 6 $ könnte jedes Land bei Selbstversorgung je zwei Kilogramm Kartoffeln und Reis herstellen. Insgesamt wären also vier Kilogramm Kartoffeln und Reis vorhanden. Spezialisiert sich aber das Inland auf die Produktion von Kartoffeln, kann es für 6 $ sechs Kilogramm Kartoffeln herstellen. Das Ausland kann bei entsprechender Spezialisierung für 6 $ sechs Kilogramm Reis erzeugen. Kommt es nun zum Außenhandel und tauschen die beiden Länder 3 kg Reis gegen 3 kg Kartoffeln, so hat jedes Land durch den Handel 3 kg Reis und 3 kg Kartoffeln für 6 $. Das entspricht einer Steigerung um 50 % gegenüber der Selbstversorgung, woraus deutlich wird, dass internationale Arbeitsteilung und Außenhandel jedem Land Vorteile bringt.
Internationale Arbeitsteilung mit anschließendem Güteraustausch ist also ökonomisch sinnvoll, wenn in verschiedenen Ländern bei der Produktion eines oder mehrerer Güter Kostenunterschiede bestehen und sich die Länder jeweils auf dasjenige Gut oder diejenigen Güter spezialisieren, die sie billiger herstellen können. Die Kostenunterschiede müssen allerdings größer sein als die anfallenden Transportkosten und es dürfen keine den Handel behindernden Maßnahmen wie Zölle und Ähnliches ergriffen worden sein.

Stefan Prochnow, eigener Text

Arbeitsaufträge

1. Durch Arbeitsteilung können die drei Schiffbrüchigen in M2 die Gesamtproduktion ihrer kleinen „Volkswirtschaft" ohne Mehrarbeit steigern. Stellen Sie dies am Beispiel M2 dar!
2. Stellen Sie an einem Beispiel dar, wie sich M3 auf die internationale Arbeitsteilung übertragen lässt!

3.3 Komparative Kostenvorteile

Wenn internationaler Handel auf Kostenvorteilen beruht, wie kann dann ein Land mit so hohen Lohn- und Lohnnebenkosten wie Deutschland ein Großexporteur sein? Es leuchtet unmittelbar ein, dass sich Arbeitsteilung immer dann lohnt, wenn ein Land das Gut A und ein anderes Land das Gut B kostengünstiger herstellen kann. Macht Arbeitsteilung aber auch dann Sinn, wenn eines der Länder beide Güter billiger herstellen kann als das andere?
Der englische Nationalökonom David Ricardo (1772–1823) wies nach, dass zwei Handelspartner selbst dann durch internationale Arbeitsteilung Vorteile erzielen können, wenn eines der Länder sämtliche Produkte billiger erzeugen kann (vgl. M 2).
Betrachten wir dies zunächst an dem veränderten Beispiel M 4 aus Kapitel 3.2 (Seite 31): Wenn das Beispiel so abgeändert wird, dass im Inland für die Produktion von 1 kg Kartoffeln 1 $, für 1 kg Reis 2 $ Kosten entstehen, aber das Ausland für 1 kg Kartoffeln 3 $ und für 1 kg Reis 4 $ aufwenden muss, hat das Inland sowohl bei Kartoffeln als auch bei Reis einen absoluten Kostenvorteil. Die komparativen (relativen) Kosten sind jedoch unterschiedlich.

	absolute Kosten		**komparative (relative) Kosten**	
	Kosten für 1 kg Kartoffeln	**Kosten für 1 kg Reis**	**Kostenverhältnis Kartoffeln/Reis**	**Kostenverhältnis Reis/Kartoffeln**
Inland	1	2	0,50	2,00
Ausland	3	4	0,75	1,33

Für das Inland gilt: 1 kg Kartoffeln kostet in der Herstellung so viel wie ½ kg Reis. Also kostet 1 kg Reis so viel wie 2 kg Kartoffeln.
Für das Ausland gilt: 1 kg Kartoffeln kostet in der Herstellung so viel wie ¾ kg Reis. Also kostet 1 kg Reis so viel wie 1,33 kg Kartoffeln.
Nach der Theorie der komparativen Kosten ist in diesem Fall ein Warenaustausch für beide Länder vorteilhaft, da relative Kostenunterschiede bestehen. Das Ausland hat einen relativen Kostenvorteil bei Reis (1,33 zu 2); es kann Reis vergleichsweise („komparativ") günstiger herstellen als das Inland. Das Inland hat einen relativen Kostenvorteil bei Kartoffeln (0,50 gegenüber 0,75); es kann Kartoffeln vergleichsweise günstiger herstellen als das Ausland. Es lohnt sich daher, Reis vom Ausland ins Inland und Kartoffeln vom Inland ins Ausland zu tauschen, wie folgende Beispielrechnung belegt:

Tausch von Kartoffeln vom Inland ins Ausland	**Tausch von Reis vom Ausland ins Inland**
• Das Inland produziert 1 kg Kartoffeln mehr und muss dafür auf den Anbau von 0,5 kg Reis verzichten, da die Produktionskapazitäten und die Arbeitskräfte des Landes damit voll ausgelastet sind. • Die Kartoffeln werden ins Nachbarland transportiert und gegen Reis getauscht. Dort entspricht 1 kg Kartoffeln 0,75 kg Reis. • Der Tauschgewinn für das Inland beträgt somit 0,25 kg Reis (abzüglich der Transportkosten).	• Das Ausland produziert 1 kg Reis mehr und muss dafür auf die Produktion von 1,33 kg Kartoffeln verzichten, da wir davon ausgehen, dass die Produktionskapazitäten des Landes damit ausgelastet sind. • Der Reis wird ins Nachbarland transportiert und gegen Kartoffeln getauscht. Dort entspricht 1 kg Reis 2 kg Kartoffeln. • Der Tauschgewinn für das Ausland beträgt 0,67 kg Kartoffeln (ohne Transportkosten).

M1 Komparative Kostenvorteile im Alltag

Gegen das Beispiel mit den drei Schiffbrüchigen (vgl. S. 31 M1) könnte man einwenden, dass die Arbeitsteilung dort nur deswegen Vorteile bringe, weil jeder der drei Gestrandeten von jeweils einem Gut mehr produzieren kann als die beiden anderen Personen. Am Beispiel des jungen Ehepaars Jens und Kathrin kann man belegen, dass Arbeitsteilung selbst dann für alle Vorteile bringt, wenn einer alle Tätigkeiten schneller oder billiger erledigen kann als die anderen Personen. Jens und Kathrin haben beide vor ihrer Hochzeit allein gelebt. In dieser Zeit mussten sie natürlich u. a. auch abwaschen und bügeln. Wir nehmen an, dass sie beide jeweils ein Geschirrset pro Tag abwaschen und ein Hemd und eine Hose bzw. eine Bluse und eine Hose bügeln mussten. Dafür benötigten die beiden folgende Zeiten:

	Jens	**Kathrin**
einen Satz Geschirr abwaschen	5 Min.	4 Min.
eine Hose und ein Hemd bzw. eine Bluse bügeln	6 Min.	3 Min.

Als die beiden zusammenziehen, verweigert Jens jegliche Mitarbeit. Er ist der Meinung, dass Arbeitsteilung in ihrem Fall keinen Sinn mache, weil Kathrin ja beides schneller erledigen könne als er.

Stefan Prochnow, eigener Text

M2 Wein und Tuch aus Portugal und England

Das folgende Beispiel geht auf David Ricardo zurück. Sein Hauptwerk „Über die Grundsätze der Politischen Ökonomie und der Besteuerung" erschien

1817, hat zahlreiche Wirtschaftsdenker nach ihm beeinflusst und bestimmt bis heute die Freihandelsdebatte. Mit seinem Eintreten für den → **Freihandel** focht Ricardo gegen den Geist seiner Zeit, in der man versuchte, die eigene Wirtschaft durch Zölle und dergleichen vor ausländischer Konkurrenz zu schützen.

Zur Produktion einer bestimmten Menge Wein benötigt man
- in Portugal 80 Arbeitsstunden,
- in England 120 Arbeitsstunden.

Für die Herstellung einer wertmäßig gleichen Menge Tuch sind
- in Portugal 90 Arbeitsstunden,
- in England 100 Arbeitsstunden erforderlich.

Für je eine Einheit Wein und Tuch benötigt England also 220 Arbeitsstunden, Portugal 170 Stunden.

Stefan Prochnow, eigener Text

M3 Flexible Wechselkurse

Wer Güter im Ausland kauft, braucht Geld des Auslands, damit er sie bezahlen kann. Dieses Geld wird auf den Devisenbörsen gehandelt. Sein Preis, der Wechselkurs, richtet sich nach Angebot und Nachfrage, soweit er nicht staatlich festgesetzt ist. Die Umrechnung über den Wechselkurs erlaubt es den Engländern, auch die Preise der portugiesischen Waren in Pfund Sterling (£) auszudrücken, und den Portugiesen, die Preise der englischen Güter in Euro (€) umzurechnen. Damit ist ein Vergleich der Preise möglich.

Nehmen wir an, der Wechselkurs sei so, dass zu Beginn der Handelsbeziehungen beide Güter in Portugal billiger sind. Die Abnehmer in beiden Ländern kaufen dann zunächst beide Güter aus Portugal. Um die portugiesischen Waren bezahlen zu können, brauchen die englischen Käufer €, die sie auf dem Devisenmarkt beziehen. Da zunächst nur die Engländer in Portugal kaufen, nicht aber die Portugiesen in England, steht der hohen Nachfrage nach € keine nennenswerte Nachfrage nach £ entgegen. Der Kurs des € gegenüber dem £ steigt deshalb. Durch die Kurssteigerung werden portugiesische Waren für Engländer teurer, denn sie müssen nun für einen € mehr £ bezahlen als vorher. Die Preisvorteile Portugals werden dadurch geringer. Das trifft zunächst das Gut, das die Portugiesen mit einem geringeren Zeit- bzw. Kostenvorteil produzierten, also Tuch.

Der Kurs des € steigt schließlich so hoch, dass das Tuch von Abnehmern beider Länder aus England billiger bezogen werden kann. Der Kurs des € steigt jetzt nicht weiter. Denn da die Portugiesen jetzt ebenfalls Waren aus England kaufen und ein Teil der englischen Nachfrage nach portugiesischen Waren weggefallen ist, steigt die Nachfrage nach € auf dem Devisenmarkt nicht weiter.

Stefan Prochnow, eigener Text

M4 Soll Dirk Nowitzki seinen Rasen selber mähen?

Dirk Nowitzki ist ein großer Basketballspieler […] und ist vielleicht auch für anderes begabt. Gewiss könnte er auch seinen Rasen am Haus selbst mähen. Vielleicht könnte er den Rasen sogar schneller mähen als manch einer seiner dafür zuständigen Bediensteten oder eine willige Nachbarin. Doch heißt das auch, dass er ihn wirklich selbst mähen sollte? Um diese Frage zu beantworten, bedienen wir uns der Konzeptionen der Opportunitätskosten und des komparativen Vorteils. Nehmen wir an, Dirk könnte den Rasen in zwei Stunden mähen. In diesen zwei Stunden könnte er aber auch einen Auftritt absolvieren, bei dem er netto 10.000 $ Werbeeinnahmen erzielt. Anders verhält es sich mit Tosca S., die um die Ecke wohnt und bei McDonald's 16 $ pro Stunde verdient. Sie braucht zwar drei Stunden für die Rasenpflege, erwartet dafür aber nur 48 $ oder ein wenig mehr an Bezahlung.

In diesem Beispiel betragen Dirk Nowitzkis Opportunitätskosten für das Rasenmähen 10.000 $, die Opportunitätskosten von Tosca S. jedoch nur 48 $. Dirk hat zwar einen absoluten Vorteil, weil er nur zwei anstatt drei Stunden Arbeitszeit aufwenden müsste. Doch Tosca verfügt über einen komparativen Vorteil beim Rasenmähen, weil sie niedrigere Opportunitätskosten hat. Der „Handelsvorteil" ist in diesem Beispiel gewaltig. Dirk Nowitzki sollte sich für den Werbeauftritt entscheiden und Tosca zum Rasenmähen anstellen. Solange Dirk ihr mehr als 48 $ und weniger als 10.000 $ bezahlt, sind beide bessergestellt. […]

N. Gregory Mankiw u.a.: Grundzüge der Volkswirtschaftslehre. Schäffer-Poeschel Verlag, 4. Auflage, Stuttgart 2008, S. 63

Gegen die Theorie der komparativen Kosten könnte man einwenden, dass über den Kauf von Waren aus dem In- oder Ausland gewöhnlich nicht die Regierungen entscheiden, sondern einzelne Unternehmen. Sie aber kaufen dort, wo eine Ware absolut betrachtet am billigsten ist, denn sie sind notwendigerweise am Gewinn orientiert. Sind Wein und Tuch in Portugal billiger, dann würden die Händler beide Güter dort kaufen, vorausgesetzt die Qualität ist gleich.
Und dennoch gilt die Theorie der komparativen Kosten: Unter bestimmten Voraussetzungen entwickeln sich nämlich die Preise und Wechselkurse so, dass sich Händler genau so verhalten, wie es der Theorie entspricht.

Siehe ***M3**.*

Arbeitsaufträge

1. Erläutern Sie an Kathrins Stelle, dass Arbeitsteilung hier für beide zeitliche Vorteile bringt (M1)! Berechnen Sie den Zeitvorteil, den Jens bzw. Kathrin erreichen können, in Minuten pro Woche! Beachten Sie, dass die beiden bei der Arbeitsteilung auch die Geschirrsets des Partners abwaschen bzw. die Kleidung des Partners mitbügeln müssen!
2. Überprüfen Sie, ob sich im Falle Portugals und Englands ein Warenaustausch lohnt (M2)! Analysieren Sie, auf welches Gut sich die beiden Länder jeweils spezialisieren sollten und wie groß der Zeitvorteil durch die Arbeitsteilung ist!
3. Erklären Sie am Beispiel Dirk Nowitzki (M4) die Begriffe Opportunitätskosten, absolute Kosten und komparative Kosten!
4. Dirk Nowitzki (M4) ist mittlerweile kein aktiver Basketballspieler mehr. Erläutern Sie, unter welchen Voraussetzungen es nun wirtschaftlich sinnvoll wäre, dass er seinen Rasen selbst mäht!

Leistungen und Grenzen von volkswirtschaftlichen Modellen

Modelle sind abstrakte Darstellungen der Realität und stellen komplexe Sachverhalte vereinfacht dar, sodass Einzelaspekte und Zusammenhänge klarer hervortreten. Theorien wollen Ursachen und Folgen miteinander verknüpfen. Jedes Modell und viele Theorien vereinfachen. Daher ist es wichtig, genau zu ermitteln, ob und welche Aspekte jeweils ausgeblendet werden.

M1 Modelle sind wie Landkarten

Modelle sind wie Landkarten. Bei allen Modellen werden Teile weggelassen, die für den Zweck, für den das Modell konstruiert worden ist, unwichtig sind. Landkarten sind [verkleinerte] Modelle von Landschaften. Man kann sie zusammenfalten und in die Tasche stecken. Man kann auf ihnen Probehandlungen ausführen und so den kürzesten Weg herausfinden. Modelle haben den Vorteil der besseren und übersichtlicheren Handhabbarkeit. Modelle bilden deshalb nur den Teil der Wirklichkeit ab, der für den Zweck wichtig ist, für den das Modell konstruiert worden ist. So werden bei einer Straßenkarte die Straßen überbetont. Autobahnen sind dort so breit wie sonst ganze Städte. In der Straßenkarte sind dafür die anderen Elemente der Landschaft unwichtig. Sie können vernachlässigt werden. Bei einer Wanderkarte dagegen will man die Details der Landschaft finden, die Orientierungspunkte und die Markierungen der Wanderwege. Jetzt sind Autobahnen unwichtig. Für ein Modell ist es also gar nicht wichtig, wie die Wirklichkeit selbst genau aussieht. Es geht um Relevanz, nicht um Genauigkeit. Die Karte des öffentlichen Nahverkehrs in Berlin ist zum Beispiel ganz schematisch und stimmt überhaupt nicht mit den wirklichen Entfernungen und Lageverhältnissen der Stadtteile überein. Dennoch funktioniert sie als Modell sehr gut, denn sie zeigt, mit welchen Bussen und U-Bahnen man wo hinkommt und wo man umsteigen muss. Das sind die Informationen, die man braucht. Alles andere würde Verwirrung stiften.

Wolf Wagner: Wie Politik funktioniert. Deutscher Taschenbuch Verlag München 2005, S. 51f.

Abb. 34.1: Luftbild des Berliner Spreebogens

Abb. 34.2: Karte des Berliner Spreebogens

M2 Volkswirtschaftliches Denken

Ökonomen bemühen sich, ihr Gebiet mit wissenschaftlicher Objektivität zu behandeln. Sie betreiben die Erforschung der → **Volkswirtschaft** in ziemlich derselben Weise, wie ein Physiker die Materie und ein Biologe das Leben untersucht: Sie entwerfen Theorien, sammeln Daten und suchen dann aufgrund der Daten, ihre Theorie zu bestätigen oder zu verwerfen. [...] Obwohl Ökonomen Theorie und Beobachtung wie andere Wissenschaftler handhaben, begegnen sie einem Hindernis, das ihre Arbeit zu einer besonderen Herausforderung werden lässt: Experimente sind in den Wirtschaftswissenschaften schwierig und nur in bestimmten Bereichen möglich. [...] Ökonomen – wie im Übrigen auch Astronomen und Evolutionsbiologen – müssen sich mit jenen Daten begnügen, die ihnen die Welt jeweils gibt. [Dabei liegt ein Problem jedoch im Unterschied zu Laborexperimenten darin, dass sich in der Realität immer viele Variablen gleichzeitig verändern und man daher nie sagen kann, dass die Veränderung bei einem Indikator zweifelsfrei auf diese oder jene Ursache zurückzuführen ist. [→ **Ceteris-Paribus-Regel**] [...]

Ökonomen treffen [...] Annahmen: **Annahmen** führen zu einem leichteren Verständnis der Welt. So können wir z.B. für die Auswirkungen des internationalen Handels annehmen, dass die Welt nur aus zwei Ländern besteht und jedes Land nur zwei Güter herstellt. [...] Durch die Annahme von zwei Ländern und zwei Gütern können wir unser Denken fokussieren. Sobald wir den internationalen Handel in einer imaginären Zwei-Länder-zwei-Güter-Welt verstehen, sind wir gut dafür gerüstet, den Welthandel in unserer komplexen wirklichen Welt zu begreifen. Die Kunst des wissenschaftlichen Denkens – ob in Physik, Biologie oder Nationalökonomie – besteht darin zu entscheiden, welche Annahmen man trifft.

Gregory Mankiw: Grundzüge der Volkswirtschaftslehre. Schäffer-Poeschel Verlag 3. Auflage Stuttgart 2004, S. 21–23

Fragestellung

↓

Theoriebildung

Grundannahmen	Hypothesen

↓

Überprüfung

Falsifizierung	Bewährung

Abb. 34.3: Schritte der Theorie- und Modellbildung

M3 Beispiel für eine häufige Annahme in wirtschaftswissenschaftlichen Modellen: Der homo oeconomicus

Der Homo oeconomicus stellt als Leitbild die Grundlage vieler Modelle der klassischen → **Volkswirtschaft** dar, z.B. der Theorien von Adam Smith und David Ricardo. Der homo oeconomicus handelt stets so, dass er seinen eigenen Nutzen verfolgt. Er entscheidet stets rational und hat eine totale Übersicht über alle Preise auf dem Markt. Er hat keine Lieblingsmarken, sondern kauft bei gleicher Qualität stets das billigere Produkt. Weitere Merkmale diesen Idealtypus der volkswirtschaftlichen Theorie sind:

- Er hat unbegrenzte Bedürfnisse.
- Er unterliegt keinen Moden oder lässt sich nicht durch irrationale Motive ablenken.
- Er handelt stets rational nach dem Minimal- oder Maximalprinzip (→ **ökonomisches Prinzip**)
- Als Nachfrager strebt er danach, egoistisch allein seinen Nutzen zu mehren; als Anbieter ist sein Ziel die Gewinnmaximierung.

Mittlerweile mehren sich Zweifel daran, ob das Menschenbild des homo oeconomicus realistisch ist. Untersuchungen (z.B. mit dem → **Ultimatumspiel**) belegen oft das Gegenteil.

In einem Interview stellte der Verhaltensökonom Prof. Axel Ockenfels fest: „Die Hypothese, dass der Mensch vor allem egoistisch und rational sei, ist eine Hypothese der Ökonomen, die lange Zeit nie getestet worden ist. Aber der Mensch war vermutlich nie so rational und so eigennützig, wie der Ökonom ihn gerne hätte in seinen Modellen."

Nach Axel Ockenfels, Deutsche Welle, Sendung vom 2. März 2005. Zusammengefasst von Stefan Prochnow.

M4 Eingeschränkte Aussagekraft der Theorie der komparativen Kostenvorteile

Die erstmals von DAVID RICARDO (1772–1823) am Beispiel von Portugal und England für die Güter Tuch und Wein formulierte Theorie der komparativen Kostenvorteile beruht u.a. auf folgenden Annahmen (Prämissen) und Einschränkungen:

- Es handelt sich um ein Modell mit nur zwei Ländern und zwei Gütern.
- Auf den nationalen Güter- und Faktormärkten herrschen die Bedingungen der vollständigen Konkurrenz.
- Es wird nur ein Produktionsfaktor (Arbeit) berücksichtigt. Das Austauschverhältnis auf den Binnenmärkten wird durch die zur Gütererzeugung benötigte Arbeitsmenge bestimmt (Arbeitswertlehre).
- Es herrscht → **Vollbeschäftigung** aller Produktionsfaktoren, die auch nach Aufnahme des internationalen Handels erhalten bleibt.
- Die Produktionsfaktoren sind nur innerhalb eines Landes, nicht aber zwischen den beteiligten Ländern beweglich. Mit anderen Worten: Es besteht nur eine nationale, nicht aber eine internationale Mobilität der Produktionsfaktoren.
- Transportkosten werden nicht berücksichtigt. Der nationale und internationale Handel findet in Form des Naturaltauschs statt.

Unter diesen Annahmen sind die Aussagen der Theorie der komparativen Kostenvorteile schlüssig. Solange die Produktionsfaktoren nicht über die Ländergrenzen hinweg mobil sind, können die Vorteile des Außenhandels mit der unterschiedlichen Faktorausstattung der beteiligten Länder erklärt werden. Eine Übertragung auf die heutige weltwirtschaftliche Situation scheitert aber allein schon daran, dass die Produktionsfaktoren (insbesondere das **Geldkapital**) – anders als im Modell angenommen – auch **international** sehr **mobil** sind. Da Kapital aufgrund moderner Kommunikationsmittel in Sekundenschnelle von einem Land in ein anderes transferiert werden kann, besteht für einen Investor keine Veranlassung, sich mit den **relativen Kostenvorteilen** der Güterproduktion in einem bestimmten Land zu begnügen. Er hat vielmehr die Möglichkeit, sein Kapital dort zu investieren, wo die Produktion absolut am kostengünstigsten ist, wo also im internationalen Vergleich **absolute Kostenvorteile** vorliegen. **Standortwettbewerb** und **internationale Kostensenkungswettläufe** zur Schaffung günstiger Investitionsbedingungen für Auslandskapital als Folge der **Globalisierung** belegen diese Entwicklung. Im theoretischen Extremfall kann das bedeuten, dass aus Ländern, die für keine Güter absolute Kostenvorteile aufweisen, die gesamte Produktion ins Ausland verlagert wird.

Daneben schränkt auch die Nichtberücksichtigung der energieintensiven **Transportkosten** die Aussagekraft des Modells ein. Würden Transportkosten in ihrer tatsächlichen Höhe, also einschließlich der **sozialen Kosten**, die für Infrastruktur, Unfälle, Umweltbelastung usw. entstehen, berücksichtigt, würde dadurch ein erheblicher Teil der vermeintlichen Vorteile internationaler Arbeitsteilung aufgewogen.

Viktor Lüpertz: Problemorientierte Einführung in die Volkswirtschaftslehre. Winklers Verlag Braunschweig, 7. Auflage 2013, S. 492 f.

Arbeitsaufträge

1. Beschreiben Sie typische Merkmale von Modellen!
2. Erklären Sie, warum die Volkswirtschaftslehre mit Modellen und Theorien arbeitet!
3. Stellen Sie am Beispiel der „komparativen Kostenvorteile" von Ricardo die modellhaften Merkmale dieser Theorie dar!
4. Nehmen Sie Stellung zu der Frage, welchen Nutzen Ricardos Theorie für die heutige Volkswirtschaftslehre haben kann!

3.4 Faktorproportionentheorie

Die Theorien von Smith und Ricardo (vgl. Kapitel 3.2 und 3.3) lassen offen, worin die Unterschiede der Produktionskosten in den einzelnen Ländern begründet sind. Die Ursachen für die Kostenunterschiede lassen sich aus den Bestimmungsfaktoren für den Außenhandel ableiten. Weist ein Land beispielsweise sehr große Rohstoffvorkommen auf, so ist es zumindest wahrscheinlich, dass diese auch kostengünstiger abbaubar sind als in Ländern, wo es nur sehr geringe Vorkommen gibt. Ebenso können Unterschiede im Produktionsverfahren und im Nachfrageverhalten die Ursachen für unterschiedliche Produktionskosten sein.
Neben den Unterschieden in der Qualität, Menge und Verfügbarkeit spielen die Kosten für die Produktionsfaktoren eine wichtige Rolle, denn z. B. Grundstücks- und Rohstoffpreise, Löhne, Sozialabgaben oder Kreditzinssätze weichen zwischen verschiedenen Ländern voneinander ab.

Mögliche Ursachen für unterschiedliche Produktionskosten in verschiedenen Ländern		
Unterschiede im Produktionsverfahren • Verfügbarkeit natürlicher Ressourcen • Unterschiedliche natürliche Produktionsbedingungen (z. B. unterschiedliche Tiefe der Steinkohlevorkommen) • Technologische Lücken, z. B. können nicht alle Länder hochkomplexe Güter wie Computer oder Flugzeuge herstellen • Größenersparnisse durch Massenproduktion: Außenhandel vergrößert die Märkte und eröffnet somit die Chance, die Kostenvorteile der Massenproduktion verstärkt zu nutzen	**Unterschiede in der Faktorausstattung** Relativ kapitalreiche Länder exportieren eher kapitalintensive Produkte (z. B. Maschinen), relativ arbeitskräftereiche Länder exportieren eher arbeitsintensive Produkte (z. B. Bekleidung), relativ rohstoffreiche Länder exportieren tendenziell Bodenschätze. ↓ **Faktorproportionentheorie von Heckscher und Ohlin**	**Unterschiede im Nachfrageverhalten** Das unterschiedliche Nachfrageverhalten in verschiedenen Ländern kann – auch bei gleichen Produktionsverfahren und gleicher Faktorausstattung – Preisunterschiede begründen, die dann wiederum Außenhandel lohnend erscheinen lassen. ↓ **Präferenzvielfalt und Produktdifferenzierung**

Abb. 36.1: Mögliche Ursachen für unterschiedliche Produktionskosten in verschiedenen Ländern (Stefan Prochnow)

M1 Heckscher-Ohlin-Theorie der Faktorproportionen

Während das Ricardo-Theorem auf die Produktivitätsunterschiede, präziser auf die → **Arbeitsproduktivität** abhebt, haben die Schweden Eli Heckscher (1919) und Bertil Ohlin (1939) untersucht, welchen Einfluss die Faktorausstattung eines Landes im Hinblick auf die komparativen Kostenvorteile hat: Je reichlicher ein Land über einen bestimmten Faktor verfügt (Boden, Arbeitskraft, Kapital), um so relativ günstiger werden die Preise des Faktors sein, d.h. ein Land wird nach dem Heckscher-Ohlin-Theorem das kapitalintensivere Produkt exportieren, wenn Kapital (relativ) reichlich vorhanden ist und das arbeitsintensivste Produkt dann, wenn Arbeit[skräfte] (relativ) reichlich vorhanden [sind].

Franz-Josef Kaiser und Hans Kaminski: Telekolleg II Volkswirtschaftslehre. TR Verlagsunion, 9. Auflage München 2001, S. 146

M2 Leontief-Paradoxon

Im Jahr 1953 machte der Ökonom Wassily Leontief eine überraschende Entdeckung. Bis zu der Arbeit von Leontief hatten viele Ökonomen angenommen, dass die Produktion von US-Exporten kapitalintensiver wäre als die Produktion von US-Importen, weil die amerikanischen Arbeiter ganz offensichtlich besser mit Maschinen ausgestattet waren als die Arbeiter in vergleichbaren Industrien in anderen Ländern. Man ging daher davon aus, dass die US-Exporte kapitalintensiver wären als die US-Importe. Leontiefs Arbeit zeigte aber, dass diese Vermutung falsch war: Tatsächlich waren die von den USA exportierten Güter sogar etwas weniger kapitalintensiv als die von den USA importierten Güter. Dieses „Leontief-Paradoxon" führte zu großen Anstrengungen, dieses Muster des amerikanischen Handels zu erklären.
Als Haupterklärung für das Paradoxon wurde schließlich die Vieldeutigkeit der Definition des Kapitalbegriffs akzeptiert. Die US-amerikanischen Exporte sind zwar nicht intensiv im Hinblick auf das *physische* Kapital (Maschinen, Gebäude usw.), sie sind aber intensiv in Bezug auf *Humankapital*. Die Exportindustrien der Vereinigten Staaten setzen bei der Produktion einen deutlich höheren Anteil an hochqualifizierten Arbeitern ein als es die amerikanischen Industrien tun, die einem scharfen Importwettbewerb ausgesetzt sind. So ist beispielsweise der Luftfahrtbereich einer der größten amerikanischen Exportsektoren. In der Luftfahrtindustrie werden in Relation zur Zahl der mit manuellen Tätigkeiten beschäftigten Arbeitnehmer sehr viele Ingenieure und andere Mitarbeiter mit Hochschulausbildung eingesetzt. Umgekehrt importieren die Vereinigten Staaten einen großen Teil der dort verkauften Textilien, die größtenteils von Arbeitern mit geringer formaler Qualifikation hergestellt werden.

Paul Krugman und Robin Wells: Volkswirtschaftslehre. Schäffer-Poeschel Verlag, Stuttgart 2010, S. 538

3.5 Produktlebenszyklus

Raymond Vernon (1913–1999) entwickelte eine Produktlebenszyklus-Theorie der internationalen Arbeitsteilung. Jedes neu entwickelte Produkt durchläuft einen Lebenszyklus mit mehreren Phasen, in denen sich Absatzmenge, Produktpreis und Umsatz systematisch und demnach vorhersehbar ändern.

M1 Produktlebenszyklus und Produktionsstandorte

Ein neu entwickeltes Produkt ist zunächst teuer und wird nur von wenigen Verbrauchern gekauft. Neue Erfindungen erfordern meist sehr viel technisches Wissen und teure Anlagen. Auch bei der Produktion sind unter Umständen noch Facharbeiter nötig. Teure Facharbeiter sind angesichts des anfänglich hohen Produktpreises aber kein Problem. Oftmals werden neue technische Produkte daher in den hoch entwickelten Industrieländern produziert. Die Produkte werden zunächst **(Innovationsphase)** auch fast ausschließlich auf dem heimischen Markt oder allenfalls in anderen Industrieländern nachgefragt.

Standortfaktoren	Innovationsphase	Ausreifungsphase	Sättigungsphase
qualifizierte Arbeitskräfte	++	o	o
hochwertige Infrastruktur	++	o	o
Marktnähe	+	+	o
geringe Lohnkosten	o	+	++
niedrige Standortkosten	o	+	++

++ sehr wichtig, + wichtig, o weniger wichtig

Abb. 37.1: Durchschnittliche Bedeutung von Standortfaktoren im Verlauf eines Produktlebenszyklus

In der **Ausreifungsphase** steigen mit dem Verbraucherinteresse auch die Produktions- und Absatzzahlen. Mit zunehmender Standardisierung des Produkts sinken die Herstellungskosten infolge der Massenproduktionsvorteile. Auch drängen in dieser Phase bei fehlendem Patentschutz zusätzliche Anbieter auf den Markt. Der verstärkte Wettbewerb drückt die Preise nach unten und treibt die Absatzzahlen in die Höhe. Die Forschungs- und Entwicklungsarbeit an diesem Gut lässt nach. Der wachsende Preisdruck bewirkt eine Verlagerung der Produktion in Schwellenländer oder osteuropäische Industrieländer mit billigeren, weniger gut ausgebildeten Arbeitskräften. Nun zeigen auch Kunden in diesen Ländern am Produkt Interesse.

In der **Sättigungsphase** besitzen die meisten Verbraucher in Industrie- und Schwellenländern bereits das Gerät oder neuere Erfindungen laufen dem Produkt den Rang ab. Das Produkt wird zwar weiterhin in Massenproduktion gefertigt, nun jedoch wegen der geringeren Lohnkosten möglicherweise sogar in Entwicklungsländern produziert. Meist geschieht dies jedoch nicht durch einheimische Firmen, sondern durch Fabriken im Besitz der Industrieländer. Schließlich exportieren auch Entwicklungsländer das Produkt in diejenigen Länder, aus denen die Erfindung ursprünglich stammte.

Stefan Prochnow, eigener Text

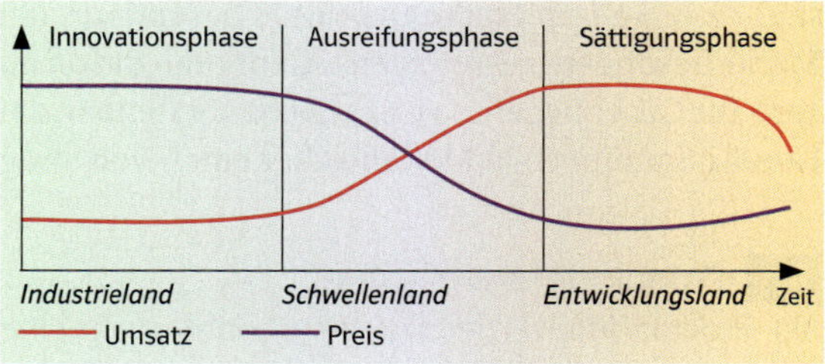

Abb. 37.2: Preis- und Umsatzentwicklung im Laufe eines idealtypischen Produktlebenszyklus

M2 Aus dem Lebenszyklus des CD-Spielers

Als Mitte der 1980er-Jahre die CD-Spieler auf den Markt kamen, stammten die ersten dieser für die damalige Zeit als Hightech zu bezeichnenden Geräte aus Japan oder Europa, wo auch die Erfinder dieser Technologie ihren Firmensitz hatten. Anfang der 1990er-Jahre verlagerte sich die Produktion der zwischenzeitlich gereiften und problemlos zu produzierenden Geräte in Länder wie Südkorea, Indonesien und Malaysia. In Japan hingegen wurden zu jener Zeit DAT-Rekorder produziert, das sind digitale Kassettenrecorder, die zu jener Zeit gerade auf den Markt gekommen waren. Seit dem Ende der 1990er-Jahre sind CD-Spieler zur industriellen Massenware geworden. Abgesehen von einigen Luxus- und sonstigen Nischenmodellen werden sie überwiegend in asiatischen Schwellen- und Entwicklungsländern wie China oder Indonesien von billigen Arbeitskräften am Fließband hergestellt.

Stefan Prochnow, eigener Text

Arbeitsaufträge

1. Erklären Sie die folgenden Handelsmuster unter Verwendung des Heckscher-Ohlin-Modells!
   a) Frankreich exportiert Wein in die USA und die USA exportieren Spielfilme nach Frankreich.
   b) Brasilien exportiert Schuhe in die USA. Die USA exportieren Maschinen zur Schuhherstellung nach Brasilien.
2. Deutschland gilt als kapitalreiches Land mit wenigen Naturressourcen und überdurchschnittlich qualifizierten, aber teuren Arbeitskräften. Erläutern Sie anhand der wichtigsten Export- und Importprodukte, inwieweit die Theorie der Faktorproportionen (M1) Deutschlands Außenhandelsstruktur erklären kann!
3. Beschreiben Sie den Produktlebenszyklus eines Produktes Ihrer Wahl! Überprüfen Sie das Produktlebenszyklus-Modell dann hinsichtlich der Produktionsstandorte in den verschiedenen Phasen anhand Ihres Beispiels!

3.6 Präferenzvielfalt und Produktdifferenzierung

Im Handel zwischen → **Volkswirtschaften**, die ähnliche Produktions- und Kostenverhältnisse aufweisen, werden in erheblichem Umfang Güter derselben Güterart ausgetauscht. Man spricht hier von **intra-industriellem Handel**. Beispielsweise exportiert Deutschland Kraftfahrzeuge nach Frankreich und französische Wagen finden Abnehmer in Deutschland. Dieser Handel kann offenkundig nicht durch Preisvorteile eines Landes erklärt werden, da dann der Handelsstrom nur in eine Richtung fließen würde.
Eine Erklärung zeigt sich insofern auf, als z. B. ein Mercedes-Benz und ein gleich großes koreanisches Auto aus der Sicht vieler Verbraucher zwei verschiedene Güter und somit nicht austauschbar sind. Die Gründe hierfür können vom Nachfrager wahrgenommene tatsächliche oder vermeintliche Qualitätsunterschiede sein – z. B. weil ein Markenname ein besonderes *Image* besitzt oder weil der Verbraucher einer bestimmten Marke besonders zugeneigt ist. Geht man davon aus, dass Verbraucher verschiedene Vorlieben **(Präferenzen)** für Güter hegen, so ist es leicht vorstellbar, dass z. B. Familie Schmidt in Wolfsburg einen Alfa Romeo, Familie Sandinetti in Mailand aber einen Volkswagen fährt.

M1 Produktdifferenzierung

Als Produktdifferenzierung bezeichnet man eine Ergänzung eines bereits eingeführten Produkts um eine neue Variante. Häufig werden an einem bestehenden Produkt kundengruppenspezifische Merkmalsmodifikationen vorgenommen, um die unterschiedlichen Bedürfnisse einzelner Kundengruppen gezielter befriedigen zu können. Ein Beispiel wäre die Einführung eines Kombi-Modells für eine bereits existierende Pkw-Limousine, das speziell Familien mit Kindern anspricht. Ansatzpunkte zur Umsetzung der Produktdifferenzierung sind:

- Angebot von Baukastensystemen: modular aufgebaute Produkte, bei denen sich der Kunde selbst unterschiedliche Produktvarianten aus Modulen zusammenstellen kann.
- Angebot von produktbegleitenden Dienstleistungen, sogenannten „Value Added Services“: Der Kunde erhält die Möglichkeit, den Nutzen eines bestehenden Produkts durch den Erwerb von zusätzlichen Dienstleistungen zu steigern.

Im Zuge der Produktdifferenzierung und Präferenzvielfalt der Konsumenten können auch importierte Waren vermehrt auf das Interesse der Kunden stoßen.

Stefan Prochnow, eigener Text

Abb. 38.1: Ob in China oder in Deutschland – in den Weinregalen der Supermärkte stehen Weine aus aller Welt.

M2 Economies of Scale

Selbst wenn anfänglich keine Kostenunterschiede zwischen zwei Staaten bestehen, kann die Spezialisierung durch Außenhandel für beide vorteilhaft sein. Angenommen, die Niederlande und Belgien stellen beide Stahl und Autos her. In einer Situation ohne Außenhandel produzieren die Fabriken in beiden Ländern mit sehr hohen Stückkosten, weil die nationalen Märkte zu klein sind für die Ausnutzung von Massenproduktionsvorteilen. Stahl- und Autofabriken weisen hohe Fixkosten auf, das bedeutet, dass die Kosten pro Stück bei zunehmender Herstellungsmenge abnehmen (→ **economies of scale**). Öffnen die beiden Länder ihre Grenzen und spezialisieren sich auf eines der beiden Güter, können sie beide Produkte zu günstigeren Preisen herstellen und durch ihren Austausch untereinander ihre Wohlstandssituation verbessern.

Klaus-Peter Kruber, Anna Lena Mees und Christian Meyer: Theoretische Grundlagen des internationalen Handels. In: Informationen zur politischen Bildung, Heft 299, Bonn 2008, S. 27

Arbeitsaufträge

1. Bei den deutschen Aus- und Einfuhren dominieren nicht jeweils unterschiedliche Gütergruppen, sondern ähnliche Güter. Erläutern Sie die Ursachen für dieses Phänomen!
2. Erklären Sie die *„economies of scale“* (M2) im Zusammenhang mit dem Außenhandel!
3. Arbeiten Sie mögliche Vor- und Nachteile außenwirtschaftlicher Beziehungen heraus (in tabellarischer Form gegenüberstellen)! Berücksichtigen Sie dabei die Qualität und Auswahl an Gütern, die Anzahl und Vielfalt an Arbeitsplätzen im Inland, die Höhe der Preise für die Verbraucher, wirtschaftliche und politische Abhängigkeiten, die Wettbewerbssituation für die Unternehmen, Sozialstandards und ökologische Nachhaltigkeit. Beachten Sie, dass manche Aspekte sowohl Vorteile als auch Nachteile mit sich bringen können!

Zusammenfassung

Beweggründe für Außenhandel sind zunächst mangelnde **Liefermöglichkeiten** im Inland. Manche Rohstoffe sind in Deutschland beispielsweise nicht vorhanden, manche tropischen Früchte wachsen hier aus klimatischen Gründen nicht. Mangelnde Liefermöglichkeiten im Inland liegen vor, wenn ein Gut nicht oder nicht in nachfragedeckender Menge verfügbar ist. Die Nichtverfügbarkeit kann dauerhaft, mittelfristig oder kurzfristig (z.B. saisonal) sein. Die mangelnde Verfügbarkeit kann auch lediglich in den Augen des Verbrauchers subjektiv gegeben sein, wenn er der Auffassung ist, nur ein ausländisches Produkt würde seinen Bedürfnissen am besten entsprechen. Die Aus- und Einfuhren sind dann ein Ergebnis individueller **Präferenzen** der Verbraucher, nicht zuletzt infolge einer immer stärkeren Aus**differenzierung** von Produkten.

In gewisser Weise führt die Präferenzvielfalt der Nachfrager zu einer besonderen Variante mangelnder Liefermöglichkeiten des Inlands. Das Produkt wird in der gewünschten spezifischen Art nicht im Inland produziert.

Die Wünsche der Nachfrager sind oft zu vielfältig, als dass nur eine Produktdifferenzierung im internationalen Rahmen diesen Präferenzen gerecht werden kann.

Ein weiterer Grund sind **Preisunterschiede** zwischen In- und Ausland. Preisunterschiede beruhen in der Regel auf Kostenunterschieden. Diese wiederum können sich aus **absoluten** oder **komparativen Kostenvorteilen** ergeben. Die Kostenvorteile können sich laut der Theorie von **Heckscher und Ohlin** aus der unterschiedlichen Faktorausstattung der Länder ergeben. So sind Arbeitskräfte meist in solchen Ländern billig, in denen es eine große Zahl un- oder unterbeschäftigter Erwerbsfähiger gibt. Auch die Aufteilung **globaler Wertschöpfungsketten** auf unterschiedliche Standorte (Entwicklung und Design in Deutschland, Produktion in Asien) oder Produktionsverlagerungen im Laufe eines **Produktlebenszyklus** führen zu internationalem Handel.

Im Supermarkt lassen sich an vielen Produktgruppen exemplarisch verschiedene Außenhandelsmotive erkennen. So gibt es im Wein- und Sektregal im Niedrigpreissegment viele importierte Weine (Kostenvorteile), eine große Zahl einheimischer als auch importierter Weine im mittleren und oberen Preissegment (Produktdifferenzierung und Präferenzvielfalt) bis hin zu exklusiven Schaumweinen aus Frankreich (Champagner).

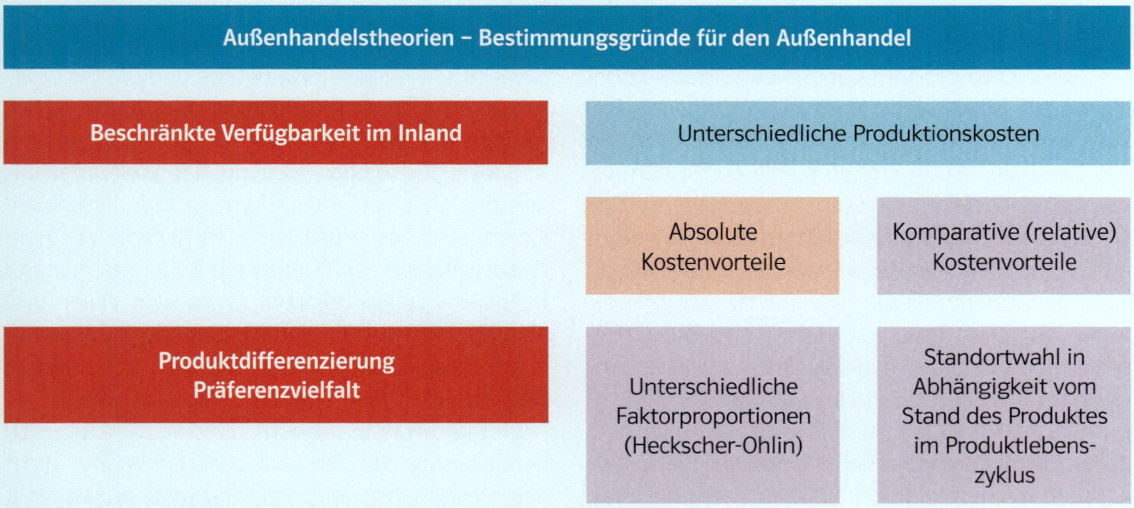

Abb. 39.1: Außenhandelstheorien – Bestimmungsgründe für den Außenhandel

Musterklausur Kapitel 3 mit Lösung
5xs6tt

4. Protektionismus oder Freihandel? Leitbilder der Außenwirtschaftspolitik ABI

Als Außenwirtschaftspolitik bezeichnet man alle staatlichen Maßnahmen, die darauf abzielen, die außenwirtschaftlichen Beziehungen eines Landes im Sinne der eigenen Zielsetzungen zu beeinflussen.

Leitbilder der Außenwirtschaftspolitik

Autarkie	Merkantilismus	Erziehungszölle	Freihandel
möglichst keinerlei Außenhandel, völlige Selbstversorgung des Landes	nationaler Wohlstand durch Maximierung der Exporte und Minimierung der Importe	Schutz junger Wirtschaftszweige durch zeitlich begrenzte protektionistische Maßnahmen	ungehinderter Handel, Ausnutzen der absoluten und komparativen Kostenvorteile

Abb. 40.1: Übersicht über Leitbilder der Außenwirtschaftspolitik

Zur Umsetzung ihrer Außenwirtschaftspolitik stehen den Regierungen zahlreiche Instrumente zur Verfügung. Die wichtigsten sind in Abb. 40.2 aufgeführt.

Instrumente der Außenwirtschaftspolitik

Preispolitik	Mengenpolitik	Währungspolitik	Entwicklungspolitik
• Exportförderung durch Subventionen • Importbegrenzung durch Zölle	• Kontingente • Quotenregelungen • Ein- oder Ausfuhrverbote	• Entscheidung für feste oder freie Wechselkurse • Auf-/Abwertung der Währung	• internationale Abkommen über Handelserleichterungen • Kapitalhilfen

Abb. 40.2: Übersicht über Instrumente der Außenwirtschaftspolitik

M1 Freihandel versus Protektionismus

Die Geschichte der internationalen Wirtschaftsbeziehungen ist geprägt durch die Auseinandersetzung zwischen Vertretern des → **Freihandels** und des Protektionismus. Erstere plädieren für den Abbau von Handelshemmnissen und die gegenseitige Öffnung der Märkte. Protektionisten befürworten den Schutz des heimischen Marktes durch Aufbau von Handelshemmnissen.

In der Wirtschaftsgeschichte lassen sich Phasen unterscheiden, in denen mal das eine, mal das andere Prinzip stärker dominierte. Im Zeitalter des Merkantilismus (16. bis 18. Jahrhundert) war die Außenhandelspolitik der europäischen Staaten beispielsweise geprägt vom Protektionismus. Mit der Industrialisierung und der Verbesserung des Transportwesens begann ab Ende des 18. Jahrhunderts eine Phase intensiver Ausdehnung des internationalen Handels. Vorreiter des Freihandels war zunächst England, die stärkste Wirtschaftsnation des 19. Jahrhunderts.

Bereits 1817 schrieb David Ricardo: „Unter dem System von vollständig freiem Handel widmet natürlicherweise jedes Land sein Kapital und seine Arbeit solchen Verwendungen, die jedem am segensreichsten sind. Dieses Verfolgen des individuellen Nutzens ist wunderbar mit der allgemeinen Wohlfahrt der Gesamtheit verbunden." Zwischen 1850 und 1880 setzte sich der Freihandel in Europa und Nordamerika weitgehend durch, der Welthandel erlebte bis zum Ersten Weltkrieg eine Blütezeit.

Von 1914 bis 1945 dominierte wiederum der Protektionismus. Die beiden Weltkriege und die Weltwirtschaftskrise führten zu einem starken Rückgang des Handels […]. Nach dem Zweiten Weltkrieg ging die Initiative zur Wiederbelebung der Weltwirtschaft von den USA aus. Instrument der Handelsliberalisierung war das → **GATT** bzw. ab 1995 die Welthandelsorganisation WTO. Auch die Bildung regionaler Freihandelszonen hat zum Abbau von Zöllen und anderen Handelshemmnissen beigetragen. Bekanntestes Beispiel ist die wirtschaftliche Integration im Gemeinsamen Markt der Europäischen Union.

Allerdings erfasste auch in Zeiten verstärkter → **Liberalisierung** die Tendenz zum Freihandel nicht alle Wirtschaftszweige gleichermaßen. Weltweit unbeschränkten Freihandel hat es nie gegeben. So haben die Industriestaaten bis heute ihren Agrarsektor stark untereinander und gegenüber den Entwicklungsländern abgeschottet […]. Nicht nur in den Entwicklungsländern, sondern gerade auch in den Industrieländern, die gemeinhin zu den „Gewinnern" der Globalisierung gerechnet werden, lassen sich verstärkt Rufe nach Abschottung gegen „unfaire" Konkurrenz vernehmen.

Klaus-Peter Kruber/Anna Lena Mees/Christian Meyer: Theoretische Grundlagen des internationalen Handels. In: Informationen zur politischen Bildung, Heft 299, Bonn 2008, S. 28 f.

„Volkswirtschaftliche Fallstudie"

M1 Wirtschaftliche Situation im „Wiwiland"

Das Wiwiland ist ein fiktiver Staat am Rande Europas. Es verfolgt wirtschaftspolitische Zielvorgaben, die denen des deutschen Stabilitäts- und Wachstumsgesetzes („Magisches Viereck") entsprechen. Die von der Regierung unabhängige Zentralbank verfolgt vorrangig das Ziel der Preisniveaustabilität, soll in diesem Rahmen aber auch zur Erreichung der übrigen wirtschaftspolitischen Ziele beitragen. Die wirtschaftliche Lage des Wiwilands zeigte für das soeben abgelaufene Jahr folgende Zahlen:

	Abgelaufenes Jahr	Vorjahr
Veränderungsrate (VR) des realen BIP	+ 1%	+ 1,5%
Inflationsrate	+ 2,5%	+ 3%
Inflationsrate des Auslands (Haupthandelspartner)	+ 2,5%	+ 2,5%
Arbeitslosenquote	10%	9%
Zahl der Beschäftigten	30 Mio.	30,3 Mio.
VR der Löhne im Inland	+ 5%	+ 6%
VR der Löhne im Ausland	+ 3%	+ 3%
VR der Staatseinnahmen	+ 3%	
VR der Staatsausgaben	+ 6%	
VR des privaten Konsums	+ 2,5%	
VR der privaten Investitionen	+ 3%	
Staatsverschuldung in % des BIP	60%	58%
Lohnquote	67%	71%
Kapazitätsauslastung der Industrie		
inlandsorientierte Branchen	*86%*	*87%*
Exportbranchen	*82%*	*87%*
Exporte	20% des BIP	22% des BIP
Importe	22% des BIP	20% des BIP
VR der Exportpreise	+ 2,5%	+ 3%
VR der Importpreise	− 1,5%	− 0,1%
Außenbeitrag in % des BIP	− 5%	− 4%
Saldo der Kapitalbilanz	stark positiv	positiv
Leitzins	7%	4%
Leitzins im Ausland (Haupthandelspartner)	3,5%	3,5%
VR der Geldmenge	+ 2%	+ 3,5%
Außenwert des Wiwi-Talers (ggü. den Währungen der Haupthandelspartner)*	+ 5%	+ 2%

* flexible Wechselkurse *Stefan Prochnow, eigenes Szenario*

M2 Arbeitsschema für die Lösung wirtschaftspolitischer Fallstudien

A Lage und Ziele

1. Welche Ziele der Wirtschaftspolitik sind verfehlt?
2. Bei welchen Zielen ist eine Annäherung oder Entfernung zu erkennen?
3. Welches Ziel sollte vorrangig verfolgt werden?

B Ursachen und Prognose

Sind die Zielverfehlungen auf binnen- und/oder außenwirtschaftliche Ursachen zurückführbar?

1. Nachfrageseite

Ist die Konsumnachfrage aufgrund steigender/sinkender Löhne/Lohnquote/Arbeitslosigkeit/Zinsen etc. zu hoch/zu niedrig?

Entwickelt sich die Investitionsnachfrage aufgrund zu großer/zu geringer Kapazitätsauslastung/Absatzes, Gewinne, Zinsen etc. zu schnell/zu langsam?

Wirkt die Staatsnachfrage/Haushaltspolitik mehr pro- oder antizyklisch?

2. Angebotsseite

Entwickeln sich die Gewinne/Löhne/Produktivität ungünstig/günstig?

Sind die Zinsen/Steuern/sonstige Angebotsbedingungen für die Unternehmen zu ungünstig/günstig?

Haben sich die Einfuhren/Einfuhrpreise verändert?

3. Liquiditätsversorgung

Ist die Geldmenge im Verhältnis zu den Zinsen, den Preisen bzw. dem nominellen/realen Sozialprodukt zu gering/zu groß? […]

Sind die Leitzinsen zu hoch/zu niedrig in Bezug auf Investitionen, Konsum etc.? Und wie wirken sie sich auf Investitionen, Konsum, Preise aus? […]

Hans W. Möller: Angewandte Volkswirtschaftslehre. Springer Gabler, 3. Auflage Wiesbaden 2012, S. 45

Arbeitsaufträge

1. Analysieren Sie die wirtschaftliche Lage im Wiwiland (M1, M2)!
2. Erläutern Sie mögliche Ursachen für die wirtschaftliche Lage im Wiwiland, soweit sie sich aus den Daten des Materials M1 ableiten lassen. Stellen Sie dabei auch mögliche Zusammenhänge und Querbeziehungen zwischen den Daten in M2 her.
3. Mehrere Vorschläge zur Verbesserung der wirtschaftlichen Lage werden im Wiwiland diskutiert. Setzen Sie sich mit diesen Vorschlägen (a–d) auseinander, um in einem Fazit eine Handlungsempfehlung zu unterbreiten.
   a) Vergabe zusätzlicher Staatsaufträge, die durch Kreditaufnahme auf den inländischen Kreditmärkten finanziert werden
   b) Abbremsung des Lohnanstiegs in den nächsten beiden Jahren auf jeweils 2% im Rahmen einer gemeinsamen Aktion von Tarifpartnern und Regierung
   c) Senkung der Leitzinsen
   d) Ankäufe von Währungen der Haupthandelspartner gegen Wiwi-Taler durch die Zentralbank des Wiwilandes

4.1 Merkantilismus und Protektionismus ABI

Noch im 16. bis frühen 18. Jahrhundert war die Außen- und Wirtschaftspolitik der europäischen Staaten vom Geist des Merkantilismus und vom Streben nach → **Autarkie** geprägt:

- Die inländischen **Manufakturen** wurden durch → **Subventionen** bei der Ausfuhr eigener Fertigprodukte unterstützt.
- Durch Ausfuhrverbote und Exportzölle sollten die heimischen Rohstoffe der eigenen Wirtschaft vorbehalten bleiben.
- Behinderungen bei der Einfuhr von ausländischen Fertigwaren sollten die inländischen Anbieter vor ausländischer Konkurrenz schützen.

Die Handelspolitik im Merkantilismus ging von der Annahme aus, dass die beteiligten Staaten in einen Interessengegensatz gerieten, weil ein Land seinen Handel nur zulasten anderer Länder ausweiten könne. Angestrebt wurde, die eigenen Exporte zu maximieren und gleichzeitig Importe möglichst zu vermeiden. Außenhandel galt somit als **Nullsummenspiel**, wo die Gewinne des einen Landes (in den Augen der Merkantilisten waren das nur die Exporte) gleichzeitig die Verluste des anderen Landes waren (nämlich die Importe des anderen Landes).

M1 Der Irrtum der Merkantilisten

Abraham Lincoln, Präsident der USA von 1861 bis 1865, wird folgender Ausspruch zugeschrieben: „Ich weiß nicht viel über Zölle. Was ich jedoch weiß: Wenn ich einen englischen Mantel kaufe, bekomme ich den Mantel und England das Geld. Kaufe ich jedoch einen amerikanischen Mantel, bekomme ich auch den Mantel, aber Amerika bekommt das Geld."
Diese Denkweise zeigt einen uralten Irrtum auf, der typisch für den sogenannten Merkantilismus des 17. und 18. Jahrhunderts war. Vertreter dieser Richtung betrachteten jene Länder als glücklich, die mehr Güter verkaufen konnten, als sie einkauften, weil eine solche „wünschenswerte" Handelsbilanz bedeutete, dass Gold als Bezahlung des Exportüberschusses ins Land floss.
Die merkantilistische Argumentation verwechselt Mittel und Zweck. Die Anhäufung von Gold oder sonstigen Zahlungsmitteln allein verbessert den Lebensstandard eines Landes nicht. Geld ist kein Selbstzweck, sondern soll verwendet werden, um von anderen Ländern kaufen zu können. Aus diesem Grund verwerfen heute die meisten Ökonomen den Gedanken, die Erhebung von Zöllen zur Erzielung eines Außenhandelsüberschusses könne dem wirtschaftlichen Wohlergehen eines Landes nützen.

Paul A. Samuelson / William D. Nordhaus / Michael J. Mandel: Volkswirtschaftslehre. Verlag Carl Ueberreuter GmbH, Frankfurt am Main/Wien 1998, S. 794

M2 Erst Protektionismus, dann Freihandel?

Die entwickelten Länder verdanken ihren heutigen Reichtum gerade jener Politik, die sie den „Nachzüglern" aus dem Süden und Osten verwehren wollen. Denn nicht durch → **Freihandel**, sondern durch protektionistische Export- und Importzölle, eine selektive Politik im Hinblick auf ausländische → **Direktinvestitionen**, Kapitalverkehrskontrollen und ohne Patentschutz auf technologische Innovationen – also durch Praktiken, die die WTO untersagt – sind die heute entwickelten und reichen Industrieländer entwickelt und reich geworden: Freihandel ist etwas für Länder auf einem etwa gleichen wirtschaftlichen Niveau. Wer nachhinkt, fährt mit protektionistischen Maßnahmen für heimische Unternehmen allemal besser – so lange, bis diese auf globalen Märkten wettbewerbsfähig sind. Erst nach Erreichen einer technischen Vorreiterrolle oder einer den → **„economies of scale"** sich verdankenden Vorherrschaft im internationalen Wettbewerb erweist sich die Öffnung von Märkten als sinnvoll.
Dennoch drängen die ökonomisch starken Länder des Nordens ärmere Entwicklungs- und Schwellenländer dazu, Märkte ohne Rücksicht auf die Konkurrenzfähigkeit der einheimischen Industrie zu öffnen. Dies geschieht zum einen durch → **multilaterale** Abkommen im Rahmen der WTO, immer häufiger aber auch durch interregionale und bilaterale Handels- und Investitionsabkommen.

Birgit Mahnkopf: Investition als Intervention – Wie interregionale und bilaterale Investitionsabkommen die Souveränität von Entwicklungsländern beschneiden. In: Internationale Politik und Gesellschaft, Heft 1/2005, Friedrich-Ebert-Stiftung Berlin, S. 122

M3 Twitter-Tweeds von US-Präsident Donald Trump

Donald Trump hat in seiner Amtszeit mehrere Male von protektionistischen Maßnahmen Gebrauch gemacht. So erließ er Strafzölle gegen bestimmte Produkte aus China und der EU, woraufhin es zu Gegenmaßnahmen dieser Länder gegen bestimmte Produkte der USA kam. Man spricht in solchen Fällen von einem „Handelskrieg".

Donald J. Trump:
Tariffs are the greatest! Either a country which has treated the United States unfairly on Trade negotiates a fair deal, or it gets hit with Tariffs. It's as simple as that – and everybody's talking! Remember, we are the "piggy bank" that's being robbed. All will be Great!
24. Juli 2018

Original-Twitteraccount des US-Präsidenten (@the real Donald Trump), Tweet vom 24. Juli 2018 7:29 a.m. Uhr, Zugriff am 30.04.2020

Donald J. Trump:
... I am a Tariff Man. When people or countries come in to raid the great wealth of our Nation, I want them to pay for the privilege of doing so. It will always be the best way to max out our economic power. We are right now taking in $billions in Tariffs. MAKE AMERICA RICH AGAIN
4. Dezember 2018

Original-Twitteraccount des US-Präsidenten (@the real Donald Trump), Tweet vom 04. Dezember 2018 7:03 a.m. Uhr, Zugriff am 30.04.2020

M4 Wie schlimm sind die US-Defizite wirklich?

[...] Für die USA sind drei Nachteile vorherrschend. Erstens leidet die Gesamtbeschäftigung, wenn die Importe die Exporte chronisch übersteigen und keine Form der Kompensation des Nachteils gefunden wird – etwa eine Korrektur des Wechselkurses durch Abwertung. [...]

Zweitens hat das Defizitland beim gegebenen Wechselkurs offenbar Probleme mit der Wettbewerbsfähigkeit seiner Exporte. Die USA haben eine tiefe Deindustrialisierung ihrer Wirtschaftsstruktur durchgemacht, weil sie Marktanteile an China, Deutschland und viele andere Länder verloren haben. Dadurch schrumpfte die Beschäftigung in alten Industrieregionen, dort wo Trump einen großen Teil seiner Wählerklientel hat. Es betrifft vor allem Menschen mit niedrigen oder mittleren Qualifikationen und Ältere, die nicht mehr hinreichend anpassungsfähig sind. Die neuen innovativen Arbeitsplätze entstehen oft in ganz anderen Regionen, zum Beispiel in Kalifornien.

Drittens versuchen Defizitländer meistens, den Verlust an Wettbewerbsfähigkeit durch höhere Budgetdefizite („Zwillingsdefizite“ – im Staatshaushalt und in der Zahlungsbilanz) oder durch eine höhere Verschuldung von privaten Haushalten oder Unternehmen auszugleichen. Dass die USA in den letzten Jahren ein relativ hohes Wachstum beim BIP und der Beschäftigung erzielen konnten, hat vor allem mit ihrer Fiskalpolitik zu tun: Sie haben die Staatsausgaben erhöht und Steuern gesenkt, also die Verminderung des hohen Schuldenstands hintangestellt. [...] Die florierende Wirtschaft ist Grundlage der immer noch hohen Zustimmungswerte für Trump. [...]

Jan Priewe: Dossier Freihandel versus Protektionismus. Bundeszentrale für politische Bildung (10.12.2018). In: https://www.bpb.de/politik/wirtschaft/freihandel/280881/was-ist-am-us-aussenhandelsdefizit-eigentlich-so-schlimm, Zugriff am 14.06.2020

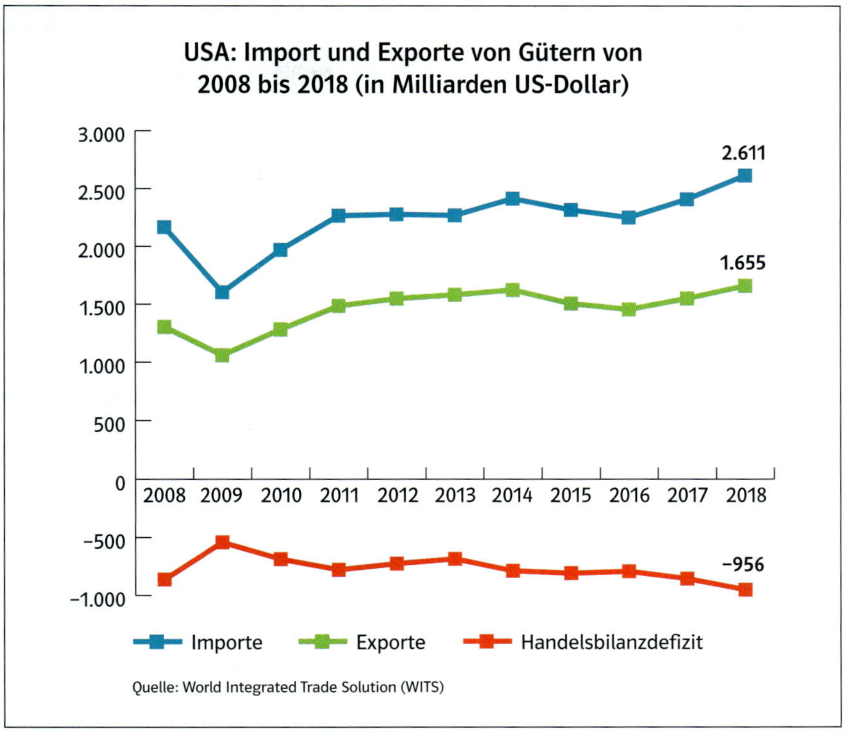

Abb. 43.1: Handels- und Leistungsbilanz der USA

Arbeitsaufträge

1. Beschreiben Sie die Ziele des Merkantilismus!
2. Erläutern Sie, worin der „Irrtum der Merkantilisten“ liegt (M1)!
3. Nehmen Sie Stellung zu der These „Zölle und andere protektionistische Maßnahmen können sinnvoll sein, um den Aufbau einer eigenen Industrie zu ermöglichen.“!
4. Analysieren Sie anhand der Statistik in Abb. 43.1 den Außenhandel der USA! Geben Sie mögliche Probleme wieder, die mit der Entwicklung des US-Außenhandels verbunden sein könnten!
5. „Die Strafzölle gegen China und Deutschland – ökonomisch fragwürdig, aber aus politischem Kalkül heraus für Trump durchaus nützlich.“ Nehmen Sie Stellung zu dieser These! Beziehen Sie dabei auch M3 und die Abbildung 43.1 in Ihre Betrachtung ein!

4.1.1 Tarifäre Handelshemmnisse ABI

Unter Protektionismus wird der gezielte politische Einsatz von Maßnahmen verstanden, deren Ziel es ist, inländische Unternehmen vor ausländischer Konkurrenz zu schützen. Im engeren Sinne sind hierunter alle Maßnahmen der Importbehinderung zu fassen, im weiteren Sinne auch exportfördernde Maßnahmen, da sie der einheimischen Wirtschaft zusätzliche Vorteile im internationalen Wettbewerb verschaffen.

Protektionismus ist im Gegensatz zum Freihandel eine Außenhandelspolitik, die den Schutz der inländischen Wirtschaft gegen ausländische Konkurrenz beabsichtigt. Staatliche Instrumente der Außenhandelspolitik können tarifäre Handelshemmnisse – das sind alle Arten von Zöllen, Abschöpfungen, → **Subventionen** sowie Mengenbeschränkungen – und nichttarifäre Handelshemmnisse sein.

Protektionistische Instrumente

tarifäre Handelsbeschränkungen

Abschöpfungen sind Abgaben, die Importeure von Agrarerzeugnissen an die EU zahlen müssen.

Kontingente sind mengenmäßige Beschränkungen der Einfuhr.

Zölle sind Abgaben, die vom Importeur einer Ware an den Staat zu entrichten sind. Meist sind sie als Prozentsatz des Warenwerts definiert.

nichttarifäre Handelsbeschränkungen

Dabei handelt es sich um Formalitäten im Abfertigungsverfahren an Grenzen oder um die Vorgabe bestimmter Normen, Gesundheitsprüfungen, Umweltschutzvorschriften usw. Bei solchen Vorschriften ist schwer abzuschätzen, ob sie wirklich den vorgegebenen Zielen wie Sicherheit, Umwelt- und Gesundheitsschutz dienen oder ob sie die Einfuhr ausländischer Waren verteuern und behindern sollen.

Abb. 44.1: Protektionistische Instrumente im Überblick

Warenart	Zollsatz in % des Zollwertes
Bekleidung • aus Textilien • aus Leder	 12 4
Schuhe mit Obermaterial aus • Leder • anderen Materialien	 8 17
Gold- und Silberschmuck	2,5–4
Fotoapparat • analog • digital • Objektive	 4,2 0 6,7
Notebook, Tablet-PCs	0
E-Book-Reader	3,7
CD-Spieler	9,5
DVD-Spieler	13,9
CDs und DVDs	3,5
Handtaschen	3–9,7
Fahrräder • aus China • E-Bikes	15 58,5 6
PKW	10
Motorräder • aus den USA	6–8 25

Abb. 44.2: Beispiele für Zollsätze bei der Einfuhr in die EU, Stand März 2020. Zusätzlich sind 19 % Einfuhrumsatzsteuer zu zahlen.

M1 Nothing to declare?

Jedes Jahr tappen Tausende von Touristen – wissentlich oder unwissentlich – in die Falle: Bei der Rückkehr von Flugreisen aus Nicht-EU-Ländern benutzen sie den falschen Ausgang am Flughafen: den mit der Aufschrift „Nichts zu verzollen – *nothing to declare*". Dabei müssen im Ausland erworbene Waren aller Art in einem Gesamtwert von mehr als 430 € (der Wert wird regelmäßig angepasst) verzollt werden und Einfuhrumsatzsteuer entrichtet werden – nicht nur für Alkohol und Zigaretten, wie viele unbewusste Schmuggler glauben.

www.zoll.de/DE/Presse/presse_node.html (Pressemitteilung abgerufen am 24. Februar 2020)

M2 Tarifäre Handelsbeschränkungen

Zölle sind das klassische Instrument des Protektionismus. Einfuhrzölle sind Zwangsabgaben an den Staat, die der Importeur von Gütern entrichten muss, sobald er ausländische Waren über die Grenze einführt. Durch Einfuhrzölle verteuern sich also ausländische Produkte bei der Einfuhr. Wird der Preis der importieren Ware dadurch für den Verbraucher höher als bei vergleichbaren einheimischen Produkten, so kauft er eher das inländische Gut. Ist der Zoll so hoch, dass praktisch kein ausländisches Gut einer Warengruppe mehr gekauft wird, spricht man auch von einem Prohibitivzoll. In allen Fällen bringt der Zoll der Staatskasse Einnahmen.

Ein Sonderfall von Zöllen sind die flexiblen Abschöpfungen der EU: Die → **Europäische Union** schützt damit ihre Bauern vor Agrareinfuhren. Die Agrarminister legen den Preis fest, der mindestens für importierte Agrarprodukte (z. B. Weizen) gelten soll (Schwellenpreis). Er liegt regelmäßig höher als der Weltmarktpreis. Die Differenz zwischen Schwellenpreis und Weltmarktpreis muss ein Importeur als Abschöpfung an die EU zahlen. Dadurch wird verhindert, dass Importe billiger als zu dem Schwellenpreis verkauft werden können. Bei den sogenannten Kontingenten – die manchmal auch zu den nichttarifären Handelshemmnissen gezählt werden – handelt es sich um wert- oder mengenmäßige Beschränkungen der Einfuhr. Jahrelang war z. B. die Einfuhr japanischer Autos in die EU und die USA auf eine bestimmte, jährlich festgelegte Anzahl begrenzt.

Stefan Prochnow, eigener Text

4.1.2 Nichttarifäre Handelshemmnisse ABI

Zu den nichttarifären Handelshemmnissen zählen alle Vorschriften, die ausländische Anbieter benachteiligen. Zu Handelsverzerrungen kommt es auch durch → **Subventionen**, die inländische Erzeuger generell oder speziell bei der Ausfuhr ihrer Produkte erhalten. Sie stellen derzeit eines der wichtigsten protektionistischen Instrumente in der Welt dar. In Zusammenhang mit der Subventionierung kann es zum Dumping kommen. Dumping liegt vor, wenn ein Produkt im Ausland systematisch und dauerhaft zu Preisen verkauft wird, die nicht die Produktionskosten decken. Die Verluste werden aus Gewinnen bei anderen Produkten, in anderen Ländern oder durch staatliche Exportzuschüsse gedeckt. Die Wiedereinfuhr des im Ausland billiger verkauften Produktes ins Inland wird durch Einfuhrzölle verhindert. Das Dumpingverhalten dient dazu, auf einem Markt eine marktbeherrschende Stellung zu erringen und mit den dann zu erwartenden hohen Monopolgewinnen die Verluste wieder auszugleichen. Ein Beispiel für Dumping ist die Eroberung des Schiffbau-Weltmarktes durch Südkorea, die nicht nur auf Lohnkostenvorteile, sondern auch auf massive staatliche Subventionen zurückzuführen ist.

M3 Sie dürfen natürlich importierte Autos kaufen, aber ...

Wenn der deutsche Wirtschaftsminister [...] am Sonntag vom Seouler Flughafen ins Hotel chauffiert wird, darf er gespannt sein, wann das erste ausländische Auto vor, neben oder hinter ihm auftaucht. Er könnte die ganze 40-minütige Wegstrecke vergeblich darauf warten. Es gibt zwar jede Menge einheimische Staus, aber nur sehr wenige Mercedes, BMW oder Volkswagen darin. Mehr als 900 000 Autos wurden im vergangenen Jahr in Südkorea neu zugelassen, ganze 2 400 davon kamen aus dem Ausland. „Die passen zusammen auf einen einzigen Hotelparkplatz", höhnt in einer Art Galgenhumor Karsten Engel, Chef der EU-Vereinigung für Autoimporteure in Seoul. [...] Natürlich ist es auch in Südkorea nicht ausdrücklich verboten, einen Mercedes oder Landrover zu fahren, offiziell ist es sogar erlaubt, aber leider nur mit erheblichen Risiken und Nebenwirkungen. [...] Erst jüngst, weiß der EU- und BMW-Vertreter zu erzählen, streute das Ministerium das Gerücht, man erwäge eine Steuerprüfung für Leute, die einen Wagen mit großem Hubraum fahren, womit in der Regel ein ausländisches Auto gemeint ist. Schon diese vage Drohung habe bei BMW am nächsten Tag zu 25 Abbestellungen geführt. „Es gibt unzählige Beispiele, dass die Steuerfahndung wirklich zu stolzen Limousinen-Besitzern kommt und um jeden Preis etwas finden will, was Strafe und Nachzahlung bewirkt", sagt Engel. [...]

Angela Köhler: Schwer beweisbare unsichtbare Schikane. In: Stuttgarter Zeitung vom 27. Mai 2000

M4 Beispiele für nichttarifäre Handelshemmnisse

- Manche Organisationen fordern, dass die Einfuhr gentechnisch veränderter Lebensmittel in die EU verboten wird.
- Während die europäische Füllmenge bei Sauerkonserven bis 2009 festgelegte 720 g pro Glas betrug, erlaubten kanadische Vorschriften nur ein erheblich geringeres maximales Füllgewicht. Die Einfuhren aus Europa kamen daher bei diesen Waren zeitweise beinahe zum Erliegen.
- In Deutschland durften die Kirschen in einem Joghurt mit Roter Beete gefärbt worden sein, der Joghurt selbst aber nicht. In Belgien war es genau umgekehrt.
- Manche Regierungen oder Organisationen rufen die Verbraucher dazu auf, einheimische Produkte zu bevorzugen.
- Um den Import deutscher Fernsehgeräte nach Italien zu reduzieren, wurde eine Sicherheitsvorschrift erlassen, nach der bei allen Geräten die Bedienungsanleitung in italienischer Sprache in die Rückwand der Geräte einzustanzen sei. Erst durch EU-Gesetze wurde diese Vorschrift verboten.
- Aus Gründen des Verbraucherschutzes wehrt sich die EU gegen die Einfuhr von Fleisch aus den USA, wo die Tiere mit Hormonen behandelt werden dürfen.

Stefan Prochnow, eigener Text

Arbeitsaufträge

1. Erklären Sie die unterschiedliche Höhe der Zollsätze in Abb. 44.2!
2. Beurteilen Sie, welche der in M4 genannten Regelungen Sie für gerechtfertigt halten und welche nicht!
3. Es ist bekannt, dass Deutschlands Konkurrenten im Schiffbau-Markt, z. B. Werften in Japan und Korea, erhebliche Subventionen erhalten. Sollte Deutschland deshalb auch Subventionen an deutsche Werften zahlen? Erörtern Sie diese Streitfrage!
4. Angenommen, deutsche Textilhersteller produzieren für 20 € ein Hemd, während ausländische Produzenten das gleiche Hemd für 15 € anbieten können.
   a) Würde ein Zoll von 6 € pro Hemd den deutschen Anbietern helfen, mit dem Ausland konkurrieren zu können?
   b) Würden Subventionen in Höhe von 6 € den einheimischen Fabrikanten im Wettbewerb helfen?
   c) Erläutern Sie den Unterschied zwischen den Auswirkungen des Zolls und der Subventionen für die in- und ausländischen Anbieter!

4.2 Freihandel – Wohlstand für alle? ABI

M1 Verrätselte Quelle

Die folgende Quelle wurde verändert: Anstelle des Wortes „Globalisierung" steht im Original ein anderer Begriff.

[...] Das Bedürfnis nach einem stets ausgedehnteren Absatz für ihre Produkte jagt [die Globalisierung] über die ganze Erdkugel. Überall muss sie sich einnisten, überall anbauen, überall Verbindungen herstellen. Die [Globalisierung] hat durch ihre Exploitation [Ausbeutung] des Weltmarkts die Produktion und Konsumption aller Länder kosmopolitisch gestaltet. Sie hat zum großen Bedauern der Reaktionäre den nationalen Boden der Industrie unter den Füßen weggezogen. Die uralten nationalen Industrien sind vernichtet worden und werden noch täglich vernichtet. Sie werden verdrängt durch neue Industrien, deren Einführung eine Lebensfrage für alle zivilisierten Nationen wird, durch Industrien, die nicht mehr einheimische Rohstoffe, sondern den entlegendsten Zonen angehörige Rohstoffe verarbeiten und deren Fabrikate nicht nur im Lande selbst, sondern in allen Weltteilen zugleich verbraucht werden. [...] An die Stelle der alten lokalen und nationalen Selbstgenügsamkeit und Abgeschlossenheit tritt ein allseitiger Verkehr, eine allseitige Abhängigkeit der Nationen voneinander. [...] Die [Globalisierung] reißt [...] durch die unendlich erleichterte Kommunikation alle, auch die barbarischsten Nationen in die Zivilisation [...]

M2 Argumente für den Freihandel I

Stormy-Annika Mildner, geb. 1976, ist seit 2013 Abteilungsleiterin für Außenwirtschaftspolitik des Bundesverbands der Deutschen Industrie BDI.

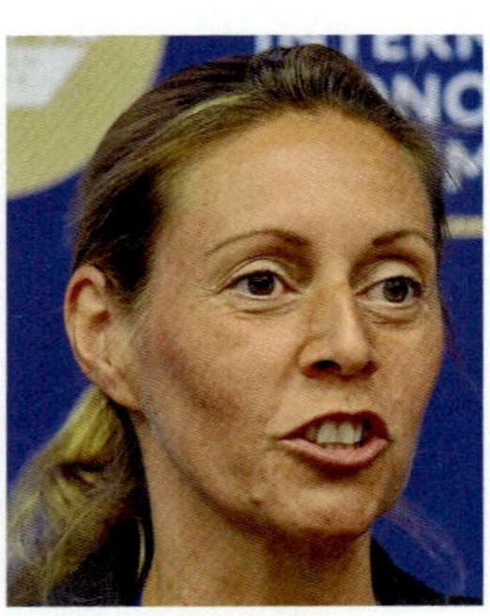

Abb. 46.1: Stormy-Annika Mildner

Von den neoklassischen und neuen Handelstheorien lassen sich zahlreiche Argumente für den → **Freihandel** ableiten:

- Kostenvorteile: Durch internationalen Handel können sich Länder auf die Produktion des Gutes spezialisieren, in dem sie einen komparativen Vorteil besitzen (sie können das Produkt kostengünstiger und effizienter produzieren), mehr von diesem herstellen und exportieren. Gleichzeitig können sie mehr Güter importieren, als sie unter der Abwesenheit internationalen Handels selbst hätten produzieren können. Durch Spezialisierung und internationalen Handel werden also die Konsummöglichkeiten erhöht.
- Internationaler freier Handel führt zu einem steigenden Angebot und somit zu sinkenden Preisen, ist also im Interesse des Konsumenten.
- Spezialisierung: Durch internationalen Handel und Spezialisierung kommt es zu einer optimalen internationalen → **Allokation** der Ressourcen. So werden Produkte dort erzeugt, wo die Produktion am kostengünstigsten und effektivsten ist, wodurch eine produktivitätssteigernde internationale Arbeitsteilung erzielt wird.
- Exportgeleitetes Wachstum: Freier Handel öffnet neue Märkte und kann somit zu einem exportgeleiteten Wachstum führen. So steigt durch die Öffnung neuer Märkte die Nachfrage nach den heimischen Produkten, sodass die Produktion ausgedehnt werden kann.
- Effizienz: Durch steigenden Wettbewerb im Inland werden Unternehmen gezwungen, effizienter und billiger zu produzieren. Es kommt zum Abbau von Marktverzerrungen und Ineffizienzen. Ineffiziente Produzenten und Industrien werden aus dem Markt verdrängt.
- Skalenerträge: Durch internationalen Handel, die Bedienung neuer Märkte, Spezialisierung und Ausdehnung der Produktion können sogenannte interne und externe Skalenerträge (→ **„economies of scale"**) realisiert werden. **Interne** Skalenerträge bei einem Hersteller liegen dann vor, wenn durch Spezialisierung der Produktion bei proportionaler Erhöhung aller Produktionsfaktoren eine überproportionale Erhöhung der Output-Menge erzielt werden kann. [...] Überdies können durch Spezialisierung **externe** Skalenerträge erzielt werden. Diese treten zum Beispiel auf, wenn es zu einer Konzentration bestimmter Industrien in einer Region kommt, wobei Technologien und Wissen von einer Industrie auf die andere „überschwappen", sodass hierdurch die Kosten für ganze Produktionszweige reduziert werden. Dieses sind externe Effekte, da sie in die Kostenrechnung der Unternehmen nicht einbezogen werden.
- Technologietransfer: Freier Handel ermöglicht einen internationalen Technologietransfer und fördert somit Innovation.
- Beschäftigung: Durch internationalen Handel und die damit einhergehende wachsende Nachfrage steigt die Produktion und somit die Nachfrage nach Arbeitskräften, sodass die Beschäftigung steigt.
- Qualität der Arbeitsplätze: Handel fördert exportorientierte Industriezweige. Da die Löhne in diesen Industriezweigen zumeist höher sind als in den binnenwirtschaftlich orientierten Industrien, ist die Qualität der neuen Arbeitsplätze höher.

Insgesamt führt Handel zu aggregierten [angehäuften] Einkommensgewinnen. Gleichwohl darf nicht vergessen werden, dass es kurzfristig durchaus zu Umverteilungseffekten infolge von Handelsliberalisierung kommen kann. Auch wenn die gesamtwirtschaftlichen Einkommenseffekte positiv sind, profitieren nicht alle Sektoren und Bevölkerungsgruppen gleichermaßen von Handelsliberalisierung. Es ist Aufgabe der Politik, die Anpassungskosten abzufedern.

Stormy-Annika Mildner: Begriffe und Konzepte internationaler Wirtschaftsbeziehungen. Erstmals veröffentlicht auf www.weltpolitik.net, (überarbeitet) am 2. März 2010

M3 Argumente für den Freihandel II

Freihandel fördert Wettbewerb und Innovationsdynamik und bindet nicht Kapital und Arbeitskräfte in „alten" Produktionszweigen [Förderung des Strukturwandels].

Freihandel sichert [dadurch] langfristig Arbeitsplätze.

Die Öffnung der Märkte von Industrieländern für Einfuhren aus Entwicklungsländern ermöglicht dieses Wachstum aus eigener Kraft [„trade, not aid"].

„Erziehungszölle" sind [nur dann] mit Freihandel vereinbar, wenn sie nicht zu dauerhaften Schutzzöllen werden.

Freihandel verbilligt Verbraucherpreise und Vorprodukte.

Die Errichtung von Einfuhrhemmnissen provoziert Vergeltung („Handelskrieg").

Klaus-Peter Kruber/Anna Lena Mees/Christian Meyer-Heidemann: Theoretische Grundlagen des internationalen Handels. In: Informationen zur politischen Bildung, Heft 299, Bonn 2008, S. 28

M4 Reiche Nachbarn sind gute Nachbarn

[...] Ein Volk, das es durch Außenhandel zu Reichtum bringen will, wird das sicherlich am ehesten dann zuwege bringen, wenn alle seine Nachbarn reiche, arbeitsame und Handel treibende Völker sind.

Adam Smith: Untersuchung über Wesen und Ursachen des Reichtums der Völker. Verlag Wirtschaft und Finanzen, Düsseldorf 1999, S. 498

M5 Frieden durch Freihandel

Abb. 47.1: Ludwig Heinrich Edler von Mises

Ludwig Heinrich Edler von Mises (1881–1973), war ein österreichischer Wirtschaftswissenschaftler und ein bedeutender Vertreter der liberalen Schule der Ökonomie.

Das Ziel der inneren Politik des Liberalismus ist auch das seiner auswärtigen Politik: Frieden. So wie im Innern der Staaten, so strebt der Liberalismus auch im Verkehr zwischen den Staaten friedliches Zusammenwirken an. Der Ausgangspunkt des liberalen Denkens ist die Erkenntnis des Wertes und der Wichtigkeit menschlicher Kooperation, und alles, was der Liberalismus plant und ins Werk setzen will, dient der Erhaltung des gegenwärtig erreichten Standes und dem weiteren Ausbau der wechselseitigen Kooperation der Menschen. Als letztes Ideal schwebt dabei immer der Gedanke einer vollständigen Kooperation der ganzen Menschheit vor, die sich friedlich und ohne Reibungen abwickelt. Das Denken des Liberalen hat immer das Ganze der Menschheit im Auge und nicht nur Teile, es haftet nicht an engen Gruppen, es endet nicht an den Grenzen des Dorfes, der Landschaft, des Staates und des Erdteils. Es ist ein kosmopolitisches, ein ökumenisches Denken, ein Denken, das alle Menschen und die ganze Erde umspannt. Der Liberalismus ist in diesem Sinne Humanismus, der Liberale Weltbürger, Kosmopolit. [...] Das entscheidende, unwiderlegbare Argument gegen den Krieg holt der Liberalismus aus der Tatsache der internationalen Arbeitsteilung. Die Arbeitsteilung überschreitet schon lange die Grenzen der politischen Gemeinschaft. Kein Kulturvolk befriedigt heute seine Bedürfnisse selbstgenügsam unmittelbar durch eigene Produktion. Alle Völker sind darauf angewiesen, Waren aus dem Ausland zu beziehen und durch die Ausfuhr von eigenen Erzeugnissen zu bezahlen. Die Unterbindung des internationalen Warenaustausches würde die Menschheit kulturell schwer schädigen, würde den Wohlstand, ja die Existenzgrundlage von Millionen und Millionen von Menschen untergraben. [In] einem Zeitalter, in dem die Völker wechselseitig auf die Erzeugnisse ausländischer Produktion angewiesen sind, können Kriege nicht mehr geführt werden.

Ludwig von Mises: Liberalismus. Nachdruck der Erstauflage von 1927, 2. Auflage Academia Verlag, St. Augustin 2001, S. 93 ff.

Arbeitsaufträge

1. Recherchieren Sie, von wem und aus welchem Jahr die Quelle M1 ursprünglich stammt! Welcher Begriff wurde in M1 durch das Wort „Globalisierung" ersetzt?
2. Entwickeln Sie „Regeln" für eine globalisierte Welt, die sicherstellen, dass das zentrale Versprechen der Freihandelsbefürworter in Erfüllung geht: steigender Wohlstand für die Menschen in allen Ländern!
3. Richtig oder falsch? Nehmen Sie Stellung zu den folgenden Aussagen!
   a) „Ein Land kann auch dann noch vorteilhaft am Außenhandel teilnehmen, wenn es gegenüber seinen Handelspartnern bei allen Produkten absolute Kostennachteile hat."
   b) „Wenn ein Geschäft für eine Person vorteilhaft ist, kann es nicht zugleich für die andere Person ebenfalls vorteilhaft sein."
   c) „Bestimmte Länder haben bei allen Gütern einen komparativen Vorteil."
4. Nehmen Sie aus Sicht eines Freihandelskritikers Stellung zu den in M2 bis M5 genannten Vorteilen des Freihandels!
5. Führen Sie ein Tribunal (Erläuterung der Methode auf der nächsten Seite) zum Thema „Freihandel" durch!

Tribunal

In einem **Tribunal** wird eine Gerichtsverhandlung simuliert. Anders als bei einer echten Hauptverhandlung vor einem deutschen Gericht stehen hier jedoch nicht Einzelpersonen vor Gericht, sondern abstrakte Positionen wie die der Globalisierung und des → **Freihandels**.
Die **Staatsanwälte** stellen in ihrer Anklage zusammen, welche negativen Folgen der Freihandel ihrer Ansicht nach hat und benennen Sachverständige und Zeugen, die aus ihrer Sicht diese Anklagepunkte bezeugen. Die **Verteidigung** wiederum benennt Vorteile des Freihandels oder versucht nachzuweisen, dass die von der Anklage benannten Punkte nicht dem Freihandel zuzurechnen sind. Auch die Rechtsanwälte der Verteidigung benennen Sachverständige und Zeugen.
Die **Richter** leiten die Verhandlung und fällen am Ende, zusammen mit den → **Schöffen**, ein ausführlich begründetes Urteil. Dabei legen Sie die Kriterien offen, die sie bei ihrer Urteilsfällung zugrunde gelegt haben.

Die Rollen können auch **mehrfach vergeben** werden, z.B. 2 Staatsanwälte, 2 Verteidiger, 3 Richter, 2 Schöffen, mehrere Zeugen, Protokollführer und Pressejournalisten. Die **Sitzordnung** sollte der eines Gerichts nachempfunden werden: Richterbank (auch für Schöffen und Protokollführer), links davon die Anklage, vom Richter aus gesehen auf der rechten Seite die Verteidigung, in der Mitte ein Zeugenstand und hinten Plätze für Besucher und Presse. Zur Steigerung der Authentizität und der Identifikation mit der Rolle kann ein besonderer **Dresscode** vereinbart werden. Für eine tiefergehende Reflexion der Verhandlung kann das Tribunal (anders als in echten deutschen Gerichten) mit der **Kamera** aufgezeichnet werden. Presseberichte und Protokolle fassen die Argumente der Streitparteien und die Zeugenaussagen zusammen und dienen der **Sicherung**, etwa zur Wiederholung im Zuge der Vorbereitung zu einer Klausur.

Arbeitsauftrag

1. Führen Sie die Simulation eines Gerichtsverfahrens durch, in dem die Freihandelsanhänger auf der einen Seite und die Protektionisten und Globalisierungskritiker auf der anderen Seite ihre Positionen – auch mit Zeugenaussagen – vertreten! Bereiten Sie dafür in Ihren Rollen arbeitsteilig mithilfe der Kapitel 3, 4 und 7 die Verhandlung vor: Richter, Schöffen, Staatsanwälte, Rechtsanwälte, Zeugen (z.B. Unternehmensvertreter, Bauern, Arbeitnehmer/Gewerkschafter, Verbraucher, jeweils aus Industrie- und Entwicklungsländern)! Formulieren Sie abschließend ein Urteil!

Zusammenfassung

Befürworter des → **Freihandels** begründen ihre Position mit den möglichen Vorteilen einer globalen Arbeitsteilung, bei der sich jedes Land auf diejenigen Wirtschaftszweige spezialisiert, bei denen es absolute oder komparative Kostenvorteile hat. Freihandel habe besonders für die Verbraucher viele Vorteile: mehr Auswahl, geringere Preise. Er ermögliche wettbewerbsfähigen Unternehmen, weltweite Expansion und eine Steigerung der Effizienz durch globale Liefer- und Wertschöpfungsketten. Internationale Verflechtungen erhöhen den grenzüberschreitenden Austausch und die durch globale Wertschöpfungsketten geschaffenen Abhängigkeitsverhältnisse können friedensbewahrend wirken.

Befürworter des **Protektionismus** verweisen auf mögliche Nachteile und Risiken eines unbeschränkten Handels. Sie begründen protektionistische Maßnahmen mit mehreren Argumenten:

- **Beschäftigungsargument:** Importe gefährden Arbeitsplätze im Inland in Branchen, die international nicht konkurrenzfähig sind.
- **Sicherheitsargument:** Zur Vermeidung einer Abhängigkeit vom Ausland in Kriegs- und Krisensituationen (z. B. Pandemie, Ausfall der Verkehrswege) sollten die Landwirtschaft (Nahrungsmittelversorgung) und bestimmte Schlüsselindustrien (z. B. Pharmaindustrie) im Inland verbleiben.
- **Schutzargument:** Für den Aufbau neuer Industriezweige („infant industries") im Inland ist zumindest vorübergehend der Schutz vor ausländischer Konkurrenz nötig.
- **Argument vom unfairen Wettbewerb:** Freihandel ist nur dann erwünscht, wenn sich alle Handelspartner an die gleichen Regeln halten.

	Freihandel	**Protektionismus**
Grundannahmen	Spezialisierung und Arbeitsteilung sollen nicht nur auf nationaler, sondern auch auf internationaler Ebene Effizienzvorteile bringen. Freihandel und Globalisierung führe zu optimaler Verteilung (→ Allokation) von Ressourcen und könne den Wohlstand aller Volkswirtschaften erhöhen.	Exportüberschüsse führen zu mehr Arbeitsplätzen und zu höheren Zoll- und Steuereinnahmen des Staates. Dadurch könne die Wirtschaft gezielt weiterentwickelt werden.
Beispiele für Instrumente	• Verringerung bis hin zu völligem Abbau aller tarifären und nichttarifären Handelsbeschränkungen • Internationale Regeln zur Durchsetzung des Freihandels (Strafen gegen protektionistische Maßnahmen möglich) • Regionale Freihandelszonen und integrierte Wirtschaftsräume	Tarifäre Handelsbeschränkungen • Zölle auf Importe/Exporte Nichttarifäre Handelshemmnisse • Mengenbeschränkungen (Kontingente) • Beschränkungen wegen Produkteigenschaften (z. B. technische Normen, Verbraucherschutzvorschriften) • Subventionen für einheimische Produzenten • Bevorzugung heimischer Anbieter bei öffentlichen Auftragsvergaben
Zielsetzungen, Gründe für wirtschaftspolitische Umsetzung	Wohlfahrtsgewinne durch • Versorgung mit Gütern, über die das Land selbst nicht verfügt • Ausschöpfen absoluter oder komparativer Kostenvorteile	• Schutz von im globalen Wettbewerb unterlegenen Wirtschaftszweigen bei durch staatliche Industrie- und Strukturpolitik angeregtem Aufbau neuer Industriezweige („infant industries", nachholende Entwicklung) • Sicherung von Arbeitsplätzen (Vermeidung regionaler oder struktureller Arbeitslosigkeit) • Reaktion auf Lobbyeinfluss und zur Sicherung von Wählerstimmen
Umsetzungsbeispiele	Keine vollständige Umsetzung, aber Ansätze • Europäischer Binnenmarkt • Nordamerikanische Freihandelszone • Asiatische Freihandelszone • GATT, WTO	• EU-Agrarpolitik • Aufbau des europäischen AIRBUS-Konzerns • Deutsche Zollpolitik im 19. Jahrhundert • Autozentrierte Entwicklung in Entwicklungsländern („Self Reliance") • Zeitweilige Industriepolitik Japans, Südkoreas, Chinas

Abb. 49.1: Überblick über die Positionen des Freihandels und des Protektionismus

Musterklausur Kapitel 4 mit Lösung
5xs6tt

5. Der europäische Binnenmarkt

5.1 Motive und Ziele der europäischen Integration

Die → **Europäische Union** hat ihre Wurzeln in den Erfahrungen von zwei Weltkriegen innerhalb von 30 Jahren. Nach dem Ende des Zweiten Weltkrieges war das wichtigste Motiv der europäischen Einigung daher die Friedenssicherung, das sich in weiteren Zielen ausdrückt: die Ausdifferenzierung der internationalen Arbeitsteilung, die Intensivierung des Handels und die Schaffung eines gemeinsamen Binnenmarktes zur Steigerung des Wohlstandes in allen Mitgliedsländern. Im Zentrum stand auch der Wille, die damals durch drei Kriege (1870/71, 1914–1918, 1939–1945) verfeindeten Länder Deutschland und Frankreich miteinander zu versöhnen. Grundlage hierfür war der → **Schuman-Plan**, der zur Gründung der → **Europäischen Gemeinschaft für Kohle und Stahl (EGKS)**, der sogenannten Montanunion, führte.

M1 Die Opfer des Zweiten Weltkriegs

	Gefallene Soldaten	Getötete Zivilisten	Tote insgesamt
Franzosen	340 000	470 000	810 000
Deutsche	3 750 000	3 000 000	6 750 000
Italiener	330 000	80 000	410 000
Briten	440 000	60 000	500 000
Polen	320 000	5 300 000	5 620 000
Jugoslawen	40 000	1 280 000	1 320 000
sonstige Europäer	1 000 000	3 700 000	4 700 000
Japaner	1 200 000	600 000	1 800 000
US-Amerikaner	300 000	–	300 000
Kanadier	42 000	–	42 000
Chinesen	3 500 000	10 000 000	13 500 000
Russen (Sowjetunion)	13 600 000	7 500 000	21 100 000
Gesamt	**24 862 000**	**31 990 000**	**56 852 000**
Zum Vergleich			
Deutsch-französischer Krieg 1870/71	98 %	2 %	129 000
Erster Weltkrieg 1914–1918	95 %	5 %	10 000 000
Zweiter Weltkrieg 1939–1945	44 %	56 %	57 000 000

Zerstörung von Warschau: 90 %, Hannover: 90 %, Köln: 80 %, Emden: 73,9 %, Neapel: 60 %, London: 30 %

Peter Neumaier: Europa. Wirtschaftliche, soziale, ökologische und politische Aspekte der europäischen Integration. Hrsg. v. Gewerkschaft Erziehung und Wissenschaft und IG Metall, Frankfurt am Main 2000, S. 55

Abb. 50.1: Winston Churchill (1874–1965)

M2 Auszüge aus der Rede des damaligen britischen Premierministers Winston Churchill am 19. September 1946 in der Aula der Universität Zürich

[…] Ich möchte heute über Europas Tragödie zu Ihnen sprechen. Dieser edle Kontinent, der alles in allem die schönsten und kultiviertesten Gegenden der Erde umfasst und ein gemäßigtes, ausgeglichenes Klima genießt, ist die Heimat aller großen Muttervölker der westlichen Welt. Hier sind die Quellen des christlichen Glaubens und der christlichen Ethik. Hier liegt der Ursprung fast aller Kulturen, Künste, philosophischen Lehren und Wissenschaften des Altertums und der Neuzeit. Wäre jemals ein vereintes Europa imstande, sich das gemeinsame Erbe zu teilen, dann genössen seine drei- oder vierhundert Millionen Einwohner Glück, Wohlstand und Ehre in unbegrenztem Ausmaß. Und welches ist der Zustand, in den Europa gebracht worden ist?
Zwar haben sich einige der kleineren Staaten gut erholt, aber in weiten Gebieten starren ungeheure Massen zitternder menschlicher Wesen gequält, hungrig, abgehärmt und verzweifelt auf die Ruinen ihrer Städte und Behausungen und suchen den düsteren Horizont angestrengt nach dem Auftauchen einer neuen Gefahr, einer neuen Tyrannei oder eines neuen Schreckens ab. Unter den Siegern herrscht babylonisches Stimmengewirr; unter den Besiegten das trotzige Schweigen der Verzweiflung. […]
Wir müssen etwas wie die Vereinigten Staaten von Europa schaffen. Nur so können Hunderte von Millionen schwer arbeitender Menschen wieder die

einfachen Freuden und Hoffnungen zurückgewinnen, die das Leben lebenswert machen. […]
Der erste Schritt bei der Neugründung der europäischen Familie muss eine Partnerschaft zwischen Frankreich und Deutschland sein. Nur auf diese Weise kann Frankreich die moralische Führung Europas wiedererlangen. Es gibt kein Wiederaufleben Europas ohne ein geistig großes Frankreich und ein geistig großes Deutschland.
Die Struktur der Vereinigten Staaten von Europa, wenn sie gut und echt errichtet wird, muss so sein, dass die materielle Stärke eines einzelnen Staates von weniger großer Bedeutung ist. Kleine Nationen zählen ebenso viel wie große und erwerben sich ihre Ehre durch ihren Beitrag zur gemeinsamen Sache. […]
Es muss unser ständiges Ziel sein, die Stärke der UNO aufzubauen und zu festigen. Im Rahmen dieses die Welt umfassenden Plans müssen wir die europäische Familie in einer regionalen Struktur neu schaffen, die vielleicht die Vereinigten Staaten von Europa heißen wird.
Der [zweite] Schritt ist die Bildung eines Europarats. Wenn zu Anfang auch nicht alle Staaten Europas willens oder in der Lage sind, der Union beizutreten, müssen wir uns dennoch ans Werk machen, diejenigen Staaten, die es wollen und können, zusammenzufassen und zu vereinen. […]
Aber ich muss Sie warnen. Vielleicht bleibt wenig Zeit. Gegenwärtig gibt es eine Atempause. Die Kanonen sind verstummt. Die Kampfhandlungen haben aufgehört; aber die Gefahren haben nicht aufgehört. Wenn es uns gelingen soll, die Vereinigten Staaten von Europa, oder welchen Namen auch immer sie tragen werden, zu errichten, müssen wir jetzt damit beginnen. […]
Darum sage ich Ihnen: Lassen Sie Europa entstehen!

Curt Gasteyger: Europa von der Spaltung zur Einigung. Darstellung und Dokumentation 1945–1997. Bundeszentrale für politische Bildung, Bonn 1997, S. 42 f.

M3 Regierungserklärung von Robert Schuman vom 9. Mai 1950

Europa lässt sich nicht mit einem Schlage herstellen und auch nicht durch eine einfache Zusammenfassung: Es wird durch konkrete Tatsachen entstehen, die zunächst eine Solidarität der Tat schaffen. Die Vereinigung der europäischen Nationen erfordert, dass der jahrhundertealte Gegensatz zwischen Frankreich und Deutschland ausgelöscht wird. Das begonnene Werk muss in erster Linie Deutschland und Frankreich erfassen.
Zu diesem Zweck schlägt die französische Regierung vor, in einem begrenzten, doch entscheidenden Punkt sofort zur Tat zu schreiten. Die französische Regierung schlägt vor, die Gesamtheit der französisch-deutschen Kohle- und Stahlproduktion unter eine gemeinsame Oberste Aufsichtsbehörde (Haute Autorité) zu stellen, in einer Organisation, die den anderen europäischen Ländern zum Beitritt offensteht.

Abb. 51.1: Symbolisches „Fällen" der Schlagbäume an der deutsch-französischen Grenze durch junge Europäer am 6. August 1950

Die Zusammenlegung der Kohle- und Stahlproduktion wird sofort die Schaffung gemeinsamer Grundlagen für die wirtschaftliche Entwicklung sichern – die erste Etappe der europäischen Föderation – und die Bestimmung jener Gebiete ändern, die lange Zeit der Herstellung von Waffen gewidmet waren, deren sicherste Opfer sie gewesen sind. Die Solidarität der Produktion, die so geschaffen wird, wird bekunden, dass jeder Krieg zwischen Frankreich und Deutschland nicht nur undenkbar, sondern auch materiell unmöglich ist.
Die Schaffung dieser mächtigen Produktionsgemeinschaft, die allen Ländern offensteht, die daran teilnehmen wollen, mit dem Zweck, allen Ländern, die sie umfasst, die notwendigen Grundstoffe für ihre industrielle Produktion zu gleichen Bedingungen zu liefern, wird die realen Fundamente zu ihrer wirtschaftlichen Vereinigung legen.

Europa-Archiv Nr. 13/1950, S. 3154 f., zitiert nach: Marc Fritzler und Günther Unser: Die Europäische Union. Bundeszentrale für politische Bildung (Hrsg.), 2. Auflage Bonn 2001, S. 21

Info

Eine geheime Aktion
Kaum fünf Jahre vorher beherrschten Gewalt, Krieg, Verwüstung und Hass Europa. Und doch haben sich im Sommer 1950 circa 300 Europäer aus sieben verschiedenen Ländern versammelt. Junge Menschen, deren Väter und ältere Brüder noch aufeinander geschossen haben. Sie sind Mitglieder der föderalistischen Bewegung und fordern ein vereintes Europa nach dem Vorbild der USA. Sie betrachten die Menschen auf der „anderen Seite" nicht als „Ausländer", sprich als potenziellen Feind, sondern als europäische Mitbürger. Und dies wollen sie symbolisch zeigen. Sie haben sich entschieden, Grenzübergänge zu demontieren.
Mit einem Trick werden die französischen Beamten abgelenkt: Eine der Aktivistinnen simuliert einen Schwächeanfall. Dann geht es los: Hammer und Sägen werden aus den Autos genommen und der Schlagbaum „angegriffen". Die Beamten reagieren nicht mehr. Die Aktivisten haben den Grenzübergang auf beiden Seiten friedlich übernommen und laufen von Frankreich nach Deutschland und umgekehrt, ohne ein Visum zu beantragen, ohne irgend ein Dokument zeigen zu müssen.

Arbeitsaufträge

1. Arbeiten Sie die Europa-Ideen und die Vorgehensweisen für die europäische Integration aus M2 und M3 unter Berücksichtigung des jeweiligen Zeitkontextes und der Interessen der Autoren heraus! Visualisieren Sie dabei Ihre Ergebnisse (z. B. Tabelle, Mindmap, Collage, Zeichnungen in Form von Karikaturen oder Comic-Strips)!
2. Erklären Sie, warum die europäische Integration ausgerechnet im Kohle- und Stahlsektor begann!
3. Erstellen Sie ein Erklärvideo zu den Gründungsinteressen der EU in den Jahren 1945 bis 1955 (siehe Seite 64)!

5.2 Entwicklung der wirtschaftlichen Integration Europas

Abb. 52.1: Gerhard Mester: „Eben erst im Bau!"

M1 Wirtschaftliche Integration – ein Überblick

9. Mai 1950: Europäische Gemeinschaft für Kohle und Stahl

Der französische Außenminister Robert Schuman schlägt eine → **Europäische Gemeinschaft für Kohle und Stahl (EGKS) vor**, in der Frankreich und Deutschland sowie Italien, Belgien, die Niederlande und Luxemburg ihre Kohle- und Stahlproduktion zusammenfassen sollen. Ein Krieg zwischen den Mitgliedstaaten dieser EGKS soll dadurch *materiell unmöglich werden.*

23. Juli 1952: Montanunion tritt in Kraft

Die von Schuman 1950 geforderte EGKS (Montanunion) genannt, tritt in Kraft. Sie soll zum Wiederaufbau Europas sowie zur Sicherung des Friedens beitragen […].

25. März 1957: Römische Verträge

Die sechs Staaten der Montanunion schließen die Römischen Verträge zur Gründung der Europäischen Wirtschaftsgemeinschaft (EWG) mit dem Ziel eines gemeinsamen Binnenmarktes (freier Verkehr von Waren, Dienstleistungen, Kapital, Personen). […] Die Römischen Verträge treten am 1. Januar 1958 in Kraft. Ab 1959 werden die Zölle innerhalb der EWG abgebaut.

14. Januar 1962: Gemeinsame Agrarpolitik

Durch die Verabschiedung einer Reihe von Verordnungen […] entsteht die Gemeinsame Agrarpolitik, für die die → **Europäische Gemeinschaft** in den folgenden Jahrzehnten einen erheblichen Teil des Budgets ausgibt. Dadurch wird auch ein Kompromiss zwischen der mehr auf Industrieproduktion orientierten Bundesrepublik Deutschland und ihrem westlichen Nachbarland Frankreich, das ein großer Agrarproduzent ist, hergestellt.

1. Juli 1967: Zusammenschluss zu den → EG

Die drei Gemeinschaften (EGKS, EWG, EURATOM) werden zu den → **Europäischen Gemeinschaften** zusammengeschlossen und erhalten gemeinsame Institutionen.

1. Juli 1968: Zollunion

Zwischen den sechs Mitgliedstaaten der Europäischen Gemeinschaften wird die Zollunion geschaffen […]. Untereinander erheben die Staaten keine Zölle mehr, für Einfuhren aus Drittstaaten werden gemeinsame Zolltarife festgelegt.

1. Januar 1970: Staaten geben Kompetenzen für Außenhandel ab

Die Außenhandelskompetenzen der EG-Staaten gehen an die Gemeinschaft über. Die Mitgliedstaaten geben damit weitere Souveränität auf die europäische Ebene ab. Nur die EG kann jetzt noch Handelsverträge schließen oder Einfuhrbeschränkungen für Güter aus Drittstaaten verhängen. […]

24. April 1972: Engführung der Währungen

Die EG-Mitgliedstaaten beschließen eine Engführung ihrer Währungen, deren Wechselkurs-Schwankungsbreite nicht mehr als 2,25 Prozent betragen soll. […] *(„**Währungsschlange**")*

1. Januar 1973: Großbritannien, Irland und Dänemark treten bei

Großbritannien, Irland und Dänemark treten den Europäischen Gemeinschaften bei. […]

18. März 1975: Europäischer Fonds für Regionale Entwicklung

Der Europäische Fonds für Regionale Entwicklung (EFRE) wird geschaffen. Damit wird die Grundlage für eine Regionalpolitik gelegt, die innerhalb des EG-Gebiets bestehende wirtschaftliche und infrastrukturelle Unterschiede ausgleichen soll. […]

13. März 1979: Europäisches Währungssystem

Die Staaten der EG einigen sich auf ein Europäisches Währungssystem (EWS), das erneut versucht, die Wechselkurse zwischen den Währungen der Mitgliedsländer stabil zu halten. […]

1. Januar 1981: Griechenland tritt bei

Griechenland wird das zehnte Mitglied der Europäischen Gemeinschaften […]. […]

1. Januar 1986: Spanien und Portugal treten bei

Spanien und Portugal treten als Nr. 11 und Nr. 12 den Europäischen Gemeinschaften bei. Damit gelingt es, die beiden Länder, die jahrzehntelange Diktaturen abgeschüttelt haben, politisch und wirtschaftlich zu stabilisieren. […]

1. Juli 1987: Einheitliche Europäische Akte

Die Einheitliche Europäische Akte, das ist eine Reform der EG-Gründungsverträge, tritt in Kraft und schafft damit die Voraussetzungen für die Errichtung des Binnenmarkts […]. […]

3. Oktober 1990: Wiedervereinigung in Deutschland

Die DDR tritt der Bundesrepublik Deutschland bei und das vereinigte Deutschland entsteht. […]

1. November 1993: Vertrag von Maastricht

*Um ein erstarkendes Deutschland zu verhindern, soll Deutschland noch intensiver in die EG eingebunden werden. Mit dem Vertrag von Maastricht wird daher die → **Wirtschafts- und Währungsunion** mit dem gemeinsamen Geld „Euro" geschaffen, das dann zum 1. Januar 1999 eingeführt wird. Durch den Maastrichter Vertrag wird die EG zur → **Europäischen Union (EU)**.*

1. Januar 1994: Vertrag über den Europäischen Wirtschaftsraum

Der Vertrag über den Europäischen Wirtschaftsraum (EWR) tritt in Kraft. Er verbindet die Europäische Union mit den Ländern der Europäischen Freihandelszone EFTA und schafft so den größten Wirtschaftsraum der Welt. [...]

1. Januar 1995: Österreich, Schweden und Finnland treten bei

Österreich, Schweden und Finnland treten der Europäischen Union bei.

26. März 1995: Schengener Abkommen

*Das → **Schengener Abkommen** wird in Kraft gesetzt.*

17. Juni 1997: Der Stabilitäts- und Wachstumspakt

*Der Euro-Stabilitäts-Pakt soll im Sinne der → **Konvergenzkriterien** die Budgetdisziplin der Mitgliedstaaten der Europäischen → **Wirtschafts- und Währungsunion** sichern. Außer in Zeiten einer konjunkturellen Rezession oder bei außerordentlichen Ereignissen (z. B. Naturkatastrophen) dürfen die Defizite der Mitgliedstaaten im öffentlichen Haushalt nicht über 3 % bezogen auf das Bruttoinlandsprodukt (BIP) liegen (Defizitquote). Neben der Defizitquote gilt noch die Schuldenquote, nach der der Schuldenstand bezogen auf das BIP nicht höher als 60 % sein darf.*

1. Januar 1999: Euro eingeführt

Der Euro wird in zunächst elf Staaten → **Eurozone**) als gemeinsame Währung eingeführt, allerdings bis 2002 nur als Buchgeld. [...]

1. Mai 2004: Zehn weitere Länder treten bei

Malta, Zypern, Estland, Lettland, Litauen, Polen, Tschechien, Slowakei, Ungarn und Slowenien werden EU-Mitglieder.

1. Januar 2007: Rumänien und Bulgarien treten bei

Rumänien und Bulgarien treten der Europäischen Union bei.

27. September 2012: Der Europäische Stabilitätsmechanismus (ESM)

Der ESM soll die Wirtschafts- und Währungsunion dauerhaft stärken, indem er die Zahlungsfähigkeit der Euroländer und ihrer Banken sicherstellt. Hierzu kann ein in Schwierigkeiten geratenes Euroland beim ESM Hilfe beantragen und erhält diese in Form von Krediten, Finanzhilfen für Banken oder Ankäufen von Staatsanleihen. Das Stammkapital des ESM beträgt 700 Mrd. Euro.

1. Januar 2013: Europäischer Fiskalpakt

*Mit diesem Maßnahmenpaket soll die Haushaltsdisziplin der Mitgliedstaaten erhöht werden, um das Vertrauen der internationalen Finanzmärkte im Zusammenhang mit der → **europäischen Schuldenkrise** wiederherzustellen.*

1. Juli 2013: Kroatien tritt bei

Kroatien wird als 28. Staat Mitglied der Europäischen Union. [...]

Eckart D. Stratenschulte: Zeitleiste: Stationen der europäischen Integration. (24.03.2014). https://www.bpb.de/dialog/europawahlblog-2014/179159/zeitleiste-stationen-der-europaeischen-integration, Zugriff am 08.01.2020. Ergänzt durch A. Griemert (kursive Hervorhebungen).

M2 Wirtschaftliche Integration Europas noch unvollendet

[...] Eine geteilte Bilanz der Integration Europas zieht der Volkswirt Prof. Dr. Helmut Wagner von der FernUniversität in Hagen. [...] „Wir hatten noch nie in der Neuzeit eine so lange Zeit des Friedens und Zusammenwachsens im Bereich der europäischen Integrationsländer." [...] Die wirtschaftlichen Ziele waren, so Helmut Wagener, nur Mittel zum Zweck, sie werden jedoch viel stärker mit der Europäischen Union identifiziert.

Bevor die ursprüngliche Europäische Wirtschaftsgemeinschaft (EWG) 1957 gegründet wurde, drehten sich aufgrund der Erfahrungen des Zweiten Weltkriegs ab etwa 1950 erste Überlegungen um ein politisches Projekt zur langfristigen Friedenssicherung. Prof. Wagner: „Man erkannte jedoch schnell, dass rein moralische Appelle an die Bevölkerungen wenig nutzen würden, dafür waren die Aversionen noch viel zu groß." Das politische „Projekt Friedenssicherung" war nur mit dem Versprechen allseitiger wirtschaftlicher Vorteile zu schaffen: Eine immer engere ökonomische Zusammenarbeit sollte den Menschen die vielen Vorteile friedlichen, vertrauensvollen Zusammenlebens und gemeinsamen Handelns zeigen. [...]

„Wenn man die Zielerreichung heute prüft, kann man sagen: Das politische Projekt der Friedenssicherung ist gelungen", betont Wagner. „Auch eine gewisse Vertrautheit ist geschafft worden, gegenseitiges Desinteresse und Abneigung wurden abgebaut." Vor allem die Jüngeren begreifen sich eher als Europäerinnen und Europäer. [...] In gewissem Sinn wurden auch die wirtschaftlichen Ziele realisiert. Der Handel und grenzüberschreitende Investitionen intensivierten sich, das Entwicklungstempo stieg, es kam zu einer gewissen Angleichung der Lebensstandards. Wirtschaftliche und politische Stabilität wurden erhöht.

Die Europäische Integration hat aber auch Risiken, Schwächen und Kosten mit sich gebracht oder vergrößert: „Vor allem durch die Euro-Einführung ist eine erhöhte Krisenanfälligkeit entstanden." So können die schwächeren Euro-Länder ihre Währungen nicht mehr abwerten, um ihre exportierende Industrie bei Bedarf zu unterstützen.

Das zweite Risiko: „Wenn man in einer Gemeinschaft wie dem EU- oder dem Euro-Club Mitglied ist, kann man in Krisensituationen auf Hilfen hoffen. Die Hoffnung vieler südlicher und östlicher Länder auf Hilfe ohne Auflagen wurde jedoch enttäuscht. Deutschland und andere haben sich wohlweislich immer dagegen gewehrt, nach Krisen ohne Konditionen – also etwa den Staatshaushalt auszugleichen und die Staatsschulden zu verringern – zu helfen." Ansonsten wäre eine Angleichung der Lebensstandards kaum ohne dauerhafte Transferzahlungen möglich gewesen. Hilfebedürftige Länder wie Griechenland mussten Reformen zusagen und oft strenge, teure und für die Bevölkerung schmerzhafte politische Vorgaben in Kauf nehmen. [...]

Info

Helmut Wagner ist deutscher Wirtschaftswissenschaftler und Direktor des Instituts für Managementstudien an der FernUniversität Hagen.

Ein drittes Risiko entstand in den 1990er-Jahren, als nach dem Zusammenbrechen des Ostblocks postkommunistische Länder aufgenommen werden sollten: „Die Unterschiede zu den bisherigen Mitgliedern waren sehr groß. Das war ein gewisser Bruch zu früher, als nur Länder mit ähnlichem Entwicklungsstand Zutritt hatten." Doch die Politik wollte die osteuropäischen Länder, die mit der Marktwirtschaft noch nicht vertraut waren, aus strategischen Gründen nicht in Richtung Russland abwandern lassen. Ökonominnen und Ökonomen mussten nun Lösungen […] finden […] für […] die vorschnelle Integration von strukturell unterentwickelten Ländern […].

Zum Vierten war die Konzeption des Vertrages von Maastricht für Wagner mangelhaft: „Man war einfach zu optimistisch, dass das gutgehen würde. Die südlichen Länder wollten überhaupt keine Krisenvorkehrungen. […]" [Der Vertrag] gab zwar den Ländern Reformanreize, um die Vorgaben für eine Aufnahme zu erfüllen. Aber nur vor dem Beitritt. […] „Sobald man Clubmitglied ist, nehmen die Anreize ab. Nach dem Beitritt kann kein Staat mehr herausgeworfen werden […]."

Schon 1957 war gesehen worden, dass es ähnliche Lebensstandards nur mit einer Angleichung der institutionellen Strukturen der Mitgliedsländer geben konnte. […] Prof. Wagner: „[…] Solange [die Länder] noch nicht Mitglieder im EU- und im Euro-Club waren, haben sie sich angestrengt. Vor allem die, die in die EU wollten. Nach dem Beitritt ließ das etwas nach. […]" Die Angleichung der Lebensstandards gelang zwar insgesamt ein wenig besser, als es zu erwarten gewesen war, allerdings „auf Kosten riesiger Transferzahlungen".

Diese Zahlungen hatte man eigentlich durch die Strukturangleichungen vermeiden wollen, zumal sie in den Helferländern Unmut erzeugen: „Das ist nicht gelungen, weil man eben aus politischen Prioritätszielen auch sehr unterentwickelte und strukturell verschiedene Länder hinzugenommen hat." Einige, wie Irland, Finnland und die baltischen Staaten, reformierten sich grundlegend. Bei einigen südlichen Ländern dürften aber noch jahrzehntelang Transferzahlungen nötig sein, weil die institutionell-strukturelle Angleichung nicht wirklich vorankommt. […] Das mag nicht zuletzt daran gelegen haben, dass sie innerhalb kürzester Zeit tausende Gesetze und Verordnungen verabschieden mussten, die nie wirklich umfassend debattiert wurden: „Heute empfinden das viele als Überrumpelung und Übernahme eines fremden polit-ökonomischen Modells mit unerwarteten moralischen und psychologischen Folgen. […] Im Vergleich zur EWG-Gründung und früheren Aufnahmen von besser vorbereiteten Ländern in die EU mit auf Jahrzehnte angelegten Prozessen lief später vieles chaotisch ab."

Gerd Dapprich: Wirtschaftliche Integration Europas noch unvollendet (07.05.2019). In: https://www.fernuni-hagen.de/universitaet/aktuelles/2019/05/am-07-europa-wirtschaftliche-integration-europas-noch-unvollendet.shtml, Zugriff am 08.01.2020

Info

Das Wort „Brexit" ist ein sogenanntes Kofferwort, welches sich aus den Begriffen „Britain" und „Exit" zusammensetzt. Es entstand in Anlehnung an die vorangegangenen Erwägungen im Zuge der → **europäischen Staatsschuldenkrise**, bei denen über einen Ausschluss Griechenlands – dem sogenannten „Grexit" – aus dem Euro-Währungsraum diskutiert wurde.

Abb. 54.1: Klaus Stuttmann: Das Ende der EU?

M3 Ursachen und Ablauf des Brexits

Im Wahlkampf standen sich vor allem EU-Skeptiker und EU-Gegner gegenüber, die sich in ihrer Abneigung gegen eine weitere politische Integration einig waren. Während für Erstere aber die Vorteile des Binnenmarkts die Nachteile einer EU-Mitgliedschaft überwogen, sahen Letztere es genau umgekehrt.

Die „Remainers" (Theresa May) argumentierten insgesamt defensiv mit den ökonomischen Kosten eines Austritts und mahnten zur Vorsicht. Die „Brexiteers" hingegen schürten aggressiv die Ängste vor ungebremster Einwanderung vor allem aus den südöstlichen Ländern der EU sowie die Sehnsucht nach Wiederherstellung alter britischer Eigenstaatlichkeit.

Die Agitation der „Brexiteers" (Boris Johnson, Nigel Farage) war erfolgreich, weil es im Vereinigten Königreich nie eine breite Identifikation mit dem „Projekt Europa" gab, und weil sich das pragmatische Kosten-Nutzen-Kalkül der EU-Befürworter in der Euro- und Staatsschuldenkrise ab 2009 in sein Gegenteil verkehrte. Letztlich wurden dabei auch in populistischer Manier einfache und überzeichnete Botschaften in Form von Extremszenarien und übertriebenen Zahlen genannt.

2017 kündigte die britische Regierung die EU-Mitgliedschaft zum 29. März 2019. Im November 2018 einigten sich dann die britische Regierung und die EU auf ein Austrittsabkommen, das aber vom Unterhaus abgelehnt wurde. Insgesamt verstrichen drei Austrittstermine. Hierüber stürzte schließlich die Regierung von Theresa May. Der neue Premierminister Boris Johnson setzte dann, nachdem auch er mit seinem Austrittsvorschlägen am Parlament mehrmals scheiterte, für Anfang Dezember 2019 Neuwahlen durch, die seine Partei, die Thorys, gewannen. Der Brexit erfolgte nun am 31. Januar 2020. Unklar ist immer noch, wie das Verhältnis zwischen der EU und Großbritannien ausgestaltet werden soll.

Dr. André Griemert, eigener Text

M4 Die EU mit und ohne Großbritannien

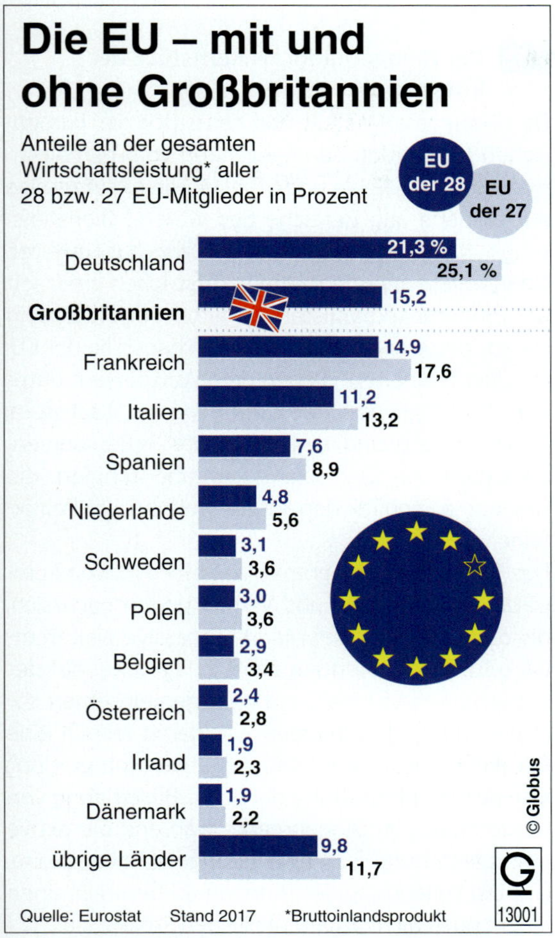

Abb. 55.1: Anteil Großbritanniens an der Wirtschaftsleistung der EU

M5 Deutsch-britischer Handel

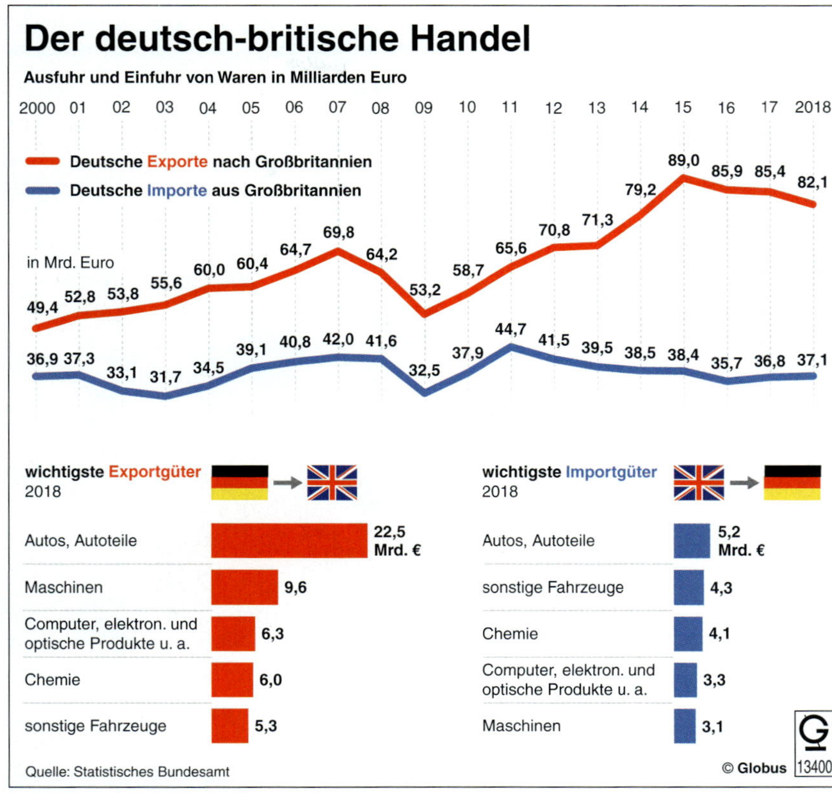

Abb. 55.2: Deutsch-britischer Warenaustausch

Arbeitsaufträge

1. Arbeiten Sie wesentliche Schritte des ökonomischen Integrationsprozesses in Europa heraus, indem Sie die Materialien (M1, M2) miteinander in Beziehung setzen!

2. Analysieren Sie die Karikatur Abb. 52.1! Nehmen Sie anschließend Stellung zu den Aussagen in M2!

3. Charakterisieren Sie das Verhältnis des Vereinigten Königreiches zur Europäischen Union, indem Sie arbeitsteilig die folgenden Ereignisse recherchieren und den Kategorien Annäherung und Distanz zuordnen: 1973 Beitritt; 1975 Referendum; 1984 „Briten-Rabatt"; 1993 Maastricht-Vertrag; 1995 „Schengen"; 2000 Grundrechte-Charta; 2002 Euro-Bargeldeinführung; 2004 Osterweiterung; 2013 Camerons Grundsatzrede; 2015 Ankündigung eines Referendums; 2016 „Reformpaket"; 2016 Brexit-Referendum; 2017 Austrittsantrag; 2020 Austritt!

4. „Großbritannien ist wesentlich stärker vom Brexit betroffen als die EU und der Wegfall des EU-Außenhandels hat für Großbritannien erhebliche Wohlfahrtsverluste." Überprüfen Sie diese Aussage mithilfe von M4, M5 und einer Internetrecherche für die Bereiche Exporte und Importe, Wirtschaftswachstum, Arbeitsplätze, Wirtschaftsunternehmen, Währungsstabilität, Finanz- und Kapitalmarkt!

5. Beurteilen Sie im Plenum, welche Folgen des Brexits kurz-, mittel- oder langfristig zu erwarten sind!

6. Nehmen Sie vor dem Hintergrund der Karikatur Abb. 54.1 Stellung, welchen dieser Folgen Sie besondere Bedeutung einräumen!

7. Erörtern Sie anhand der Folgewirkungen des Brexits die Frage „Lehren aus dem Brexit – Brauchen wir jetzt mehr oder weniger Europa?"!

8. Nehmen Sie begründet Stellung zu folgender Aussage: „Der Brexit hat lediglich negative Auswirkungen für britische Unternehmen, für die deutschen Akteure ändert sich kaum etwas."!

5.3 Politische und soziale Aspekte der europäischen Integration

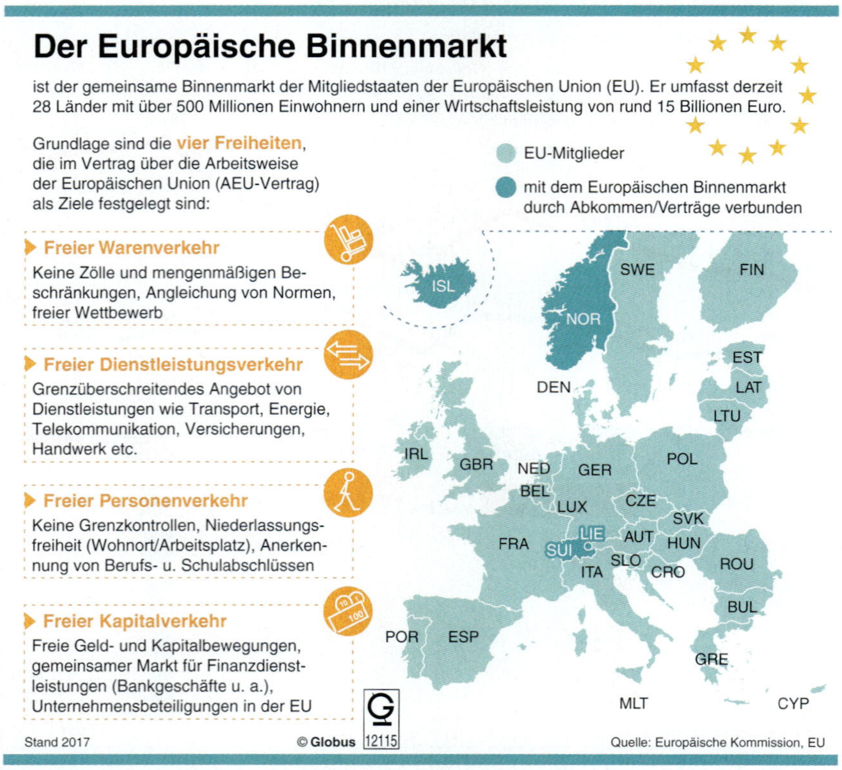

Abb. 56.1: Die „vier Freiheiten" des Binnenmarktes

M1 Ziele des Binnenmarktes

Die Union errichtet einen Binnenmarkt. Sie wirkt auf die nachhaltige Entwicklung Europas auf der Grundlage eines ausgewogenen → **Wirtschaftswachstums** und von → **Preisstabilität**, eine in hohem Maße wettbewerbsfähige soziale Marktwirtschaft, die auf → **Vollbeschäftigung** und sozialen Fortschritt abzielt, sowie ein hohes Maß an Umweltschutz und Verbesserung der Umweltqualität hin. Sie fördert den wissenschaftlichen und technischen Fortschritt. […]

Art. 3 Vertrag über die Europäische Union (Konsolidierte Fassung 2016). In: https://eur-lex.europa.eu/legal-content/DE/TXT/?uri=CELEX:12016M003, Zugriff am 14.06.2020

Abb. 56.2: Die Cassis-de-Dijon-Entscheidung des Gerichtshofes der Europäischen Gemeinschaften 1979 war wegweisend für den Binnenmarkt

M2 Der Binnenmarkt als Kernstück der Integration

Der Binnenmarkt stellt das Kernstück der Europäischen Integration dar. Ausgehend vom gemeinsamen Markt für Kohle und Stahl wurde er sukzessive auf beinahe alle Bereiche des Waren-, Dienstleistungs-, Kapital- und Personenverkehrs ausgeweitet. Obwohl fast zwei Jahrzehnte verstrichen sind, seit der Binnenmarkt vollständig hätte umgesetzt sein sollen, gilt er noch heute als Dauerbaustelle der EU. Die „vier Freiheiten" dienen dem Wettbewerb unter den EU-Mitgliedstaaten und fördern Wachstum, Beschäftigung und eine effiziente → Ressourcen**allokation**. Als Querschnittsaufgabe tangiert die Binnenmarktpolitik dabei auch viele andere Politikfelder. […]

Das Binnenmarktprogramm zog eine Flut von europäischen Richtlinien und Verordnungen nach sich, die den gemeinsamen Markt sukzessive weiterentwickelten. Das Hauptaugenmerk lag dabei auf der Warenverkehrsfreiheit und dem gemeinsamen Kapitalmarkt. […] Verbunden war damit jedoch eine Rückkehr zum Leitbild der „negativen Integration", also der Marktschaffung durch die Beseitigung von Hindernissen im Binnenmarkt, während die aktive Marktgestaltung […] eine geringere Rolle spielte. […] Die Vollendung des Binnenmarktes stellt einen längst noch nicht abgeschlossenen Prozess dar. […] Die Weiterentwicklung dieses „Ur-Projektes" der EU wird dabei nicht nur als wirtschaftliche Notwendigkeit zur Stabilisierung der → **Wirtschafts- und Währungsunion** gesehen, sondern auch als Bestandteil einer Neubelebung der Europäischen Integration.

Florian Baumann: Binnenmarkt. In: Werner Weidenfeld, Wolfgang Wessels (Hrsg.): Europa von A–Z. Taschenbuch der europäischen Integration, Bonn 2011, S. 96–98

M3 Erfolge des Binnenmarkts

[…] Den meisten erscheint es völlig normal, sich innerhalb der [27] EU-Mitgliedsstaaten frei bewegen zu können, im europäischen Ausland zu wohnen, zu studieren oder zu arbeiten, ungehindert Waren, Dienstleistungen und Kapital von einem Land ins andere transferieren oder dort anbieten zu können. […]

Der freie Warenverkehr funktioniert inzwischen sehr gut. So kann beispielsweise ein in einem EU-Staat vorschriftsgemäß hergestelltes Shampoo in allen anderen Mitgliedsstaaten verkauft werden. […]

Auf anderen Gebieten des Binnenmarktes müssen dagegen noch viele Hemmnisse und Hürden abgebaut werden. Fortschritte gibt es aber durchaus:

Ziel der → **Energieunion** ist es, Strom und Gas schneller und kostengünstiger über nationale Grenzen innerhalb der EU transportieren zu können. Statt ein teures Kraftwerk links und eins rechts der Grenze zu bauen, sollen die beteiligten Länder ihren Strombedarf besser miteinander abstimmen, sodass im

Idealfall am Ende ein Kraftwerk ausreicht, das über grenzüberschreitende Stromleitungen beide Länder sicher mit Energie versorgt.

Der freie Warenverkehr in der EU funktioniert sehr gut. Auch das Volumen des Handels zwischen den EU-Mitgliedern ist mit mehr als 3,1 Billionen Euro beachtlich.

Auch beim Einkauf und bei der Verteilung von Gas bringt ein gemeinsames Vorgehen der EU-Staaten Effizienzgewinne und spart Kosten. Der Energiebinnenmarkt soll zudem dazu beitragen, in allen EU-Ländern den Übergang zu einer kohlenstoffarmen Wirtschaft zu schaffen – wie es die Effizienzkennzeichnung von Haushaltsgeräten bereits tut.

Ein erster Erfolg des noch ganz jungen digitalen Binnenmarktes ist es, dass die Roaming-Gebühren innerhalb der EU inzwischen weggefallen sind. Und dank der Reduzierung des → **Geoblockings** wird man bald auch im EU-Ausland die Lieblingsserie aus dem Netflix-Abo problemlos abrufen können. Eine faire Besteuerung digitaler Konzerne liegt dagegen wohl noch in weiter Ferne.

Das gilt auch für einzelne Bereiche des freien Kapitalverkehrs. Die von der EU angestrebte Kapitalmarktunion soll etwa kleinen und mittleren Unternehmen einen besseren Zugang zu Finanzierungsinstrumenten ermöglichen und damit Investitionen ankurbeln.

Sandra Parthie, Binnenmarkt: Vier Freiheiten und viele Fragezeichen (21.11.2017). In: https://www.iwd.de/artikel/binnenmarkt-vier-freiheiten-und-viele-fragezeichen-368421/, Zugriff am 08.01.2020

M4 Binnenmarkt als Kraftzentrum der EU

Wie eng und wie komplex das Netz der Binnenmarktregeln inzwischen ist, zeigt sich beim Brexit. Viele Briten sind davon ausgegangen, dass der Binnenmarkt im Wesentlichen ein schrankenloser Markt mit ein bisschen sozialem Dekor ist. Deshalb glaubten selbst britische Politiker lange Zeit, man könnte aus der EU austreten und trotzdem weiter am Binnenmarkt teilnehmen. Ein Irrtum, wie sich gerade zeigt. Der gemeinsame Markt ist ein Gesamtpaket aus Markt, Regeln und Abmachungen, die mit der EU eng verflochten sind. Der Binnenmarkt ist heute das Kernstück der Europäischen Integration, das Kraftzentrum der Europäischen Union. Eine EU ohne Binnenmarkt ist kaum noch vorstellbar.

Alois Berger, Europäischer Binnenmarkt. Das Kraftzentrum der Europäischen Union (01.01.2018). In: https://www.deutschlandfunk.de/europaeischer-binnenmarkt-das-kraftzentrum-der.724.de.html?dram:article_id=407230, Zugriff am 08.01.2020

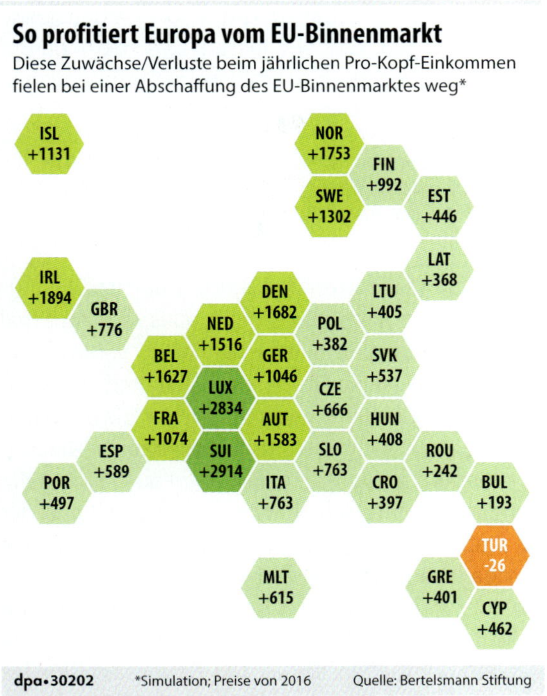

Abb. 57.1: Mehr Wohlstand durch den Binnenmarkt

M5 Umstrittener Binnenmarkt

[…] Obwohl der europäische Binnenmarkt vielen Regionen als Vorbild dient, sind die vier Grundfreiheiten innerhalb der EU umstritten. Gestritten wird in der EU insbesondere über die → **Arbeitnehmerfreizügigkeit**. Kernpunkte in der Debatte um den Brexit sind die nationale Kontrolle über die Zuwanderung und eine Beschränkung von Sozialleistungen für andere EU-Bürger. In einigen EU-Ländern wurden zuletzt Forderungen laut, wonach Arbeitnehmer aus EU-Staaten mit niedrigeren Löhnen nicht unter dem Niveau des heimischen Arbeitsmarktes vergütet werden sollen. Auch wurde vorgeschlagen, Einheimischen bei der Jobsuche in Branchen mit hoher Arbeitslosigkeit Vorrang vor anderen EU-Bürgern zu geben. Manche Menschen befürchten zudem, zugezogene Europäer könnten das Sozialsystem ausnutzen und ohne zu arbeiten vom heimischen Wohlfahrtstaat profitieren. Dabei werden nationale Sozialsysteme von anderen EU-Bürgern eher selten in Anspruch genommen: Zuletzt lag ihre durchschnittliche Erwerbsquote mit rund 82 Prozent sogar höher als die der einheimischen Bevölkerung mit rund 77 Prozent.

Probleme bei der Umsetzung der vier Freiheiten existieren auch an anderer Stelle: Der Güterverkehr ist bis jetzt am besten integriert. Doch obwohl Dienstleistungen inzwischen mehr als zwei Drittel der europäischen Wirtschaft ausmachen, bestehen grenz- überschreitend noch immer zahlreiche rechtliche Hürden, die die Mobilität einschränken. Besonders hinkt der Binnenmarkt bei der Integration digitaler Dienstleistungen hinterher: Berechnungen der Europäischen Kommission zufolge könnte ein integrierter digitaler Binnenmarkt das Bruttoinlandsprodukt (BIP) der EU um mehr als 400 Milliarden Euro im Jahr steigern. Die Unterschiede in den Zinsraten für die Privatwirtschaft und die hohe Arbeitslosigkeit in einigen Ländern lassen außerdem darauf schließen, dass es weiterhin keinen einheitlichen Kapital- und Arbeitsmarkt gibt. [...]

https://www.bertelsmann-stiftung.de/fileadmin/files/user_upload/EZ_Europa_Briefing_Vier_Freiheiten_04_2017_DT.pdf (2017), Zugriff am 08.01.2020

M6 Schattenseiten des Binnenmarktes

Wahr ist allerdings auch: Nicht alles läuft optimal im Binnenmarkt und er kennt auch Verlierer. So werden etwa kleine Firmen bei EU-weiten Vergaben teils von großen Firmen ausgestochen, die dann den Auftrag an günstige → **Subdienstleister** in Niedriglohnländern auslagern. Teils nutzen auch kriminelle Banden die unterschiedlichen Sozialstandards der EU-Staaten aus. Sie melden etwa EU-Bürger aus Osteuropa in Deutschland zum Schein auf einen Minijob an. Zu einem solchen Job können aufstockende Sozialleistungen beantragt werden, welche die Banden dann abkassieren. Die Bundesagentur für Arbeit bezifferte die verbundenen Schäden im Jahr 2017 auf mindestens 50 Millionen Euro. Auch gibt es etwa in Deutschland und Österreich hitzige Diskussionen um Kindergeldzahlungen für EU-Ausländer, die ihre Kinder im Heimatland zurückgelassen haben. All das bringt den Binnenmarkt in Verruf – und befeuerte unter anderem auch das Brexit-Votum in UK.

Karen Grass: Vorteile und Schwachstellen in der Analyse. Was bringt uns der EU-Binnenmarkt? (25.05.2019). In: https://www.zdf.de/nachrichten/heute/was-bringt-uns-der-eu-binnenmarkt-100.html, Zugriff am 08.01.2020

M7 Ist der Binnenmarkt schlecht für Arbeitnehmer?

Kommissionspräsident Delors [1985-1995] verfolgte das Konzept, den Binnenmarkt zu vollenden und gleichzeitig sozial zu gestalten. [...] Erst mit dem Umschwenken auf einen → **neoliberalen** politischen Mainstream in vielen nationalen Regierungen und den europäischen Institutionen bedeutete ökonomische Integration in erster Linie monetäre Integration, → **Liberalisierung**, ungehinderte Märkte und → **Deregulierung** [...].

Als politische Folge der mit der Osterweiterung verknüpften Heterogenisierung der EU verstetigte sich ein Integrationsmodell, das allein freie Märkte als Integrationsmotor und -ziel sieht. [...] Vom **EuGH** [Europäischer Gerichtshof] wurde dieser Trend [...] aufgegriffen und bestätigt. Er vollzog insofern den Paradigmenwechsel zur Vorherrschaft von Markt und Wettbewerb nach, denen er Grundrechte wie z. B. → **Streikrecht** und → **Tarifautonomie** unterordnet. Dies obwohl es sich hierbei oftmals um Verfassungsrecht der Mitgliedstaaten handelt und auch die Europäische Grundrechtecharta sowie die → **ILO** (Internationale Arbeitsorganisation) diese als Menschen- und Gewerkschaftsrechte anerkennen. [...]

In den [...] zur Debatte stehenden Urteilen [...] [des EuGH] ging es jeweils im Wesentlichen um die Frage, welche Arbeitsbedingungen für entsandte Arbeitnehmer gelten, die im Rahmen von Dienstleistungsaufträgen kurzfristig in einem anderen Mitgliedstaat der EU arbeiten. Dieser Themenkomplex ist an sich in der → **Entsenderichtlinie** geregelt. Diese sieht ein Minimum an Schutzrechten vor, die jedem entsandten Arbeitnehmer zustehen, und stellt im Übrigen den Mitgliedstaaten anheim, diesen Mindeststandard zu verbessern. Eben dieses Recht der Mitgliedstaaten stellt der EuGH jedoch in Frage bzw. will es neu definieren. [...]

Regelung der Arbeitsbedingungen im Binnenmarkt

Seit den Römischen Verträgen sollte die Regelung von Arbeitsbedingungen [...] Sache der Mitgliedstaaten sein. Gerade bei der Lohnfindung wurde die jeweilige nationale Tradition respektiert, die dafür sowohl nationale Gesetze als auch → **Tarifverhandlungen** zwischen den Sozialpartnern vorsieht. Entscheidend war insbesondere der Grundsatz, dass selbst bei Mindestharmonisierungen, die aus Gründen der Angleichung von Wettbewerbsbedingungen auch im sozialen Bereich stattfanden, es den Mitgliedstaaten frei stand, auf ihrem Territorium jeweils günstigere Bedingungen vorzusehen als die europäische Mindestvorschrift. Diesen Grundsatz kehrt der EuGH in den Urteilen um: Die Mitgliedstaaten dürfen nur noch den Mindeststandard gewähren, aber keine darüber hinausgehenden weiteren oder günstigeren Bedingungen. Der EuGH schränkt damit das Recht der Mitgliedstaaten empfindlich ein, ihre jeweiligen Sozialordnungen zu gestalten. [...]

Grundrechte versus Binnenmarkt

Entsprechend wirft der EuGH die Frage nach dem Stellenwert gewerkschaftlicher Rechte im Binnenmarkt auf. Grundsätzlich argumentiert er, auch jede Form gewerkschaftlicher Aktivitäten sei der sogenannten „Drittwirkung" der vier Marktfreiheiten unterworfen. Diese gälten daher nicht nur im Verhältnis staatliche-private Akteure, sondern stets auch im Verhältnis privat-privat. Damit sei insbesondere auch das Handeln von Gewerkschaften stets daraufhin zu prüfen, ob es die vier Marktfreiheiten nicht beeinträchtige. Das heißt im Ergebnis, dass die Ausübung gewerkschaftlicher Grundrechte, die für das Handeln von Gewerkschaften essentiell sind, insbesondere das → **Streikrecht** und die → **Tarifautonomie**, daran zu messen ist, ob sie die Ausübung der vier Marktfreiheiten beeinträchtige. Damit werden Gewerkschaften entscheidend geschwächt, nicht nur im grenzüberschreitenden Binnenmarkt, sondern auch im mitgliedstaatlichen Sozialgefüge. Der EuGH zog bei diesen Urteilen die (noch nicht verbindliche) Grundrechtecharta des → **Lissabon-Vertrags** zwar heran, jedoch ohne daraus zu folgern, dass die kollektiven Rechte besonderen Schutz genießen müssten. Skepsis angesichts der Hoffnungen auf eine Rechtswirkung der Charta scheint daher angebracht.

Dieser Paradigmenwechsel hat mehrere Konsequenzen:

a) Beeinträchtigung der Tarifautonomie
Der EuGH kommt [...] zu dem Ergebnis, dass ein von Gewerkschaften und Arbeitgebern ausgehandelter → **Tarifvertrag** im grenzüberschreitenden Verkehr keine Wirkung habe, weil das europäische Recht dieses Instrument zur Lohnfindung nicht vorsehe bzw. nicht anerkenne. Der EuGH definiert: Nur die im Sekundärrecht vorgesehenen Instrumente der Lohnfindung garantierten die Unbedenklichkeit mit Blick auf die Durchsetzung der vier Marktfreiheiten. Damit beraubt er den frei ausgehandelten Tarifvertrag seiner Wirkung. [...] Die Ausübung der → **Tarifautonomie** wurde mithin entscheidend eingeschränkt.

b) Beeinträchtigung des Streikrechts
Im „Laval"-Fall erklärte der EuGH eine im schwedischen Recht vorgesehene Arbeitskampfmaßnahme für unzulässig, weil sie die Dienstleistungsfreiheit beschränkte. Schwedische Gewerkschaften hatten eine in Schweden legale Boykottmaßnahme gegen einen litauischen Arbeitgeber eingeleitet, um diesen zur Einhaltung eines Tarifvertrages zu bewegen. Der EuGH befand, die in Schweden zulässige Maßnahme sei „unverhältnismäßig". Damit schränkt er das Grundrecht des Streiks ein, dessen Sinn es gerade ist, als äußerstes Mittel zur Durchsetzung von Arbeitnehmerrechten gegebenenfalls kurzfristig Wirtschaftstätigkeiten zu behindern.

c) Grundrechte versus vier Marktfreiheiten
Der EuGH versucht in den genannten Fällen nicht, Grundrechte wie Tarifautonomie und Streikrechte im Wege der „Praktischen Konkordanz" mit den „Vier Freiheiten" in Einklang zu bringen, sondern ordnet die Grundrechte den Marktfreiheiten unter. Grundrechtsausübung sieht er nur dann als zulässig an, wenn sie „verhältnismäßig" sei und insbesondere den freien Dienstleistungsverkehr nicht behindere. [...] Der Paradigmenwechsel wird überdeutlich, wenn die „Monti-Klausel" zum Vergleich herangezogen wird. Diese Klausel stellt klar, dass der freie Güterverkehr nicht die Grundrechte außer Kraft setzt.

Katharina Erdmenger, Stefan Gran, Wolfgang Kowalsky, Ursula Polzer: Die soziale Dimension der EU. Binnenmarkt und faire Arbeitsbedingungen – ein Gegensatz? Hrsg. von der Friedrich-Ebert-Stiftung, Bonn 2009, S. 4 f.

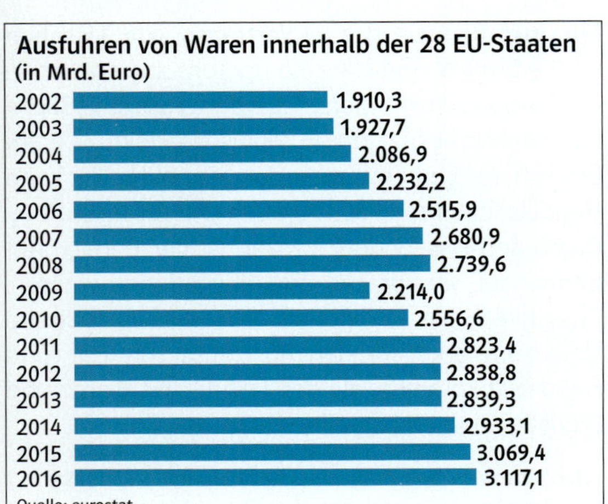

Abb. 59.1: Innereuropäisches Handelsvolumen steigt

Arbeitsaufträge

1. Arbeiten Sie die Handlungsfelder des europäischen Binnenmarktes heraus!
2. Das Cassis-de-Dijon-Urteil wird als ein Gerichtsurteil mit weitreichenden Folgen bezeichnet (vgl. Abb. 56.2).
   a) Recherchieren Sie die Hintergründe des Urteils und seine Folgen für den europäischen Binnenmarkt!
   b) Ordnen Sie das Cassis-de-Dijon-Urteil den vier Freiheiten des Binnenmarktes zu!
3. Beschreiben Sie mithilfe des Schaubildes 59.1, welche Rolle der Europäische Binnenmarkt für die deutsche Wirtschaft spielt!
4. Erörtern Sie mithilfe der Materialien Vor- und Nachteile des Binnenmarkts!
5. Erörtern Sie die Frage: „Der Europäische Binnenmarkt – kritikwürdig?" im Rahmen einer Eishockey-Diskussion! Bilden Sie dazu zwei Mannschaften und eine Jury-Gruppe, die Kriterien für „gelungene" Argumente erarbeitet. Die eine Mannschaft spricht für den Binnenmarkt, die andere dagegen. Jede Mannschaft schickt drei Personen in die Diskussion, kann aber beliebig auswechseln.
6. Erläutern Sie nach der Diskussion Vor- und Nachteile anhand der Begriffe Interdependenz (gegenseitige Abhängigkeit) und Kausalität (Zusammenhang, Ursächlichkeit)! Beurteilen Sie abschließend den Europäischen Binnenmarkt in seiner heutigen Gestalt nach den Kategorien in der Randspalte!
7. Die damalige EU-Kommissarin Reding forderte im Jahr 2006, eine europäische Daily Soap für das Fernsehen zu produzieren, um die Vorteile der EU für die Bürger bewusster zu machen. Entwerfen Sie eine Kampagne im Auftrag des EU-Kommissars für Binnenmarkt und Dienstleistungen, die den EU-Bürgern die Vorteile des Binnenmarkts verdeutlicht!
8. Erörtern Sie das unten stehende Zitat von Jacques Delors!

- Wirksamkeit
- Nachhaltigkeit
- Gerechtigkeit
- Wachstum
- Freiheit
- Gemeinwohl

„Man kann sich nicht in den Binnenmarkt verlieben. [...] Deswegen unterstreiche ich immer wieder nicht nur die Notwendigkeit eines grenzenlosen Gebiets, sondern auch einer begleitenden Politik, die neue Horizonte für die Männer und Frauen, die unsere Gemeinschaft bilden, erschließt."

Jacques Delors, ehemaliger EU-Kommissionspräsident in einer Rede vor dem Europäischen Parlament am 17. Januar 1989

5.4 Die EU zwischen Freihandel und Protektionismus ABI

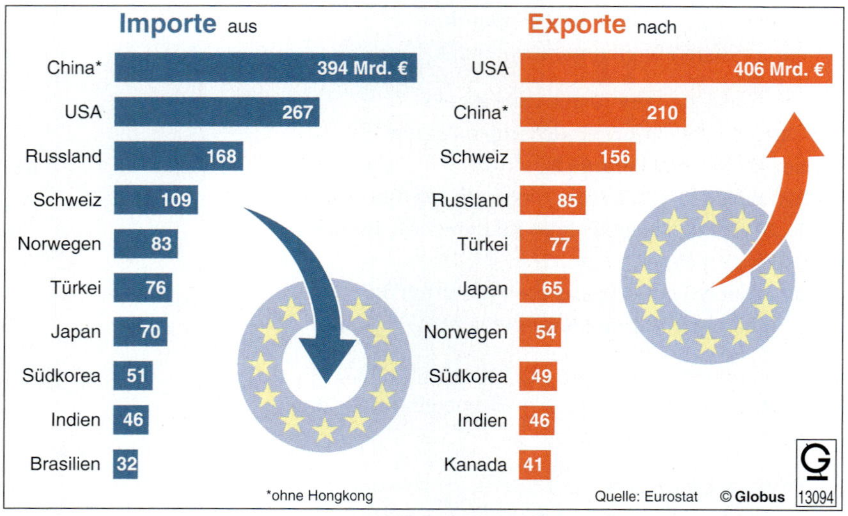

Abb. 60.1: Die wichtigsten Handelspartner der EU (2018)

> ***„Handelsabkommen sind keine Allheilmittel, aber sie sind ein wichtiges Werkzeug, um Wirtschaftswachstum und Arbeitsplätze in ganz Europa zu sichern."***
>
> *Cecilia Malmström, Handelskommissarin der EU*

> ***„Der handelspolitische Gesamtansatz der EU ist falsch. Der Glaube, dass eine vollkommene Liberalisierung von Märkten zu Wachstum und Fortschritt oder zur Reduzierung von Armut und Hunger führen, dient nur den Interessen von Konzernen und lokalen Eliten."***
>
> *Francisco Mari, Brot für die Welt*

M1 Ziele der EU-Handelspolitik

[…] 2015 hat die Europäische Kommission die neue Strategie „Handel für alle" vorgestellt. Die zukunftsweisende Strategie setzt auf eine ausgewogene und effektive, auf Werte und Nachhaltigkeitsprinzipien beruhende Handelspolitik. Die Standards sollen für alle Menschen verbessert werden – innerhalb wie außerhalb der EU. […] Mit einer wertebasierten Handelspolitik verfolgt die EU das Ziel, → **Wirtschaftswachstum** mit sozialer Gerechtigkeit, Menschenrechtsstandards und Normen in den Bereichen Arbeits-, Gesundheits- und Umweltschutz und Sicherheit zu verbinden und Rechtsstaatlichkeit sowie gute Regierungsführung zu fördern. Hierzu intensiviert die EU den Dialog mit Entwicklungsländern und nimmt Vorschriften zur Korruptionsbekämpfung in künftige Handelsabkommen auf. Außerdem setzt sie Normen für den Arbeits-, Umwelt- und Gesundheitsschutz fest und unterstützt faire und ethische Handelssysteme sowie verantwortungsvolle Lieferketten. […]

https://ec.europa.eu/germany/handelspolitik_der_eu_de (18.1.2020), Zugriff am 19.01.2020

M2 Grundlagen des EU-Außenhandels

Mit der gemeinsamen Handelspolitik beabsichtigt die → **Europäische Union**, zur harmonischen Entwicklung des Welthandels, zur schrittweisen Beseitigung der Beschränkungen im internationalen Handelsverkehr und zum Abbau der Zollschranken beizutragen.

Der politische Bereich des Außenhandels ist weitgehend vergemeinschaftet. Jeder EU-Staat betreibt zwar seinen Handel mit der Welt auf eigene Rechnung, aber nach Bedingungen, die von der Europäischen Union einheitlich für alle Mitgliedstaaten festgelegt werden.

Die Europäische Union bestimmt die Höhe von Zöllen auf Einfuhren aus Drittstaaten, schließt bi- und → **multilaterale** Handelsabkommen ab und entscheidet über handelspolitische Straf- und Schutzmaßnahmen, soweit dies die Regeln der Welthandelsorganisation (WTO) erlauben. Verantwortlich dafür ist die Europäische Kommission, die für Verhandlungen mit Drittstaaten oder mit internationalen Organisationen wie der WTO ein Mandat des Rates erhält. […]

[…] Grundphilosophie der EU ist, ihren Markt für Einfuhren aus Drittländern zu öffnen, vorausgesetzt, ihre Handelspartner tun das auch. […]

Für die Entwicklungsländer ist der europäische Binnenmarkt der wichtigste Absatzmarkt. Mit ihnen hat die EU Handelsvereinbarungen zu Vorzugsbedingungen getroffen, die von der WTO genehmigt sind. Die EU ermöglicht den Entwicklungsländern, ihre Märkte langsamer zu öffnen als die Industrieländer, und unterstützt sie bei der Integration in das Welthandelssystem. Ein Teil der Handelspolitik überschneidet sich daher mit der europäischen Entwicklungspolitik.

Hiermit eng verbunden sind Initiativen der Union, um die Beachtung von Sozialstandards und Arbeitnehmerrechten sowie von Umweltstandards im Handelssystem zu fördern. Beispielsweise bietet die Union Entwicklungsländern, die sich um die Achtung von Arbeitnehmerrechten und um den Umweltschutz bemühen, besondere Handelsvergünstigungen. Ein neues Instrument, um nachhaltige Entwicklung zu ermöglichen, ist die systematische Überprüfung von Handelsabkommen im Hinblick auf ihre sozialen, umweltpolitischen und ökonomischen Auswirkungen, noch bevor sie unterzeichnet werden. […]

Über das multilaterale Handelssystem hinaus wirkt die Europäische Union auf eine breiter angelegte und raschere → **Liberalisierung** ihrer Handelsbeziehungen im Rahmen ihrer bilateralen Beziehungen mit Drittländern und -ländergruppen hin. Sie ist zukünftig bestrebt, weitere Freihandels-, Wirtschaftspartnerschafts- und Assoziierungsabkommen inhaltlich umfangreicher und ehrgeiziger als bisher anzulegen, um ein breiteres Spektrum von Bereichen, einschließlich Dienstleistungen, Investitionen sowie den Schutz geistigen Eigentums abdecken zu können. […]

Mit Inkrafttreten des → **Vertrages von Lissabon** wird erstmals eine klare Kompetenzabgrenzung in der Europäischen Union eingeführt. Ausschließliche Kompetenz besitzt die Europäische Union u.a. im Bereich der gemeinsamen Handelspolitik. Sie kann Handelsabkommen abschließen und ratifizieren.

Durch den Lissabonner Vertrag ist der Bereich Außenhandel vereinfacht und ausgedehnt worden. Ausschließliche Kompetenz hat die Europäische Union u.a. auch für den Abschluss von Zoll- und Handelsabkommen, die den Handel mit Waren und Dienstleistungen betreffen […].

http://www.europarl.europa.eu/germany/de/europa-und-europawahlen/außenhandel (ohne Datum), Zugriff am 25.01.2020

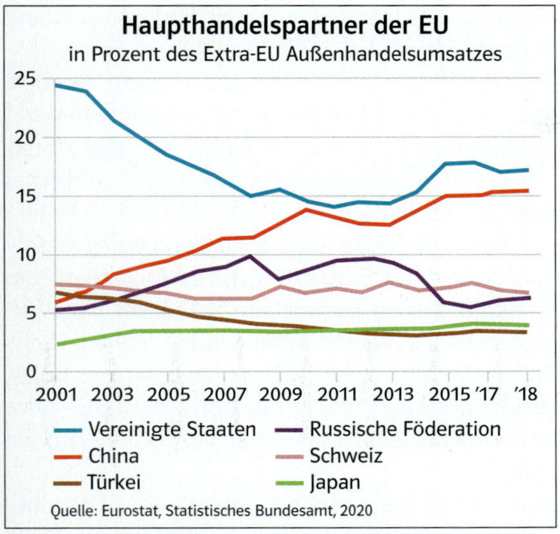

Abb. 61.1: Handelspartner der EU in % des EU-Außenhandelsumsatzes

M3 EU-Freihandelsabkommen als Hilfe

Mit sechs afrikanischen Handelsregionen, die 47 Staaten südlich der Sahara umfassen, will die EU sogenannte „Economic Partnership Agreements", kurz EPAs, abschließen. […]

Glaubt man der EU, dann sind die EPAs hauptsächlich als Entwicklungshilfe zu betrachten: Die afrikanischen Staaten sollen mehr produzieren und exportieren können; die Logistik soll effizienter werden. Wenn die Länder ihre Märkte öffneten, dann werde sich das Handelsklima weiter verbessern – das bringe Investoren auf den Kontinent, verspricht Vahl.

Die Notwendigkeit für Freihandelsverträge mit den afrikanischen Staaten leitet die EU aus den Regeln der Welthandelsorganisation WTO ab. Eines der WTO-Prinzipien verlangt, dass Zölle kein Instrument der Diskriminierung sein dürfen: Eine gegenüber einem Land gewährte Zollpräferenz (= Zollabkommen) muss auch für alle anderen Mitgliedsländer der WTO gelten. Ältere Handelsverträge wie die → **Lomé-Abkommen** verstießen gegen dieses Prinzip. Weil die europäischen und afrikanischen Handelspartner nicht gleich stark sind, verknüpft die EU mit dem Handel Strukturhilfen für Afrika. Das sei am Ende auch gut für die EU, argumentiert Vahl.

Nora Bauer: EU-Freihandelsabkommen mit Afrika: Hilfe oder Selbstbedienung? (21.03.2016). In: https://www.dw.com/de/eu-freihandelsabkommen-mit-afrika-hilfe-oder-selbstbedienung/a-19127258, Zugriff am 19.01.2020

M4 Zerstören europäische Importe afrikanische Märkte?

[…] In vielen afrikanischen Ländern gibt es Widerstand gegen die Abkommen. Sie teilen die Hoffnung der Europäischen Union nicht, dass durch freien Handel mehr Wohlstand in Afrika entsteht. Genau dafür sollen die Abkommen sorgen, die die EU mit verschiedenen afrikanischen Regionen schließen

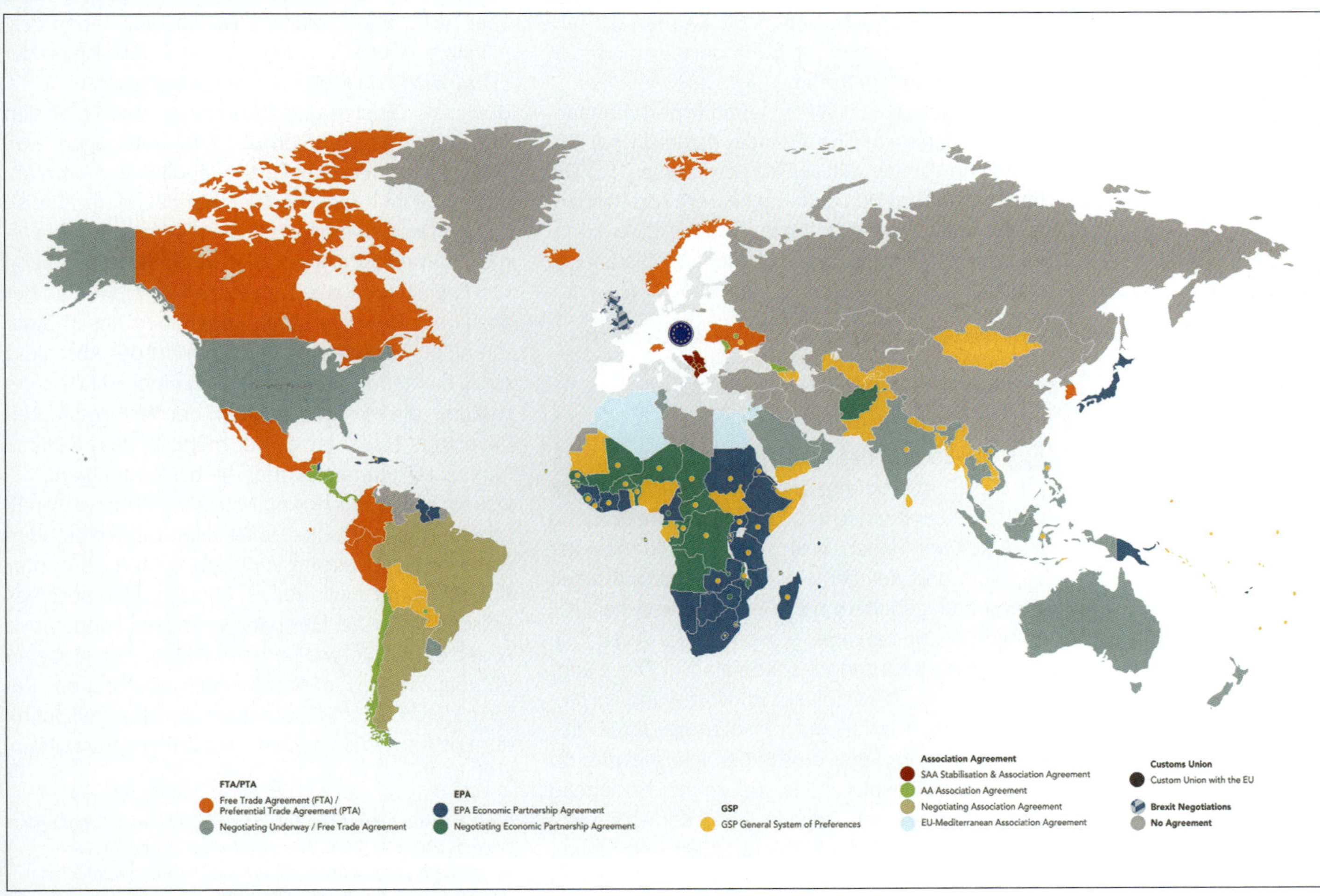

Abb. 61.2: Freihandelsabkommen der Europäischen Union

Supply Chain Movement 30, 2018, 3, S. 40 f.

Befürworter von Freihandelsabkommen:
- Verband der chemischen Industrie e.V.
- Institut der Deutschen Wirtschaft
- Bundesverband der Deutschen Industrie e.V.
- Europäische Kommission
- Bundesregierung

Gegner von Freihandelsabkommen:
- BUND
- foodwatch – die essensretter
- attac
- DGB
- Deutscher Kulturrat

möchte. Die Idee der sogenannten EPAs [= Economic Partnership Agreement]: Die → **Europäische Union** hält ihre Märkte für Produkte aus afrikanischen Ländern offen. Im Gegenzug müssen die afrikanischen Staaten aber ihre Märkte ebenfalls zu einem großen Teil für Waren aus Europa öffnen. Dafür bekommen sie mehrjährige Übergangsfristen.

Keine gute Idee, meint Gyekye Tanoh vom Afrikanischen Handelsnetzwerk, einer Nichtregierungsorganisation aus Ghana. [...] „Man kann keinen freien Handel zwischen zwei Weltregionen haben, die so ungleich sind. Das festigt die Ungleichheit nur." Die EPAs richteten sich gegen die Interessen und die Möglichkeiten der afrikanischen Länder, sagt er. Tanoh fürchtet, dass Billigimporte aus Europa der Wirtschaft in Afrika schaden könnten. Bereits jetzt leiden afrikanische Länder unter Importen aus Europa, mit denen sie nicht konkurrieren können. Im Februar belagerten südafrikanische Geflügelzüchter die EU-Vertretung in der Hauptstadt Pretoria. Sie warfen europäischen Ländern vor, mit Billiggeflügel-Exporten ihre Lebensgrundlage zu zerstören. Kritiker fürchten, dass solche schädlichen Exporte durch die Abkommen noch zunehmen könnten.

Zudem gehen den afrikanischen Staaten Einnahmen verloren, wenn europäische Produkte zollfrei eingeführt werden. [...] Für die ärmsten afrikanischen Staaten sind die EPAs auch deshalb nicht attraktiv, weil sie durch die sogenannten → „**Everything But Arms**"-Abkommen sowieso zollfreien Zugang zum EU-Markt haben. Sie würden die fehlenden Zolleinnahmen für EU-Importe im Rahmen der EPAs besonders treffen.

Andere sehen in den Wirtschaftspartnerschaftsabkommen dagegen eine Chance. Kamerun hat bereits einen Vertrag mit der EU geschlossen. [... Die Länder erhoffen] sich dadurch bessere Absatzchancen für seine Exportprodukte. [...] Die EPAs könnten dagegen helfen, in Afrika mehr Wohlstand zu schaffen. [...]

Daniel Pelz: Afrika, die EU und der Freihandel (12.06.2017). In: https://www.dw.com/de/afrika-die-eu-und-der-freihandel/a-39169777, Zugriff am 14.06.2020

M5 Die EU und der Freihandel

[...] Viele Entwicklungsländer sind nach wie vor stark von Landwirtschaft und Rohstoffextraktion geprägt. Zwar haben verschiedene Reformen der Zollpolitik und der gemeinsamen → **europäischen Agrarpolitik** geholfen, hier Benachteiligungen abzubauen. Es bleiben aber erhebliche Barrieren – allen voran die sogenannte Zolleskalation: Diese liegt vor, wenn der Einfuhrzoll auf Rohstoffe und Vorprodukte niedriger ist als auf verarbeitete Güter. Dies ist besonders im Lebensmittelbereich relevant: So gibt es zum Beispiel in der EU keine Importzölle auf den Import von ungerösteten Kaffeebohnen. Geröstete Bohnen und Kaffeeprodukte unterliegen hingegen einem Importzoll von sieben bis neun Prozent. Dies führt dazu, dass Kaffee nicht in Afrika, Asien oder Südamerika veredelt wird, sondern zu einem erheblichen Teil in Europa und insbesondere in Deutschland.

Würde Kaffee beispielsweise in Vietnam veredelt, hätten die dortigen Produzenten auf dem EU-Markt aufgrund der Zölle einen erheblichen Preisnachteil. Das Resultat: 2016 erzielte ganz Afrika – die Heimat des Kaffees – Kaffeeexporte im Wert von 1,8 Milliarden Euro, während allein Deutschland durch Kaffee-Reexporte einen Exportwert von 2,2 Milliarden Euro erreichte. Die EU kommt auf 34 Prozent der weltweiten Kaffeeexporte, Afrika gerade mal auf sechs Prozent. Ähnlich sieht die Situation bei Kakao, Tabak, Baumwolle oder Metallprodukten aus. Das Resultat ist immer dasselbe: Die Veredelung findet in Europa statt.

Nun lässt sich einwenden, dass die EU gegenüber vielen Entwicklungsländern → **Präferenzsysteme** unterhält, die unter bestimmten Bedingungen zoll- und quotenfreie Lieferungen nach Europa erlauben. Dies gilt ohne Ausnahmen allerdings nur für die wenigsten entwickelten Länder, wozu aber nicht die wichtigen Kaffee- und Kakaoproduzenten [...] gehören.

Die Wirtschaftspartnerschaftsabkommen, die zwischen der EU und Entwicklungsländern geschlossen werden, verbessern zwar die Situation. Aber bilaterale Freihandelsabkommen, die lediglich bestimmten Partnern Zollfreiheit gewähren, verwässern die Vorteile der → **Präferenzsysteme**. Insgesamt wird das Problem der Zolleskalation nur abgemildert, aber nicht gelöst. Manche Beobachter haben deshalb ihre Zweifel, ob die Freihandelsabkommen der EU wirklich den Protektionismus bekämpfen.

Bilaterale Freihandelsabkommen sind globalen Abkommen im Rahmen der WTO unterlegen, weil sie nur zwischen zwei Partnerländern Barrieren abbauen. Da im internationalen Handel relative Preise bestimmend sind, bedeutet ein Freihandelsabkommen immer auch eine relative Schlechterstellung von Exporteuren aus Drittstaaten. Zwar wird an der absoluten Höhe der Zölle gegenüber diesen Staaten nichts verändert [...], doch führt der Abschluss eines Freihandelsabkommens zu einer Handelsumlenkung, die die Unternehmen der Vertragsstaaten bevorzugt. Daher ist es gut möglich, dass EU-Freihandelsabkommen Drittländer benachteiligen.

Dennoch: Die hier formulierte Klage über europäischen Protektionismus sollte nicht missverstanden werden: Die EU ist im Vergleich zu den USA unter Donald Trump sowie zu [...] China [...] ein positives Beispiel. [...] Die Europäer verfolgen kooperative Ansätze, beispielsweise beim Abbau der globalen Überkapazitäten im Stahlbereich oder bei der Reform der WTO. Und sie passen ihre Handelspolitik der Kritik aus Wissenschaft und Zivilgesellschaft an. [...]

Gabriel J. Felbermayr: Die EU und der Freihandel: Schaf unter Wölfen? (08.01.2019). In: http://www.bpb.de/politik/wirtschaft/freihandel/283396/die-eu-und-der-freihandel-schaf-unter-woelfen, Zugriff am 12.01.2020

M6 Die EU und der Protektionismus

Das WTO-Recht sieht eine Reihe von Instrumenten vor, mit denen sich Länder gegen angeblich unfaire Praktiken ihrer Handelspartner zur Wehr setzen können. Darunter fallen Antidumpingzölle, Ausgleichszölle (**countervailing tariffs**) gegen → **Subventionen** oder auch Schutzzölle (**safeguard tariffs**) in Notsituationen. Die EU verwendet die in den WTO-Texten angebotenen Handelsschutzinstrumente relativ häufig. Dabei werden Antidumpingzölle am häufigsten eingesetzt. […]

In der Regel wird Dumping daran festgemacht, dass der Exportpreis eines Gutes unter dem heimischen Preis im Land des Herstellers liegt. Ökonomen halten wenig von Antidumpingzöllen, weil es sehr gute Gründe für einen Exporteur geben kann, im Inland einen anderen Preis zu setzen als im Ausland. […] Daher lautet das Urteil der Forschung sehr oft, dass Antidumpingzölle eine Art von Protektionismus darstellen und keineswegs das angebliche Ziel eines „fairen" Handels verwirklichen. […]

In der Praxis werden Antidumpingzölle häufig mit dem Vorliegen von Produktionssubventionen im Ausland gerechtfertigt. […] Gerade im Verhältnis zu China haben die EU […] von dieser Möglichkeit Gebrauch gemacht. Aber auch hier gilt: Subventionen im Ausland sind volkswirtschaftlich gesehen für das Inland eher ein Segen als eine Belastung. Wenn China subventionierten Stahl nach Europa liefert, so sollte das alle Verwender von Stahl freuen; im Prinzip subventioniert der chinesische Steuerzahler die europäischen Autofahrer oder Häuslebauer, die Stahl nachfragen. Ernst wird es dann, wenn die Subventionen das Ziel haben, eine Monopolstellung auf den internationalen Märkten zu erringen. […]

Gabriel J. Felbermayr, EU-Handels- und Investitionspolitik: Freihandelsabkommen, Handelsschutzmaßnahmen und ausländische Investitionen. In: Wirtschaftsdienst. Zeitschrift für Wirtschaftspolitik 98, 2018, Heft 13, S. 31–40. In: https://www.wirtschaftsdienst.eu/inhalt/jahr/2018/heft/13/beitrag/eu-handels-und-investitionspolitik-freihandelsabkommen-handelsschutzmassnahmen-und-auslaendische-inv.html, Zugriff am 19.01.2020

M7 Europäischer Fonds für die Anpassung an die Globalisierung (EGF)

Die zunehmende Globalisierung und verstärkter → **Freihandel** führen zu verschärftem Wettbewerb auf den Weltmärkten. Dies hat durchaus positive Auswirkungen auf das Leben der Menschen in der EU. Dazu gehören eine erhöhte Produktvielfalt und fallende Preise für Verbraucher, neue Absatzmärkte sowie Expansionsmöglichkeiten für Unternehmen aus der EU und damit verbunden auch Arbeitsplatzsicherheit für die Beschäftigten und zusätzliche Arbeitsplätze. Zugleich drohen jedoch Arbeitsplatzverluste in den weniger wettbewerbsfähigen Branchen.

Um die EU-Mitgliedstaaten bei der Bewältigung von Strukturkrisen zu unterstützen, kann der EGF den Arbeitnehmerinnen und Arbeitnehmern sowie Selbstständigen zu Hilfe kommen, deren Arbeitsplätze durch die Globalisierung weggefallen sind. Seit Januar 2014 kann der EGF in Regionen mit einer sehr hohen Jugendarbeitslosigkeit auch Jugendliche ohne Beschäftigung unterstützen. […]

Die Hilfsmaßnahmen richten sich nach den individuellen Bedarfslagen, sodass den Betroffenen ein möglichst passgenaues und effektives Unterstützungsangebot unterbreitet werden kann. Dies sind Maßnahmen wie beispielsweise Unterstützung bei der Arbeitssuche, Coachings, Workshops und spezielle Bewerbungsunterstützung, Weiterbildungen und Qualifizierungen sowie Förderung von Existenzgründungen. […]

https://www.bmas.de/DE/Themen/Soziales-Europa-und-Internationales/Europaeische-Fonds/EGF/egf-informationen.html (Stand: März 2018), Zugriff am 24.01.2020

Arbeitsaufträge

1. Nehmen Sie zu den Zitaten in der Randspalte auf S. 60 Stellung!
2. Beschreiben Sie die Struktur des europäischen Außenhandels (Abb. 60.1 und 61.1)!
3. Arbeiten Sie die Ziele, Wertgrundlagen und Instrumente der europäischen Handelspolitik heraus (M1, M2)!
4. Arbeiten Sie die unterschiedlichen Interessen heraus, die es im Rahmen des Freihandels der EU mit afrikanischen Staaten gibt (M3 bis M6)!
5. Setzen Sie sich mit dem Spannungsverhältnis auseinander, das sich aus den unterschiedlichen Zielen, Interessen und Wertgrundlagen der europäischen Außenhandelspolitik ergibt!
6. Recherchieren Sie arbeitsteilig, wie die in der Randspalte auf S. 62 angegebenen Organisationen und Institutionen Freihandelsabkommen der EU bewerten, indem Sie die jeweilige Position und die sie stützenden Argumente an einem konkreten Beispiel (z.B. TTIP) herausarbeiten!
7. Nach Protesten von Globalisierungskritikern soll ein Freihandelsabkommen mit afrikanischen Staaten neu verhandelt werden. Sie beraten die EU bei der Neuausrichtung eines solchen Abkommens. Entwickeln Sie vor dem Hintergrund der vorherigen Aufgaben mögliche Eckpunkte für ein Freihandelsabkommen, das die negativen Effekte für das Entwicklungsland abmildert!
8. Recherchieren Sie Beispiele, bei denen der EGF Anwendung fand, und überprüfen Sie, inwiefern der EGF seinen in M7 dargestellten Zweck erfüllen konnte! Schreiben Sie hierzu als Sachverständige/r ein Gutachten!

Erklärvideos

Erklärvideos sind kurze Filme, meist aus Eigenproduktion, in denen Sachverhalte erläutert werden. Die Erklärung ist dabei meist in eine fiktive Rahmenhandlung eingebettet (**Storytelling**).

Vorgehensweise

a) Die Zielsetzung
Zu Beginn muss anhand des zur Verfügung gestellten Materials geklärt werden, was im Video gelernt werden und was damit vermittelt werden soll (W-Fragen). Zusätzlich sind Kernaussagen des Lernvideos festzulegen.

b) Der Inhalt
Die recherchierten Informationen sollten nicht einfach nur benannt werden. Damit die Zuseher so viel wie möglich aus diesem Video mitnehmen, ist es empfehlenswert, die Inhalte in eine Geschichte zu packen, ein Abenteuer zu erzählen, eine Reportage, eine persönliche Geschichte u.v.m. (**Storytelling**).
Hierzu gehört auch, das Video mit anschaulichen Visualisierungen auszustatten, eher wenige Personenaufnahmen einzubauen, für möglichst geringe Ablenkung im Hintergrund zu sorgen und das Lernvideo aber dennoch unterhaltsam zu gestalten, d.h. neben einer Forschungsfrage einen Spannungsbogen (Dramaturgie) aufzubauen.
Eine Ergebnissicherung für die übrigen Kursteilnehmer sollte bedacht werden. Hierfür bietet sich ein Quiz (z.B. richtig-falsch-Aussagen, Multiple-Choice) an. Mittels QR-Codes kann das Quiz in das Video integriert werden.

c) Das Drehbuch (Storyboard)
Sobald diese grundlegenden Überlegungen abgeschlossen sind, kann das Drehbuch (Storyboard) geschrieben und gezeichnet werden. Das Drehbuch bietet eine übersichtliche und eindeutige Darstellung des Drehvorhabens, sodass Dritte das Video auf die gleiche Art und Weise produzieren könnten. Zu Beginn sollte der Titel des Videos geklärt werden (einfach, klar, unmissverständlich). In der Einführung ist direkt zu Beginn der Plan zu entfalten, was im Video folgt. Bei der Texterstellung ist darauf zu achten, dass es sich um einen mündlichkeitsnahen Text handeln muss. Als Länge hat sich für Erklärvideos zudem eine Dauer zwischen 3 und 6 Minuten bewährt. Am Ende des Videos sollte eine kurze Zusammenfassung des Erklärten stehen. Bei der Gestaltung ist darauf zu achten, dass Gesprochenes und Geschriebenes an die Zielgruppe angepasst sind.

d) Hinweise zur Darstellung und Umsetzung
Ein gutes Video kopiert im Bild aber auch nicht bloß das gesprochene Wort, sondern schafft es, dass Bild und Text durch Korrelation einander unterstützen. Abbildungen von Personen sowie die Nutzung von fremden Materialien, Bildern, Musik (auch wenn es nur im Hintergrund gehört oder gar nur gepfiffen wird) sollten von vorneherein vermieden werden. Lieber selbst kreativ werden und eigene Zeichnungen erstellen. Die lockern den Inhalt dann noch zusätzlich auf.
Wiederholungen sind zu vermeiden, können aber hilfreich sein, z.B. um Fachbegriffe noch einmal näher zu definieren oder beispielhaft zu erklären. Ebenso ist auf absolute Fehlerfreiheit zu achten!
Die filmische Umsetzung kann ganz unterschiedlich erfolgen. Wichtig sind aber gute Lichtverhältnisse und ein Raum, der viel Platz und Ruhe bietet. Schwierige Szenen sollten vor dem Dreh geübt werden. Der Sprechertext kann dann zusammen mit den durch die Hände bewegten Bildern in Etappen aufgenommen werden. Alternativ kann der Film in einem gesamten Durchgang aufgenommen werden. Hierbei bitte immer zuerst die Szenennummer mindestens drei Sekunden aufnehmen, dann weglegen. Erst nach weiteren drei Sekunden mit der Handlung beginnen. Auch am Ende der Sequenz ein paar Sekunden weiterfilmen (Überdrehen), das hilft beim Schneiden. Alternativ kann zunächst nur die Visualisierung aufgenommen und später die Tonspur separat hinzugefügt werden.
Die Verteilung von Rollen erleichtert den Dreh des Videos (Sprecher/in, Zeitwächter/in, Schieber/in, Requisiteur/in, Kameramann/-frau).

e) Produktionsmittel (technisches Gerät)
Es empfiehlt sich, auf vorhandenes Equipment zurückzugreifen (Digitalkameras, Handys, Laptops oder Tablets). Genügend Speicherplatz sollte bereitgehalten werden. Für diese Geräte gibt es zudem nützliche Apps, die das Erstellen eines Videos erleichtern. Längere Ladekabel sind dabei ebenso hilfreich. Ein Erklärvideo kann aber auch als animierte PowerPoint-Präsentation erstellt werden.
Bei der Software reicht meist die Kamera-App des Gerätes aus. Hilfreich ist es, wenn die Kamera-App es ermöglicht, den Fokus zu fixieren. Dies geschieht oft durch ein langes Tippen aufs Bild. Eine Nachbearbeitung des Videos mit allzu komplexen Apps ist oft nicht notwendig.
Der wichtigste Tipp lautet daher: Kein Perfektionismus! Insbesondere nicht bei der Technik. Für den schulischen Kontext reichen Videos ohne aufwändige Schnitte aus. Die Tonqualität der Audioinhalte muss zwar verständlich, aber nicht unbedingt brillant sein. Zu empfehlen ist die Verwendung eines Zusatzmikrofons (USB-Mikrofon oder Handykopfhörer mit Mikrofon).
Wie so oft gilt abschließend: ***form follows function***. Technischer Minimalismus ermöglicht eine Konzentration auf die Inhalte.

Zusammenfassung

Der EU-Binnenmarkt heute

Der EU-Binnenmarkt zählt zu den größten Errungenschaften der Europäischen Union:

- Die „vier Freiheiten" – der freie Person-, Waren-, Dienstleistungs- und Kapitalverkehr – bilden die Grundlage des Binnenmarkts.
- Im Lauf der Jahre hat die EU eine Reihe von Maßnahmen (in den Bereichen Verkehr, Wettbewerb usw.) ergriffen, damit möglichst viele Unternehmen und Verbraucher von der Öffnung des Binnenmarkts profitieren.
- Der Binnenmarkt bildet noch immer keinen einheitlichen Wirtschaftsraum. Einige Wirtschaftsbereiche werden nach wie vor durch nationale Vorschriften geregelt.

Die Entwicklung zum EU-Binnenmarkt

Der 1957 geschlossene Vertrag zur Gründung der Europäischen Wirtschaftsgemeinschaft ermöglichte die Aufhebung der Zollschranken zwischen den Mitgliedstaaten und die Anwendung eines gemeinsamen Zolltarifs auf Waren aus Ländern außerhalb der Gemeinschaft.
Im Juni 1985 veröffentlichte die Europäische Kommission ein Weißbuch, in dem sie Pläne darlegte, um innerhalb von sieben Jahren alle physischen, technischen und fiskalischen Barrieren in der EWG zu beseitigen. Ziel war es, das Wachstum von Wirtschaft und Handel im „Binnenmarkt" zu stimulieren.
Die Verhandlungen zwischen den Regierungen der Mitgliedstaaten führten zu einem neuen Vertrag, der Einheitlichen Europäischen Akte, die im Juli 1987 in Kraft trat und vor allem die Errichtung des Binnenmarkts bis Ende 1992 vorsah.

Fortschritte beim Aufbau des EU-Binnenmarktes

Durch den schrittweisen Abbau der früher zwischen den Mitgliedstaaten bestehenden Handels- und Wettbewerbsbeschränkungen hat sich der Lebensstandard erhöht.
Innerhalb der EU gibt es keine Grenzkontrollen für Waren und auch keine Zollkontrollen für Bürgerinnen und Bürger mehr. Seit dem 1985 unterzeichneten → **Schengener Abkommen** konnten die Personenkontrollen an den Grenzen zwischen den Schengen-Ländern vollständig abgeschafft werden. Inzwischen besteht der Schengen-Raum aus 26 europäischen Ländern, darunter vier (Island, Liechtenstein, Norwegen und die Schweiz), die nicht Mitglied der EU sind.
Die EU-Mitgliedstaaten haben für die meisten Waren die gegenseitige Anerkennung der jeweiligen Vorschriften über das Inverkehrbringen vereinbart. Seit dem wegweisenden „Cassis-de-Dijon"-Urteil des Europäischen Gerichtshofs im Jahr 1979 muss jedes Erzeugnis, das in einem Mitgliedstaat rechtmäßig hergestellt und verkauft wird, auch in allen anderen Mitgliedstaaten in Verkehr gebracht werden dürfen.
Im Bereich der Dienstleistungen koordinieren bzw. erkennen die EU-Mitgliedstaaten ihre nationalen Vorschriften an, damit Angehörige verschiedener Berufe in jedem Mitgliedstaat arbeiten können.
Die Europäische Kommission hat Maßnahmen ergriffen, um die Mobilität der Arbeitnehmer zu verbessern und vor allem zu gewährleisten, dass die in einem Mitgliedstaat erworbenen Abschlüsse und beruflichen Qualifikationen in allen anderen Mitgliedstaaten anerkannt werden.
Der Binnenmarkt ist für alle Verbraucher von Vorteil, so etwa durch die Senkung der Telefon- und Roamingtarife oder der Flugpreise in Europa.

Die EU und der Außenhandel

Die EU ist ein wichtiger Akteur im internationalen Handel und engagiert sich in der Welthandelsorganisation (WTO) für die Sicherung offener Märkte und ein auf Regeln beruhendes Handelssystem. Die EU kann im Namen ihrer Mitgliedstaaten in Handelsfragen tätig werden.
Mit ihren wichtigsten Handelspartnern unter den Industrieländern, beispielsweise den USA, hat die EU indessen keine spezifischen Handelsabkommen. Bisher greifen hier die WTO-Mechanismen, doch wird über bilaterale Abkommen verhandelt. Ein Handelsabkommen zwischen Kanada und der Europäischen Union wurde 2016 unterzeichnet. 2019 schloss die EU mit Japan ein Handelsabkommen ab.
Aus historischen und geografischen Gründen richtet die EU ihr Augenmerk ganz besonders auf Afrika. Im Rahmen ihres Allgemeinen → **Präferenzsystems** gewährt die EU den Entwicklungs- und Übergangsländern zollfreien oder präferenziellen Zugang zu ihrem Markt. Für die 49 ärmsten Länder der Welt geht dieses System sogar noch weiter: Alle ihre Ausfuhren, mit Ausnahme von Waffen, erhalten zollfreien Zugang zum EU-Markt. Geregelt wird dieser Handel zwischen der Europäischen Union und einzelnen afrikanischen Ländern über Europäische Partnerschaftsabkommen. Diese Abkommen schreiben fest, dass die Staaten ihre Märkte innerhalb einer Übergangszeit zu 80 Prozent für Produkte aus Europa öffnen müssen. Doch so einfach sei es nicht, sagen Kritiker. Wenn Afrika seine Grenzen öffnet, vor allem für landwirtschaftliche Produkte aus Europa, treibe das Bauern dort oft in den Ruin. Denn gegen wettbewerbsfähige Produkte aus Europa aus dem Agrarsektor kann kein afrikanischer Kleinbauer ankommen. Das dürfte auch der Grund sein, warum es nach wie vor afrikanische Staaten gibt, die kein Partnerschaftsabkommen mit der EU unterzeichnen wollen.

Musterklausur Kapitel 5 mit Lösung
5xs6tt

6. Wirtschaftsstandort Deutschland

6.1 Die Bedeutung des Welthandels für Deutschland ABI

Deutschland ist und bleibt eine Exportnation. Als hochentwickelte Industrienation ohne ausreichende natürliche Rohstoffe oder Agrarfläche ist Deutschland auf Importe und Exporte angewiesen. Somit ist die deutsche Wirtschaft sehr eng mit der Weltwirtschaft verflochten, sodass globale wirtschaftliche Entwicklungen automatisch positive wie negative Auswirkungen auf das Wirtschaftsgeschehen in Deutschland haben.

M1 Aufbau der Zahlungsbilanz

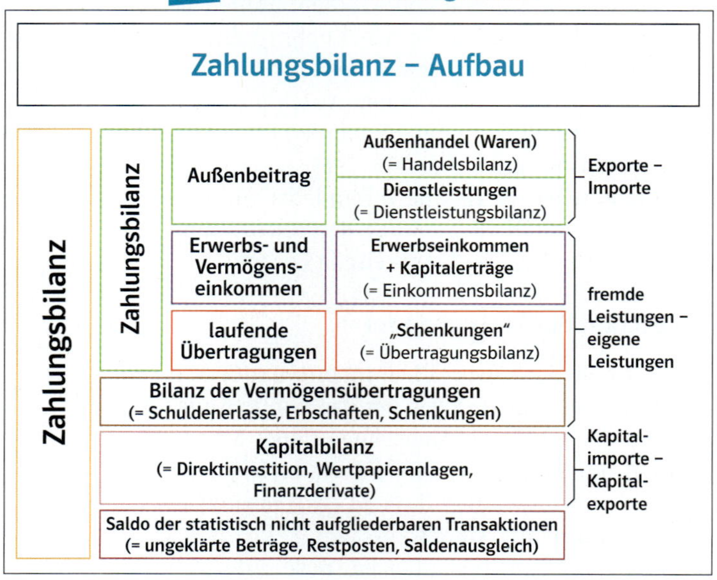

M2 Die Exporte der zehn wichtigsten Warengruppen im Jahr 2018

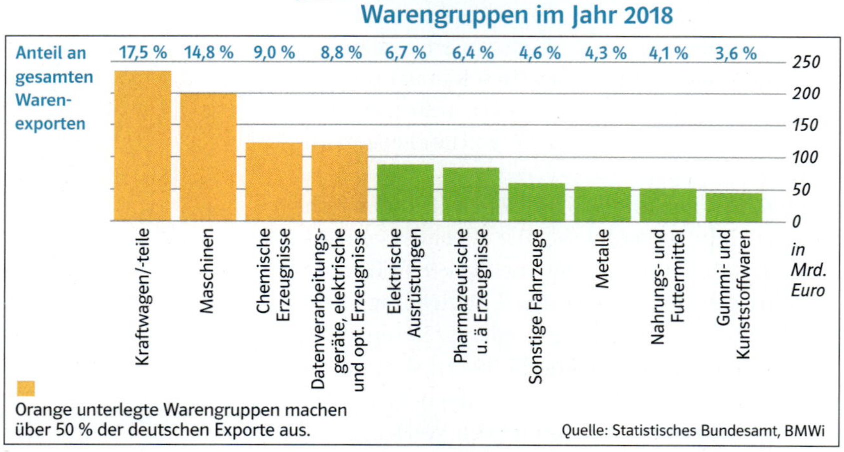

M3 Die Importe der zehn wichtigsten Warengruppen im Jahr 2018

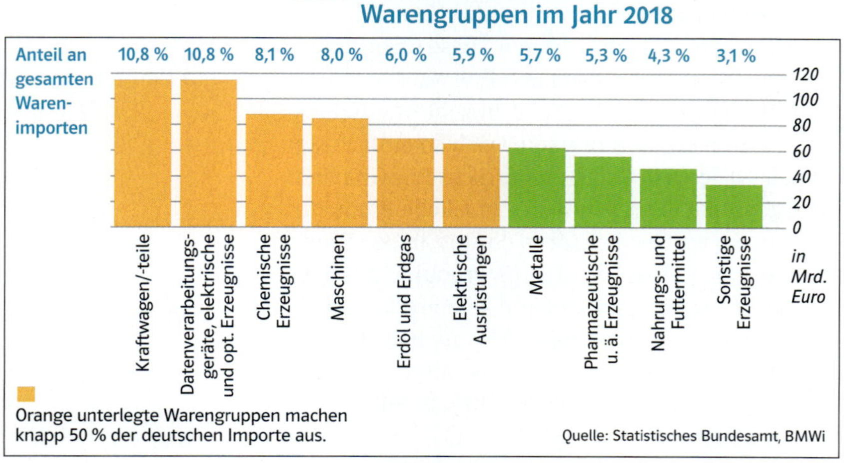

M4 Exporte und Importe im Jahr 2018 nach Regionen und Ländern

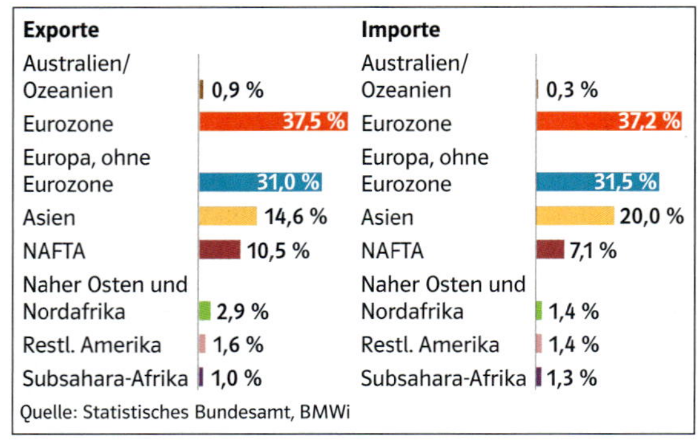

M5 Exporte und Importe im Jahr 2018 nach Warengruppen

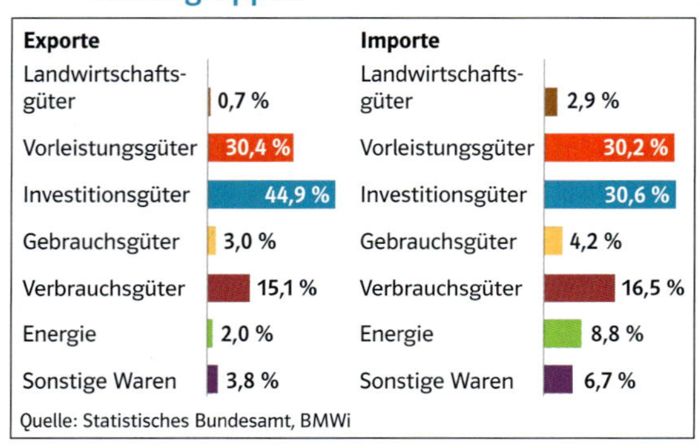

M2 bis M5: Bundesministerium für Wirtschaft und Energie (Hrsg.), Fakten zum deutschen Außenhandel 2018, Berlin 2019. In: https://www.bmwi.de/Redaktion/DE/Publikationen/Aussenwirtschaft/fakten-zum-deuschen-aussenhandel.pdf?__blob=publicationFile&v=34 (September 2019), S. 9 f., Zugriff am 26.01.2020

M6 Export auf Kosten anderer?

Durch die Exportkraft der deutschen Unternehmen werden Gewinne erzielt und Arbeitsplätze sowohl gesichert als auch neue geschaffen. Davon hat die deutsche Wirtschaft in den letzten Jahren stark profitiert. Dass die „übrige Welt" in dem Maß auf Arbeitsplätze und Wachstum verzichten muss, in dem Deutschland mehr dorthin verkauft als von dort bezieht, wird gerne ignoriert. […]

Da jeder Kauf gleichzeitig auch ein Verkauf ist, stellen die Ausgaben des einen Akteurs immer die Einnahmen eines anderen Akteurs dar, sodass Einnahmen und Ausgaben in einer → **Volkswirtschaft** identisch sind. Daher sind die Exporte der einen Volkswirtschaft immer die Importe anderer Volkswirtschaften. Wenn eine Volkswirtschaft einen Handelsbilanzüberschuss erzielt, bedeutet das

zwingend, dass es Volkswirtschaften geben muss, die in der Summe Handelsdefizite in derselben Größenordnung haben müssen, sodass der Saldo global immer Null beträgt. Es können nie alle Länder gleichzeitig Exportüberschüsse erzielen […]!
Die deutschen Exportüberschüsse bedeuten, dass in Deutschland mehr produziert […] als konsumiert bzw. investiert […] wird. Es wird somit mehr verkauft als gekauft, das heißt, mehr Geld eingenommen als ausgegeben – die deutsche Volkswirtschaft spart in ihrer Gesamtheit. Damit das funktioniert, müssen andere mehr konsumieren bzw. investieren als produzieren. Es wird mehr gekauft als verkauft, also mehr Geld ausgegeben als eingenommen – sie müssen sich verschulden. […] Wer wie Deutschland auf anhaltende Überschüsse setzt, exportiert die Verschuldung immer mit, was ein Land krisenanfälliger machen kann. […] die Verschuldung […] der Defizitländer im Zuge der Finanzkrise [wurde] zu einem Problem […], da sich Unsicherheit breitmachte, ob die Schulden bedient werden können, woraufhin die Zinssätze stark anstiegen. Folglich konnten sich manche Staaten am Finanzmarkt nicht mehr refinanzieren und mussten sich unter den eigens dafür geschaffenen Euro-Rettungsschirm begeben. In diesem Sinne trug auch der deutsche Handels- bzw. Leistungsbilanzüberschuss, der zu einer Verschuldung der Defizitländer führte, zur Krise im Euro-Raum bei.
Nach dem Prinzip der → **doppelten Buchführung** steht der Buchung eines Güterexports in der realwirtschaftlichen Leistungsbilanz eine finanzwirtschaftliche Gegenbuchung in der Kapitalbilanz gegenüber, weshalb […] dem Leistungsbilanzüberschuss immer ein ungefähr gleiches Defizit der Kapitalbilanz (Kapitalexport) gegenübersteht, sodass die Zahlungsbilanz in ihrer Gesamtheit wieder ausgeglichen ist. Aus dem Exportüberschussland Deutschland, das volkswirtschaftlich spart, wird Kapital über den Bankensektor in die Länder exportiert, die dieses benötigen, um ihren Importüberschuss zu bezahlen und sich somit verschulden. Demzufolge wird Deutschland zum Gläubiger, der mit seinen Handelsbilanzüberschüssen ein riesiges Auslandsvermögen in Form von Krediten, → **Direktinvestitionen**, Wertpapieren oder → **Devisenreserven** anhäuft, das Ausland wird zum Schuldner. […] Dies bedeutet jedoch auch, dass dieses Kapital für Investitionen in Deutschland nicht zur Verfügung steht. Mit dem Kapitalexport ermöglicht Deutschland auch Investitionen im Ausland, die dort Chancen für Wachstum und Beschäftigung eröffnen und auf diese Weise die dortige Wirtschaft stärken. Jedoch floss auch viel Kapital auf den deregulierten Finanzmarkt und auch in spekulative Anlagen […]. Die Folge war, dass ein Teil der deutschen Forderungen durch die Weltwirtschaftskrise entwertet wurde. […]

Ralf Engel: Außenhandelsüberschüsse in der Diskussion: Zeit für mehr Regulierung? In: D&E 70, 2015, S. 26–35, hier S. 27 f.

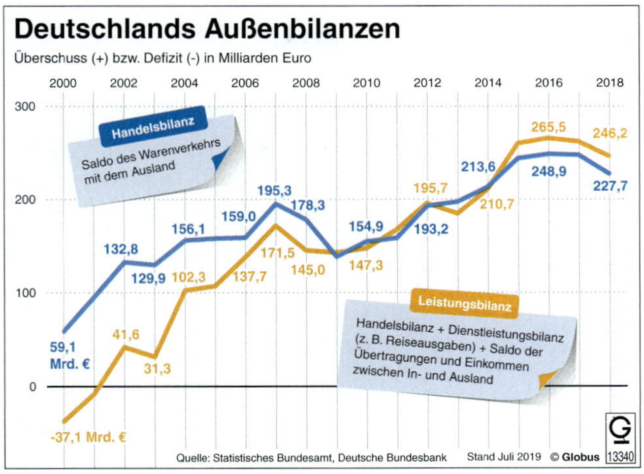

Abb. 67.1: Deutsche Zahlungsbilanz

Arbeitsaufträge

1. Stellen Sie dar, durch welche wirtschaftlichen Aktivitäten Sie selbst zur Bilanz des deutschen Außenhandels beitragen (M2, M3)!
2. Entwerfen Sie einen (außen-)wirtschaftlichen Steckbrief Deutschlands (M2 bis M5)!
3. Erklären Sie anhand der Ergebnisse im Kurs, welche wirtschaftlichen Defizite Deutschland kompensieren muss, um am globalen Wettbewerb teilnehmen zu können!
4. Erörtern Sie die Frage, ob eine offene Volkswirtschaft mit hoher Exportabhängigkeit wie Deutschland nicht täglich zum Spielball der internationalen Wirtschaft werden kann!
5. Werten Sie die Abb. 67.1 aus und analysieren Sie die wirtschaftliche Entwicklung!
6. Erläutern Sie die Vorteile sowie die Probleme der deutschen Exportüberschüsse! Visualisieren Sie die Zusammenhänge in einer Grafik (M6)!
7. Begründen Sie, weshalb die Exportstärke Deutschlands auch Unternehmen im Ausland zugutekommt (M6)!
8. Die Kritiker der Exportstärke Deutschlands fordern starke Lohnerhöhungen in Deutschland. Erläutern Sie, weshalb das die Binnennachfrage stärken und den Export schwächen würde!
9. Entwickeln Sie mithilfe der Materialien arbeitsteilig ein Szenario für die Wettbewerbsfähigkeit und den Außenhandel Deutschlands für den Fall, (a) dass der Euro-Kurs in den nächsten zehn Jahren sukzessive fällt, (b) dass der Euro-Kurs in den nächsten zehn Jahren sukzessive steigt, (c) dass Deutschland zu einer nationalen Währung zurückkehren würde!
10. Erörtern Sie in einer Debatte die Thematik der Handelsbilanzüberschüsse, indem Sie Pro- und Kontra-Gruppen bilden und zu Ihrer jeweiligen Position zusätzliche Argumente recherchieren (M6).

6.2 Standortfaktoren

M1 Gibt es den optimalen Standort?

Den optimalen Standort gibt es selten. Welcher Standort der richtige ist, hängt natürlich von den Besonderheiten des Unternehmens ab: Der Einzelhandel braucht Laufkundschaft mit Kaufkraft, ein überregional tätiges Dienstleistungsunternehmen kann seinen Sitz überall haben, das produzierende Gewerbe muss meist ins Industriegebiet.

Bundesministerium für Wirtschaft und Technologie: Gründerzeiten: Informationen zur Existenzgründung und -sicherung, Thema: Standortwahl, Nr. 42, Februar 2010, S. 1.

M2 Wirtschaftsstandorte

Ein Wirtschaftsstandort ist ursprünglich der geografische Ort, an dem Unternehmen ihre Güter herstellen oder verkaufen. Heute bezeichnet man mit dem Begriff allerdings häufig ganze Regionen, Länder oder sogar Wirtschaftsblöcke wie die → **Europäische Union**.

Die unternehmerische Standortwahl ist für die Wirtschaftspolitik bedeutsam, da sich die Entscheidung von Unternehmen für einen bestimmten Standort positiv auf die regionale Beschäftigung und das Steueraufkommen auswirkt. Die Ansiedlung bestimmter Industrien kann aber auch negative Folgen haben, etwa dann, wenn deren Produktion die natürliche Umwelt belastet.

Info

Eine große Untersuchung zur **Standortqualität in Deutschland** gab es zuletzt 2012. Diese hat das Institut der deutschen Wirtschaft in Köln im Auftrag des Bundesministeriums für Wirtschaft (BMWi) durchgeführt. Der Endbericht dazu findet sich auf der Internetseite des BMWi.

M3 Standortfaktoren

In die Entscheidung für einen bestimmten Unternehmensstandort fließen sehr viele Faktoren ein, die sich letztlich alle zwei Effekten zuordnen lassen: Minimierung der Kosten und Maximierung der Erträge. Die volks- und betriebswirtschaftlichen Modelle fallen entsprechend komplex aus. Je mehr Inputfaktoren – wie Arbeit oder Energie – berücksichtigt werden, desto schwieriger wird es, Vorhersagen für den optimalen Standort zu entwickeln.

Bei der Standortwahl muss entschieden werden, ob ein Unternehmen im Inland oder im Ausland gegründet wird (internationale Standortwahl), in welcher Region einer → **Volkswirtschaft** (regionale Standortwahl) und in welcher Stadt oder Gemeinde die Produktionsstätte errichtet wird (lokale Standortwahl). Kleine und mittlere Unternehmen sind eher (z. B. mangels Erfahrung) lokal bis national tätig. Falls die eigenen Produkte auch im Ausland verkauft werden sollen, lässt sich dies zunächst mittels Außenhandel, dann aber auch über die Vergabe von Lizenzen verwirklichen.

Für größere Unternehmen bieten sich dagegen Standorte im Ausland ohne Weiteres an. Wichtig für einen Standort ist unter anderem, wie schnell der Absatzmarkt wächst oder wie stark die Konkurrenz ist. Auch kann eine direkte Präsenz im Absatzmarkt wünschenswert sein. Zudem ist der Gewinn eines Unternehmens stark von den örtlichen Steuersätzen abhängig. Auf Kostenseite sind es → **Arbeitskosten** (Entgelt für geleistete Arbeit und die Personalzusatzkosten), Kapitalkosten (Kreditkosten, Abschreibungssätze und andere Vorschriften der Steuerbilanzierung), aber auch Kosten für Energie, Entsorgung und die Qualität der Infrastruktur (Verkehrswege, Kommunikationsmöglichkeiten). Weitere Faktoren, die ein Unternehmen vor einem Gang ins Ausland zu prüfen hat, sind die politische Stabilität, Rechtssystem und die Zusammenarbeit mit lokalen Behörden. [...]

M4 Qualität eines Standorts

Die Standortqualität ist das Resultat einer Vielzahl von Einflussgrößen, deren Bedeutung je nach Wirtschaftszweig unterschiedlich ausfällt. Als Indiz für die Schwäche des Wirtschaftsstandorts Deutschland wird oft die Stärke der deutschen → **Direktinvestitionen** im Ausland angeführt, die im Kontrast zu schwachen ausländischen Direktinvestitionen in Deutschland steht.

Zum Teil beruht diese Einschätzung auf der international unterschiedlichen Definition von Direkt- investitionen. Wichtig ist aber auch, dass nicht jede Direktinvestition mit realen Neuinvestitionen verbunden ist – z. B. im Fall einer Unternehmensübernahme. Dennoch steht fest, dass die Arbeitskosten in Deutschland sei den 1980er-Jahren im internationalen Vergleich stark gestiegen sind [...]. Zwar steht hohen Arbeitskosten eine noch immer relativ hohe → **Produktivität** gegenüber. Dennoch können Standortverlagerungen durchaus von Kostenüberlegungen geleitet sein.

M2–M4: Herbert S. Buscher, Wirtschaft heute. Hrsg. von Michael Bauer, Bundeszentrale für politische Bildung, Bonn 2009, S. 36

M5 Standortwahl

Der Standort kann von entscheidender Bedeutung für den Erfolg eines Betriebes sein. Er beeinflusst die Umsatzhöhe, die anfallenden Kosten und die erzielbaren Preise. Die Wahl des Betriebsstandortes hängt von mehreren Gesichtspunkten ab: von den benötigten Rohstoffen bzw. den Transportkosten, von den vorhandenen Arbeitskräften sowie deren Qualifikation und Löhnen, von den Grundstückspreisen oder Mieten, von der örtlichen Steuerbelastung, vom lokalen Absatzmarkt, der Konkurrenz in der Umgebung usw. Je nach Art des Unternehmens kommt dabei den einzelnen Faktoren ein unterschiedlich hohes Gewicht zu. So ist z. B. für einen Supermarkt die Erreichbarkeit sehr wichtig. Für einen Textilhersteller hingegen empfiehlt sich wegen der arbeitsintensiven Produktion eine Region mit niedrigen Lohnkosten. Ein Wasserkraftwerk ist hingegen stark von den natürlichen Gegebenheiten abhängig. Bei einem Autowerk mit hohem Exportanteil liegt es nahe, einen möglichst verkehrsgünstigen Standort zu wählen. Viele Unternehmen achten bei der

Standortwahl auch darauf, welche → **Subventionen** und Steuervergünstigungen sie von der jeweiligen Gemeinde erhalten.

Mit fortschreitender Intensivierung der internationalen Arbeitsteilung gewinnt die Ansiedlung oder Verlagerung von Betrieben in andere Länder immer mehr an Bedeutung. Die Standortentscheidung geht daher – zumindest bei mittleren und großen Unternehmen – in der Regel in drei Stufen vor sich: 1. In welchem Land soll der Betrieb errichtet werden (internationale Ebene), 2. In welcher Gemeinde soll der Betrieb errichtet werden (nationale Ebene) und 3. Wo innerhalb der Gemeinde liegt der geeignetste Standort für den Betrieb (lokale Ebene)?

Stefan Prochnow: Standortwahl. In: Ingo Langhans/Stefan Prochnow: Gemeinschaftskunde. Rechtserziehung. Wirtschaft, Band 2, Auer Verlag 2008, S. 40

Abb. 69.1: Welche Standortfaktoren wichtig sind

M6 Standortfaktoren des Industriebetriebes

Einflussbereich	**Beschaffung**	**Arbeit**	**Produktion**	**Absatz**
Betrifft	Räumlichkeiten; Verfügbarkeit von Energie, Roh-, Hilfs- und Betriebsstoffen	Arbeitnehmerpotenzial am Standort	Alle Faktoren, die Auswirkungen auf die Produktion haben	Verkauf und Verkaufsinfrastruktur
Harte Faktoren	Energie: Verfügbarkeit und Kosten; Transportkosten; Nähe zu Rohstoffen und Lieferanten; Leistungen vom und an den Staat: Steuern, Abgaben, Förderung (Subventionen)	Gehaltsniveau; staatliche Rahmenbedingungen: Lohnnebenkosten, sozialer Friede; ausreichende Verfügbarkeit qualifizierter Arbeitnehmer; Aus- und Weiterbildungseinrichtungen; Forschungseinrichtungen	Grundstücksangebot und -preise; Ausbau der Verkehrsinfrastruktur: Straße, Bahn, Wasser, Luft; Ausbau der digitalen Infrastruktur; Einstellung der Kommunalverwaltung zu Unternehmen; Gewerbesteuerhebesatz; Umweltschutzauflagen	Nähe zum Absatzmarkt; Verkehrsanbindung; Konkurrenzsituation
Weiche Faktoren	Kooperationsmöglichkeiten	Bildungsangebot und -niveau; Freizeit-, Erholungs- und Sportangebot; Kulturangebot; Wohn- und Lebensqualität; soziales Wohnumfeld; Gesundheitswesen; klimatische Gegebenheiten; persönliche Vorlieben: Bindung an die Heimat	Ansehen der Region als Wirtschaftsstandort; Möglichkeiten der räumlichen Erweiterung	Kaufkraft der Region

Abb. 69.2: Standortfaktoren des Industriebetriebs

Arbeitsaufträge

1. Nehmen Sie zur Aussage in **M1** Stellung, indem Sie zu den dort genannten einzelnen Unternehmenssektoren geeignete Standortfaktoren formulieren!
2. Standortwahl und Standortfaktoren sind wichtig für Unternehmen. Arbeiten Sie mithilfe von Abb. 69.2 jeweils eine Rangfolge der drei wichtigsten (harten und weichen) Standortfaktoren für nachfolgende Unternehmen heraus! Begründen Sie Ihre Wahl!
   a) Autohersteller, b) Finanzdienstleister, c) Pharmazieunternehmen, d) Bäckerei, e) Forschungseinrichtung, f) Buchhandlung, g) Versandhandelsunternehmen
3. Erörtern Sie die These, dass Transportkosten, Arbeitskosten und die Wirkungen von Ballungsräumen die Wahl des Standorts im Wesentlichen ausmachen!
4. Finden Sie in Ihrer Region mithilfe von **M5** und Abb. 69.1 Unternehmen und erläutern Sie begründet deren Standortwahl!

6.3 Ist Deutschland ein attraktiver Wirtschaftsstandort?

M1 Herausforderungen für den Standort Deutschland

Abb. 70.1: Standort Deutschland

Die Befragungsergebnisse zeigen ein differenziertes Bild: Einerseits bewegen sich Deutschlands Attraktivitätswerte weiterhin auf einem relativ hohen Niveau. Andererseits kommt eine gewisse Skepsis in Bezug auf die Zukunftsfähigkeit des Standorts zum Ausdruck. Und auch der aktuelle Rückgang der Zahl der tatsächlichen Investitionsprojekte […] zeigt eine beunruhigende Trendwende: Erstmals seit zehn Jahren war die Zahl der ausländischen → **Direktinvestitionen** rückläufig.

Angesichts dieser Ergebnisse stellt sich die Frage nach den richtigen Strategien für Deutschland umso dringlicher: Das Ziel muss der Ausbau der spezifischen Stärken als Premiumstandort mit hoher Innovationskraft auch und gerade im digitalen Bereich sein. Während die industriellen Kompetenzen am Standort Deutschland unbestritten sind und erwiesenermaßen zur Weltspitze zählen, müssen die Angebote und Fähigkeiten Deutschlands im Bereich der digitalen Technologien und Geschäftsmodelle dringend weiter ausgebaut werden.

Die Branchenstruktur in Deutschland ist derzeit durch die Dominanz des Automobil- und Maschinenbaus geprägt – und gerade die Produkte und Geschäftsmodelle in diesen Branchen befinden sich mitten in einem tiefgreifenden Umbruch, angetrieben unter anderem von der Digitalisierung und dem bevorstehenden Durchbruch der Elektromobilität. […]

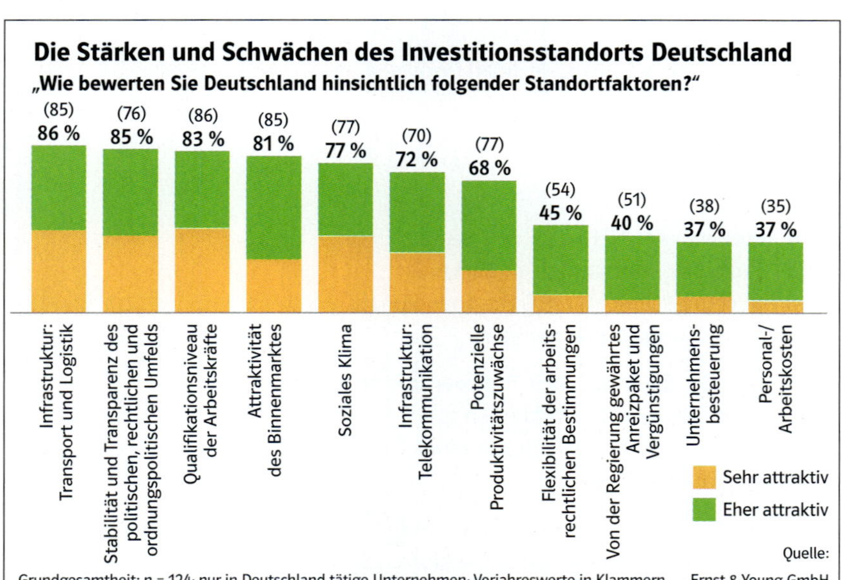

Abb. 70.2: Standort Deutschland: Stärken und Schwächen

Es gibt Anzeichen für einen tiefgreifenden Umbau: So treiben die großen Autokonzerne und die hiesigen großen Zulieferunternehmen mit Hochdruck den Umbau ihrer Geschäftsmodelle und die Weiterentwicklung neuer Technologien voran. Sie investieren Milliardensummen und verlassen mit ihren neuen Aktivitäten längst ausgetretene Pfade, indem sie beispielsweise Unternehmen aus den Bereichen Ladelösungen, Mitfahrdienst, Taxivermittlung, Fahrzeugleasing und elektronische Zahlungsdienstleistungen übernehmen […]. […]

Trügt also der Eindruck, dass Deutschland bei digitalen Technologien und Kompetenzen abgehängt zu werden droht? […] Tatsächlich liegt Deutschland beispielsweise bei der Breitbandversorgung im europäischen Vergleich nur im Mittelfeld. Nach Zahlen des → **Statistischen Bundesamts** verfügten im Jahr 2018 lediglich 51 Prozent aller hiesigen Unternehmen mit Zugang zum Internet und mindestens zehn Beschäftigten über einen festen Breitbandanschluss mit einer vertraglich festgelegten Datenübertragungsrate von mindestens 30 Megabit pro Sekunde. […] Diese Zahlen zeigen, dass Deutschland zumindest bei der Versorgung mit schnellem Internet erheblichen Nachholbedarf hat und von einem internationalen Spitzenplatz weit entfernt ist. Für einen Hightech-Standort ist das zu wenig – zumal es bei der Glasfasertechnik für den Standort Deutschland noch erheblich schlechter aussieht. Und das könnte sich zu einem echten Standortnachteil entwickeln – dann nämlich, wenn im Zuge der fortschreitenden Digitalisierung der Bedarf an zusätzlicher Bandbreite weiter so stark steigt wie in den vergangenen Jahren. Um wettbewerbsfähig zu bleiben, braucht es in Deutschland flächendeckend Internetanschlüsse mit ausreichender Bandbreite […].

Grundsätzlich stehen die Chancen für Deutschland durchaus gut, die digitale Transformation an führender Stelle mitzugestalten und die eigene Wettbewerbsfähigkeit auch im digitalen Zeitalter zu behaupten. So bietet vor allem die vernetzte Produktion – Stichwort Industrie 4.0 – am Standort Deutschland enorme Chancen. Zum einen haben einige der weltweit führenden Industriekonzerne ihren Hauptsitz und große Teile ihrer Forschung und Entwicklung in Deutschland. Zum anderen dürfte es nur wenige andere Standorte weltweit geben, an denen der Druck auf die Unternehmen, jede erdenkliche Maßnahme zur Steigerung der Effizienz zu ergreifen, derart hoch ist wie am Hochlohnstandort Deutschland. Und gerade dieser Druck, der aus einem bestehenden (Kosten-)Nachteil resultiert, könnte die Entwicklung hin zu vernetzten Fabriken hierzulande deutlich beschleunigen. […]

Insbesondere die deutschen Premiumanbieter, die mit dem Qualitätssiegel „Made in Germany" weltweit punkten können, werden alles daransetzen, einen möglichst großen Teil der Produktion und

Entwicklung in Deutschland zu halten, was nur möglich ist, wenn sich Flexibilität, → **Produktivität** und Auslastung auf höchstem Niveau befinden. Dies wiederum kann vor allem durch eine stärkere Digitalisierung der Produktion gelingen. [...]
Das sehen offenbar auch die befragten Manager ausländischer Unternehmen so: Auf die Frage, worauf sich Deutschland konzentrieren solle, um seine Wettbewerbsfähigkeit zu erhalten, nennen 35 Prozent die Forderung von Hightech-Branchen und Innovationen [...]. Kostenaspekte spielen in diesem Zusammenhang allerdings auch eine große Rolle: 32 Prozent der Befragten [...] wünschen sich eine Reduzierung der Steuerlast – ein deutlicher Anstieg im Vergleich zum Vorjahr. Die Reduzierung der → **Arbeitskosten** halten hingegen nur 22 Prozent [...] für nötig.

Ernst & Young (Hrsg.): EY Attractiveness Survey. Standort Deutschland 2019: Neuer Schwung? Juni 2019, S. 20-22. In: https://assets.ey.com/content/dam/ey-sites/ey-com/de_de/topics/disruption/ey-standortstudie-de-2019.pdf?download, Zugriff am 14.06.2020

M2 Die Rolle der Lohnkosten

Die Lohnkosten stehen immer wieder im Mittelpunkt bei der Diskussion über die Wettbewerbsfähigkeit von Standorten. [...] Bei einer Bewertung der Lohnkosten sollten allerdings nicht allein die Bruttolöhne der Arbeitnehmer, sondern die → **Lohnstückkosten** verglichen werden. Zur Ermittlung der Lohnstückkosten werden die Lohnkosten ins Verhältnis zur → **Arbeitsproduktivität** gesetzt. Die Höhe der Lohnstückkosten ist damit sowohl von der Produktivität als auch von der Höhe der gezahlten Löhne abhängig. [...] Durch den Einsatz neuer Technologien, die effiziente Arbeitsorganisation, eine ausgebaute Infrastruktur und ein hohes Qualifikationsniveau der Beschäftigten wird die Arbeitsproduktivität gesteigert und somit ein Teil der höheren Lohnkosten ausgeglichen. [...] Beim Vergleich der Lohnstückkosten muss berücksichtigt werden, dass diese [...] auf Basis der jeweiligen Währung dargestellt werden. Die internationale Wettbewerbsfähigkeit hängt aber auch stark von Wechselkursänderungen ab. Um die Wechselkurse mit einzubeziehen, muss die Entwicklung der Lohnstückkosten in einer einheitlichen Währung abgebildet werden. Allerdings geht diese Darstellungsform zu Lasten der Faktoren, die die Lohnstückkosten in den einzelnen Staaten abseits der Wechselkurse beeinflussen [...].

Christian Hartmann, Lohnstückkosten im verarbeitenden Gewerbe, Zahlen und Fakten. Europa v. 23.07.2011. https://www.bpb.de/nachschlagen/zahlen-und-fakten/europa/70561/lohnstueckkosten (23.7.2011), Zugriff am 14.06.2020

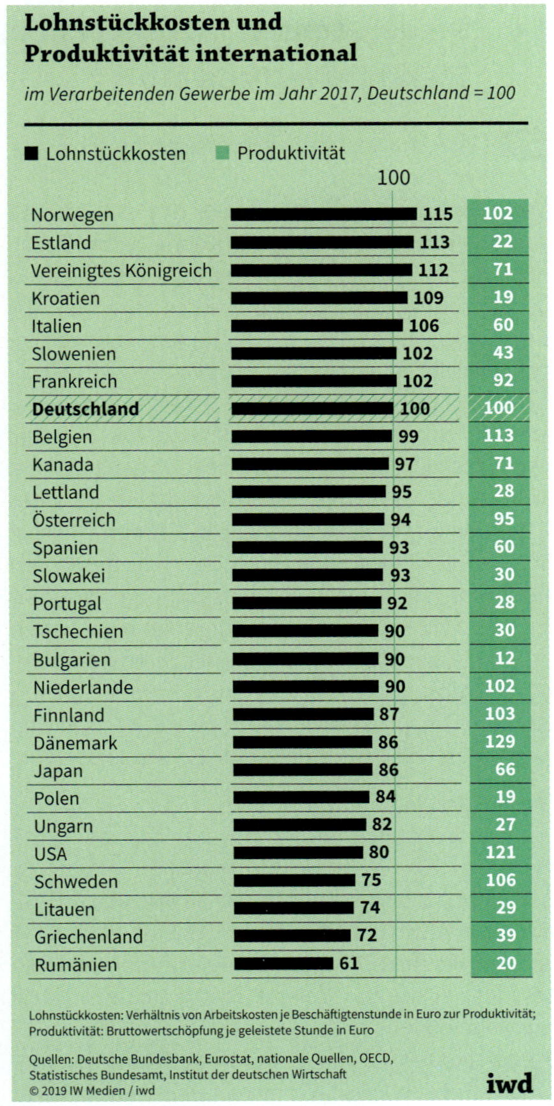

Abb. 71.1: Lohnstückkosten im internationalen Vergleich

Info

Ernst & Young ist eine der vier führenden, global operierenden Wirtschaftsgesellschaften, die regelmäßig die Standortqualität Deutschlands untersuchen.

Arbeitsaufträge

1. Analysieren Sie den Standort Deutschland und seine Wettbewerbsfähigkeit hinsichtlich seiner Stärken und Schwächen!
2. Erläutern Sie die Bedeutung der Begriffe Arbeitskosten, Arbeitsproduktivität und Lohnstückkosten!
3. In vielen europäischen Staaten sind die Lohnstückkosten niedriger als in Deutschland. Erörtern Sie, warum deutsche Unternehmen ihre Produktion dennoch nicht dorthin verlagern!
4. Verfassen Sie aus gewerkschaftlicher Sicht oder aus Unternehmersicht ein „Strategiepapier" mit politischen Forderungen zum Standort Deutschland! Berücksichtigen Sie dabei die Auswirkungen auf den Staat, die privaten Haushalte, Banken und andere Unternehmen. Vergleichen Sie mithilfe des Internets Ihre Forderungen mit denen von Gewerkschaften bzw. Unternehmerverbänden!

6.4 Niedersachsen im regionalen, europäischen und globalen Standortwettbewerb

M1 Wirtschaftsstandort Niedersachen im Wettbewerb

Niedersachsen ist flächenmäßig das zweitgrößte und mit rund 8 Millionen Einwohnern der Bevölkerungszahl nach das viertgrößte Bundesland Deutschlands. Es zeichnet sich durch seine zentrale Lage in der Mitte Europas aus. Die Autobahnverbindungen reichen auf der Nord-Süd-Achse von Skandinavien bis Italien, auf der West-Ost-Achse von Amsterdam/Paris/London über Berlin und Warschau bis nach Moskau. Die niedersächsischen Seehäfen sind das Tor nach Amerika, Fernost und zum Rest der Welt. Der Einstieg Niedersachsens in den internationalen Überseecontainerumschlag ist durch den Tiefwasserhafen JadeWeserPort sichergestellt, der im Jahr 2012 seinen Betrieb aufgenommen hat. In Sachen Flugverkehr Richtung Osten nimmt der HannoverAirport in Deutschland eine führende Stellung ein. Mehr als 100 Ziele in Osteuropa und Zentralasien werden von hier aus direkt und über Hubs bedient.

Messe- und Mobilitätsstandort

Die Landeshauptstadt Hannover gilt auch heute noch als DER deutsche Messestandort. Weltweit bekannt sind beispielsweise die HANNOVER MESSE oder die AGRITECHNICA. Dazu gibt es zahlreiche weitere, regelmäßig wiederkehrende internationale Leitmessen, wie zum Beispiel EMO, EuroTier und IAA Nutzfahrzeuge.

Niedersachsen ist ein europaweit führender Mobilitätsstandort. Der Wirtschaftsraum Wolfsburg-Hannover-Braunschweig gehört mit seinem Know-how zu den größten Ballungsräumen der Automobilwirtschaft in Europa. In enger Kooperation mit Hamburg und Bremen gehört Niedersachsen zu den wenigen Luftfahrtstandorten in Europa, die die komplette Wertschöpfungskette des Luftfahrzeugbaus beherrschen. Niedersachsen ist seit Jahren das Schiffbauland Nr. 1 in Deutschland und nach Hamburg Deutschlands zweitgrößter Reedereistandort. Als traditionsreiches Agrarland stellt Niedersachsens Land- und Ernährungswirtschaft nach der Automobilindustrie die wichtigste Branche im Land dar. Auch sind Niedersächsische Unternehmen im Bereich der Pflanzenzucht europa- und weltweit führend. Die niedersächsischen Landmaschinenbauer zählen zu den Weltmarktführern in ihren Produktsparten.

Land mit Energie [. . .]

Niedersachsen hat als Energieland eine langjährige Tradition in der Erdöl- und Erdgasförderung. Auch bei den erneuerbaren Energien hat Niedersachsen eine Spitzenposition, insbesondere bei der Nutzung von Wind und Biomasse. Mit einer installierten Windenergieleistung von ca. 11.200 MW Ende 2018 ist Niedersachsen die Nummer 1 in Deutschland. Diese Position wird durch die Energiewende und den damit verbundenen Ausbau der Windenergie im Offshore-Bereich weiter ausgebaut. [. . .]

https://www.mw.niedersachsen.de/startseite/themen/wirtschaft/wirtschaftsstandort_niedersachsen_im_wettbewerb/wirtschaftsstandort-niedersachsen-15378.html, Zugriff am 10.02.2020

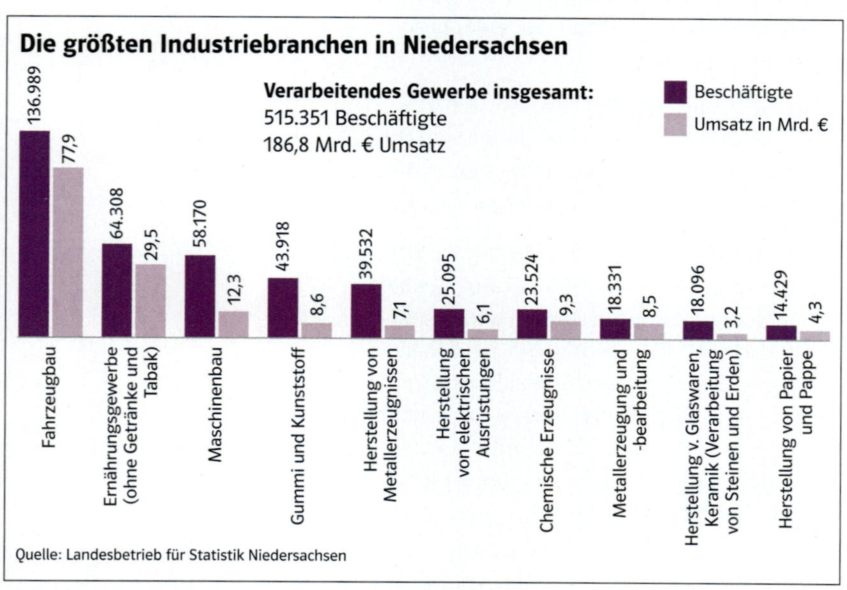

Abb. 72.1: Die größten Industriebranchen in Niedersachsen

M2 Starke Industrie in Niedersachsen

Die Industrie hat eine hohe Bedeutung für die niedersächsische Wirtschaft. Der Anteil des Verarbeitenden Gewerbes an der Bruttowertschöpfung liegt mit ca. 24 Prozent auf vergleichsweise sehr hohem Niveau, nämlich über dem aller europäischen Länder und auch dem der USA. Mehr als eine halbe Million Menschen haben ihren Arbeitsplatz in einem der niedersächsischen Industrieunternehmen. Diese erwirtschaften rund 216 Mrd. Euro Umsatz, davon knapp 48 Prozent im Ausland.

Niedersachsen verfügt dabei über eine Vielzahl hervorragender Unternehmen mit Weltruf. Ob fortschrittliche Entwicklungen der Automobilindustrie, großartige Kreuzfahrtschiffe, zukunftsweisende regenerative Energien, anregende Duft- und Geschmacksstoffe oder hochwertige Lebensmittel – Niedersachsen ist der Industriestandort mit Zukunft!

Damit dies so bleibt, setzen wir mit unserer Industriepolitik auf die richtigen Rahmenbedingungen. Wir unterstützen die Unternehmen hier bei uns in Niedersachsen und haben ein offenes Ohr für berechtigte Anliegen der Betriebe und ihrer Mitarbeiter.

https://www.mw.niedersachsen.de/startseite/themen/wirtschaft/industrie/industrie-in-niedersachsen-15611.html (ohne Datum), Zugriff am 10.02.2020

M3 An VW führt kein Weg vorbei

Ohne ein bestimmtes Unternehmen geht in Niedersachsen jedoch gar nichts. VW schlägt alle anderen. Der Platzhirsch steht mit einer jährlichen Wertschöpfung von 52,1 Milliarden Euro mit enormem Abstand an der Spitze der Unternehmen mit der größten Wirtschaftsleistung, die jährlich von der Landesbank Nord/LB ermittelt werden. In Wolfsburg, Braunschweig, Salzgitter, Hannover, Osnabrück und Emden beschäftigt der Autobauer 100.000 Menschen. Das Verhältnis zwischen Land und VW ist ein besonderes: Niedersachsen hält 20,2 Prozent der Aktien, ein Überbleibsel der Nachkriegsordnung, als die britische Militärregierung das Werk in niedersächsische Obhut übergab.
Aus Weser-Ems folgen in der Liste der Nord/LB: Der Energieversorger EWE (704 Millionen Euro, Platz 9), Stahlproduzent Georgsmarienhütte (499 Mio. Euro, Platz 14) und die Piepenbrock Unternehmensgruppe (356 Mio. Euro, Platz 24).

Alexander Klay: Das ist Niedersachsens Wirtschaft (23.02.2016). In: https://www.noz.de/deutschland-welt/wirtschaft/artikel/674320/das-ist-niedersachsens-wirtschaft-1#gallery&0&1&674320, Zugriff am 10.02.2020

M4 Hannover dominiert das flache Land

Die Region Hannover ist die wirtschaftsstärkste Region in Niedersachsen. […] Mit 51,5 Milliarden Euro waren Unternehmen im Umland für rund 18 Prozent aller in Niedersachsen produzierten Waren und Dienstleistungen verantwortlich. In der Landeshauptstadt betrug das Bruttoinlandsprodukt (BIP) 34,1 Milliarden Euro. Landesweit stieg das Bruttoinlandsprodukt um 3,2 Prozent auf 287,8 Milliarden Euro.

Karl Doeleke: Region Hannover ist der Motor der Wirtschaft in Niedersachsen (04.07.2019). In: https://www.haz.de/Hannover/Aus-der-Stadt/Wirtschaftskraft-Region-Hannover-der-Motor-der-Wirtschaft-in-Niedersachsen, Zugriff am 10.02.2020

M5 Hauptausfuhrwarengruppen 2017

Warengruppen	Mio. EUR	Anteil an der Gesamtausfuhr in %
Ernährungswirtschaft	11.445,1	13,0
Gewerbliche Wirtschaft	75.063,9	85,5
Rohstoffe	701,0	0,8
Halbwaren	3.081,3	3,5
Fertigwaren	71.281,6	81,2
Vorerzeugnisse	10.493,6	11,9
Enderzeugnisse	60.788,0	69,2
Ausfuhr insgesamt	**87.820,9**	**100,0**

Landesamt für Statistik (Hrsg.), Statistische Berichte Niedersachsen, Außenhandel, Hannover 2019, S. 10

M6 Haupteinfuhrwarengruppen 2017

Warengruppen	Mio. EUR	Anteil an der Gesamtausfuhr in %
Ernährungswirtschaft	8.799,8	10,3
Gewerbliche Wirtschaft	72.859,4	85,0
Rohstoffe	9.848,5	11,5
Halbwaren	5.619,7	6,6
Fertigwaren	57.391,2	67,0
Vorerzeugnisse	7.797,2	9,1
Enderzeugnisse	49.594,0	57,9
Ausfuhr insgesamt	**85.695,0**	**100,0**

Landesamt für Statistik (Hrsg.), Statistische Berichte Niedersachsen, Außenhandel, Hannover 2019, S. 30

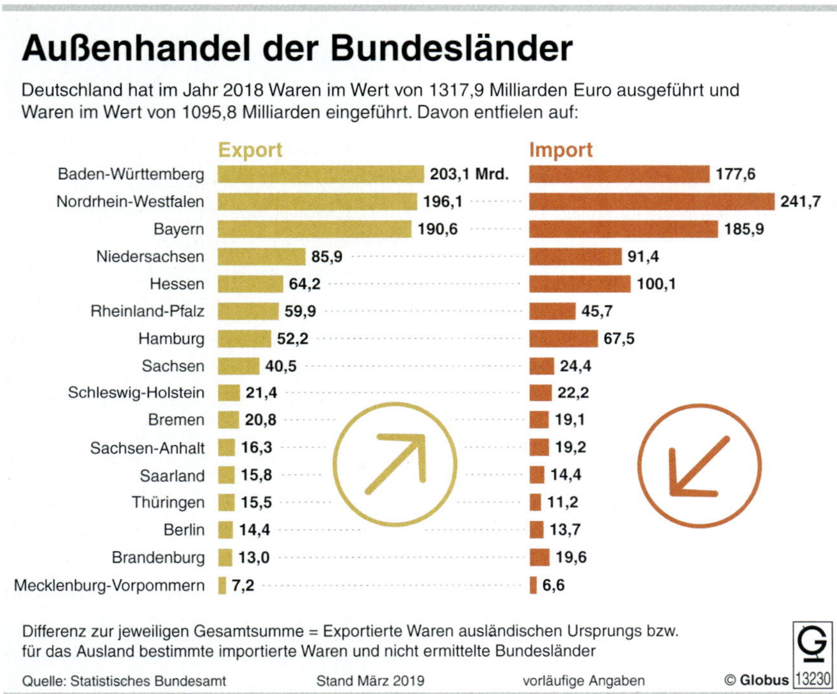

Abb. 73.1: Außenhandel der Bundesländer

Arbeitsaufträge

1. Überprüfen Sie die Sichtweise des niedersächsischen Wirtschaftsministeriums (M1, M2) im Vergleich zu der Darstellung in den übrigen Materialien!
2. Nehmen Sie auf Basis der statistischen Berichte des Landesamtes für Statistik (www.statistik.niedersachsen.de) Stellung zur niedersächsischen Wirtschaft! Nutzen Sie dazu Daten zur wirtschaftlichen Entwicklung (BIP-Niedersachsen, Arbeitslosenquote, Außenbeitrag etc.)!

Zusammenfassung

Deutschland behauptete 2018 seinen Platz als weltweit drittgrößter Warenexporteur (hinter China, USA) und -importeur (hinter USA, China). Der Anteil Deutschlands am Welthandel (Warenexporte und -importe in USD) sank gegenüber dem Vorjahr leicht auf 7,2% (2017: 7,3%). Mit einem Welthandelsanteil von 11,8% konnte China seinen Vorsprung auf Platz 1 gegenüber den USA (10,9%) weiter ausbauen. [...]
Durch die enge Einbindung in die Weltwirtschaft ist auch die Beschäftigung in Deutschland in hohem Maße auf offene Märkte und internationalen Handel angewiesen: Rund 28% der deutschen Arbeitsplätze hängen direkt oder indirekt vom Export ab, im Verarbeitenden Gewerbe sogar 56%.
Die wichtigste Handelsregion Deutschlands im Warenhandel blieb 2018 Europa, in das 68,5% der deutschen Exporte gingen und aus dem ebenfalls 68,5% der deutschen Einfuhren kamen. Der Anteil des Handels mit den EU-28-Staaten hat gegenüber 2017 leicht zugenommen: Er belief sich bei den Exporten auf 59,1% (2017: 58,6%) und bei den Importen auf 57,2% (2017: 57,1%). Mit der → **Eurozone** betrug der Anteil bei den Exporten 37,5% (2017: 37,0%) und bei den Importen 37,2% (2017: 36,9%).
Im Zeitverlauf haben die BRICS-Staaten als Handelspartner für Deutschland durch ihre zunehmende Integration in die Weltwirtschaft an Bedeutung gewonnen: Zwischen 2000 und 2018 hat sich der Anteil der deutschen Exporte in die BRICS-Staaten mehr als verdoppelt (2000: 4,5%; 2018: 11,4%). Auch die Importe aus den BRICS-Staaten haben sich im selben Zeitraum annähernd verdoppelt (2000: 8,0%; 2018: 15,3%).
Mit einem Anteil an den deutschen Exporten von 8,7% bleiben die USA 2018 der wichtigste Absatzmarkt Deutschlands außerhalb Europas, gefolgt von China mit 7,1%. Der Anteil der USA an den deutschen Exporten ist gegenüber dem Jahr 2000 (10,3%) rückläufig, während sich der Anteil Chinas zwischen 2000 (1,6%) und 2018 mehr als vervierfacht hat.
Der Anteil Chinas an den deutschen Importen ist im selben Zeitraum ebenfalls deutlich von 3,4% (2000) auf 9,8% (2018) gestiegen, während der Anteil der USA rückläufig ist (2000: 8,8%; 2018: 6,0%). China bleibt damit vor den USA das wichtigste Lieferland für die deutsche Wirtschaft außerhalb Europas. [...]
Der deutsche Handelsbilanzüberschuss bei Waren ist 2018 mit 228 Mrd. € erneut rückläufig. Davon machte der Überschuss gegenüber EU-28-Ländern 68,3% aus; mehr als ein Drittel (38,6%) entfiel auf die Eurozone. [...]
Die vier wichtigsten Warengruppen machten 2018 rund 50% der deutschen Ausfuhren aus: Kraftwagen/-teile (17,5%), Maschinen (14,8%), chemische Erzeugnisse (9,0%) und DV-Geräte/elektr. Erzeugnisse (8,8%). Hauptimportgüter waren Kraftwagen/-teile und DV-Geräte/elektr. Erzeugnisse (je 10,8%) sowie chemische Erzeugnisse (8,1%) und Maschinen (8,0%).
Wie in den Vorjahren stand dem deutschen Handelsbilanzüberschuss bei Waren 2018 laut Bundesbank ein Defizit bei den Dienstleistungen von 20,7 Mrd. € gegenüber. Weltbankdaten zufolge lag Deutschland im internationalen Dienstleistungshandel (Exporte plus Importe) erneut auf Rang 3 der Liste der führenden Nationen (708,5 Mrd. USD), die mit deutlichem Abstand nach wie vor von den USA angeführt wurde (1.387,6 Mrd. USD). Der Dienstleistungsanteil an der Wortschöpfung der deutschen Bruttoexporte lag 2016 laut OECD bei 49,4% (10,1 Prozentpunkte davon wurden aus dem Ausland beigesteuert).
Der deutsche Leistungsbilanzüberschuss ist 2018 erneut gesunken, auf 7,5% in Relation zum BIP (2017: 8,4%; 2016: 8,1%). Deutschland ist Teil der Europäischen Währungsunion. Im weltweiten Vergleich ist allein die Gesamtleistungsbilanz der Eurozone mit dem Rest der Welt entscheidend. Die Eurozone wies 2018 einen Leistungsbilanzüberschuss von 2,9% in Relation zum BIP auf (2017: 3,1%).

Bundesministerium für Wirtschaft und Energie (Hrsg.): Fakten zum deutschen Außenhandel 2019. In: https://www.bmwi.de/Redaktion/DE/Publikationen/Aussenwirtschaft/fakten-zum-deuschen-aussenhandel.pdf?__blob=publicationFile&v=34 (September 2019), S. 1 f., Zugriff am 10.09.2019

Die Zahlungsbilanz

In der Zahlungsbilanz werden alle wirtschaftlichen Transaktionen zwischen dem Inland und dem Ausland innerhalb einer Periode (in der Regel ein Jahr) erfasst. Sie gibt Auskunft über internationale Verflechtungen einer → **Volkswirtschaft** und liefert den Wirtschaftspolitikern nützliche Zahlenwerte. Die Zahlungsbilanz umfasst die folgenden Unterbilanzen:

1. Leistungsbilanz, die sich aus der Handels-, Dienstleistungs-, Erwerbs- und Vermögensbilanz und der Übertragungsbilanz ergibt
2. Vermögensübertragungsbilanz (einmalige Übertragungen)
3. Kapitalbilanz
4. Devisenbilanz

Stärken des Standorts Deutschlands	Schwächen des Standorts Deutschland
• politische Stabilität	• hohe Löhne und Lohnnebenkosten
• Rechtssicherheit	• kurze Arbeitszeiten, langer Urlaub
• leistungsfähige Infrastruktur	• unflexible Arbeitszeiten
• zentrale Lage in Europa	• teilweise hohe Steuern und Abgaben
• soziale Sicherheit	• teure Sozialstandards
• Streiks relativ selten	• strenge Umweltauflagen
• hohe Qualifikation der Mitarbeiter	• hoher bürokratischer Aufwand
• breites technisches Know-how	• geringe Rohstoffvorkommen
• viele Erfindungen	• hohe Energiekosten
• hohe Kaufkraft	
• hohe Produktivität	
• guter Ruf des „Made in Germany“	

Eine Zahlungsbilanz ist immer ausgeglichen. Wenn von einem Zahlungsbilanzdefizit bzw. -überschuss gesprochen wird, liegt eine passive oder aktive Handels-, Dienstleistungs- oder Übertragungsbilanz vor.
Die Differenz zwischen den Einnahmen und Ausgaben für Warengeschäfte, Dienstleistungen und den laufenden Erwerbs- und Vermögenseinkommen ergibt den **Außenbeitrag**. Dieser kann positiv, negativ oder gleich null sein.

Der Standort Deutschland

Deutschland gehört nach wie vor zu den attraktivsten Unternehmensstandorten der Welt. Dabei bleiben die gute Infrastruktur, die Qualität der Arbeitskräfte sowie die stabilen politischen, wirtschaftlichen und rechtsstaatlichen Verhältnisse herausragende und geschätzte Voraussetzungen für Investitionen in den Standort Deutschland. Allerdings darf Deutschland nicht den Zug der Digitalisierung verpassen, hier gilt es mehr zu investieren. Auch darf der Wirtschaftsstandort Deutschland seine Innovationsfähigkeit nicht weiter verringern, um den internationalen Anschluss nicht weiter zu verpassen.

Steckbrief Niedersachsen

- zweitgrößtes Bundesland Deutschlands, knapp 50.000 km² Fläche
- 8 Millionen Einwohner, Landeshauptstadt Hannover
- mehr als 1.400 km Autobahn, weit verzweigtes Bundesstraßennetz (über 4.700 km)
- Kreuzung der europäischen Nord-Süd-Verkehrsachse Skandinavien/Italien und Ost-West-Achse Amsterdam/Paris/London über Berlin und Warschau bis Moskau
- Hannover Airport: über 5 Mio. Passagiere zu 116 Zielen, deutschland-, europa- und weltweit
- 300 km Nordseeküste, 9 internationale Seehäfen, 17 Binnenhäfen und weitere kommunale Häfen
- ca. 1.100 km Wasserstraße
- mehr als 4.100 km Schienennetz
- 8 Bahnhöfe mit ICE-Halt
- 13 Universitäten und Hochschulen, 16 staatliche und staatlich anerkannte Fachhochschulen

Behördenportale:
https://www.statistik.niedersachsen.de/
https://www.mw.niedersachsen.de/

Musterklausur Kapitel 6 mit Lösung
5xs6tt

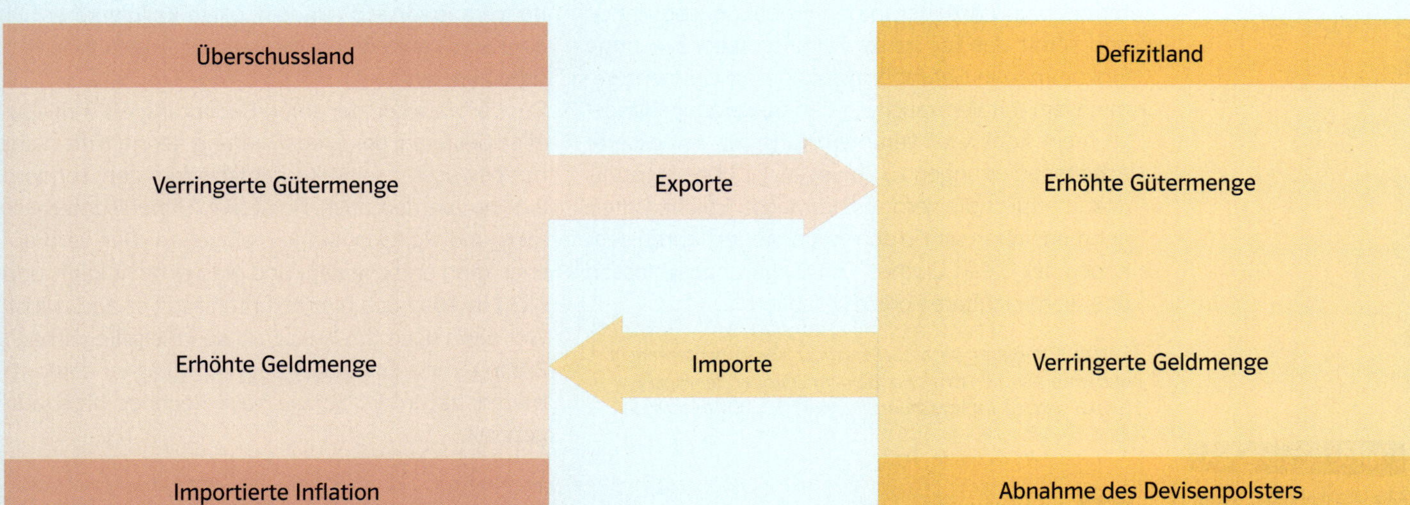

Abb. 75.1: Stärken und Schwächen des Standorts Deutschland

7. Chancen und Risiken der Globalisierung

7.1 … aus der Sicht der Verbraucher

M1 Verbraucherschutz & Konsumentenmacht

Die Geschichte des Verbraucherschutzes ist unmittelbar verknüpft mit der Geschichte der modernen Industriegesellschaft. Mit dem Beginn der Industrialisierung verschoben sich die ökonomischen Gewichte zwischen Anbieter- und Nachfrageseite: „So sah sich der einzelne Verbraucher nicht mehr kleinen, lokal operierenden Bauern, Handwerkern und Gewerbetreibenden gegenüber. Vielmehr hatten es die Konsumenten mit immer größeren Unternehmen und Handelsfirmen zu tun, die zunehmend über lokale, regionale und nationale Grenzen hinweg agierten." (www.vzbv.de) […]

Ganz offenbar basiert das Schutzbedürfnis vieler Verbraucher auf deren Erfahrung, dass sie gegenüber Produzenten von Gütern und Anbietern von Dienstleistungen infolge mangelnder Fachkenntnis oder persönlicher Erfahrung im Einzelfall unterlegen sind, partiell übervorteilt und über Fakten getäuscht werden. In konsequenter Erweiterung des Verbraucherschutzgedankens appellieren heute viele NGOs an die Verbraucher, ihre Macht auch besonders zum Schutz der Umwelt sowie derer einzusetzen, die die Konsumgüter unter vergleichsweise schwierigen Bedingungen herstellen […]

Ein erstes Beispiel liefert die Arbeit der internationalen Clean Clothes Campaign (CCC), die in Deutschland unter der Bezeichnung Kampagne für saubere Kleidung firmiert. Gezielt hat die CCC in der Vergangenheit multinationale Unternehmen aus der Sportartikelindustrie, aber auch Firmen wie Karstadt-Quelle oder C&A in den Mittelpunkt ihrer Kampagnen gerückt, in denen auf Verbesserungen der Arbeitsbedingungen bei Zulieferern in der Bekleidungsindustrie gedrängt wird. Bewusst verzichtet CCC darauf, zum Boykott von Marken aufzurufen, könnte dies doch die Arbeitsplätze der Arbeiterinnen und Arbeiter in den Produktionsbetrieben und somit das für ganze Familien lebenswichtige Einkommen in Gefahr bringen. Ziel ist vielmehr, gemeinsam mit Verbrauchern den Bekleidungshandel zu mehr konkreter Verantwortung für verbesserte Arbeitsbedingungen zu bewegen. […] Das Ergebnis dokumentiert die Verbrauchermacht: Etliche Unternehmen haben sich in den vergangenen Jahren dem Kodex der Clean Clothes Campaign angeschlossen oder vergleichbare Kodices etabliert […].

Patrick Kammerer: Verbraucherschutz, Konsumentenmacht und unternehmerisches Handeln im Zeitalter der (Anti-) Globalisierung. In: Forschungsjournal NSB, Jg. 18, Stuttgart 2005, S. 89 ff.

Info

Julia Klöckner (CDU) ist seit 2018 Bundesministerin für Ernährung und Landwirtschaft.

M2 Globalisierung – Der Verbraucher entscheidet

Globalisierung geschieht nicht einfach, aber sie ist da. Die Frage ist, wie wir mit dem Prozess der Internationalisierung umgehen. Globalisierung ist gestaltbar. Und der Verbraucher ist machtvoller, als er es selbst glaubt. Denn Globalisierung wird entscheidend von den Konsumenten vorangetrieben. Sie ist zu einem großen Teil das Resultat einer Abstimmung, die alle Bürger täglich an den Ladenkassen mit ihren Geldscheinen oder beim Einkauf über das Internet treffen.

Das Angebot an Waren in unseren Supermärkten ist mit dem schrittweisen Fall der Handelsgrenzen deutlich breiter und interessanter geworden, die Preise vieler Produkte und Dienstleistungen sind in diesem Wettbewerb gesunken, die Qualitäten oft gestiegen. Doch wo Licht ist, ist auch Schatten. Denn Produzent und Konsument sind oft Tausende von Kilometern voneinander entfernt. Die Informationen sind nicht selten unzutreffend oder undurchsichtig. Zwischen den Produkt- und Produktionsstandards einzelner Länder liegen im wahrsten Sinne des Wortes Welten. Die Produktionsbedingungen, unter denen die Güter für den globalen Markt hergestellt werden, sind oftmals prekär und entsprechen nicht unseren Anforderungen an Nachhaltigkeit, Umweltschutz und soziale Standards. Globalisierung ist auch eine Spielwiese für schwarze Schafe, Betrüger und Wirtschaftskriminelle. Das macht die Durchsetzung von Verbraucherrechten im internationalen Kontext zunehmend schwierig. Globale Verbraucherschutzstandards – das ist die große Herausforderung! […]

Schaffung fairer Wettbewerbsbedingungen, internationale Standardsetzung, grenzüberschreitende Rechtssicherheit und verbindliche Durchsetzung von Verbraucherrechten sind die Leitplanken auf der Globalisierungsautobahn. Der Verbraucher ist nicht Opfer und nur Beifahrer, sondern sitzt als Gestalter mit am Steuer. Seine Aufgabe: Er muss die Entscheidungsspielräume wahrnehmen und eigenverantwortlich handeln. Diese Rolle wird er nur dann aktiv annehmen, wenn er auf Augenhöhe entscheiden kann. […]

Der Verbraucher, der seine Bedeutung als individueller Gestalter der Globalisierung kennt, trifft nicht nur bewusster seine Kaufentscheidungen, sondern auf ihn werden auch Hersteller, Handelsunternehmen und Politiker stärker eingehen. Der Verbraucher kann entscheiden. Und was er nicht kauft und nicht in Anspruch nimmt, unterstützt er auch nicht. Wer dann noch für 29,90 Euro den Billigflieger nach Berlin nimmt, um gegen Lohndumping zu demonstrieren, hat in der Schule beim Rechnen nicht aufgepasst.

Julia Klöckner: Globalisierung – Der Verbraucher entscheidet. In: vpk – Verbraucherpolitische Korrespondenz (Januar/ Februar 2008, Nr. 13). In: https://www.vzbv.de/dokument/ globalisierung-der-verbraucher-entscheidet (15.02.2008), Zugriff am 17.03.2020

M3 Deglobalisiert euch!

Offene Grenzen und weltumspannende Mobilität [...] schienen der beinharte Megatrend des 20. Jahrhunderts, in den Rang einer göttlichen Fügung oder eines Naturgesetzes gehoben, gegen die nur ein paar Irregeleitete aufstanden. Das Coronavirus bestätigt den Glaubenssatz einer unaufhaltsamen globalen Vernetzung, da die Netze nun offensichtlich an vielen Stellen reißen und ebenjene Kettenreaktion stattfindet, die aus der allgemeinen Verbundenheit folgt. [...] Im Fernsehen trat kürzlich ein gutbezahlter IT-Arbeiter auf, der seine Schreib- und Programmierarbeiten gutgelaunt „von zu Hause" – aus dem berühmten Home-Office – ausführt, weil er nicht mehr die Wohnung verlassen darf. Das war vermutlich merkwürdig anzuschauen für alle, die weiterhin Dinge herstellen, Menschen versorgen, Alte und Kranke pflegen, Kunden bedienen, Züge bewegen und so weiter, also all jene Dinge bereitstellen, die vom anderen Megatrend Digitalisierung noch nicht ersetzt werden konnten. Im Quarantänefall kann man eine Zeit lang noch bei Amazon bestellen, aber es wird irgendwann weder hergestellt noch aus- und nachgeliefert werden. Auch mit schnellem Internet sitzt man auf gehamsterten Vorräten.

Zur Herkunft dieses Virus passt der angeblich aus China stammende Spruch: Jede Krise enthält auch eine Chance. Die Folgen, die vermutlich die Ärmsten am stärksten zu spüren bekommen werden, sollen damit nicht verharmlost werden. Nur kann ich mich des Gedankens nicht enthalten, dass ein schlichtes Zurück zum *business as usual* weder möglich noch wünschenswert wäre. Die Globalisierung ist eindeutig zu weit gedreht worden, ihre Schattenseiten sind viel zu offensichtlich. Diese schließen Sklaven- und Zwangsarbeit ein, haben ruinöse Folgen für die Umwelt und bringen eine skandalöse Entwertung menschlicher Arbeit und Fähigkeiten mit sich. [...]

Und natürlich sind unter ökologischen Gesichtspunkten die Dumpingpreise des internationalen Container- und Lkw-Transportwesens ein Skandal [...]. Was tun? Die Regionalisierung der Märkte wäre ein wichtiger Baustein zu einer rationalen und schrittweisen Deglobalisierung. Wer arbeits- und sozialpolitische, gesundheitliche und ökologische Kosten zusammenzählt oder in die Bilanz einrechnet, erkennt die immensen Kosten und Kollateralschäden einer aus dem Ruder gelaufenen Globalisierung. [...]

Deglobalisierung heißt nicht rückwärtsgewandt, sondern Verbesserung: das Versprechen der Einen Welt endlich einlösend. [...]

In einer Lage, in der die Globalisierung einem enormen Stresstest ausgesetzt ist, in dem selbst Giganten wie Amazon und Apple in die Knie gehen könnten, kann sich eine alternative Weltoffenheit herauskristallisieren, die internationale Vernetzung nicht als Fluch, sondern als Mittel erneuerter Mitmenschlichkeit ansieht. [...]

Claus Leggewie: Deglobalisiert euch! https://taz.de/Folgen-des-Coronavirus/!5666103/ (06.03. 2020), Zugriff am 17.03.2020

M4 Zur Globalisierung verdammt

Das Coronavirus verbreitet sich global – also liegt der Gedanke nahe, dass die Epidemie etwas mit der Globalisierung zu tun haben könnte. [...]

Zunächst fällt auf, dass sich das Virus meist nicht über Handelswege verbreitet, sondern fast immer von Touristen übertragen wird. Zur Krankheitsfalle werden Kreuzfahrtschiffe, aber auch Pilgerfahrten können gefährlich sein: Griechenland hat 73 Coronakranke – 47 haben sich auf einer Reise nach Jerusalem angesteckt.

[...] Schon in der Antike reisten Europäer nach Jerusalem; auch in Indien gab es vor zweitausend Jahren die ersten Pilger. Ähnliches gilt für Mekka, das bereits in vorislamischer Zeit ein Wallfahrtsort war. Es werden also uralte Rituale aufgegeben, wenn jetzt Bethlehem abgeriegelt wird oder die Hadsch nach Mekka ausfällt, um die Verbreitung des Coronavirus zu stoppen. [...]

Die Geschichte der Krankheiten dokumentiert ebenfalls, wie eng die Beziehungen waren. Im Jahr 1330 kam die Beulenpest in Zentralasien auf, und es dauerte weniger als zwei Jahrzehnte, bis sie ihren Seuchenzug durch Europa antrat und etwa ein Drittel der Bevölkerung auslöschte.

Seither gab es natürlich Veränderungen: Die Menge der Reisenden und die Geschwindigkeit des Transports hat sich vervielfacht. Das Coronavirus benötigte nicht mehr Jahre, um von China nach Europa vorzudringen, sondern war schon nach wenigen Wochen hierzulande eingetroffen.

Aber es ist bemerkenswert, dass sich die Methoden noch immer ähneln, wie einer Epidemie begegnet wird – nämlich durch Quarantäne. Das Wort stammt aus dem Italienischen und Französischen: Schon im 14. Jahrhundert glaubte man, dass man die Pest nur bekämpfen könne, indem man mögliche Kranke für vierzig (quaranta) Tage isolierte.

Aber eine Quarantäne – der Name sagt es schon – ist als vorübergehende Kontaktsperre gedacht. Die Rede von der „Deglobalisierung" hingegen legt nahe, dass die Beziehungen für immer gekappt werden sollen, die die Menschheit seit Jahrtausenden verbinden. Das wirkt weltfremd. Die Menschen werden auch in Zukunft reisen und ihre Keime verstreuen. [...]

Ulrike Herrmann: Zur Globalisierung verdammt (09.03.2020). https://taz.de/Coronavirus-und-Weltwirtschaft/!5667155/, Zugriff am 17.03.2020

Arbeitsaufträge

1. Beschreiben Sie die Geschichte des Verbraucherschutzes und nennen Sie Beispiele für Verbrauchermacht (M1, M2)!
2. Erläutern Sie die Rolle des Verbrauchers in der Globalisierung und stellen Sie Chancen und Risiken für ihn dar (M2 – M4)!
3. Nehmen Sie Stellung zur Aussage in M3, dass die Globalisierung zu weit gedreht sei!

7.2 … aus der Sicht der Arbeitnehmer I

M1 Arbeit transformieren

[…] Deutschland steht international für das Modell einer sozialen Marktwirtschaft, in der das Marktgeschehen nicht sich selbst überlassen bleibt, sondern auch im Sinne der gesellschaftlichen Wohlfahrt gestaltet wird. Hierzu zählen auch das Prinzip einer gerechten Verteilung des gemeinsam Erwirtschafteten und die wirtschaftliche und soziale Absicherung der einzelnen Arbeitenden. Instrumente hierfür sind ein ausgefeiltes Arbeitsrecht, eine Sozialpolitik, die das Leben von Einzelnen und Familien gegen die großen Lebensrisiken absichert, eine Gesellschaftspolitik, die den sozialen, kulturellen und politischen Anliegen der Menschen Gehör verschafft, und die Sozialpartnerschaft, die institutionalisierte Abstimmungsprozesse und Mitbestimmung gewährleisten soll. Deutschland ist in vielen Wirtschaftszweigen führend und wird als anpassungsfähige → **Volkswirtschaft** gesehen. Hintergrund dafür ist neben einer relativ niedrigen Arbeitslosenquote die gute Bewältigung der Wirtschafts- und Finanzkrise 2008/2009.
Das Erfolgsmodell hat jedoch Schattenseiten. Der Spagat zwischen wirtschaftlichem Wohlstand und sozialem Ausgleich scheint nicht zu gelingen. […]
Deutliche Risse im Bild von Deutschland als sozialer Marktwirtschaft sind spätestens seit den 80er-Jahren zu erkennen. Um auf die Krise am Arbeitsmarkt zu reagieren, wurde der Kündigungsschutz gelockert und geringfügige Beschäftigung befördert […]. Unternehmen sollten Arbeitskraft flexibler nutzen können; Absicherungen für Erwerbstätige wurden zurückgeschraubt. Mit den „Hartz"-Gesetzen wurden auch denen, die über Jahrzehnte hinweg in die sozialen Sicherungssysteme eingezahlt hatten, harte Einschnitte zugemutet.
Arbeitssuchende wurden Gegenstand einer „aktivierenden" Arbeitsmarktpolitik, mit der auch eine Beschäftigung unterhalb des Qualifikationsniveaus als zumutbar gilt.
Der Sozialstaat wurde als zu kostspielig und als Wettbewerbsnachteil interpretiert. Folge waren einschneidende Reformen; bisherige Standards wurden sukzessive abgesenkt […]. Das Aufbrauchen von Ersparnissen oder die Kündigung von Lebensversicherungen, die die Familie schützen sollten, wurde ebenso als zumutbar bewertet wie der Auszug aus der Wohnung und dem vertrauten Lebensumfeld. Auch Notlagen, in die Menschen unverschuldet gerieten, wurden nicht mehr durch den Staat aufgefangen (z. B. Berufsunfähigkeit). […]
Den Einschnitten im Sozialsystem steht inzwischen eine wirtschaftliche Erfolgsbilanz am Arbeitsmarkt gegenüber. Vor allem die Industrie gilt als Wachstumsmotor: Im Gegensatz zur ausgeprägten De-Industrialisierung in vielen anderen Ländern weist Deutschland einen stabilen industriellen Kern auf. Trotz des hohen und weiter steigenden Anteils an Dienstleistungsarbeit (70 Prozent) bleibt die Industrie in absoluten Zahlen stabil. Was noch vor zehn Jahren vielerorts als Auslaufmodell galt, wird inzwischen (international) wieder als Stärke betrachtet. Deutschland wird das Potenzial attestiert, einen eigenen, starken Wachstumspfad entwickeln zu können […].
Dennoch ist an die hohe Exportabhängigkeit des Erfolgs zu erinnern. Die Außenhandelsüberschüsse sind hoch; die Binnennachfrage ist vergleichsweise schwach, wenngleich Letztere in den vergangenen Jahren (auch infolge der Einführung des Mindestlohns und Lohnsteigerungen bei Tarifabschlüssen) etwas gestiegen ist. Der deutsche Leistungsbilanzüberschuss überschreitet schon seit Jahren den für die Feststellung eines makroökonomischen Ungleichgewichts nach EU-Regeln maßgeblichen Schwellenwert von sechs Prozent des Bruttoinlandsprodukts und lag im Jahr 2016 bei fast neun Prozent.
Gleichwohl trifft für Deutschland zu, was für die meisten hoch entwickelten Volkswirtschaften gilt: Das Wachstum ist niedrig. Auch die Bruttowertschöpfung je Erwerbstätigenstunde steigt sehr langsam. Während sie im Zeitraum von 1995 bis 2005 noch um durchschnittlich 1,9 Prozent jährlich zunahm, betrug der Anstieg für die Jahre 2005 bis 2014 nur noch 0,8 Prozent. Es gibt unterschiedliche Erklärungen für die niedrigen Wachstumszahlen, wie z. B. die Integration von mehr Beschäftigten in den Arbeitsmarkt, bereits vollzogene Outsourcing-Wellen, eine Verlangsamung der Innovationen im Bereich der Informations- und Kommunikationstechnologien (IKT) oder die Expansion des Dienstleistungssektors. […]

Kerstin Jürgens, Reiner Hoffmann, Christina Schildmann: Arbeit transformieren! Denkanstöße der Kommission „Arbeit der Zukunft" (2017). https://www.boeckler.de/pdf/p_forschung_hbs_189.pdf, S. 196–198, Zugriff am 17.03.2020

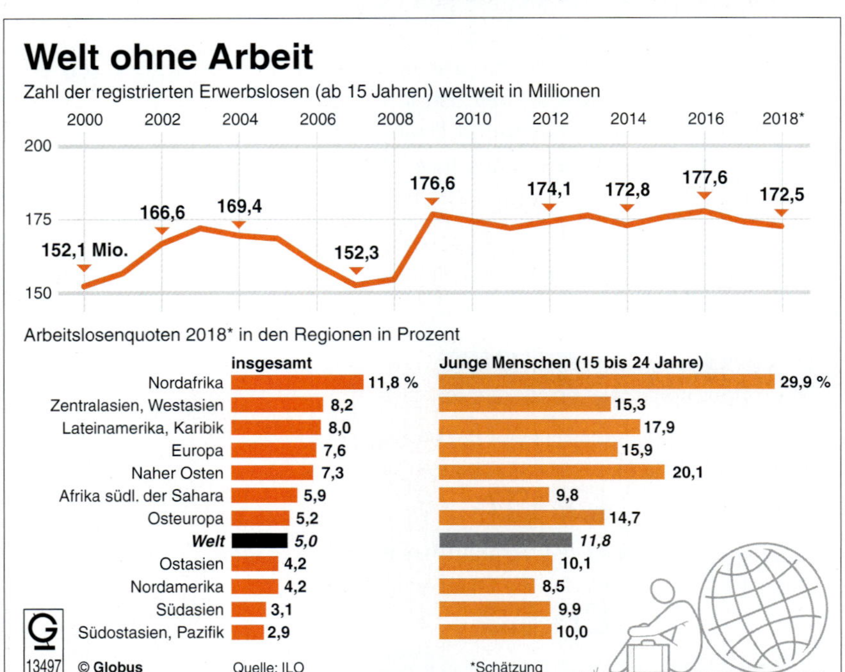

Abb. 78.1: Welt ohne Arbeit

M2 Bedrohung oder Chance?

Ängste wegen der Globalisierung bestehen auch in den fortgeschrittenen → **Volkswirtschaften**. Wie real ist die empfundene Gefahr, dass der Wettbewerb aus den „Niedrigeinkommensländern" Arbeitnehmer aus gut bezahlten Stellen verdrängt und die Nachfrage nach weniger ausgebildeten Arbeitnehmern verringert? Sind die Änderungen, die in diesen Volkswirtschaften und Gesellschaften stattfinden, das direkte Ergebnis der Globalisierung?

Die Volkswirtschaften entwickeln sich ständig weiter, und die Globalisierung ist ein anhaltender Trend unter mehreren anderen. Ein solcher Trend besteht darin, dass die Industrieländer das Reifestadium erreichen und dienstleistungsorientierter werden, um die sich ändernden Bedürfnisse ihrer Bevölkerung zu befriedigen. Ein weiterer Trend besteht in der Verlagerung zu mehr hoch qualifizierten Arbeitsplätzen. Alle Erkenntnisse weisen jedoch darauf hin, dass diese Änderungen auch ohne die Globalisierung stattfinden würden. [...] Die Globalisierung erleichtert und verbilligt diesen Prozess für die Volkswirtschaft als Ganzes, indem sie die Vorteile der Kapitalströme, technologischer Innovationen und niedrigerer Einfuhrpreise ermöglicht. [...]

Die Vorteile sind jedoch normalerweise innerhalb der Länder ungleich zwischen den Bevölkerungsgruppen verteilt, und es kann vorkommen, dass einige Gruppen benachteiligt werden. Es ist zum Beispiel möglich, dass Arbeitnehmer in alten, vom Niedergang betroffenen Industriezweigen den Übergang zu neuen Wirtschaftszweigen nur mit Schwierigkeiten bewältigen.

[...] Sollten die Regierungen versuchen, bestimmte Gruppen wie Arbeitnehmer mit niedrigem Lohn oder alte Industriezweige zu beschützen, indem sie den Handel oder die Kapitalströme beschränken? Ein solcher Ansatz kann einigen kurzfristig helfen, er geht letztendlich jedoch auf Kosten des Lebensstandards der Gesamtbevölkerung. Die Regierungen sollten vielmehr Politiken verfolgen, die die Integration in die Weltwirtschaft fördern und gleichzeitig Maßnahmen ergreifen, um denjenigen zu helfen, die durch den Wandel beeinträchtigt werden. Die Gesamtwirtschaft profitiert mehr von Politiken, die sich auf die Globalisierung stützen, indem sie eine offene Wirtschaft fördern und gleichzeitig entschlossen dafür Sorge tragen, dass alle an den Vorteilen teilhaben. [...]

Der IWF-Stab, Globalisierung: Bedrohung oder Chance? Kap. VII. Aus der Sicht der fortgeschrittenen Länder: Schadet die Globalisierung den Interessen der Arbeitnehmer?, v. 12.04.2000. https://www.imf.org/external/np/exr/ib/2000/deu/041200g.htm#VII (ohne Datum), Zugriff am 14.06.2020

M3 Der Druck ist gewaltig gewachsen

taz: Herr Siegrist, gibt es wirklich mehr Stress im Beruf?

Johannes Siegrist: Ja, in den letzten zehn bis fünfzehn Jahren haben sich in vielen Branchen die täglichen Anforderungen verschärft. Das zeigen Längsschnittstudien, unter anderem aus Schweden.

Woran liegt es?

Durch die Globalisierung ist der Konkurrenzdruck und damit auch der Druck auf Löhne und Gehälter gewachsen. Es wird in immer schnellerem Tempo rationalisiert und restrukturiert und in den Dienstleistungen gibt es höhere Anforderungen bei der Jagd nach Kunden. [...]

Wie genau hängen Arbeitsstress und psychische Erkrankungen zusammen?

Es gibt in der internationalen Forschung drei anerkannte Modelle, mit denen man in Studien, die über Jahre liefen, gemessen hat, dass sich bei bestimmten Arbeitsbedingungen das Depressionsrisiko in statistisch signifikanter Weise erhöht.

Wie funktionieren die Modelle?

Das Anforderungs-Kontroll-Modell zeigt, dass in Jobs, in denen extremer Zeitdruck besteht und Menschen nicht entscheiden können, wie die Arbeit abläuft, sich das Risiko für stressbedingte Erkrankungen wie Depressionen erhöht. Das zweite Modell beschreibt berufliche Gratifikationskrisen. Arbeit ist ein Prozess von Geben und Nehmen. Wenn ich mich aber extrem verausgabe und andererseits keine angemessene Gegenleistung erhalte, in Lohn, durch Aufstiegsmöglichkeiten oder Wertschätzung, dann führt auch das zu einem höheren Risiko für stressbedingte Erkrankungen.

Und das dritte Modell?

Untersucht die Organisationsungerechtigkeit, also Mobbing, ungerechte Behandlungen oder Verfahrensweisen im Betrieb, beispielsweise wenn jemand nur durch Beziehungen weiterkommt. Wenn man von einer dieser Formen des Arbeitsstresses betroffen ist, dann ist das relative Risiko, eine Depression zu erleiden, um 40 bis 140 Prozent erhöht.

Welche Berufsgruppen trifft es am häufigsten?

Man kann allgemein sagen: Je tiefer die Qualifikation, desto häufiger sind die Belastungen. Dazu kommen spezifische Belastungen einzelner Berufsgruppen, beispielsweise in Dienstleistungen mit Kundenkontakt.

Mitarbeiter in Callcentern sind also besonders gefährdet?

Ja, aber auch Menschen in Lehrberufen oder im Gesundheitsbereich. Eine repräsentative Studie bei chirurgisch tätigen Ärzten hat gezeigt, dass 25 Prozent der KrankenhausärztInnen ausgeprägte Gratifikationskrisen erfahren. [...]

Eva Völpel, Interview m. Johannes Siegrist: „Der Druck ist gewaltig gewachsen", taz v. 19.12.2012. https://taz.de/Soziologe-ueber-Stress-am-Arbeitsplatz/!5076954/, Zugriff am 17.03.2020

Arbeitsaufträge

1. Erläutern Sie die Vorzüge und Nachteile des Modells der Sozialen Marktwirtschaft (M1)!
2. Setzen Sie sich mit der Frage auseinander, ob Globalisierung den Arbeitnehmerinteressen schadet (M2, M3, Abb. 78.1)!

7.3 ... aus der Sicht der Arbeitnehmer II

M1 Die Angst bringt den Protektionismus nach Europa

Brexit und der Trump-Sieg haben die Kritik an der Globalisierung auf eine der vorderen politischen Tagesordnungsplätze geschoben. Dabei ist die Kritik an den globalen Wirtschaftsbeziehungen keineswegs neu, sondern von links schon seit Jahren zu hören. So kann der starke zivilgesellschaftliche Widerstand gegen TTIP und CETA als kritischer Beitrag zu Globalisierungstendenzen verstanden werden. In all diesen Protesten kommt jedoch eine fundamentale Unzufriedenheit mit dem Status quo zum Ausdruck. Gemeinsame Wurzel des Protestes ist der befürchtete oder tatsächliche Verlust an politischer Gestaltungsmacht gegenüber den Kräften der Globalisierung. Viele empfinden sich als Opfer der Globalisierung. [...]

Das rührt vor allem von Veränderungen auf dem Arbeitsmarkt. Dauerhafte Arbeitsverträge werden mit Verweis auf notwendige globale Flexibilität nur noch begrenzt vergeben. Löhne werden weniger durch → **Tarifverträge** festgelegt als durch individuelle oder Firmen-Vereinbarungen, was am Ende bedeutet, wirtschaftliche Risiken werden vermehrt auf Arbeitnehmer verlagert. Es werden zudem globale Wertschöpfungsketten aufgebaut, bei denen die Arbeitsverhältnisse einzelner Glieder jenseits des nationalen Horizonts jedem in den Industrieländern gepflegten Standard Hohn sprechen, ganz zu schweigen von international vereinbarten Kriterien der Internationalen Arbeitsorganisation (→ **ILO**). Zudem wird ein niedriger Standard im Ausland gerne als Druckmittel gegen Forderungen im Inland verwendet. Bei alldem wächst zudem die Verärgerung über den Zustand der öffentlichen Daseinsvorsorge, der nicht Schritt mit der übrigen wirtschaftlichen und technologischen Entwicklung halten kann, weil vermeintlich kein Geld hierfür vorhanden ist. [...]

Die Schaffung eines europäischen Binnenmarktes und einer europäischen Währung ohne hinreichende demokratische Steuerkompetenzen auf europäischer Ebene und nur mit nationaler statt europäischer Legitimation hat eine Schieflage geschaffen, die nunmehr zu kippen droht. Während sich die Wirtschaft aus europäischer Perspektive gestaltet, bleibt die Politik nationalen Diskursen verhaftet. Es bedarf einer umfassenden Demokratisierung mit einem europäischen Parlament, das über alle für ein Parlament üblichen Rechte verfügt. Nur dann werden sich Wirtschaft und Politik in Europa wieder auf Augenhöhe begegnen. Die Gestaltungsmacht kehrt zurück.

Die zweite grundlegende Veränderung ist der Abschied vom Ideal des barrierefreien Handels. Die erforderlichen Barrieren dienen dabei nicht dessen Einschränkung, sondern seiner Kanalisierung. Er muss nutzbar gemacht werden, um tatsächlich breite Schichten der Bevölkerung an den möglichen Wohlstandsgewinnen teilhaben zu lassen. Dann wird auch die Akzeptanz für den globalen Handel wieder zunehmen. Die liberale Demokratie ist in Gefahr, aber sie kann sich wehren, in dem sie die Verhältnisse ändert.

Gustav A. Horn: Die Angst bringt den Protektionismus nach Europa (12.12.2016). https://causa.tagesspiegel.de/politik/das-ende-der-globalisierung/die-angst-bringt-den-protektionismus-nach-europa.html, Zugriff am 11.07.2019

Abb. 80.1: Grenzverkehr

M2 Folgen der Globalisierung für den EU-Arbeitsmarkt

Die Globalisierung schafft neue Arbeitsplätze, kann jedoch auch zum Stellenabbau führen. Die → **Europäische Union** setzte sich daher das Ziel, die sich durch die Globalisierung ergebenden Möglichkeiten bestmöglich zu nutzen, und gleichzeitig ein soziales Europa zu schaffen, das Arbeitnehmer im Falle von Entlassungen dabei unterstützt, eine neue Arbeitsstelle zu finden.

Neue Jobchancen durch die Globalisierung

Die Zahl der Arbeitsplätze, die direkt oder indirekt von EU-Exporten in Länder außerhalb der Union abhängen, nimmt kontinuierlich zu. Im Jahr 2000 sicherten die Ausfuhren der EU 21,7 Millionen Jobs. 2017 waren es bereits 36 Millionen. Jede Milliarde Euro an EU-Exporten unterstützt durchschnittlich rund 13 000 Arbeitsplätze in der Union. [...]

In Deutschland beispielsweise hängen 6,8 Millionen Arbeitsplätze von Exporten in Nicht-EU-Länder ab. Dank des EU-Binnenmarkts haben weitere 1,1 Millionen Deutsche einen Arbeitsplatz, der durch Exporte anderer EU-Länder in Drittstaaten gesichert wird. Insgesamt sind 18 Prozent der Arbeitsplätze in Deutschland auf EU-Exporte angewiesen. [...]

Der Anteil hochqualifizierter Arbeitnehmer in exportbezogenen Jobs steigt. Arbeitsplätze, die mit Exporten in Verbindung stehen, werden zudem im Schnitt um 12 Prozent besser bezahlt als andere Jobs.

Negative Auswirkungen der Globalisierung auf die Beschäftigung

Die Globalisierung bringt mehr Wettbewerb mit sich, was wiederum zur Schließung von Unternehmen, Standortverlagerungen (Offshoring) und Arbeitsplatzverlusten führen kann.
Die am stärksten gefährdeten EU-Sektoren wie die Textil- und Bekleidungsbranche, die Schuh- und Lederwarenindustrie, die Metallerzeugung und -bearbeitung und die verarbeitende Industrie sind vorwiegend durch Arbeitsplätze mit niedrigeren Qualifikationsanforderungen gekennzeichnet.
Vor allem Produktionsbetriebe sind durch die Konkurrenz aus Niedriglohnländern dem Risiko des Offshoring (der Verlagerung der Produktion in andere Länder) ausgesetzt. [...]
Während die Gesamtergebnisse der → **Liberalisierung** des internationalen Handels positiv sind, sind einige Sektoren stark betroffen und die Dauer des Anpassungszeitraums, den die Arbeitnehmer für die Verlagerung in andere Sektoren benötigen, kann die anfänglichen Vorteile beeinträchtigen. [...]

Europäisches Parlament: Die Folgen der Globalisierung auf den EU-Arbeitsmarkt (20.08.2019). https://www.europarl.europa.eu/news/de/headlines/economy/20190712STO56968/die-folgen-der-globalisierung-auf-den-eu-arbeitsmarkt, Zugriff am 17.03.2020

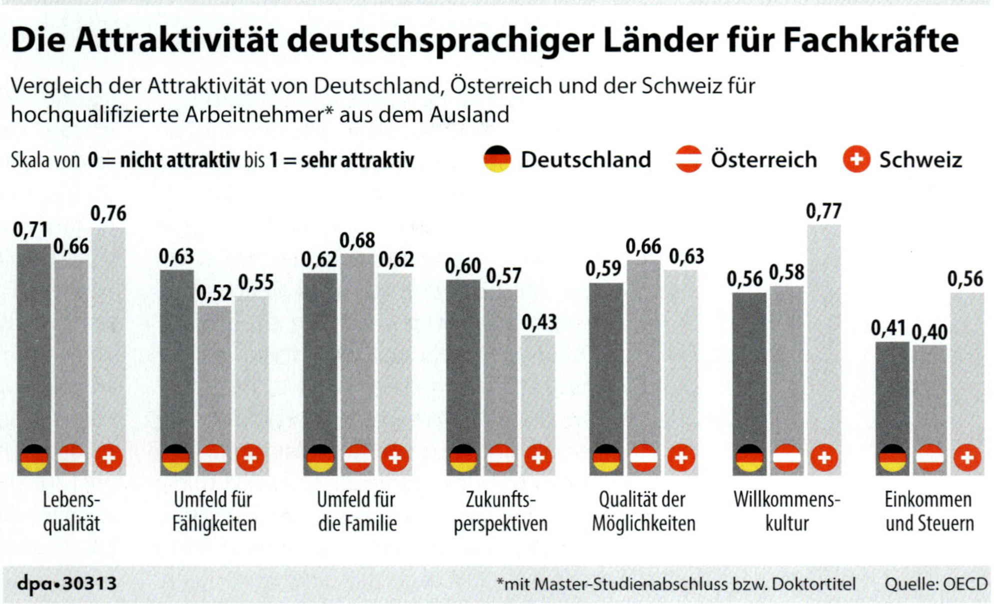

Abb. 81.1: Attraktivität deutschsprachiger Länder für Fachkräfte

M3 Kampf gegen den Fachkräftemangel

In Deutschland fehlen nicht nur Ärztinnen und Ingenieure, sondern auch etliche Fachkräfte, die eine Berufsausbildung gemacht haben. Bislang hatten es Pflegende oder Handwerker aus Nicht-EU-Staaten jedoch schwer, ohne Universitätsabschluss herzuziehen. Sie mussten einen Beruf haben, in denen es einen extremen Mangel an Mitarbeitern gibt – und es wurde erst geprüft, ob nicht doch ein Deutscher oder EU-Bürger den Job machen kann. Das soll sich ab dem 1. März [2020] ändern. Dann nämlich tritt das Fachkräfteeinwanderungsgesetz in Kraft. [...]

Wer am dringendsten gesucht wird

Die größten Engpässe bestehen laut der Bundesregierung bei Elektrotechnikern, Metallbauern, Mechatronikern, Köchen, Pflegenden, Informatikern und Softwareentwicklern. Für die Wirtschaft ist der Fachkräftemangel inzwischen ein enormes Risiko geworden. Wo die fehlenden Mitarbeiter herkommen sollen? Der Fokus liegt auf Asien und Südamerika. Es gibt Pilotprojekte mit Indien, Vietnam und Brasilien. Auch mit dem Handwerksverband in Bosnien-Herzegowina wurden erste Vereinbarungen getroffen. Gesundheitsminister Jens Spahn (CDU) warb im Kosovo und in Mexiko persönlich um Pflegekräfte. Die Regierung will darauf achten, nur in Ländern zu suchen, die nicht selbst unter Personalnot leiden.

Marie Rövekamp: Kampf gegen den Fachkräftemangel (29.02.2020). https://www.tagesspiegel.de/wirtschaft/kampf-gegen-den-fachkraeftemangel-wer-gesucht-wird-und-wer-kommen-darf/25575128.html, Zugriff am 17.03.2020

Arbeitsaufträge

1. Beschreiben Sie die Veränderungen auf dem Arbeitsmarkt und in der Wirtschaft durch die Globalisierung (M1)!
2. Arbeiten Sie die Folgen der Globalisierung für den EU-Arbeitsmarkt heraus (M2, Abb. 80.1)!
3. Entwickeln Sie Lösungsvorschläge, um den Fachkräftemangel in Deutschland zu reduzieren (M3, Abb. 81.1)!

7.4 ... aus der Sicht der Unternehmen I

M1 Der Mittelstand und die Globalisierung

99 Prozent aller Unternehmen in Deutschland gehören zum Mittelstand – das sind etwa 3,4 Millionen Betriebe. Im deutschen Mittelstand entstehen sieben von zehn Arbeitsplätzen. In acht von zehn Fällen findet hier die Ausbildung junger Menschen statt. Auf den Mittelstand entfallen in Deutschland 52 Prozent der Bruttowertschöpfung aller Unternehmen. Ob und wie sich der Mittelstand mit der Globalisierung auseinandersetzt und welche Konsequenzen die globalen Veränderungen für den Mittelstand haben, sind also zentrale Fragen für den Wirtschaftsstandort Deutschland. [...] Durch die weltweite Öffnung der Märkte kann sich der Mittelstand ganz neue Absatzmärkte erschließen. Gleichzeitig werden wir aber auch mit einer zunehmenden Konkurrenz von günstigeren, ausländischen Anbietern konfrontiert. [...] Für diese Unternehmen eröffnet die Globalisierung mit dem damit verbundenen Zugang zu neuen Märkten wirkliche Chancen. Denn die gesunkenen Transaktions- und Kommunikationskosten machen die Erschließung entfernter Märkte rentabel. Der technische Fortschritt führt zudem zu immer mehr weltweiter Arbeitsteilung. Damit wird die Wertschöpfungskette zunehmend in viele kleine Produktionsschritte aufgebrochen. Für mittelständische Unternehmen birgt das den großen Vorteil, dass sie sich auf ihre Kernkompetenzen spezialisieren und kostenintensive Arbeitsprozesse auslagern können.

Indem sich Regionen auf besondere Aufgaben spezialisieren und weil sie über geeignete Arbeitskräfte, Kostenvorteile oder Rohstoffe verfügen, ist die Arbeitsteilung heute also fast grenzenlos – und sie unterliegt einer starken Dynamik. Noch vor wenigen Jahren waren die Schwellenländer China und Indien hauptsächlich für ihre kostengünstigen Produktionsabläufe bekannt. Heute schon verfügen diese Länder zudem über enormes technisches Know-how. Wir müssen diese Dynamik immer im Blick haben, um flexibel auf veränderte Arbeitsangebote reagieren zu können. [...] Viele haben erkannt, dass die Globalisierungsrisiken nicht unlösbare Probleme, sondern vielmehr neue Herausforderungen darstellen, aus denen – bei richtiger Strategiewahl – große Chancen erwachsen können. [...] Es gibt viele Möglichkeiten, um erfolgreich auf die Globalisierung in der Wirtschaft reagieren zu können. Eine Option, sich dem wachsenden Kostendruck zu entziehen, ist, die eigene Herstellung von Vorprodukten in Deutschland aufzugeben. Dies muss gar nicht mit einem kapitalintensiven Erwerb von ausländischen Unternehmen oder Unternehmensanteilen verbunden sein. Einfache Verträge mit Zulieferunternehmen, also über den Import, reichen völlig aus. Gerade weil diese Option recht kostengünstig ist, machen bereits viele kleine und mittlere Unternehmen davon Gebrauch. [...] Andere Unternehmen nutzen die Öffnung der neuen Märkte aktiv und lagern ihre Produktion aus. Gerade die Öffnung der Märkte Mittel- und Osteuropas bedeutete einen regelrechten Strukturbruch für das Auslandsengagement des deutschen Mittelstands. Waren vormals die Transportwege in die Länder in Fernost viel zu lang und die Transportkosten zu hoch, so boten sich den deutschen Unternehmen plötzlich kostengünstige Produktionsstandorte direkt vor der eigenen Haustür. [...] Die Anforderungen, die heute an die Betriebe im weltweiten Wettbewerb gestellt werden, können immer seltener alleine bewältigt werden. Mehr Allianzen, Fusionen und gegenseitige Beteiligungen zeigen, dass die Betriebe heute flexibel reagieren und sich zunehmend auf den globalen Wettbewerb einrichten. Und auch wenn es im Einzelfall bei der konkreten Durchführung unangenehme Komplikationen geben mag, bleibt eines unzweifelhaft richtig: Mehr denn je entstehen durch Übernahmen und Kooperationen erfolgreiche Unternehmen, die in vielen Teilen der Welt präsent sind und dem Wettbewerbsdruck erfolgreich trotzen. [...]

Gerade in einer sich immer weiter globalisierenden Wirtschaftswelt muss der Mittelstand verstärkt in Innovationen investieren, um wettbewerbsfähig zu bleiben. Innovationen sind notwendige Bedingung, um gegen die Risiken der Globalisierung gewappnet zu sein, aber auch um mit ihr verbundene Chancen in Zukunft nutzen zu können. Nur ein innovatives Deutschland kann als Hochlohnland im weltweiten Wettbewerb konkurrenzfähig bleiben.

Dr. Dieter Hundt: Chancen und Risiken der Globalisierung für den Mittelstand, Rede anlässlich der Axia-Awards-Verleihung (04.02.2009). https://www.arbeitgeber.de/www/arbeitgeber.nsf/res/31C97F76349F486EC125758300383BAA/$file/RedeDH_040209.pdf, Zugriff am 19.03.2020

Abb. 82.1: Made in China

M2 Globalisierung und Menschenrechte

Wie nimmt man transnationale Konzerne in die Verantwortung, darauf zu achten, dass auch ihre Zulieferer die Menschenrechte einhalten? Darüber beraten VertreterInnen von rund 80 Staaten [...] im

Rahmen des UNO-Menschenrechtsrates […]. Ziel ist ein Abkommen, das für Multis rechtlich verbindliche Regeln und für Personen, die durch Firmen geschädigt werden, Klagemöglichkeiten schafft.

Die Arbeitsgruppe wurde 2014 vom Menschenrechtsrat eingesetzt – gegen die Stimmen fast aller Industriestaaten des Nordens. […] Erstmals liegt ein Dokument mit Eckpunkten für ein künftiges Abkommen vor. Vorgelegt hat es das Vorsitzland Ecuador im September.

Als Kernziele nennt Ecuador die Haftung von Konzernen für ihre komplette Zulieferkette, Rechtsschutz für Geschädigte auch in den Heimatländern der Unternehmen, den Vorrang der UN-Menschenrechtsverträge vor Handels- und Investitionsschutzabkommen sowie die Schaffung von Mechanismen zur Einhaltung des Abkommens.

Für ein verbindliches Abkommen wirbt die sogenannte Treaty Alliance, zu der sich weltweit rund 700 Nichtregierungsorganisationen und 1.000 Einzelpersonen zusammengeschlossen haben. In Deutschland gehören 15 Organisationen dazu, darunter ATTAC, Brot für die Welt, BUND, das Global Policy Forum und Misereor. Die Bundesregierung dagegen tut sich schwer. Seit 2014 hat sie zwar die anfängliche Ablehnung eines rechtsverbindlichen Abkommens aufgegeben. Doch aus dem Auswärtigen Amt hieß es […], Deutschland werde an dieser […] Beratungsrunde nicht teilnehmen, obwohl es derzeit Mitglied im UNO-Menschenrechtsrat ist. Begründung: Der Vorschlag Ecuadors sei zu spät eingetroffen, man habe sich noch keine Meinung bilden können. […]

Deutsche und EU-Diplomaten kritisierten zum Auftakt, der Vorschlag Ecuadors beziehe sich nur auf transnationale Konzerne, nicht aber auf rein national tätige Unternehmen. Im Text findet sich für diese Lesart allerdings kein Beleg. Und sie ist auch nicht von Belang. Besteht doch die zu schließende Rechtslücke eben bei den grenzüberschreitenden Firmen. Bislang werden diese für Menschenrechtsverletzungen oder Umweltzerstörung zumeist weder in dem Land von der Justiz verfolgt, wo diese Verstöße stattfinden, noch an ihrem Stammsitz. Für Verstöße national tätiger Unternehmen dagegen ist die jeweilige nationale Justiz zuständig.

Andreas Zumach: Vielleicht beim dritten Anlauf (23.10.2017). https://taz.de/Globalisierung-und-Menschenrechte/!5454603/, Zugriff am 19.03.2020

Arbeitsaufträge

1. Fassen Sie Hundts Aussagen zum Mittelstand in der Globalisierung zusammen (**M1**)!
2. Analysieren Sie die Aussage der Karikatur zu Menschenrechten in China (Abb. 82.1)!
3. Beurteilen Sie die Arbeit des UN-Menschenrechtsrates anhand der Kriterien Effizienz und Legitimität! Berücksichtigen Sie auch die wirtschaftlichen Interessen der Staaten/Regionen (**M2**, Abb. 83.1)!

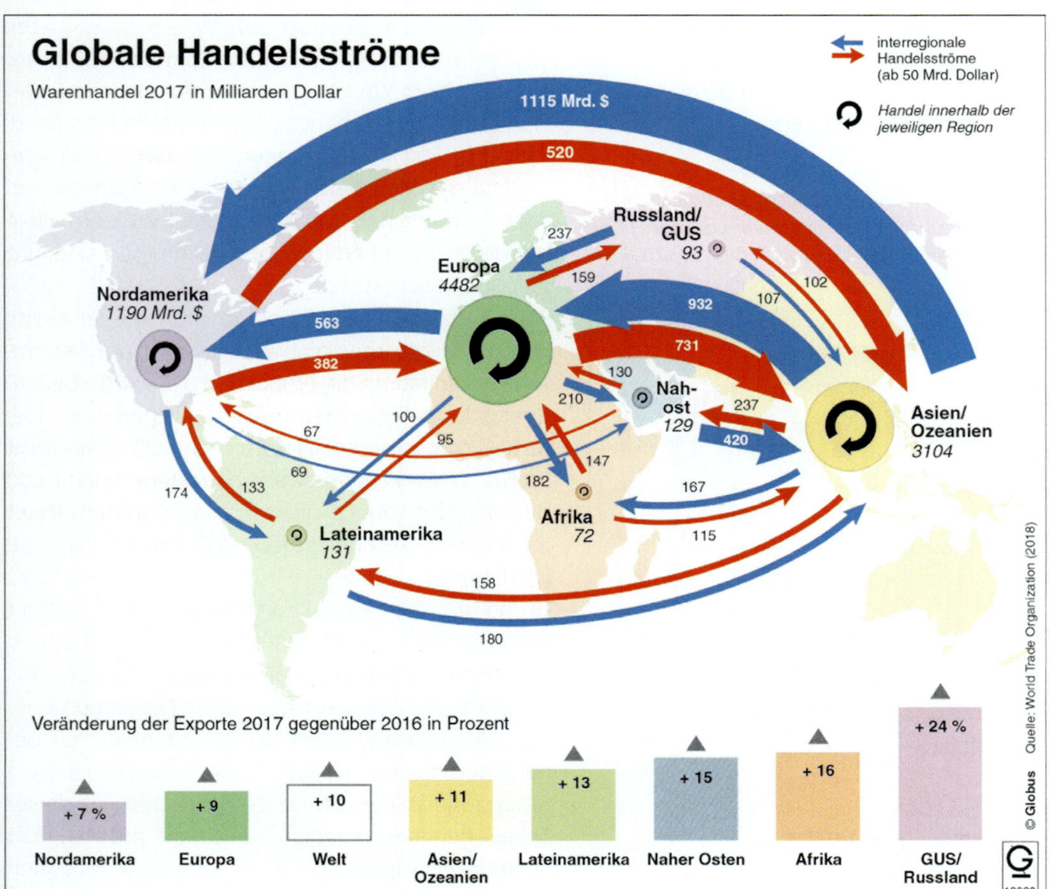

Abb. 83.1: Globale Handelsströme 2017

7.5 … aus der Sicht der Unternehmen II

M1 Internationales Wettbewerbsrecht

Aufgabe des Wettbewerbsrechts (Kartellrecht) ist der Schutz des Wettbewerbs vor Beschränkungen durch Unternehmen. Ging die Wirtschaftstheorie des klassischen Liberalismus – in dem berühmten Bild *Adam Smiths* von der „invisible hand" – noch davon aus, dass Märkte sich allein erhalten können, weiß man inzwischen, dass ein vollständig sich selbst überlassener Wettbewerb ständig der Gefahr unterliegt, sich selbst aufzuheben. Der Wettbewerb bedarf deshalb staatlichen Schutzes. Das Wettbewerbsrecht erfüllt mithin eine wichtige Funktion innerhalb der marktwirtschaftlichen Ordnung. Herkömmlicherweise sorgen sich die staatlichen Wettbewerbsgesetze um die Bewahrung des Wettbewerbs innerhalb der Grenzen des jeweiligen Territoriums. Für Aktivitäten jenseits der Staatsgrenze interessieren sie sich dagegen nur, wenn diese sich in nennenswertem Umfang im Inland auswirken. In einer zunehmend globalisierten Welt, in der Transaktionen eine Vielzahl von territorialen Räumen umspannen, muss die nationale Ausrichtung der Kartellgesetze zu Problemen führen, die sich in einer möglichen Über- wie Unterregulierung äußern. […] So sind größere grenzüberschreitende Unternehmensfusionen nicht selten bei Dutzenden von staatlichen Kartellbehörden anzumelden, die den Zusammenschluss auf Grundlage ihrer jeweils eigenen Wettbewerbsgesetze überprüfen. Zugleich besteht das Problem der Unterregulierung, weil das unkoordinierte Nebeneinander nationaler Wettbewerbsgesetzgebung die privaten Akteure dazu ermutigen kann, Unterschiede im Schutzniveau gezielt für ihre Zwecke auszunutzen.

Dietmar Baetge: Wettbewerbsrecht, internationales. In: Jürgen Basedow (Hrsg.): Handwörterbuch des Europäischen Privatrechts, 2009. http://hwb-eup2009.mpipriv.de/index.php/Wettbewerbsrecht,_internationales, Zugriff am 19.03.2020

Abb. 84.1: Alle Räder stehen still, wenn der Zulieferer es will.

M2 Die Macht der Global Player

Durch ihre Bedeutung für Investitionen und Beschäftigung ergibt sich parallel zu ihrer ökonomischen damit die politische Macht der Global Player. So verfügen sie über globale Strategien und zahlreiche Wettbewerbsvorteile, die es ihnen ermöglichen, die Welt als einen Markt zu bearbeiten […]. Durch ihre vergleichsweise hohe Mobilität können sie die unterschiedlichen → **Arbeitskosten-**, Investitions-, Steuer- und sonstige Bedingungen (z.B. → **Subventions**angebote) in den unterschiedlichen Ländern zu ihren Gunsten ausnutzen und beispielsweise Arbeitsplätze dorthin verlagern, wo die Kosten am niedrigsten sind. Aufgrund der durch liberale Investitionspolitiken vermehrten Möglichkeiten, Nationalstaaten und damit auch Standorte gegeneinander auszuspielen, sowie der Trennung von Investitionsort, Produktionsort, Steuerort und Wohnort […] wirken die Konzerne als mächtige Agenten der Globalisierung […]. Zugleich sind sie von niemandem dazu ermächtigt worden, sodass sich der Handlungsspielraum dieser Organisationen auch nicht durch die herkömmlichen nationalstaatlichen Machtmittel kontrollieren oder beschränken lässt.

Mirka C. Wilderer: Transnationale Unternehmen zwischen heterogenen Umwelten und interner Flexibilisierung. Zur Rolle polykontextueller Netzwerke in der Siemens AG, Frankfurt am Main 2010, S. 49

M3 Ohnmacht der Global Player? – Zulieferer-Boykott bei VW

Es könnte der Start in eine ganz normale Arbeitswoche sein: Vom Wolfsburger Hauptbahnhof strömen Hunderte Pendler, manche gar aus Berlin kommend, Richtung Tor 17 des riesigen Volkswagenfabrikgeländes; die Mitarbeiterparkplätze sind an diesem spätsommerlichen Montagmorgen, an dem viele mit dem Fahrrad oder Moped gekommen sind, gut gefüllt; die Schlote rauchen.

Aber in dieser Woche ist bei VW mal wieder nichts normal. Mindestens eine Woche steht am Stammwerk in Wolfsburg die Produktion des VW Golf, wichtigstes Modell der Stammmarke, wegen eines Lieferboykotts zweier Zulieferfirmen still. Insgesamt sechs VW-Werke sind davon betroffen; rund 30.000 Beschäftigte können nicht ihrer gewohnten Arbeit nachgehen, Tausende stecken bereits in Kurzarbeit. […]

Grund für den Produktionsstopp ist ein Konflikt zwischen dem mächtigen Weltkonzern und seinen sächsischen Zulieferfirmen ES Guss und Car Trim, die beide zur Prevent-Unternehmensgruppe gehören. Die Firmen weigern sich trotz eindeutiger Gerichtsbeschlüsse, Getriebeteile beziehungsweise Sitzbezüge an den VW-Konzern zu liefern, da dieser Schadenersatzzahlungen bei einem gestrichenen Auftrag verweigere. Es soll um mehr als 50 Millionen Euro gehen. Für die Firmen ist die Schuld aufseiten des VW-Konzerns. […]

Mindestens einer, der Montagvormittag zum VW-Werksgelände strebt, hat großes Verständnis für die Lieferanten. „Ich bin selber Zulieferer. Ich finde gut, dass sich mal einer wehrt", sagt er. Volkswagen habe doch die Verträge gekündigt ohne Rücksicht auf Verluste. „Die da", sagt er, auf das Hauptgebäude des Weltkonzerns zeigend, „die denken doch, sie sind der Käs', nur weil sie stinken".

Richard Rother: David gegen Goliath (23.08.2016). https://taz.de/Zulieferer-Boykott-bei-VW/!5326606/, Zugriff am 21.03.2020

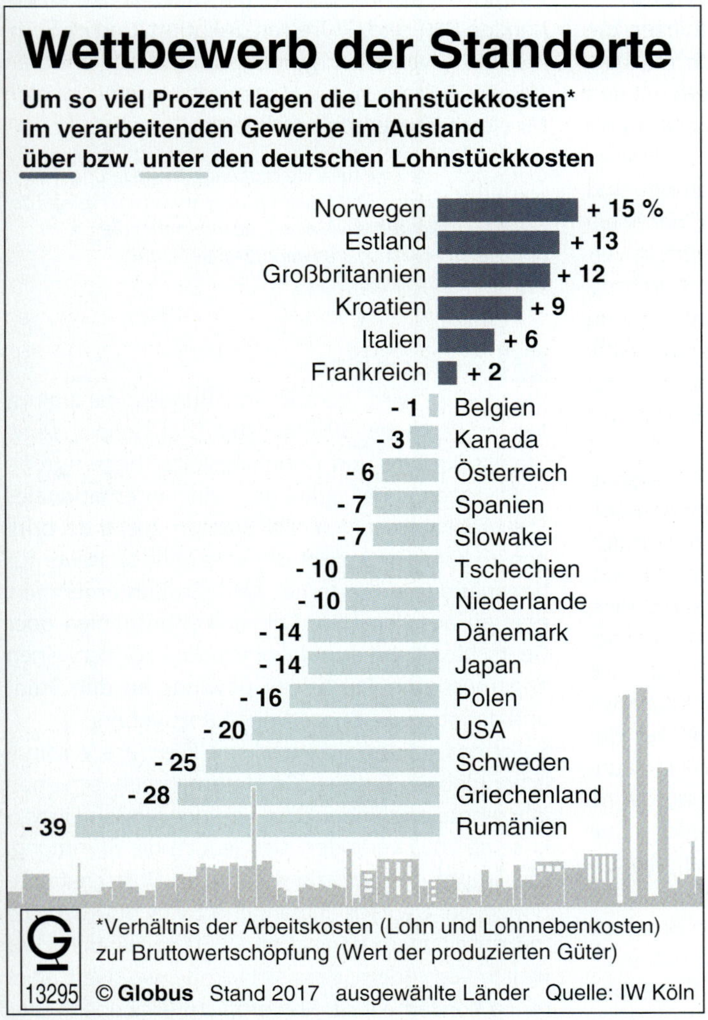

Abb. 85.1: Wettbewerb der Standorte

M4 Infizierte Weltwirtschaft

Das über Menschen transportierte Coronavirus hat längst die Weltwirtschaft infiziert. In China kam es zuerst in den Zentren der Produktion der Industrie, aber auch bei der Herstellung von Medikamenten für die Welt, zum massiven Produktionsstillstand. Wichtige Lieferketten in den eng getakteten internationalen Arbeitsteilungen sind unterbrochen. Insoweit sich der Erreger in anderen Ländern ausbreitet, folgen dort Produktionsunterbrechungen sowie Einbrüche bei den Gewinnen und Arbeitseinkommen. Je länger sich diese Infektion weltweit ausbreitet und kein Mittel dagegen gefunden wird, ist eine globale Wirtschaftskrise unvermeidbar. Vergleichbar der Finanzmarktkrise ab 2008 wird heute der ökonomische Rückgang durch Ängste und sich verstärkende Panik beschleunigt.

Fluch der Globalisierung?

Die neue virale Geißel widerlegt schlagartig die Ideologie von der nur wohlstandstiftenden Globalisierung. Vor allem Lohnkostenvorteile waren es, die zu kurzsichtigen Produktionsverlagerungen nicht nur in die neuen Zentren Chinas führten. Sie erzeugen hohe Krisenkosten durch unterbrochene Lieferketten. Globalisierung entpuppt sich plötzlich als Abhängigkeit und dann auch noch von Produktionsstandorten in nur wenigen Orten der Welt. Für die Corona-Pandemie besonders bitter, die Medizin, die jetzt dringend gebraucht und nur noch in wenigen Ländern wie China produziert wird, ist nicht lieferbar. Diese jüngsten Erfahrungen zwingen zur Diskussion über die extrem anfällige internationale Arbeitsteilung oftmals nur noch mit wenigen lokalen Produktionsstandorten.

Ob das Fieber der globalisierten Weltwirtschaft in eine tiefe Krise mündet, ist nur noch ein wenig unsicher. In jedem Fall ist eine global abgestimmte, ideologiefreie Politik dagegen gefordert. Denn auch das wird mit der Corona-Plage sichtbar: Gegenüber der rasanten Globalisierung bei der Übertragung des Krankheitserregers und der folgenden ökonomischen Krise der weltweiten Lieferketten fehlt es an einer globalisierten, international verbindlichen Politik. […]

Rudolf Hickel: Infizierte Weltwirtschaft – Kampf gegen die Corona-Wirtschaftskrise (03.03.2020). https://www.alternative-wirtschaftspolitik.de/de/article/10656332.infizierte-weltwirtschaft-kampf-gegen-die-corona-wirtschaftskrise.html, Zugriff am 21.03.2020

Arbeitsaufträge

1. Beschreiben Sie die Aufgaben des (internationalen) Wettbewerbsrechts (M1)!
2. Erläutern Sie den Status der Global Player zwischen Macht und Ohnmacht (M2, M3, Abb. 84.1, Abb. 85.1)!
3. Erörtern Sie die Aussage, die „neue virale Geißel widerleg[e] schlagartig die Ideologie von der nur wohlstandstiftenden Globalisierung" (M4)!

7.6 ... aus der Sicht des Staates I

M1 Wie eine faire internationale Besteuerung funktionieren kann

Die Globalisierung der Wirtschaft hat wachsenden Wohlstand in vielen Teilen der Welt ermöglicht, das wissen viele Bürgerinnen und Bürger. Die fragwürdige Steuermoral gar nicht weniger global agierender Konzerne ärgert sie aber auch. Zu Recht.

Wer florierende Geschäfte in der internationalen Wirtschaft macht, hat auch die Pflicht, sich an der Finanzierung unserer Gemeinwesen zu beteiligen, die diese Geschäfte überhaupt erst möglich machen. Und er muss sich einem fairen Wettbewerb mit den Unternehmen stellen, die ehrlich ihre Steuern entrichten.

Steuervermeidung und Gewinnverlagerung sind internationale Probleme. Deshalb sind nationale Alleingänge nicht der beste Weg. Mehr Erfolg versprechen internationale Antworten. Die Durchsetzung einer fairen internationalen Steuerordnung ist eine der zentralen Aufgaben der Finanzpolitik unserer Zeit. Es geht um den Nachweis, dass die demokratische Politik nicht kapituliert, auch nicht vor gewieften Konzernen. [...]

Viele große Digitalkonzerne sind dafür bekannt, dass sie technologisch innovativ sind; etwas weniger bekannt ist, wie innovativ sie auch hinsichtlich der Steuervermeidung sind. Und nicht nur sie allein, viele international aktive Konzerne betrifft dies, egal ob digital oder nicht. Deutschland muss dabei klug agieren, damit wir eine Antwort finden, die unserer Industrie und unserem Land nicht schadet. Denn eine grundsätzliche Neuverteilung der Besteuerungsrechte weg von der Produktion hin zum Ort des Konsums, wie mancherorts diskutiert wird, würde Deutschland als Exportland schaden. Eine solche Neuverteilung führte zu drastischen Mindereinnahmen im Milliardenbereich. [...]

Mit meinem französischen Amtskollegen Bruno Le Maire habe ich die Initiative für eine internationale Mindestbesteuerung ergriffen. Die Idee ist simpel: Die Staaten einigen sich auf einen weltweiten Mindestbesteuerungssatz. Der Steuerwettbewerb wird damit nicht abgeschafft. Länder würden das Recht erhalten, diesen Steuersatz zu unterbieten, um attraktiv zu sein für Konzerne. Andere Staaten erhielten aber im Gegenzug das Recht, Gewinne, die in ihren Ländern erwirtschaftet werden, mit der Differenz zu besteuern.

Ein Beispiel: Der Konzern K hat seinen Hauptsitz in der Karibik und versteuert dort seinen Gewinn. Der Steuersatz liegt um sechs Prozentpunkte unter dem vereinbarten weltweiten Mindeststeuersatz. Ein Tochterunternehmen von K sitzt in Erlangen. Die Gewinne, die bei der Tochter anfallen und eigentlich nur dem niedrigen Steuersatz unterliegen, der im Karibik-Staat gilt, kann der deutsche Fiskus mit den fehlenden sechs Prozentpunkten besteuern. Damit würden wir sicherstellen, dass auch internationale Konzerne ihren Anteil an der Finanzierung unseres Gemeinwesens leisten.

Eine Utopie? Nein, die internationalen Verhandlungen über diese globale Mindestbesteuerung laufen bereits auf Hochtouren. Deutschland hat den Vorsitz in der entsprechenden Arbeitsgruppe der Organisation für Wirtschaftliche Zusammenarbeit und Entwicklung (OECD) übernommen und findet dort sehr viel Unterstützung. Das Thema wird bei den anstehenden G20- und G7-Treffen diskutiert. Und im Sommer 2020 wollen wir gemeinsam mit den anderen 128 OECD-Staaten das System der internationalen Mindestbesteuerung beschließen.

Olaf Scholz: Wie eine faire internationale Besteuerung funktionieren kann (21.05.2019). https://www.tagesspiegel.de/politik/grosskonzerne-wie-eine-faire-internationale-besteuerung-funktionieren-kann/24365974.html, Zugriff am 26.03.2020

Info

Olaf Scholz (SPD) ist seit 2018 Bundesminister für Finanzen und Vizekanzler.

M2 Zur Kasse bitte

Weltpolitik wird gerade im Bundesfinanzministerium gemacht. SPD-Minister Olaf Scholz, seine Staatssekretäre und Abteilungsleiter hegen große Hoffnungen. Sie glauben, ein internationales Steuerabkommen mit 129 Staaten zustande bringen zu können. Es geht um eine Mindeststeuer für transnationale Konzerne. Kein Großunternehmen, egal ob aus den USA, China, Großbritannien oder Deutschland, soll sich davor drücken können, einen angemessenen Teil seines Gewinns an den Staat und damit an die Bürger*innen abzugeben.

Sollte das gelingen, wäre es eine Premiere. Verbindliche globale Regeln für Unternehmen schienen jahrzehntelang undenkbar. Seit der großen Finanzkrise ab 2009 verändert sich jedoch die Stimmung. Die Gruppe der zwanzig wichtigsten Wirtschaftsnationen, der Deutschland angehört, macht Druck. Die Industrieländerorganisation OECD verhandelt. „Wir wollen verhindern, dass sich große, weltweit agierende Konzerne ihrer Steuerpflicht entziehen", sagt Scholz.

Fachleute der OECD haben ausgerechnet, um welche Beträge es geht. Sie kamen auf gut 200 Milliarden Euro pro Jahr, die Konzerne den Staatskassen vorenthalten, indem sie ihre Gewinne klein rechnen, verstecken oder dort horten, wo die Steuern sehr niedrig sind. Dutzende Milliarden fehlen deshalb auch hierzulande, um Schulen zu bauen, Lehrer*innen zu bezahlen und die öffentliche Infrastruktur in Ordnung zu halten.

Selbst harte Kritiker der herrschenden Finanzpolitik meinen jetzt: Da geht was. „Es ist ein großer Durchbruch, dass die internationalen Steuerregeln nun offen diskutiert werden", sagt Alex Cobham vom Netzwerk für Steuergerechtigkeit. Klingt gut. Und ist doch seltsam. Denn Scholz' Vorhaben hat einen doppelten Boden. Um das internationale Abkommen zu erreichen, verzichtet er auf die neue Umsatzsteuer für Digitalkonzerne wie Amazon, Apple, Facebook oder Google in Europa. Die will die EU-Kommission einführen. Auch Frankreich und Österreich plädieren dafür. Doch der deutsche Finanzminister hat sich quergestellt. Nun lautet die Frage: Ist das eine schlaue Strategie – internationale Mindeststeuer statt europäischer Google-Steuer? Warum macht Scholz das?

Lisa Paus, die finanzpolitische Sprecherin der Grünen im Bundestag, ist argwöhnisch: „Eine internationale Mindestbesteuerung ist nur ein Puzzleteil für ein faires Steuersystem im digitalen Zeitalter. Ziel muss es sein, dass Konzerne wie Amazon genauso ihren fairen Beitrag leisten wie der Buchladen an der Ecke."

Eines der größten Steuerprobleme ist heute dies: Gerade die Digitalkonzerne zahlen kaum Abgaben auf ihre horrenden Gewinne. Nach Angaben der EU-Kommission entrichten sie durchschnittlich 9,5 Prozent Unternehmenssteuern, während konventionelle Firmen in Europa 23,2 Prozent an die Allgemeinheit abtreten. Wenn Facebook, Google & Co. überhaupt Steuern zahlen, tun sie das im Wesentlichen zu Hause, in den USA.

Deswegen hat die EU-Kommission vor einem Jahr vorgeschlagen, eine zusätzliche Abgabe unter anderem auf Umsätze durch Internetwerbung zu erheben, die für Europa geschaltet wird. Die Logik dahinter: Google beispielsweise soll seine Gewinne und Umsätze nicht nur am Sitz des Unternehmens und am Ort seiner digitalen Produktion versteuern, sondern auch dort, wo die Einnahmen erwirtschaftet werden, also im jeweiligen Markt. Die EU-Kommission fordert eine gewisse geografische Verlagerung der Besteuerung und beansprucht damit einen zusätzlichen Teil der Google-Gewinne für Europa.

Finanzminister Scholz lehnt diesen Plan der Abgabenverschiebung vom Sitz- zum Marktland jedoch ab. Er und seine Fachleute fürchten, dass sich das Vorhaben zum Bumerang für die stark exportorientierte deutsche Wirtschaft entwickeln könnte. Denn bei vielen großen deutschen Unternehmen ist es ähnlich wie bei Google und Facebook. Die Autokonzerne Daimler und BMW oder Chemiefirmen Bayer und BASF verkaufen rund um die Welt, versteuern ihre Einnahmen aber zum guten Teil am Konzernsitz in Deutschland.

Kämen China oder die USA nun auf die Idee, daran ebenfalls stärker partizipieren zu wollen, könnten den bundesdeutschen Finanzämtern Milliarden Euro verloren gehen. Und gerade angesichts des aktuellen Handelsstreits zwischen den USA und Europa findet das Bundesfinanzministerium die Ansage einer neuen Digitalsteuer für US-Konzerne gefährlich. Die Rache könnte auf dem Fuße folgen. […]

Hannes Koch: Zur Kasse bitte (20.04.2020). https://taz.de/!5586992/, Zugriff am 26.03.2020

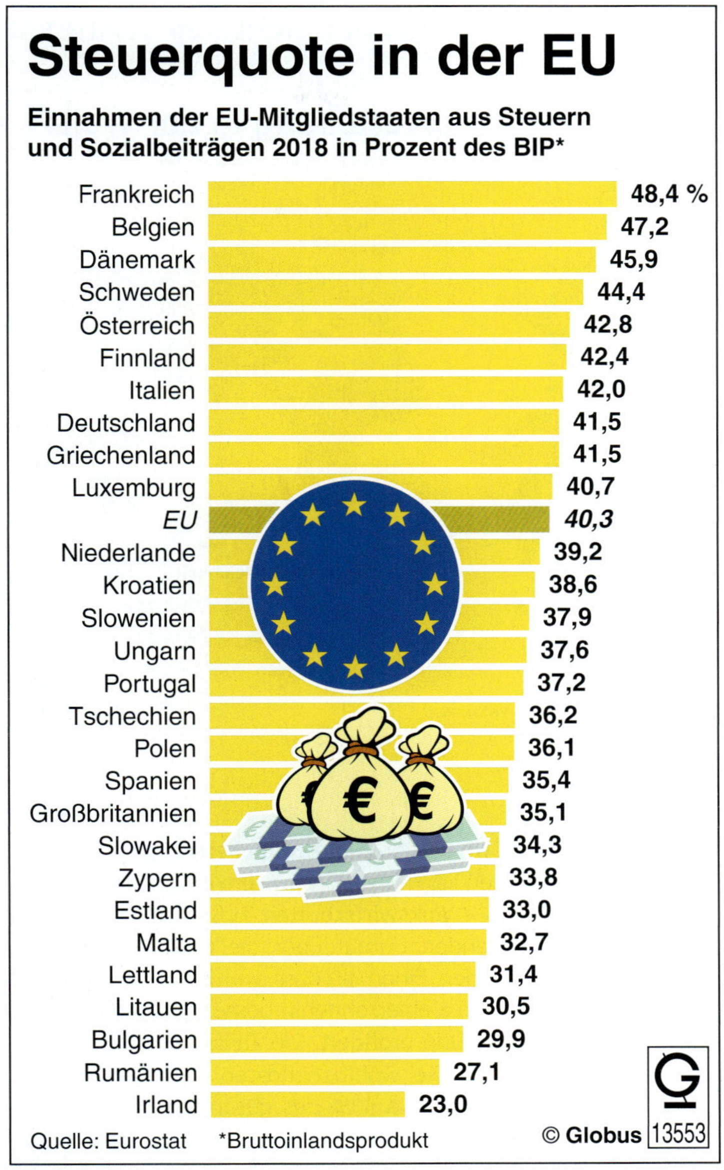

Abb. 87.1: Steuerquote in der EU

Arbeitsaufträge

1. Geben Sie Olaf Scholz' Aussagen zur internationalen Besteuerung wieder (M1)!
2. Analysieren Sie die Argumentation des Autors in Bezug auf das geplante internationale Steuerabkommen (M2)!
3. Beurteilen Sie die Notwendigkeit eines internationalen Steuerabkommens (M1, M2, Abb. 87.1)!

7.7 ... aus der Sicht des Staates II

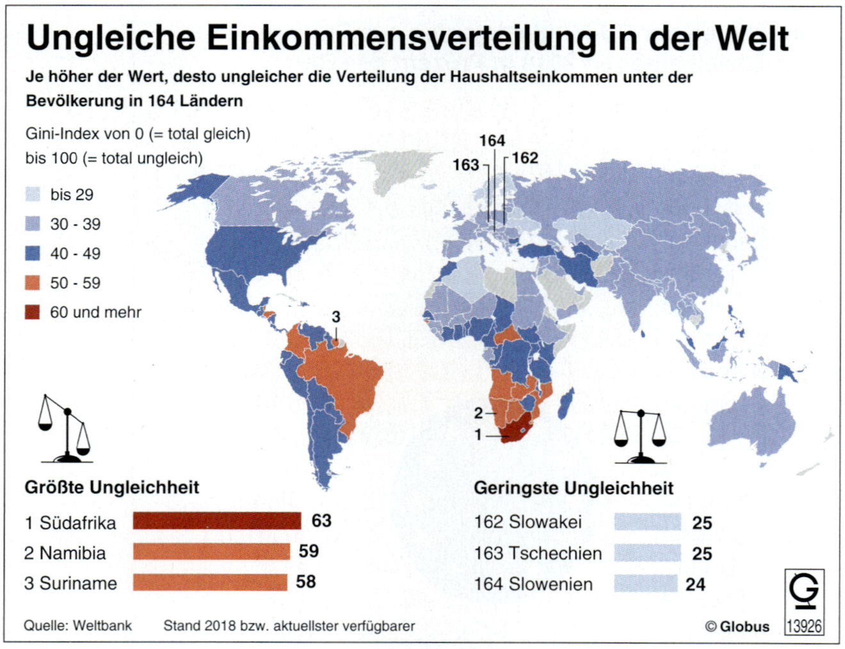

Abb. 88.1: Einkommensungleichheit

M1 Unmut über die Globalisierung

In vielen Ländern und vor allem in den fortgeschrittenen → **Volkswirtschaften** äußern die Menschen wachsenden Unmut über die Globalisierung. Sie haben den Eindruck, dass von ihren Vorteilen vor allem ein kleiner, ohnehin besser gestellter Teil der Bevölkerung profitiert. Die Zahlen bestätigen dies. Während die wohlhabendsten 10 % der privaten Haushalte etwa 50 % des gesamten Haushaltsvermögens auf sich vereinen, entfallen auf die ärmsten 60 % nur 13 %. Außerdem sind viele Bürgerinnen und Bürger unzufrieden darüber, wie die wirtschaftliche Integration vorangetrieben wurde. Sie beklagen einen Mangel an Transparenz und zu viele Interessenkonflikte zwischen Politik und Wirtschaft. Aufsehenerregende Korruptions-, Steuerhinterziehungs- und Steuerumgehungsskandale weckten zunehmend den Eindruck, dass es eine Elite gibt, für die andere Regeln gelten als für den Rest der Bevölkerung. [...] Außerdem zeigten die Maßnahmen, die ergriffen wurden, um die negativen Effekte der wirtschaftlichen Öffnung für bestimmte Gruppen, Branchen und Regionen abzumildern, nicht immer die gewünschte Wirkung, und die weltweite Rechtsetzungstätigkeit konnte nicht mit der Realität Schritt halten. Die wirtschaftliche Integration rückgängig zu machen, ist angesichts ihrer zahlreichen Vorteile keine Lösung. Vielmehr müssen wir Wege finden, um zu gewährleisten, dass alle von dieser Integration profitieren können.

OECD-Reihe „Better Policies: Für eine bessere Globalisierung. Wie Deutschland der Kritik begegnen kann (April 2017). http://www.oecd.org/berlin/publikationen/Fur-eine-bessere-Globalisierung-Wie-Deutschland-der-Kritik-begegnen-kann.pdf, Zugriff am 26.03.2020

M2 Irland und Apple gegen die EU

Facebook, Google, Apple – sie sind alle Weltkonzerne mit Milliardenumsätzen. Und sie haben alle Niederlassungen in Irland. Grund dafür dürfte auch sein, dass der irische Staat den Technik- und Internetgiganten profitable Steuervergünstigungen bietet. Sehr zum Ärger der EU-Kommission. Die hält diese Steuervergünstigungen für nach EU-Recht verbotene staatliche Beihilfen. Irland soll darum nun für einen Zeitraum von zehn Jahren 13 Milliarden Euro von Apple zurückfordern. [...]

Zu den Grundpfeilern der Europäischen Union zählt, dass im EU-Binnenmarkt Waren und Dienstleistungen frei und ohne Zölle angeboten und angenommen werden dürfen. Es ist gewissermaßen die Kehrseite dieser Grundfreiheit, dass sich die Mitgliedstaaten der EU dann aber auch zurücknehmen müssen, wenn es darum geht, bestimmte Konzerne oder Branchen finanziell zu fördern. Abgesehen von einigen zulässigen Ausnahmen sind solche staatlichen Beihilfen deshalb nach EU-Recht verboten. Darüber wacht die EU-Kommission.

In deren Augen hat Irland gegen dieses Verbot verstoßen. Durch Steuervergünstigungen habe Irland dem iPhone-Hersteller Apple insgesamt 13 Milliarden Euro erlassen. Konkret sei das durch ein kompliziertes Modell geschehen, bei dem, vereinfacht gesagt, die Gewinne des US-Konzerns (auch aus anderen Staaten) über betriebsinterne Umbuchungen reduziert wurden. [...]

Nahezu die gesamten von Apple erwirtschafteten Gewinne seien intern einem „Verwaltungssitz" zugewiesen worden. Die Prüfung der Kommission ergab, dass diese „Verwaltungssitze" nur auf dem Papier bestanden und keine derartigen Gewinne hätten erwirtschaften können. Nach dem damals geltenden irischen Recht seien diese Gewinne dann gar nicht besteuert worden. Das wiederum führte dazu, dass Apples Gewinne insgesamt effektiv nur mit 0,005 Prozent besteuert wurde. Dies heißt, dass Apple für einen Gewinn von einer Million Euro im Ergebnis nur 50 Euro an den irischen Fiskus abgeführt hat.

Die EU-Kommission sieht eine verbotene staatliche Beihilfe in diesem Steuermodell. Sie beschloss: Irland solle das Geld vom US-Konzern zurückfordern. Von 2003 bis 2014 seien dem irischen Fiskus 13 Milliarden Euro entgangen. Außerdem verschaffe das Vorgehen Apple einen Wettbewerbsvorteil, weil andere Konzerne nicht in den Genuss derart niedriger Steuern kämen. [...]

Apple-Chef Tim Cook verwies darauf, dass sein Konzern immer die gesetzlich vorgeschriebenen Steuern bezahlt habe. Nun gehen Irland und Apple gemeinsam vor dem Gericht der EU (EuG) gegen den Kommissions-Beschluss vor. Laut Apple habe der Konzern im fraglichen Zeitraum in den USA 20 Milliarden Dollar an Steuern gezahlt. Dort habe auch die Wertschöpfung stattgefunden. Irland seinerseits fürchtet, dass das Land als Standort für

Großunternehmen an Attraktivität verliert, wenn sich die steuerlichen Rahmenbedingungen ändern.

Christoph Kehlbach: Irland und Apple gegen die EU (17.11.2019). https://www.tagesschau.de/ausland/eu-gericht-apple-eu-101.html, Zugriff am 26.03.2020

M3 Die Rückständigkeit der politischen Strukturen

Die „Krise der Politik“ ist nicht der Globalisierung an sich geschuldet, sondern der Organisation der Politik. Weltwirtschaft und -gesellschaft haben sich in den vergangenen zwei Dekaden nachhaltig verändert, die Institutionen der Politik sind nicht „nachgewachsen“; ihr Beharrungsvermögen ist (zu) groß; es mangelt an institutionellen und politischen Innovationen. Die Weltgesellschaft ist in diesem Sinne „untersteuert“, institutionell unter- bzw. fehlentwickelt. Die Kluft zwischen der internationalisierten Ökonomie, globalen Umweltgefährdungen, grenzüberschreitenden Problemen (wie Migration, Kriminalität, Wald- und Artensterben) auf der einen Seite und der weitgehend territorialstaatlichen Fixierung des politischen Handelns auf der anderen Seite wächst. Konstitutive Koordinaten unseres politischen Denkens werden von der Realität in Frage gestellt oder überholt: Während innen- und außenpolitisch orientierte politische Institutionen klar voneinander getrennt sind und zwei unterschiedlichen politischen „Communities“ angehören, verschwimmen de facto die Grenzen zwischen Innen- und Außenpolitik, weil Probleme zunehmend grenzüberschreitenden, nicht selten gar globalen Charakter haben. Das Problem von Steuersenkungswettläufen infolge des Standortwettbewerbs und das Problem der Besteuerung von Kapitaleinkommen (mit der Folge einer schrumpfenden Steuerbasis in vielen Ländern) aufgrund der → **Liberalisierung** der internationalen Finanzmärkte betrifft unmittelbar die nationale Fiskalpolitik, innerstaatliche Sozialbeziehungen und zugleich das Verhältnis zu anderen Gesellschaften; lokale und nationale Umweltprobleme haben oft grenzüberschreitende Wirkungen oder „externe“ Ursachen; Fragen des innergesellschaftlichen sozialen Ausgleichs sind mit Interessenkonflikten verwoben, die sich z.B. aus internationalen Entwicklungsdisparitäten ergeben (Stichworte: Sozial- und Umweltdumping im Welthandel, Brock 1997). Angesichts dieser Trends stellt auch die in der Wissenschaft noch dominante Trennung in Innenpolitik und Außenbeziehungen einen analytischen Hemmschuh dar. Althergebrachte Begrifflichkeiten und Interpretationsmuster, durch die „die Welt“ wahrgenommen wird, aber auch institutionelle Arrangements, die die Richtung der Politik bestimmen, werden durch die Dynamik von Globalisierung, Technologie und weltweiten Märkten entwertet. Welt- und grenzüberschreitende Probleme sind nur durch ein Mehr an internationaler Kooperation lösbar. Wir leben in einem System geteilter Souveränitäten – die Möglichkeiten von Nationalstaaten, die drängenden Zukunftsfragen im Alleingang zu bewältigen, sind begrenzt. […] Das traditionelle Verständnis von „nationaler Souveränität“ und eine zu enge Definition „nationaler Interessen“ führen angesichts der internationalen Interdependenzbeziehungen in politische Sackgassen und zu Politikversagen […]. Zur Stärkung der Handlungsfähigkeit der Nationalstaaten sind internationale Kooperation, selektiver Souveränitätsverzicht und internationaler Lastenausgleich unabdingbar. Auch das Prinzip der Nicht-Einmischung in innere Angelegenheiten bedarf einer Anpassung an die neuen Verhältnisse zunehmender internationaler Interdependenz. Zum Schutz der Menschenrechte, zur Eindämmung von Bürgerkriegen, zur Bekämpfung internationaler Umweltkrisen, zur Verfolgung von Völkermord, zur Kontrolle der Einhaltung internationaler Vereinbarungen müssen international verbindliche Regelwerke und Monitoringsysteme als Grundlage für neue Formen „wechselseitiger Einmischung“ […] geschaffen werden. […]

Abb. 89.1: Steuersündenapfel

Dirk Messner: Globalisierung, Global Governance und Entwicklungspolitik (Januar 1999). https://www.fes.de/ipg/ipg1_99/artmessner.html, Zugriff am 26.03.2020

Arbeitsaufträge

1. Stellen Sie die Auswirkungen der Globalisierung auf die Bevölkerung dar (M1, Abb. 88.1)!
2. Erläutern Sie mögliche Gefahren für die Staaten, die aus diesen Auswirkungen resultieren könnten (M1, Abb. 88.1)!
3. Ordnen Sie die Auseinandersetzung zwischen Irland, Apple und der EU begründet in die Diskussion um die Rückständigkeit politischer Strukturen ein (M2, M3, Abb. 89.1)!

7.8 ... in Bezug auf Umwelt- und Klimaschutz

M1 Gefährdung eines Lebensstils

In dem Skiort Avoriaz an der Grenze zwischen Frankreich und der Schweiz, der zwischen einer Felswand und einer großen Bergspitze auf 1.800 Meter Höhe liegt, verlaufen die Winter jedes Jahr unterschiedlich. Die Geschäftsleute und das Tourismusbüro warten sehnsüchtig auf das immer seltener werdende weiße Gold. In den 1970er-Jahren fielen pro Jahr bis zu 13 Meter Schnee. Heute werden 8 Meter nicht mehr überschritten. Avoriaz versucht deshalb, sein Angebot zu diversifizieren und investiert verstärkt in Sommertourismus und Ökologie. Zu dieser Strategie gehört auch ein hochmoderner Wasserpark. In den Jahren 1994, 2000, 2002 und 2003 wurden die heißesten Temperaturen seit 500 Jahren verzeichnet. Die Saison 2006 war noch schlimmer. In den französischen Wintersportorten gingen die Aufträge für Skilifte gegenüber dem Vorjahr um 22 % zurück. Bisher ist jedoch noch niemand in Panik geraten. „Die plausibelste Hypothese ist, dass die Temperaturen in den kommenden Jahren um 2–3 °C steigen werden", sagt Guy Vaxelaire, Sekretär des nationalen Verbands der Bürgermeister von Skiorten. „Statistisch betrachtet würde dadurch das Verhältnis von schlechten zu guten Saisons von 1/10 auf 2/10 verschlechtert, das ist jedoch noch überschaubar." Das mag richtig sein, ein allgemeiner Temperaturanstieg um 1 °C würde in den Alpen jedoch zur Schließung von 160 der bestehenden 666 Skigebiete führen. Laut OECD sind die deutschen Skiorte noch stärker gefährdet.

Jean-Yves Huwart/Verdier Loïc: Welche Auswirkungen hat die Globalisierung auf die Umwelt? In: Economic Globalisation: Origins and consequences (2014). https://www.oecd-ilibrary.org/docserver/9789264221765-8-de.pdf, Zugriff am 30.03.2020

M2 Klimawandel, Globalisierung und deutsche Moral

In den vergangenen Wochen hat sich in Deutschland ein Klimawandel vollzogen. Die Stimmung erinnert an jene der siebziger Jahre, als die „Grenzen des Wachstums" plötzlich einen radikal verkürzten Zukunftshorizont der Menschheit verkündeten. Auch damals ging es schon um den Zusammenhang von Energiefragen und Alltagsverhalten; das Bild der „autofreien Sonntage" hat sich ins kollektive Gedächtnis eingeprägt. [...]

Natürlich gibt es einige einfache Antworten, die jeder beherzigen kann: das Auto mal stehen lassen, Energiesparlampen einsetzen. Aber viele der gut gemeinten Ratschläge sind doch bemerkenswert kurz gesprungen. Sollte wirklich jeder, der es ernst mit dem Klimaschutz meint, sein Auto sofort stilllegen? Dürfen wir keine Äpfel aus Chile mehr essen? Oder in Berlin keinen Joghurt mehr aus einer bayerischen Molkerei? Ist der Urlaub in Asien bald verboten oder verpönt? [...]

Mit zwei sehr ernsthaften Einwänden muss die neue Verzichtstheorie rechnen. Erstens: Wenn wir uns selber einigeln und einem „Buy-and-live-local"-Prinzip folgen, müssen wir damit rechnen, dass dies auf Gegenseitigkeit gilt. Von den wirtschaftlichen Folgen einmal ganz abgesehen: Um wieviel provinzieller würde die Welt dadurch, einschließlich unserer selbst! Wenn wir keine Produkte aus Übersee mehr importieren, um das Klima zu schonen, sollten wir auch nicht damit rechnen, dass andere unsere Waren kaufen. Letztlich laufen alle Appelle an „home-buying" auf eine neue → **Autarkiepolitik** hinaus. Sie beruhen auf der Vorstellung von „Nationalökonomien", die es längst nicht mehr gibt. Das Argument, Unabhängigkeit z. B. von Energielieferungen verschaffe Sicherheit [...], leuchtet für russisches Gas erst einmal ein. Insgesamt ist es aber trügerisch, ja gefährlich. Es spricht nämlich viel dafür, dass gerade wechselseitige Verflechtungen und Abhängigkeiten die Sicherheit erhöhen, nicht Unabhängigkeit und → **Autarkie**.

Zweitens scheint die Forderung nach dem Konsum- und Mobilitätsverzicht einem falschen Verständnis von „notwendiger" und „überflüssiger" Ökonomie zu folgen. Auf das, was nicht wirklich nötig ist, auf das bloß Spaß Verschaffende wie die Fernreise oder den Import exotischer Früchte, könnten wir demnach leicht verzichten, während der Kern von Wirtschaft und Wohlstand davon unberührt bliebe: Die Forderung, das Verschicken von Maschinenteilen per Luftfracht einzustellen, ist ja noch nicht erhoben worden. Die damit unterstellte Trennung zwischen einer „produktiven" und einer „konsumtiven" Ökonomie hat es aber nie gegeben, und in der globalen Dienstleistungs-, Wissens- und Konsumgesellschaft ist sie erst recht eine Illusion. [...]

Die deutsche Inselromantik des Klimaschutzes zeigt, mit einem Wort, ein erschreckend geringes Verständnis für die Zusammenhänge einer globalisierten Welt. Würden wir die Aufforderung zur radikalen Umstellung unseres Lebensstils ernst nehmen, wäre das Ergebnis nicht ein Paradies der Zufriedenheit, sondern ein katastrophaler Zusammenbruch ökonomischer und sozialer Strukturen. Wir sollten uns nicht der Realität, sondern der Apokalypse verweigern. Der Klimawandel ist schon da und tritt nicht als schreckliches Gottesgericht am 1. Januar 2022 ein. Die Frage ist, wie wir mit ihm umgehen. Diesmal haben wir die Chance, es besser zu machen als vor 30 Jahren.

Paul Nolte: Klimawandel, Globalisierung und deutsche Moral (04.04.2007). https://internationalepolitik.de/de/klimawandel-globalisierung-und-deutsche-moral, Zugriff am 30.03.2020

Abb. 91.1: Demnächst, wenn alle Klimakonferenzen scheitern …

M3 Klima? Lieber Kapitulation!

Die Menschheit ist zu dumm, um zu überleben. Momentan deutet leider sehr viel darauf hin: Der Homo sapiens ist nicht in der Lage, sich so zu organisieren, dass all seine Milliarden Exemplare in Frieden leben können. Anlass zu diesem Gedanken ist eine Meldung, so gewöhnlich katastrophal, dass sie nur Resignation hervorruft: Die vergangenen vier Jahre waren weltweit die vier heißesten seit Beginn der Wetteraufzeichnungen. Die globale Erwärmung schreitet voran und raubt der Zivilisation, wie wir sie kennen, die Grundlage. […]

Man kann das Problem seitenweise analysieren: Da gibt es dieses verdammte globale Wirtschaftssystem und seine Mechanismen des ewigen Mehr, des ewigen Wachstums. Wer da nach oben selektiert wird, kann wunderbare Fensterreden zum Klimaschutz halten und dann auf den erbarmungslosen Konkurrenzdruck verweisen, der leider ein entschlosseneres Handeln verhindert.

Wenn es nur mal ein klein wenig wehtut, dann geht gleich das Abendland unter. Nehmen wir mal die deutsche Debatte über einen Kohleausstieg bis 2038: zu langsam, um die Pariser Klimaschutzziele einzuhalten, voller Schlupflöcher, um noch später auszusteigen. Würden alle so handeln, der Klimawandel wäre nicht zu stoppen. Ach so, Moment. Leider handeln alle so.

Wenn das selbst in Deutschland mit seiner Umweltbewegung das Maximum ist, dann war es das wohl. Also seien wir ehrlich: Der moralverliebte Teil der globalen Mittel- und Oberschicht lügt sich was vor. Es wäre ehrlicher, einfach zu kapitulieren. Einfach die ganze konsequenzenlose globale Verantwortungsethik über Bord zu werfen. Für einen Teil der Weltbevölkerung wird das 21. Jahrhundert eben infolge der Klimaerwärmung geprägt sein von Extremwetter, Flucht, Krieg und Hunger.

Geben wir uns also der Wollust hin. Dem Konsum. Als letzte Generation, die das noch kann. Fröhlich dem Untergang entgegenfahren, -fliegen, -schmausen. Yeah. (Aber psst! Sagt es nicht den vielen wegen Klima und Gedöns demonstrierenden Schüler*innen. Lasst die einfach mal machen.)

Ingo Arzt: Klima? Lieber Kapitulation! (06.02.2019). https://taz.de/Kommentar-Globale-Erwaermung/!5568480/, Zugriff am 30.03.2020

Arbeitsaufträge

1. Beschreiben Sie die Auswirkungen der Globalisierung auf den Klimawandel (M1, M2, M3)!
2. Erläutern Sie die möglichen Folgen für die betroffenen Regionen unter gesellschaftlichen, politischen und wirtschaftlichen Aspekten (M1)!
3. Nehmen Sie Stellung zu der Frage, ob der Klimawandel in einer globalisierten Welt zu stoppen ist (M1, M2, M3)!
4. Analysieren Sie die Karikatur (Abb. 91.1) im Hinblick auf die Aussageabsicht des Verfassers von M3!

7.9 ... aus der Sicht von Schwellen- und Entwicklungsländern I

M1 Erfolgsstrategien für Entwicklungsländer

Um eine Vorstellung zu erhalten, wie sich Entwicklung vollziehen kann, soll ein solcher Prozess zunächst skizzenhaft dargestellt werden. Ausgangspunkt ist ein armes Entwicklungsland mit vorwiegend agrarischer und möglicherweise auch monokulturell geprägter Produktionsstruktur, in dem die → **Arbeitsproduktivität** und damit auch die → **Arbeitskosten** im internationalen Vergleich sehr gering sind. Folglich weist das Land komparative Vorteile bei der Herstellung einfacharbeitsintensiver Güter auf. Bei ausreichender Weltmarktöffnung würde sich eine leichtindustrielle Produktion lohnen, etwa in Bereichen wie Bekleidung/Leder oder Weiterverarbeitung der heimischen land- und forstwirtschaftlichen Produkte (zum Beispiel Nahrungsmittel, Tabak, Holz). Die Produktion dieser Güter für den heimischen Markt sowie vor allem für die Ausfuhr schafft in der Regel neue Einkommensmöglichkeiten, weil die Menschen an einfachen Maschinen (mit einer gewissen Kapitalausstattung) produktiver als mit nur rudimentären Hilfsmitteln in der Landwirtschaft sind. Zudem besteht die Möglichkeit, über den Export das Wachstum und die Beschäftigung in zukunftsfähigen Branchen anzukurbeln. Auf diesem Weg können sich selbst verstärkende Kräfte in Gang kommen:

- Eine expandierende und florierende Exportindustrie bietet armen Menschen, die andernfalls im ländlichen Agrarsektor oder im städtischen informellen Sektor arbeiten, alternative Beschäftigungsmöglichkeiten und kann zur Expansion eines gewerblichen Mittelstandes beitragen.
- Höhere Einkommen ermöglichen eine steigende Ersparnis, so dass mehr Finanzmittel für Investitionen zur Verfügung stehen.
- Zudem steigen durch höhere Steuern die Staatseinnahmen und können produktivitätserhöhend in Gesundheitsfürsorge, Bildung und Infrastruktur investiert werden.
- Über Exporte lassen sich Importe von Maschinen und damit indirekt auch von Technologie und Know-how finanzieren, was zu einer weiteren Erhöhung der Arbeitsproduktivität beiträgt.
- Ausländische → **Direktinvestitionen** verstärken diese Entwicklung. Im Rahmen eines Produktionslebenszyklus ist es gängig, vormals in den Industrieländern entwickelte Produkte oder Produktionskomponenten, deren Herstellung im Zeitverlauf zunehmend standardisiert wurde, aufgrund der Arbeitskostenvorteile in Entwicklungsländer zu verlagern.
- Verbesserte Beschäftigungsperspektiven erhöhen den Anreiz, zu lernen und sich weiterzubilden.
- Ein verbesserter Ausbildungsstand und ein – wenngleich rudimentärer – technologischer Fortschritt verbessern die Investitionsbedingungen.
- Investitionen in Sachkapital und Bildung sowie technischer Fortschritt treiben das → **Wirtschaftswachstum** weiter an und setzen den Entwicklungsprozess fort.
- Mit zunehmender Kapitalausstattung steigen Arbeitsproduktivität und damit auch Arbeitskosten (beziehungsweise das Lohn-Zins-Verhältnis), so dass sich auch die komparativen Vorteile allmählich zu kapitalintensiverer Produktion hin verlagern.
- Mit steigender Arbeitsproduktivität erhöhen sich die Reallöhne und tendenziell auch die Pro-Kopf-Einkommen immer weiter.

Ein solcher Prozess ist freilich nicht als Automatismus zu verstehen. Vor allem die Globalisierungsgegner sehen diese Strategie der Handelsöffnung und Exportdiversifizierung hin zum Verarbeitenden Gewerbe sogar recht kritisch [...]. Sie verweisen auf die Gefahr, dass es zu einem ähnlichen Phänomen rückläufiger Terms of Trade (Austauschverhältnis zwischen Ex- und Importen) wie bei Rohstoffen und Primärgütern kommen kann. Ein größeres Angebot an einfachen Industriegütern durch viele Entwicklungsländer, die die gleiche Strategie verfolgen, träfe möglicherweise auf eine unelastische Nachfrage auf dem Weltmarkt, was zu einem Rückgang der Exportpreise führte und so die Einkommensmöglichkeiten der Entwicklungsländer schmälerte.

Jürgen Mattes: Entwicklungsländer. Ökonomische Performance und Erfolgsstrategien im Zeitalter der Globalisierung (2004). https://www.iwkoeln.de/fileadmin/user_upload/Studien/IW-Analysen/PDF/Analyse_6_Entwicklungslaender.pdf, Zugriff am 31.03.2020

M2 Südkorea: Der Entwicklungsstar

Das zu den asiatischen Tigerstaaten zählende Land hat eine rasante ökonomische Entwicklung hingelegt: Im Jahr 2016 war Südkoreas reales Bruttoinlandsprodukt laut Weltbank mehr als dreimal so hoch wie 1988. Zum Vergleich: Während Deutschland seine Wirtschaftsleistung seit 1991 um 40 Prozent gesteigert hat, schaffte Südkorea satte 226 Prozent. Inzwischen ist der Olympia-Gastgeber [von 2018] gemessen in Dollar die elftgrößte → **Volkswirtschaft** der Welt, einen Platz hinter Kanada und einen vor Russland sowie Asiens Nummer vier nach China, Japan und Indien.

Dieser Aufstieg gelang aus bitterer Armut: Nach dem Korea-Krieg von 1950 bis 1953 und der anschließenden Teilung der koreanischen Halbinsel zählte Südkorea zu den ärmsten Ländern der Welt. Während dies auf Nordkorea noch heute zutrifft [...], ging es im Süden nach der Wahl von Park Chung-hee zum Präsidenten im Jahr 1961 ökonomisch voran. Sein Regierungsstil wird etwas euphemistisch auch als „Entwicklungsdiktatur" bezeichnet. Doch auch wenn Park seine Macht bis zu seiner Ermordung 1979 mit fragwürdigen militärischen Mitteln erhielt, so legte er doch den Grundstein zur heutigen wirtschaftlichen Stärke Südkoreas – indem er die Wirtschaftspolitik rigide auf die exportorientierte Industrie getrimmt hat. [...] Während Parks Regierungszeit entstanden die „Chaebol", riesige, vom Staat unterstützte Mischkonzerne in Familienhand. Das wohl bekannteste dieser Familienkonglomerate ist der Technologiegigant Samsung – laut Forbes-Liste 2017 das fünfzehntgrößte Unternehmen der Welt. Auch das inzwischen in Schiffbau und Autobau aufgespaltene Hyundai, das 1998 den heimischen Konkurrenten Kia geschluckt hat, der Elektronikkonzern LG und das in Europa weniger präsente Mischunternehmen SK Group zählen zu jenen Chaebol, die heute für Südkorea von größter wirtschaftlicher Bedeutung sind. So viel Abhängigkeit von wenigen Großunternehmen birgt jedoch Risiken, wie die Asienkrise 1997 und 1998 schmerzhaft gezeigt hat. Nicht alle südkoreanischen Konzerne überlebten die Liquiditätsengpässe infolge des Rückzugs westlicher Finanzinvestoren, viele andere mussten sich von unwirtschaftlichen Bereichen trennen. Dies führte dazu, dass die Arbeitslosigkeit in die Höhe schoss: von 2,6 Prozent 1997 auf 7,0 Prozent im Jahr darauf. [...]

Die folgenden Wirtschaftsreformen trugen jedoch schnell Früchte. Südkorea öffnete sich stärker für ausländische → **Direktinvestitionen** und setzte vor allem auf eine bessere Integration in den Welthandel: Mittlerweile 16 Freihandelsabkommen mit insgesamt 58 Ländern, darunter China und die USA, machten Südkorea 2016 zum sechstgrößten Warenexporteur der Welt, wenn man die EU als Einheit betrachtet. Das Handelsabkommen, das Südkorea im Juli 2011 mit der EU geschlossen hat, gilt inzwischen hier wie dort als Beleg für die wirtschaftlichen Chancen, die sich mit dem → **Freihandel** verbinden – auch wenn die Exporte der EU nach Südkorea seit 2011 stärker gestiegen sind als ihre Importe von dort. [...]

Das → **Wirtschaftswachstum** [...] lag in den vergangen zehn Jahren stets leicht bis deutlich über dem deutschen, im Jahr 2016 betrug es 2,8 Prozent. Das um Kaufkraftunterschiede bereinigte Bruttoinlandsprodukt je Einwohner war 2016 mit 37.730 Euro zwar noch ein ganzes Stück vom deutschen Wohlstandsniveau entfernt, aber sogar etwas höher als beispielsweise in Neuseeland, Italien, Spanien und Israel. Die Arbeitslosigkeit fiel 2016 mit 3,7 Prozent etwas geringer aus als in Deutschland, die Staatsverschuldung ist mit 38 Prozent des Bruttoinlandsprodukts sogar deutlich niedriger.

Institut der deutschen Wirtschaft: Südkorea: Der Entwicklungsstar (09.02.2018). https://www.iwd.de/artikel/suedkorea-der-entwicklungsstar-380201/, Zugriff am 31.03.2020

Südkorea und Nordkorea: Ein harter Kontrast

	Südkorea	Nordkorea
Einwohner in Millionen	51,2	25,2
Lebenserwartung bei der Geburt in Jahren	83	71
Geburtenrate Kinder je Frau	1,2	1,9
Kindersterblichkeit Todesfälle je 1.000 Geburten	3	22
Bruttoinlandsprodukt (BIP) in Milliarden Kaufkraftparitäten-Dollar	2.027	40 (2015)
BIP je Einwohner in Kaufkraftparitäten-Dollar	39.400	1.700 (2015)
Wirtschaftsstruktur Anteil von Landwirtschaft/Industrie/Dienstleistungen in Prozent	2/39/59	25/41/34
Arbeitslosenquote in Prozent	3,8	25,6 (2013)
Warenexport in Milliarden Dollar	552,3	3,0 (2016)
Wichtigster Exportpartner Anteil am Gesamtexport 2016 in Prozent	China 25	China 86
Warenimport in Milliarden Dollar	448,4	3,7 (2016)
Wichtigster Importpartner Anteil am Gesamtimport 2016 in Prozent	China 21	China 90
Stromverbrauch je Einwohner 2014 in Kilowattstunden	10.497	600
CO_2-Emissionen je Einwohner 2014 in Tonnen	11,6	1,61
Mobiltelefone 2016 je 100 Einwohner	123	13

Stand: Schätzungen für 2017, wenn nicht anders angegeben;
Bruttoinlandsprodukt in Nordkorea: Extrapolation eines Werts für 1999 aus einer Studie von Angus Maddison für die OECD

Quellen: CIA, Weltbank

Abb. 93.1: Südkorea und Nordkorea im Vergleich

Arbeitsaufträge

1. Beschreiben Sie ökonomische Erfolgsstrategien für Entwicklungsländer! Berücksichtigen Sie auch mögliche Probleme (M1)!
2. Arbeiten Sie Gründe für die aktuell bestehenden Unterschiede zwischen Nord- und Sudkorea heraus (M2, Abb. 93.1)!
3. Erörtern Sie die Frage, warum Nord- und Südkorea nach dem Koreakrieg solch unterschiedliche Entwicklungen genommen haben (M2, Abb. 93.1)!

7.10 ... aus der Sicht von Schwellen- und Entwicklungsländern II

M1 Mehr Rechte, weniger Globalisierung

In vielen Entwicklungsländern sind bis zu 80 Prozent aller landwirtschaftlichen Betriebe kleinbäuerliche Familienbetriebe mit weniger als zwei Hektar Anbaufläche. Diese Familienbetriebe bilden das Rückgrat der Ernährung in den Entwicklungsländern. Sie stellen das Gros der Nahrungsmittel her, in vielen Ländern bis zu 70 Prozent. Doch viele Kleinbauern haben nicht genug Flächen, um wirtschaftlich zu arbeiten, und von dem, was sie produzieren, können sie oft nicht leben. Wesentliche Gründe dafür sind, dass viele nationale Regierungen den ländlichen Raum nicht entwickeln und Kleinbauern keine Chance gegen die Globalisierung haben. [...]

Zum einen kaufen große Agrarbetriebe immer mehr Ackerflächen auf und bauen darauf Futtermittel oder Energiepflanzen für den Export an. Diese Flächen fehlen den kleinen Betrieben. Zum anderen konkurrieren Kleinbauern auf den lokalen Märkten mit billiger Importware. Auf dem internationalen Markt unterliegen sie zudem dem Preisdruck großer Handelsketten und starken Preisschwankungen. Deshalb bauen viele Kleinbauernfamilien vermehrt für den eigenen Bedarf an, um diese Risiken zu minimieren.

Aber das ist weniger effizient, schmälert das Einkommen der Familien und verringert das Nahrungsangebot insgesamt. Außerdem fehlen wegen der Vernachlässigung des ländlichen Raums Bildungsangebote sowie ein funktionierendes Gesundheitssystem. Aus all diesen Gründen können die Menschen sich nicht aus der Armut befreien.

Bernhard Walter: Mehr Rechte, weniger Globalisierung (ohne Datum). https://www.brot-fuer-die-welt.de/themen/kleinbauern/, Zugriff am 31.03.2020

M2 Ausländische Direktinvestitionen

Ausländische → **Direktinvestitionen** (ADI) bezeichnen Vermögensanlagen, die von einem Unternehmen (oder auch von Staatsregierungen) getätigt werden, um eine dauerhafte Beteiligung an einem im Ausland ansässigen Unternehmen zu erwerben. Das grundlegende Kriterium ist ein Anteil von mindestens 10 % der Aktien mit Stimmrechten, durch die der Investor seinen Einfluss auf das ausländische Unternehmen ausübt. Zu den vielfältigen Gründen von ADI zählen die Erschließung neuer Absatzmärkte, die Nutzung günstiger Produktionsstandorte oder auch steuerliche Vorteile. [...]

Ihr Anstieg kann als Indikator der wirtschaftlichen Globalisierung angesehen werden. Wie bei der Entwicklung des realen Bruttoinlandsprodukts zeigt sich die Dominanz der OECD-Länder und damit ein wirtschaftliches Machtgefälle auf globaler Ebene. [...]

Auch wenn der Großteil an ausländischen Direktinvestitionen zwischen den OECD-Ländern stattfindet, so steigt der Anteil an Investitionen, der in die sogenannten Entwicklungsländer fließt, kontinuierlich an. Ob sich ADI positiv auf die wirtschaftliche Entwicklung im Zielland auswirken und eine Verbesserung der Lebensstandards zur Folge haben, hängt entwicklungsökonomischen Untersuchungen zufolge vor allem davon ab, inwiefern die Menschen des Ziellandes in die Unternehmen eingebunden werden.

Ein niedriger (Aus)Bildungsstand etwa führt häufig dazu, dass viele Positionen mit Fachkräften besetzt werden, die nicht aus dem Zielland kommen. Dies hat zur Folge, dass der für eine volkswirtschaftliche Entwicklung notwendige Aufbau von Humankapital nicht stattfindet.

Bundeszentrale für politische Bildung: Ausländische Direktinvestitionen (ohne Datum). https://www.bpb.de/gesellschaft/umwelt/anthropozaen/216918/die-grosse-beschleunigung-the-great-acceleration/, Zugriff am 31.03.2020

M3 Warum die Globalisierungskritiker irrten

Jahrzehntelang haben Freihandelskritiker argumentiert, die Globalisierung nutze den Reichen der Welt, während die Armen im Elend umkämen. Nun endlich werden die Gebete der Kritiker erhört. Die Globalisierung ist ins Stocken geraten. Das weltweite Wachstum lässt nach, die Weltwirtschaft dividiert sich auseinander, Lieferketten zerbrechen oder werden verlagert. Doch die Welt wird dadurch nicht gerechter. Im Gegenteil.

Abgesehen von China fallen die Schwellenländer beim Wachstum zurück, die armen und ärmsten Länder leiden schwer. Spätestens jetzt müssen auch die wütendsten Skeptiker erkennen: Deglobalisierung ist auch keine Lösung.

Vor wenigen Tagen warnten die Vereinten Nationen eindringlich, dass der Kampf gegen die Armut verloren gehen könnte. Das Ziel, die Welt im Jahr 2030 von extremer Armut zu befreien, sei gefährdet. Neben dem Klimawandel ist dafür auch die Verlangsamung des Welthandels verantwortlich. Seit zehn Jahren bereits lahmt der Warenaustausch, nun stagniert er nahezu. Länder wie China produzieren immer stärker für ihren eigenen Markt und sind nicht mehr darauf angewiesen, hochwertige Technik zu im- und Billigprodukte zu exportieren. [...]

Die Folge: Entwicklungsländer und die meisten Schwellenländer fallen zurück. Die ärmsten Länder profitieren nicht einmal mehr durch die Ausfuhr von Rohstoffen – deren Preise dümpeln mit der schlechten Weltkonjunktur seit einem Jahr vor sich hin. Ausländische Direktinvestitionen in die Schwellenländer sind im vergangenen Jahr auf den niedrigsten Stand seit den 1990er-Jahren gefallen.

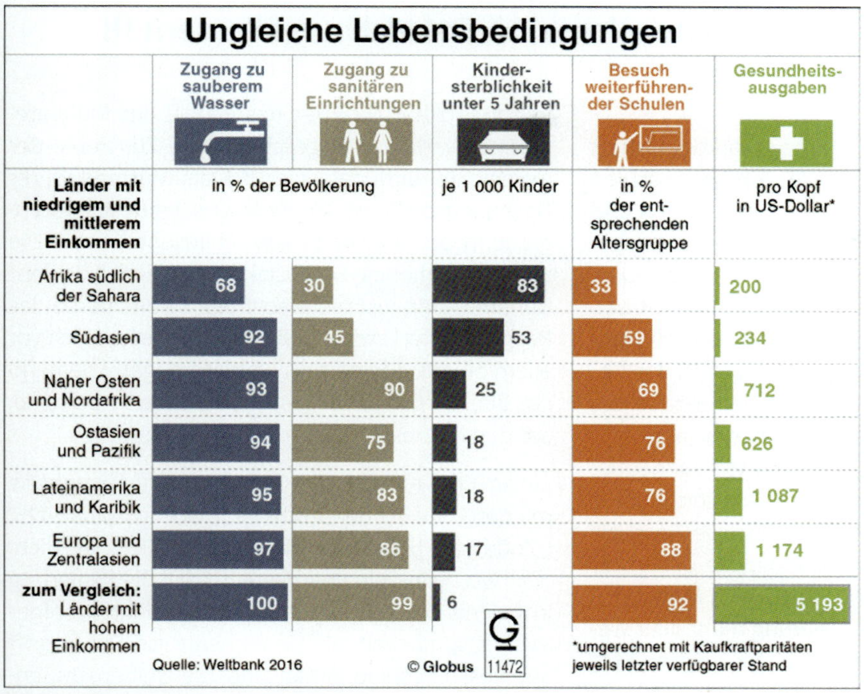

Abb. 95.1: Ungleiche Lebensbedingungen

Damit aber schwindet auch die Hoffnung, die Welt könnte die Armut bald hinter sich lassen. Denn von der Deglobalisierung haben die Armen den höchsten Schaden.

Ursula Weidenfeld: Warum die Globalisierungskritiker irrten (21.07.2019). https://www.tagesspiegel.de/wirtschaft/krise-der-weltwirtschaft-warum-die-globalisierungskritiker-irrten/24680258.html/, Zugriff am 31.03.2020

M4 Zwei Seiten der Globalisierung

Vor zwölf Jahren sind Edmila Silva, von Beruf Maniküristin, und ihr Partner Neno aus ihrer ländlichen Provinz im Nordosten Brasiliens fortgezogen, um sich in einem Vorort von São Paulo niederzulassen. Dank der wirtschaftlichen Stabilität und des kontinuierlichen Wachstums des Landes während der vergangenen zwanzig Jahre verzeichnete die Region in den letzten zehn Jahren einen spektakulären Rückgang der Arbeitslosigkeit. Dieser Erfolg ist z. T. auf die Integration der brasilianischen Wirtschaft in die Weltmärkte zurückzuführen: Innerhalb von zwanzig Jahren hat sich der Anteil des Welthandels an Brasiliens Wachstum verdoppelt. Dadurch sind viele neue Arbeitsplätze entstanden, die dazu führten, dass zahlreiche Familien ihre Kaufkraft erhöhen konnten. „Wir haben sehr vielmehr Möglichkeiten als zuvor", bestätigt die junge Maniküristin. Heute fährt sie einen neuen Kleinwagen, besitzt ein Mobiltelefon und verfügt über eine Krankenversicherung. Vor zwei Jahren hat sie ein Bankkonto eröffnet und einen Konsumkredit aufgenommen. Sie erwägt, eine Ausbildung zur Krankenschwester oder zur Podologin zu machen. „Ich bin jetzt sehr unabhängig", sagt sie. „Ich habe auch mehr Selbstvertrauen. Die Zukunft lacht uns entgegen."

Zum selben Zeitpunkt, in Sikasso, 250 km von Malis Hauptstadt Bamako entfernt, schimpft Bauer Yacouba Traoré auf die malische Gesellschaft für Textilentwicklung – den unumgänglichen Zwischenhändler zwischen den malischen Baumwollproduzenten und den internationalen Märkten. „Letztes Jahr bekam ich 210 CFA-Franc pro Kilo Baumwolle", informiert der Vater von sechs Kindern. „Dieses Jahr sind es nur noch 150 CFA-Franc." Trotz der hochwertigen Qualität kann die malische Baumwolle nicht mit den Produzenten aus dem Norden konkurrieren, die große Mengen liefern und dank → **Subventionen** einen hohen Lebensstandard genießen. Erschwerend kommt hinzu, dass dieses Jahr die Nahrungsmittelpreise in die Höhe geschnellt sind: Der Preis für importierten Reis, der billiger ist als der malische Reis, ist in nur wenigen Monaten von 250 auf 350 CFA-Franc gestiegen. „Ich verdiene immer weniger, obwohl die Lebenshaltungskosten immer weiter steigen! Wenn kein Wunder geschieht, werde ich meine beiden jüngsten Kinder nächstes Jahr nicht zur Schule schicken können."

Jean-Yves Huwart/Verdier Loïc: Fördert die Globalisierung die Entwicklung? In: Economic Globalisation: Origins and Consequences (2014). https://www.oecd-ilibrary.org/docserver/9789264221765-6-de.pdf, Zugriff am 31.03.2020

Arbeitsaufträge

1. Beschreiben Sie wesentliche Elemente ausländischer Direktinvestitionen (M2)!
2. Analysieren Sie die Statistik im Hinblick auf die möglichen Auswirkungen für Entwicklungs- und Schwellenländer (M2, Abb. 10.1)!
3. Nehmen Sie Stellung zu der Aussage: „Denn von der Deglobalisierung haben die Armen den höchsten Schaden." (M1, M3, M4, Abb. 95.1)!

7.11 ... aus der Sicht von Schwellen- und Entwicklungsländern III

M1 Von G7 zu G2

Kapitalismus oder Kommunismus? Marktwirtschaft oder Zentralverwaltung? Die Systemfrage schien nach dem politischen Kollaps der Sowjetunion und dem ökonomischen Misserfolg der von oben gelenkten Planwirtschaften für immer entschieden. Das Ende des Klassenkampfs zwischen den Arbeiter- und Bauernstaaten des Ostens und dem kapitalistischen Westen ließ einige das „Ende der Geschichte" ausrufen – so auch der Titel des Bestsellers von Francis Fukuyama Anfang der 1990er-Jahre. Die Diagnose war so offensichtlich wie eindeutig: Der Markt ist effizienter als der Plan, und globale Arbeitsteilung ist effektiver als nationale Abschottung. Also konnte es nur eine Prognose geben: Es sei nur noch eine Frage der Zeit, bis sich Marktwirtschaft und mit ihr die Globalisierung mehr oder weniger automatisch überall durchsetzen würden. Was für ein Irrtum!

Der Kampf der Systeme ist zurück – mit voller Wucht. Und noch immer steht einem kapitalistischen Westen der kommunistische Osten gegenüber. [...]

Im epochalen Wettlauf um Macht und Vorherrschaft im 21. Jahrhundert prallen – wie in der Nachkriegszeit des letzten Jahrhunderts – erneut konträre kapitalistische und staatsgelenkte Gesellschafts- und Wirtschaftsmodelle aufeinander. Aber komplett anders als damals ist es nun nicht mehr eine liberale Weltwirtschaftsordnung des Westens, die gegen das kommunistische Weltbild der Sowjetunion und ihre Trabanten antritt. Es sind nicht mehr die „universalen" Urkräfte von Freiheit und Offenheit, die mit mehr Marktwirtschaft und Wettbewerb danach streben, abgeschlossene – teilweise mit Mauern und Stacheldraht abgeschottete – nationale Märkte für die internationale Arbeitsteilung zu öffnen und allein schon durch die damit verbundenen Wohlstandsverbesserungen zum Vorbild für die ganze Welt zu werden. Im Gegenteil revidiert eine nicht für möglich gehaltene Rückkehr von Nationalismus und Protektionismus die Dynamik der Globalisierung. Handelskonflikte, Währungskriege, Strafzölle und Grenzmauern prägen die aktuelle Weltwirtschaftsunordnung. [...]

Der → **Multilateralismus** der Nachkriegszeit basierte auf der Macht des Rechts. Gleichberechtigte Staaten sollten unabhängig von ihrer Größe oder Wirtschaftskraft auf Augenhöhe miteinander nach gegenseitig akzeptierter Marktöffnung streben und beiderseits von den dadurch ermöglichten Spezialisierungsgewinnen, Skalenvorteilen der Massenproduktion und Anreizen für technischen Fortschritt profitieren. Mit der multilateralen Welt(wirtschafts)ordnung gingen eine Aufwertung der kleinen und eine entsprechende Abwertung großer Staaten einher. [...]

In den letzten Jahren ist das Pendel des Multilateralismus weit zurück geschwungen. Zur Ironie der Geschichte wird, dass die USA als Mutterland der Nachkriegsordnung an vorderster Front zur Totengräberin der „Power of law"-Philosophie wird. Die aktuelle „America First"-Doktrin von US-Präsident Donald Trump löst die Macht des Rechts durch das Recht des Stärkeren ab. Die Folgen machen sich vor allem bei den kleine(re)n Ländern negativ bemerkbar, die, auf sich allein gestellt, viel zu schwach sind, um den Interessen der Großen standzuhalten.

Einzig China bleibt ein Gegenpol auf Augenhöhe mit den USA. Mit der Strategie „Made in China 2025" („Zhōngguó [Reich der Mitte] zhìzào 2025", wörtlich: „Das wurde in China hergestellt") will die Regierung in Peking die Volksrepublik vom Ausland weniger abhängig machen, als sie es heute ist. Der Zugriff auf Ressourcen in Afrika und die Seidenstraßen-Offensive sind weitere Mosaiksteine der Machtabsicherung. Europa wird im amerikanisch-chinesischen Kampf um Dominanz und Vorherrschaft im 21. Jahrhundert zum Nebenschauplatz ohne geopolitische Bedeutung, dafür aber abhängig vom Wohlwollen der G2 – sei es bei sicherheitspolitischen Risiken, beim Marktzugang, der Rohstoffversorgung oder beim Zugriff auf neue Technologien.

Thomas Straubhaar: Machtkampf im Cyberspace. Neue Regeln in der Welt(wirtschafts)politik (18.11.2019). https://www.kas.de/de/web/die-politische-meinung/artikel/detail/-/content/machtkampf-im-cyberspace, Zugriff am 31.03.2020

M2 Chinas Public Diplomacy

Was es für ein Unternehmen bedeuten kann, mit seinen Marketing- und Kommunikationsaktivitäten ins Visier der chinesischen Führung zu geraten, demonstriert der Fall Daimler im Februar 2018. Aus Sicht der chinesischen Führung hatte das Unternehmen offensichtlich eine rote Linie überschritten, als es am 5. Februar 2018 auf dem weltweit einsehbaren Instagram-Kanal von Mercedes-Benz ein Zitat des Friedensnobelpreisträgers Dalai Lama postete. Trotz der Sperrung des Social-Media-Kanals in China sorgte der Post gerade dort für Empörung. Die entstehende PR-Krise musste in China gelöst werden, hatte jedoch zugleich Rückwirkungen auf das globale Ansehen des Unternehmens. [...] Die Fallstudie Daimler zeigt exemplarisch, dass es China nicht darum geht, vermeintliche Beleidigungen oder Verletzungen der Gefühle des chinesischen Volkes zu verhindern oder schnellstmöglich vergessen zu machen. Im Gegenteil, das Argument „Beleidigung des chinesischen Volkes" wird instrumentalisiert, um ausländische Unternehmen vor sich herzutreiben und größtmöglichen Nutzen daraus zu ziehen. So geht es der chinesischen Seite einerseits darum, den jeweiligen Fall und die Entschuldigung gegenüber China – quasi als Akt der Unterwerfung

Entwicklung der Krise nach Instagram-Post mit Dalai Lama-Zitat

5. Februar	5./6. Februar	6. Februar	7. Februar	8.–11. Februar
Daimler postet zu Werbezwecken Zitat des Dalai Lama.	Obwohl Instagram in China gesperrt ist, gerät Daimler auf der Online-Plattform Weibo in einen „Shitstorm".	Mercedes-Benz löscht den Post und entschuldigt sich beim chinesischen Volk.	Die Parteizeitung People's Daily bezeichnet Daimler als „Feind des chinesischen Volkes". Daimler-CEO und China-Chef entschuldigen sich bei chinesischen Botschafter in Berlin.	In den internationalen Medien erntet Daimler Spott und Kritik.

Abb. 97.1: Entwicklung der Krise zwischen Daimler und China (Kerstin Lohse-Friedrich, China's Public Diplomacy, v. 05.06.2019, hrsg. v. Mercator Institute for China Studies. https://merics.org/en/report/chinas-public-diplomacy)

– international publik zu machen. Andererseits dient dies auch dazu, Zugeständnisse von den Unternehmen zu erzwingen, seien es weitere Investitionen, personelle Veränderungen oder eine symbolische Stärkung der China-Aktivitäten.

Kerstin Lohse-Friedrich: Chinas Public Diplomacy. Wachsendes Reputationsrisiko für internationale Unternehmen (April 2019). https://www.merics.org/sites/default/files/2019-11/SCREEN_Merics_China-Monitor_PublicDiplomacy_deutsch_02.pdf, Zugriff am 31.03.2020

M3 Chinesische Träume

Chinas Bürger fragen sich, inwieweit ihre Regierung in der Lage ist, existentielle Probleme wie Luftverschmutzung oder Lebensmittelverunreinigungen in den Griff zu bekommen. Sie sind unsicher, inwiefern ihre Kinder in einem auf Tests und beinharter Konkurrenz ausgerichteten Bildungssystem gut aufgehoben sind. Sie sind besorgt, dass nur gute Beziehungen und nicht neutrales Recht ihr Privatvermögen schützen.

Absicherung im Ausland ist für Chinesen nur ein Weg von vielen auf der Suche nach neuen Werteorientierungen. […]

Mit dem Motto „Einige sollen zuerst reich werden" eröffnete Deng Xiaoping China den Weg in eine Wettbewerbsgesellschaft – allerdings ohne Rechtsstaatlichkeit. Somit deutete die KPCh [Kommunistische Partei Chinas] Reichtum zu einem positiven Wert um, für dessen Zweck bis heute alle Mittel heilig sind. Beijing gestand der Bevölkerung alle mit Geld zu bezahlenden, privaten Freiräume zu. Innerhalb dieser soll die Gesellschaft Konsumwünsche und Wahlmöglichkeiten für die individuelle Lebensplanung verwirklichen können. […]

Die von Deng Xiaoping in den 1980er-Jahren ausgegebene Leitlinie […] hat gewaltige Wohlstandgewinne ermöglicht, aber zugleich eine rasante und extreme Kommerzialisierung der chinesischen Gesellschaft in Gang gesetzt. Konsumismus ist zu einer gesellschaftlich dominierenden Werteorientierung geworden.

Durch die im Alltag immer wieder erlebte Käuflichkeit aller nur denkbaren Dienstleistungen und die allgegenwärtige Korruption in Verwaltung und Wirtschaftsleben fühlen sich Chinesen als Opfer eines heruntergekommenen Systems. Viele aber werden selbst zu aktiven Mittätern dieses korrupten Systems, wenn es um die bestmögliche Versorgung mit öffentlichen Gütern (Bildung, Gesundheitsversorgung, behördliche Genehmigungen etc.) geht.

Kristin Shi-Kupfer, Zhu Yi: China Monitor Nr. 5 (28.02.2014). https://www.merics.org/sites/default/files/2019-08/China%20Monitor%20No_5_gesamt.pdf, Zugriff am 31.03.2020

Arbeitsaufträge

1. Fassen Sie die historische Auseinandersetzung zwischen Kapitalismus und Kommunismus zusammen (M1)!
2. Analysieren Sie Chinas Auseinandersetzung mit Daimler unter besonderer Berücksichtigung der Interessen der Beteiligten (M2, Abb. 97.1)!
3. Entwickeln Sie Strategien für Unternehmen, um mit Chinas Public Diplomacy angemessen umgehen zu können. (M2)!
4. Beurteilen Sie die Entwicklung Chinas unter der Leitlinie Deng Xiaopings „Einige müssen zuerst reich werden" (M3)!

7.12 Wohlstandsindikatoren

M1 Wir brauchen neue Indikatoren

Was bedeutet Ihnen im Leben etwas? Und was davon sollte Ihrer Meinung nach in Maßzahlen des nationalen Wohlergehens abgebildet werden? Diese Fragen stellte das britische Statistikamt im Jahre 2011 den Bürgerinnen und Bürgern im Rahmen der vom Premierminister David Cameron angestoßenen Initiative zur Neuvermessung des *National Well-Being*. Bei den über 34.000 Antworten kam heraus, dass den Menschen vor allem folgende Dinge am Herzen liegen: Gesundheit, intakte Beziehungen zur Partnerin oder dem Partner, Familie und Freunden, Zufriedenheit im Beruf und ökonomische Sicherheit, der Zustand der Umwelt sowie eine gute Ausbildung. [...] Solche Indikatoren sind wichtig, weil sowohl Entscheidungsträgerinnen und Entscheidungsträger als auch Bürgerinnen und Bürger einen akkuraten Kompass brauchen, um die gesellschaftlichen Herausforderungen unserer Zeit zu identifizieren und darauf aufbauend zu lösen. Erst mithilfe solcher Daten können wir erkennen, ob unsere Politikmaßnahmen Erfolg haben oder wir in die falsche Richtung steuern.

In der Vergangenheit war dieser Kompass zumeist das Bruttoinlandsprodukt (BIP), also die Summe an Gütern und Dienstleistungen, die innerhalb eines Jahres in einem Land produziert werden. Das BIP hat tatsächlich den Vorteil, dass sich Elemente verschiedenster Mengeneinheiten kombiniert in einer einzigen, international vergleichbaren, monetären Zahl ausdrücken lassen. Weiterhin liegt der Indikatorenwahl die Annahme zugrunde, dass je mehr auf dem Markt produziert wird, desto besser können die Menschen ihre Bedürfnisse befriedigen, ergo desto glücklicher sind sie. Allenfalls die Arbeitslosenrate wurde im Laufe der Jahre darüber hinaus noch als Leitindikator hinzugezogen, wenn es darum ging zu beurteilen, ob es im Land „bergauf" oder „bergab" ging.

Mehr und mehr setzte sich in den vergangenen Jahren jedoch die Einsicht durch, dass es damit nicht getan ist. Denn vor allem das BIP blendet zu viele wichtige Aspekte menschlichen Wohlergehens aus – wie die Antworten im eingangs zitierten britischen Beispiel gezeigt haben. Insbesondere ist unklar, wer eigentlich vom BIP-Wachstum profitiert: So kann das Median-Haushaltseinkommen in einem Land fallen, während das BIP pro Kopf steigt. Ein sogenannter *Trickle-down*-Effekt, bei dem auch die mittleren und unteren sozialen Schichten vom Wachstum profitieren, ist keineswegs garantiert. Außerdem steigt das BIP bei Naturkatastrophen an, es ignoriert Nachhaltigkeitsaspekte sowie sämtliche außerhalb des Marktes erbrachten Leistungen von Haushaltsarbeit bis hin zu ehrenamtlichem Engagement, die jedoch für unser Wohlergehen wichtig sind. [...]

Bereits heute verfügen wir über eine Vielzahl von Sozialindikatoren, die uns über fast alle Aspekte des täglichen Lebens Informationen liefern können. So gibt zum Beispiel das Statistische Bundesamt alle zwei Jahre einen Indikatorenbericht „Nachhaltige Entwicklung in Deutschland" heraus, in welchem die vier Leitlinien der deutschen Nachhaltigkeitsstrategie (Generationengerechtigkeit, Lebensqualität, sozialer Zusammenhalt, internationale Verantwortung) anhand von 35 Maßzahlen sehr anschaulich und detailliert überprüft werden – leider weitgehend ohne große Resonanz in Medien und Politik.

Christian Kroll: Wir brauchen neue Indikatoren – und ein Glücks-Audit für die Politik! (27.06.2012). https://www.bpb.de/apuz/139193/wir-brauchen-neue-indikatoren-und-ein-gluecks-audit-fuer-die-politik-essay?p=all, Zugriff am 07.04.2020

M2 Land im Glück

Es war zum Verrücktwerden. Überall um uns herum Reichtum und Fortschritt, Indien und China – und mittendrin mein kleines Land, Bhutan. Es ist ein armer Staat, jedenfalls wenn man den Maßstab anlegt, mit dem weltweit der Wohlstand gemessen wird: das Bruttosozialprodukt. Deshalb wollte Bhutan nicht seine Menschen wie Gut und Geld behandeln, sondern seine Rohstoffe und Finanzen sozusagen vermenschlichen. Und erfand das Bruttosozialglück.

Heute wird diese Philosophie auch außerhalb der engen Grenzen Bhutans als Alternative global diskutiert. Die Idee ist wahrscheinlich das einzige Geschenk eines Landes, das auf internationale Hilfe angewiesen ist, an die Welt. Kritisch werden wir vor allem immer wieder eins gefragt: Wie, bitte schön, wollt ihr Glück denn messen?

Tatsächlich versuchen die Behörden Bhutans das Glück in Zahlen zu fassen, es zu katalogisieren und messbar zu machen. Wir brauchten Indikatoren, Werte, Zielmarken, denn ohne solche Größen wäre nicht festzustellen, was auf dem Weg zum Glück schon erreicht ist. Glück wäre nicht mehr gewesen als ein schönes Wort, da waren sich alle Experten einig.

Und so erdachten sie ein komplexes Modell: Das Bruttosozialglück sollte auf vier Säulen ruhen – nachhaltige Entwicklung, Bewahrung der Kultur, Umweltschutz und gute Regierungsführung. Die wiederum unterteilen sich in neun Bereiche: psychologisches Wohlbefinden, Ökologie, Gesundheit, Erziehung, Kultur, Lebensstandard, Zeitmanagement, kommunaler Wohlstand und Bekämpfung der Korruption. Kompliziert? Es geht noch weiter.

Der Fortschritt in diesen Bereichen wird anhand von 72 Indikatoren untersucht, die das weite Feld menschlichen Bedürfnisses nach Glück ganzheitlich umfassen sollen. Denn schließlich ist die Idee des Bruttosozialglücks tief im Buddhismus verwurzelt.

Der Versuch, das Glück mit immer präziseren Formeln zu berechnen, hat leider einen großen Nachteil: Es versteht kaum jemand. Vor allem unsere Jugend kann kaum etwas damit anfangen.

„Es ist einfach zu verstehen, aber schwer zu interpretieren", sagt Yeshi, ein 29-jähriger Angestellter, „es ist schwierig, Gefühle wie Glück in Zahlen zu fassen." Ein 30-Jähriger, der im öffentlichen Dienst arbeitet, gibt Yeshi recht: „Diese Idee muss verständlicher werden. Inzwischen ist die Diskussion derart abgehoben, dass sie nur noch Intellektuelle nachvollziehen können."

Vielen Menschen ist einfach nicht klar, was das Bruttosozialglück in ihrem Alltag bedeutet. Deshalb fordert beispielsweise Dasho Karma Ura, bis zum Sommer 2009 der Präsident des Zentrums für Bhutan-Studien und einer der führenden Intellektuellen des Landes, ein Umdenken der Politik, aber auch jedes einzelnen Menschen. „Wir Bürger müssen unsere Einstellung und unser Verhalten ändern", sagt Dasho Karma Ura, „wenn wir wirklich kollektives Glück erhalten und zu ihm beitragen wollen."

Deshalb gibt es eine Kommission für das Bruttosozialglück und Komitees auf verschiedenen Regierungsebenen, die alle Entscheidungen darauf prüfen sollen, ob sie das Glück zum Ziele haben.

Doch in Bhutan können die Menschen seit elf Jahren 50 Kabelfernsehkanäle frei empfangen, es gibt das Internet. Sie sehen, wie anderswo gelebt wird. Das Bruttosozialglück als Idee hat harte Konkurrenz. Deshalb wurde es kürzlich auch im Bildungskanon verankert. Dasho Karma Ura reicht das nicht, er möchte viel mehr solcher Ansätze, in denen den Bürgern die „Gründe erläutert werden, warum die Dinge in Bhutan so und nicht anders gehandhabt werden". Das gelte vor allem für die jungen Leute.

Doch es gibt noch mehr Hürden auf dem Weg zum Glück. So sind auch die Institutionen unserer Regierungen so aufgebaut, dass sie ihr Handeln eher am Bruttosozialprodukt als am Bruttosozialglück orientieren. Das gilt vor allem für viele Ministerien, beispielsweise die für Landwirtschaft, Forst, Handwerk und Finanzwesen. „Deren Fokus auf materielle Aspekte blendet nicht greifbare Faktoren aus, die entscheidend sind für das Glück", kritisiert Bhutan-Forscher Dasho Karma Ura. „Vielleicht wäre es an der Zeit, so etwas wie ein Ministerium für Wohlbefinden oder Verhältnismäßigkeit zu schaffen."

Und die Welt kommt nicht nur durch das Fernsehen nach Bhutan. Es gibt Liberalisierung, Ansätze zum → **Freihandel** und direkte Investitionen ausländischer Unternehmen – alles nicht unbedingt begrüßenswert, wenn man es durch die Brille des Bruttosozialglücks betrachtet. Außerdem bauschten die verantwortlichen Gremien nachrangige Themen auf, kritisieren Skeptiker, statt sich mit so

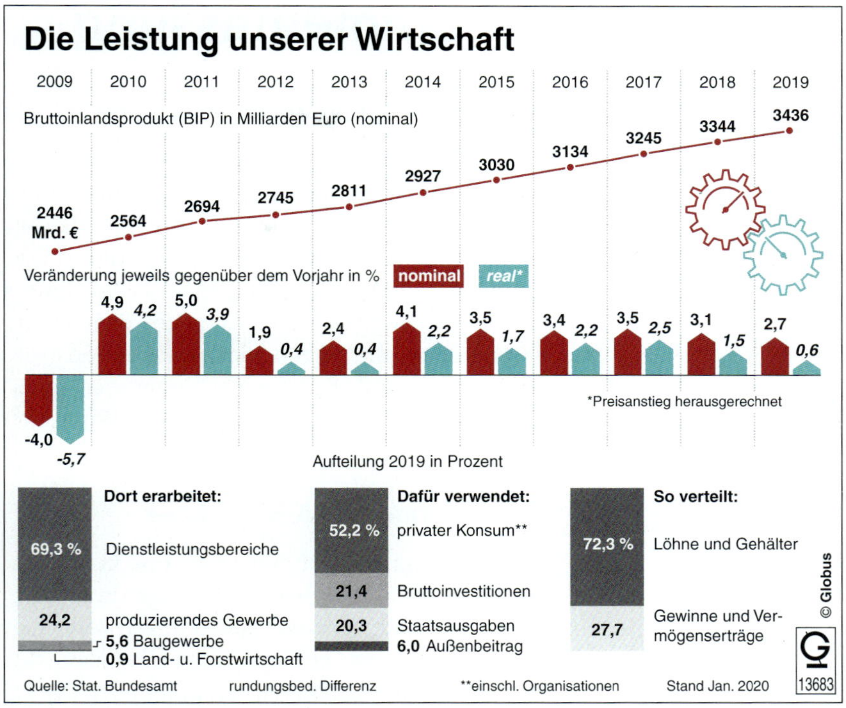

Abb. 99.1: Entwicklung des deutschen BIP seit 2009

entscheidenden Dingen wie dem noch immer ausstehenden Beitritt Bhutans zur Welthandelsorganisation zu beschäftigen.

Mit dem Buddhismus hat das Bruttosozialglück also eines gemein: Sie sind beide noch nicht umfassend verstanden worden, vielleicht geht das auch gar nicht. Es sind beides Ideen, die viele meiner Landsleute aus ihrer jeweils eigenen Sicht diskutieren und interpretieren. Dasho Karma Ura freut das: „Das ist gut, weil die Diskussion über das Bruttosozialglück bedeutet, sowohl über die Zukunft Bhutans als auch über den Sinn des Lebens nachzudenken."

Sonam Pelden: Land im Glück (29.12.2010). https://taz.de/!345171/, Zugriff am 07.04.2020

Arbeitsaufträge

1. Geben Sie die wesentlichen Elemente des Bruttosozialglücks wieder!
2. Erklären Sie die Funktionsweise und Relevanz des Bruttoinlandsprodukts und arbeiten Sie die Kritik an diesem Indikator heraus (M1, Abb. 99.1)!
3. Arbeiten Sie Pro- und Kontra-Argumente des Autors in Bezug auf das Bruttosozialglück heraus (M2)!
4. Entwickeln Sie einen eigenen Wirtschaftsindikator! Berücksichtigen Sie hierbei auch die Fragen des britischen Statistikamtes (M1)!

Zusammenfassung

Globalisierung und Verbraucher(schutz)

In einer globalisierten Wirtschaft ist der einzelne Konsument gezwungen, seine Rolle neu zu interpretieren. Dies kann einerseits zu einer Überforderung und dem Gefühl der strukturellen Unterlegenheit durch z. B. mangelnde Fachkenntnis führen, andererseits bieten sich dem Verbraucher auch neue Möglichkeiten, indem er die Globalisierung durch seine Kaufentscheidungen entscheidend mitgestalten und nach seinen Wünschen verändern kann.

Globalisierung und Arbeitnehmer

Die Auswirkungen auf den Arbeitsmarkt sind offensichtlich: Produktionsverlagerungen in Niedriglohnländer und Stellenabbau in einigen Bereichen stehen Wachstum und Einstellung von neuen Mitarbeitern in anderen Bereichen gegenüber. Die soziale Marktwirtschaft erscheint hierbei als stabiles Modell, das zur Sicherung des Wohlstands beigetragen hat. Gleichzeitig zeichnet sich die deutsche Wirtschaft durch eine hohe Exportabhängigkeit aus, die durch globale Einschnitte der Wirtschaft zum Verhängnis werden könnte.

Die Arbeitnehmerrechte unterliegen in der Globalisierung einem besonderen Druck, da durch die weltweite Produktion auch diese Rechte in einem Konkurrenzkampf zueinanderstehen, in dem transnationale Konzerne erhöhte Produktionskosten in Staaten mit stark ausgebauten Arbeitnehmerrechten anführen. Bei den Arbeitnehmern manifestiert sich dieser Zustand anhand eines durch Studien nachgewiesenen, gestiegenen Stresslevels in Verbindung mit zunehmendem Depressionsrisiko. Dies ist u. a. auf Zeitdruck, mangelnde Anerkennung und Ungerechtigkeiten bei Aufstiegschancen zurückzuführen.

Globalisierung und Unternehmen

Unternehmen sehen sich deutlich gestiegenen Anforderungen gegenüber, um dauerhaft im internationalen Wettbewerb mithalten zu können. So nehmen Allianzen, Fusionen und Kooperationen zu, um mit vereinten Kräften besser aufgestellt zu sein. Globalisierung schafft neue Absatzmärkte und ermöglicht es den Unternehmen, kostenintensive Arbeitsprozesse auszulagern. Zugleich ist die Bündelung von Wissen in bestimmten Regionen möglich, was eine weltweite Arbeitsteilung bedingt und neue Möglichkeiten der Vernetzung schafft.

Besonders flexibel auf Möglichkeiten und Herausforderungen reagieren können die sog. Global Player. Sie sind ökonomisch stark, haben Strategien für die Globalisierung und können ihre Wettbewerbsvorteile auf dem weltweiten Markt ausspielen. Sie können Kosten durch Arbeitsplatzverlagerungen in Niedriglohnländer sparen, Druck auf Staaten hinsichtlich der Steuergestaltung aufbauen und entziehen sich zunehmend der Kontrolle durch nationalstaatliche Machtmittel.

Doch sehen sich die Global Player auch einer großen Abhängigkeit von internationalen Lieferketten und globaler Vernetzung ausgesetzt. So kann z. B. ein Zuliefererboykott eine gesamte Produktion zum Stillstand bringen und das Zusammenbrechen von Lieferketten durch globale Krisen (z. B. Corona-Pandemie) zeigt diese Problematik ebenfalls umfassend auf.

Globalisierung und der Staat

Steuervermeidung und Gewinnverlagerung – aus Sicht der Unternehmen sind dies nachvollziehbare Ziele. Aus Sicht des Staates gilt es, genau das zu vermeiden. Hierbei kommt es in einer globalisierten Welt auf internationale Zusammenarbeit an, um nicht in einen steuerlichen Unterbietungswettbewerb einzutreten.

Als aussichtsreicher Vorschlag gilt, eine internationale Mindestbesteuerung einzuführen, die es den Staaten zwar ermöglicht, niedrige Steuersätze für Unternehmen zwecks Steigerung der Standortattraktivität einzuführen (somit den Mindestbesteuerungssatz zu unterbieten), jedoch gleichzeitig den anderen Staaten das Recht einräumt, die in ihrem Land erwirtschafteten Gewinne mit der Differenz zu besteuern.

Die Auseinandersetzung zwischen Staat und Unternehmen lässt sich beispielhaft an Irland, Apple und der EU nachvollziehen. Während Apple Teile seiner Gewinne durch betriebsinterne Umbuchungen in Irland zu einem Steuersatz von 0,005 % versteuerte, sieht die EU darin eine unerlaubte staatliche Beihilfe und weist darauf hin, dass dem irischen Fiskus von 2003 bis 2014 ca. 13 Milliarden Euro entgangen seien.

Hieran zeigt sich ebenfalls, dass die politischen Strukturen nicht jederzeit und vollständig mit der Entwicklung der Weltwirtschaft und -gesellschaft mithalten können. Weiterhin besteht eine starke Fixierung auf den jeweiligen Nationalstaat, während die Grenzen zwischen Innen- und Außenpolitik zunehmend verschwimmen. Die Möglichkeiten, globale Fragen auf der Ebene des Nationalstaats zu lösen, sind jedoch stark begrenzt, insbesondere hinsichtlich der zunehmenden Vernetzung. Die damit einhergehende Abhängigkeit kann dauerhaft kaum ohne wechselseitige Einmischung erfolgen, um gemeinsam die drängenden Fragen unserer Zeit (Klimawandel, Migrationsbewegungen, Kriege) zu beantworten und tragfähige Konzepte zu entwickeln.

Globalisierung und Klimaschutz

Der durch die Globalisierung gewachsene Wohlstand der westlichen Gesellschaften zeigt sich u. a. in der Freizeitgestaltung. Flugreisen in entfernte Weltregionen sind genauso alltäglich geworden wie die Nutzbarmachung der Natur für die Ausübung von Sportarten. Hierbei sticht der durch den Klimawandel bedrohte Skisport besonders hervor. Allgemein steigende Temperaturen führen zu milden Wintern und damit einer deutlich abnehmenden Zahl von Skigebieten, was die Grenzen des bisher gepflegten Lebensstils aufzeigt.

Während die einen die Bereitschaft zum Verzicht einfordern und auf globale Lösungen zur Reduktion von Treibhausgasen und übermäßigem Konsum drängen, kritisieren andere Deutschland für seine Klimaschutzpläne, die ökonomische und soziale Strukturen angreifen und sogar zusammenbrechen lassen könnten.

Globalisierung und Schwellen- und Entwicklungsländer

Die Schwellen- und Entwicklungsländer stehen vermehrt im Fokus der Globalisierung. Sie sind wichtige Produktionsstandorte für (westliche) Konzerne. Ihre Gesellschaften entwickeln sich schnell und weisen deutliche Verschiebungen in der Binnenstruktur auf. Die Öffnung für den internationalen Markt gilt hierbei für einige Ökonomen als die Chance, zunächst über Exporte für steigende Einnahmen sowohl des Staates als auch der Bevölkerung zu sorgen. Dadurch könne man eine bessere Infrastruktur (Gesundheit, Bildung etc.) aufbauen und durch sich verstärkende Effekte (verbesserter Ausbildungsstand, verbesserte Investitionsbedingungen) ein steigendes Wachstum und ein steigendes Pro-Kopf-Einkommen erreichen.

Die Kritiker der Handelsöffnung führen an, dass eine Ausweitung der Produktion von einfachen Industriegütern durch mehrere Entwicklungsländer zu einer Überproduktion und fallenden Exportpreisen führen könne. Damit liege das Risiko einseitig auf der Seite der Entwicklungsländer.

Dieses Machtgefälle zeige sich ebenfalls am Beispiel der Ausländischen → **Direktinvestitionen**. Die OECD-Länder dominierten deutlich, wenn es darum gehe, dauerhafte Beteiligungen an im Ausland ansässigen Unternehmen zu erwerben. Viele Positionen würden zudem mit Fachkräften besetzt, die nicht aus dem Zielland kämen. Somit würden diese Mitarbeiter nicht ausreichend gefördert und könnten nur wenig zur Wohlstandssteigerung ihres Staates beitragen.

Eine immer stärkere Rolle in den Bereichen der Globalisierung nimmt die Volksrepublik China ein. Diese bildet zunehmend den Gegenpol zu den USA und arbeitet an einer wachsenden Unabhängigkeit vom Ausland. Hierfür hat China seine Investitionen z. B. in Afrika deutlich ausgeweitet und treibt das Projekt der „Neuen Seidenstraße" (siehe S. 11, Abb. 1) voran. Zeitgleich steigt der Druck auf internationale Unternehmen, China nicht durch „Beleidigungen" (siehe S. 96/97) gegen sich aufzubringen, um ihren Absatzmarkt nicht zu gefährden.

Wohlstandsindikatoren

Gesundheit, intakte Beziehungen, ökonomische Sicherheit – Indikatoren wie diese zur Messung des Wohlstands bzw. Wohlbefindens sind wichtig, um den politischen und wirtschaftlichen Akteuren sowie der Gesellschaft eine Orientierung zu geben, welche Bereiche besondere Relevanz besitzen, und ob die ergriffenen Maßnahmen in diesen Bereichen erfolgreich waren.

Das BIP galt lange Zeit als wichtigster Indikator, um Wohlstand zu messen und international vergleichen zu können. Die Annahme lautet, dass ein Mehr an Produktion zu einer erhöhten Bedürfnisbefriedigung führe. Deshalb wird das BIP als Summe aller Güter und Dienstleistungen berechnet, die innerhalb eines Jahres in einem Land produziert bzw. erbracht werden.

Jedoch ignoriert das BIP soziale Ungleichheiten und profitiert sogar durch Naturkatastrophen, da die anfallenden Reparaturarbeiten bezahlt werden müssen und somit zum Wachstum beitragen.

Als Gegenpol zum BIP hat der Staat Bhutan das Konzept des Bruttosozialglücks entwickelt. Dieses berücksichtigt Kategorien wie psychisches Wohlbefinden, Zeitverwendung, Gemeinschaftsleben, kulturelle und ökologische Vielfalt, Bildung und Lebensstandard sowie gute Regierungsführung. In der Ausgestaltung erweist sich das Bruttosozialglück jedoch als extrem komplex. Der Indikator wird daher nur von einem geringen Teil der Bevölkerung verstanden – ein Zustand, der die Akzeptanz des Wohlstandsindikators nachhaltig gefährden könnte.

Musterklausur Kapitel 7 mit Lösung
5xs6tt

Vorbereitung auf die schriftliche Abiturprüfung ABI

Die schriftliche Abiturprüfung im Fach Politik-Wirtschaft wird zentral gestellt. Grundlage für die Aufgabenvorschläge der Abiturprüfung bilden die Einheitlichen Prüfungsanforderungen in der Abiturprüfung (EPA) und das niedersächsische Kerncurriculum, das die EPA durch fachspezifische Kompetenzen konkretisiert.

Die Abiturklausur besteht aus einem Material- und einem Aufgabenteil mit Arbeitsaufträgen. Die Arbeitsaufträge gliedern sich in drei Anforderungsbereiche (AFB), deren Schwierigkeitsgrad in der Reihenfolge der Aufgaben ansteigt.

Überblick über die Anforderungsbereiche

Anforderungsbereich I (AFB I): Reproduktion
Hier sollen Sie ihr fachliches Wissen präsentieren. Stellen Sie fachsprachlich angemessen Materialien vor, stellen Sie ihre Kenntnisse sprachlich distanziert, strukturiert und unkommentiert dar oder reduzieren Sie Sachverhalte auf wesentliche Aspekte.

In diesem AFB sind eigene Analysen oder Bewertungen nicht gefordert.

Anforderungsbereich II (AFB II): Reorganisation und Transfer
In diesem Anforderungsbereich sollen Sie die Position des Autors erfassen und zentrale Aussagen sowie Zusammenhänge und Hintergründe erläutern. Besonders wichtig ist hierbei die Verdeutlichung von Sachverhalten in ihren komplexen Beziehungen und die kriteriengeleitete Untersuchung der Sachverhalte.

Anforderungsbereich III (AFB III): Reflexion und Problemlösung
Dieser Anforderungsbereich stellt hohe Ansprüche an Sie. Hier soll ein Sach- und/oder Werturteil entwickelt werden, das aus einer kritischen Reflexion hervorgeht. Sie sind aufgefordert, konkrete Lösungsmodelle für politische Probleme zu entwickeln und eine abwägende Auseinandersetzung mit der Thematik zu führen.

Textquellenanalyse

Die Analyse von Textquellen ist ein elementarer Bestandteil der schriftlichen Abiturprüfung im Fach Politik-Wirtschaft. Hierbei werden Texte kritisch untersucht, in denen der Autor eine Position zu einem gesellschaftlich umstrittenen Thema einnimmt. Unabhängig von der eigenen Position müssen die Aussagen und Begründungen des Autors kritisch analysiert werden.

Die Analyse erfolgt im Anforderungsbereich II (AFB II) der schriftlichen Abiturprüfung und erfordert eine umfangreiche Auseinandersetzung mit dem Material.

Ein möglicher Aufbau einer Analyse könnte folgendermaßen aussehen:

Einleitung
In der Einleitung werden die formalen Aspekte der Textquelle dargelegt und das Thema benannt. Folgende Punkte sind hierbei von Relevanz:
- Textsorte (z.B. Kommentar, Rede, Interview, Karikatur)
- Autor (Name und Einordnung, z.B. politische oder gesellschaftliche Position)
- Titel bzw. Überschrift
- Ort und Datum der Veröffentlichung
- Benennung des Themas/der zentralen These

Hauptteil
Im Hauptteil werden die folgenden Aspekte herausgearbeitet und kritisch untersucht:

Position des Autors
- Welche Thesen stellt der Autor auf?
- Welche Position ergibt sich daraus?

Begründungsgang
- Welche Begründungen führt der Autor für seine Thesen an?
- Welche Belege und Beispiele nennt er?

Argumentationsweise
- Art der Argumente und Belege
- Multiperspektivität (Nennung von Gegenpositionen) vs. Eindimensionalität (Alternativen bleiben unberücksichtigt)
- Schwachstellen der Argumentation
- Sprachliche Gestaltung der Argumentation (besondere sprachliche Mittel, wie z.B. Metaphern, komplexe Fachausdrücke, Abwertung der Gegenposition)

Intention des Autors
- Absichten und Interessen des Autors
- mögliche Adressaten
- explizite und implizite Aufforderungen

Schluss/Fazit
Zusammenfassung der zentralen Ergebnisse

Beispiel für eine schriftliche Abiturprüfung

Niedersachsen – Politik-Wirtschaft – Abiturprüfung 2017

Grundlegendes Anforderungsniveau – Aufgabe I

Wirtschaftspolitik in der Sozialen Marktwirtschaft

Thema: Soziale Marktwirtschaft und Freihandel

Aufgabenstellung:

1. **Geben Sie die Kritik der Autorin an der Wirtschaftspolitik der Regierung wieder.**

Der Operator „wiedergeben" fordert, Kenntnisse (Sachverhalte, Fachbegriffe, Daten, Fakten, Modelle) und/oder (Teil-)Aussagen mit eigenen Worten sprachlich distanziert, unkommentiert und strukturiert wiederzugeben.

2. **Erläutern Sie ausgehend vom Text mögliche Maßnahmen des Staates, um „Weichen für künftiges Wachstum zu stellen" (Z. 73 f.).**

Der Operator „erläutern" fordert, Sachverhalte zu erklären und in ihren komplexen Beziehungen an Beispielen und/oder Theorien zu verdeutlichen (auf Grundlage von Kenntnissen bzw. Materialanalyse).

3. **Erörtern Sie ausgehend vom Text Chancen und Risiken des Freihandels.**

Der Operator „erörtern" fordert, zu einer vorgegebenen Problemstellung eine reflektierte, abwägende Auseinandersetzung zu führen und zu einem begründeten Sach- oder Werturteil zu kommen.

M1 Maja Brankovic: Mehr Weitsicht

In Deutschland läuft es gerade richtig rund. Immer mehr Menschen finden Arbeit, die Löhne steigen. Die Konsumlaune der Verbraucher ist ungetrübt, in den Unternehmen ist die Stimmung ausgesprochen gut. Auch die jüngsten Wirtschaftsdaten können sich sehen lassen. Schon in der ersten Jahreshälfte 2016 wurden die Erwartungen der Konjunkturbeobachter weit übertroffen, aktuell zeigt die Wirtschaft nach einer kurzen Schwächephase im Sommer nun doch wieder nach oben.

Glaubt man den Konjunkturbeobachtern, sind die Aussichten für die nächsten zwei Jahre nicht schlecht. Die führenden deutschen Wirtschaftsforschungsinstitute rechnen in ihrem aktuellen Herbstgutachten mit 1,9 Prozent Wachstum in diesem Jahr. In den kommenden zwei Jahren wird die deutsche Wirtschaft ihrer Einschätzung zufolge zwar etwas gemächlicher, aber trotzdem ordentlich weiterwachsen.

Das klingt alles wunderbar. Doch ist es um die Zukunft der deutschen Wirtschaft wirklich so gut bestellt? Groß war etwa die Sorge, dass das Brexit-Votum der Briten im Juni seinen Schatten über die deutsche Wirtschaft legen würde. Die Handelsbeziehungen zu Großbritannien sind eng. Hinzu kam die Befürchtung, dass die Unsicherheit über den Verbleib der Briten im europäischen Binnenmarkt die ohnehin geringe Investitionsbereitschaft der Unternehmen in Deutschland und anderswo noch weiter hemmen würde.

Zwar blieb dieser Effekt bislang aus, aber solange nicht klar ist, auf welche Art von Beziehung sich die EU mit Großbritannien in den Austrittsverhandlungen einigen wird, bleiben die Abwärtsrisiken bestehen. Die Sorgen sind dennoch gering: Nicht nur Optimisten erwarten mittlerweile, dass die krisenfeste deutsche Wirtschaft flexibel genug ist, um den Brexit einigermaßen unbeschadet zu überstehen.

Lösungsrelevante Bereiche Aufgabe 1:

- Verweis auf momentan stabile Wirtschaft (trotz kommenden Brexits) (vgl. Z. 5 ff.).
- Benennung zweier zentraler Herausforderungen (Risiken im Welthandel und demographischer Wandel) (vgl. Z. 42 ff.).
- Kritik an Untätigkeit der Regierung im Bereich Freihandelsabkommen (vgl. Z. 69 ff.).
- Ausweitung der Kritik auf mangelnde Bildungsinvestitionen und kurzfristige sozialpolitische Wohltaten (vgl. Z. 83 ff.).

Lösungsrelevante Bereiche Aufgabe 2:

- Sicherung der wirtschaftlichen Zukunft erfordert Handlungen der Regierung im Bereich Welthandel und demographischer Wandel (vgl. Z. 53 ff.).
- Unterscheidung zwischen nationaler Ebene und internationaler Ebene.
- Nationale Ebene: Brankovic fordert Steigerung der Bildungsausgaben ein, zuständig für Bildung sind jedoch primär die Bundesländer, deshalb sind die Handlungsmöglichkeiten des Bundes eingeschränkt.
- Bund kann jedoch durch Ordnungs- (Investitionen in schulische Infrastruktur) und Strukturpolitik (Anreize für Investition in Zukunftstechnologien) steuernd eingreifen.
- Internationale Ebene: Freihandel sei zunehmend unter Druck, somit sei auch Deutschlands Profit in Gefahr; gestaltendes Eingreifen des Staates ist hier z.B. im Bereich der WTO als auch durch protektionistische Maßnahmen denkbar.

Lösungsrelevante Bereiche Aufgabe 3:

- Brankovic postuliert Liberalismus im Bereich des Welthandels und kritisiert Bundesregierung für mangelnden Einsatz im Bereich Freihandelsabkommen (TTIP, Ceta).
- Wohlstand ist für die Autorin direkt mit Freihandel verbunden.
- Handel erscheint nötig, da der Theorie von Ricardo folgend relative komparative Kostenvorteile entstehen, wenn sich Länder auf die Produktion bestimmter Güter spezialisieren.
- Eine mögliche Gefahr hierbei ist die entstehende Abhängigkeit gegenüber anderen Ländern.
- Protektionistische Maßnahmen erscheinen vor diesem Hintergrund als Hemmnis und Gefahr für den Wohlstand.
- Dennoch können z.B. Zölle dazu beitragen, den langfristigen Wohlstand eines Staates durch wachsende Konkurrenzfähigkeit seiner Produkte zu sichern.
- Brankovic lässt die Kritik am Freihandel nicht unerwähnt und führt aus, dass die Bildungsausgaben steigen müssten, um Deutschlands Wettbewerbsfähigkeit dauerhaft zu garantieren.
- Kritiker von TTIP führen aus, dass Standards im Bereich des Verbraucherschutzes in Gefahr seien und somit ein „race to the bottom" stattfinden könne.
- Bei Anwendung der Kriterien Effizienz und Legitimität kann eine Befürwortung des Freihandels festgestellt werden, die jedoch politischer, regulatorischer Gestaltung bedarf.

Von Verhältnissen, wie sie hierzulande derzeit herrschen, können vergleichbare Volkswirtschaften nur träumen. Gesichert ist der Wohlstand in Deutschland trotzdem nicht. Zwei gewaltige Herausforderungen kommen mit großen Schritten auf Deutschland zu, beide allein hätten das Potential, den Wohlstand dauerhaft zu senken. Ein großes Risiko ist der stockende Welthandel.

Erst vergangene Woche hat der Internationale Währungsfonds vor dem schwächelnden Weltmarkt und den Abschottungstendenzen in den Industrieländern gewarnt, die Welthandelsorganisation hatte kurz zuvor ihre Prognose für die Entwicklung des globalen Handels drastisch gesenkt. Wie kaum ein anderes Land hat Deutschland in der Vergangenheit von der Globalisierung profitiert. Die Folgen eines Stillstands könnten also beträchtlich sein.

Die zweite große Herausforderung ist der demographische Wandel. Sicher ist, dass das Verhältnis der erwerbsfähigen zur abhängigen Bevölkerung in Deutschland immer weiter sinken wird. Dies lässt sich auch mit gezielter Migration nicht korrigieren. Ein Weg zum Erhalt des Wohlstands bei einem schrumpfenden Anteil der Erwerbsfähigen wäre eine höhere Arbeitsproduktivität. Doch schon seit einigen Jahren sinkt das Produktivitätswachstum in Deutschland – und das, obwohl die Generation der Babyboomer[1] heute auf dem Höhepunkt ihrer Leistungsfähigkeit ist.

Beide Risiken sind nicht neu. Gerade deshalb ist es bedenklich, wie wenig die schwarz-rote Bundesregierung in der jüngeren Vergangenheit dafür getan hat, die Weichen für künftiges Wachstum zu stellen. In angespannten weltwirtschaftlichen Zeiten bedürfte es einer Regierung, die in der Debatte um den Freihandel entschlossen und einmütig Handlungswillen zeigt. Vor dem Hintergrund der bevorstehenden Bundestagswahl scheint der großen Koalition allerdings der Mut zu fehlen. Ihre Versuche, für die Freihandelsabkommen mit Amerika und Kanada – TTIP und Ceta – zu werben, wirken mittlerweile halbherzig, während Gegner und Zweifler den öffentlichen Raum immer weiter okkupieren.

Noch weniger vorausschauend handelt die Regierung mit Blick auf die alternde Gesellschaft. Dabei sind die möglichen Lösungsansätze kein Geheimnis: höhere Bildungsinvestitionen könnten etwa ein Schlüssel sein. Doch die Bildungsausgaben der Regierung sind im OECD-Vergleich nur durchschnittlich, im frühkindlichen Bereich schneidet Deutschland besonders schlecht ab. Doch anstatt ihre Bildungsausgaben zu erhöhen, hat die große Koalition die hohen Überschüsse der vergangenen Jahre lieber für kurzfristig angelegte sozialpolitische Wohltaten wie die Frührente mit 63 genutzt. Eine Politik mit Weitsicht sieht anders aus, Reformwille auch.

Den optimalen Zeitpunkt zum Handeln hat diese Bundesregierung verpasst. Sie hat den auch durch die extrem lockere Geldpolitik unverhofft entstandenen Spielraum in den Haushaltskassen nicht genutzt, um die Bedingungen für Wachstum in einer alternden Gesellschaft zu verbessern. Die politischen Versäumnisse werden vorerst weiter von der erfreulich robusten Konjunktur verdeckt. Um die notwendigen Anpassungen kommt Deutschland aber nicht herum. Zu befürchten ist, dass diese dann irgendwann unter ungünstigeren Umständen nachgeholt werden müssen.

Aus: Brankovic, Maja: Mehr Weitsicht, 11.10.2016, https://www.faz.net/aktuell/wirtschaft/wirtschaftspolitik/notwendige-wirtschaftsreformen-bleiben-aus-14475083.html (Zugriff am 11.10.2016)

Hilfsmittel

Grundgesetz für die Bundesrepublik Deutschland; Niedersächsische Verfassung ohne ergänzende Kommentare

[1] Babyboomer: Gemeint ist hier die Generation der geburtenstarken Jahrgänge 1955–1969.

Aufbau und sprachliche Gestaltung

Zu Beginn der Abiturklausur (Aufgabe 1) sollten Sie einleitend knapp die formalen Merkmale (Titel, Textsorte, Autor, Zeit) darstellen. Hierbei hat Ihre Darstellung im Konjunktiv zu erfolgen, um sich angemessen von der Meinung des Verfassers zu distanzieren. Achten Sie darauf, die wesentlichen Aussagen so zusammenzufassen, dass diese auch für einen Leser verständlich sind, dem der Ursprungstext unbekannt ist.
Die sich anschließenden Aufgaben aus den Anforderungsbereichen II und III sind als Fachaufsatz unter Verwendung der Fachsprache zu verfassen. Hierbei werden von Ihnen vollständige Sätze erwartet. Eine Ansammlung von Stichpunkten, Skizzen etc. ist unzulässig.
Schaffen Sie Übergänge zwischen den Aufgaben, indem Sie aufgabenbezogene Verbindungen zwischen den Teilaufgaben herstellen.
Beginnen Sie die Teilaufgaben möglichst auf jeweils einem neuen Blatt, um eventuell notwendige Zusätze später hinzufügen zu können. Hierbei sind die Zusätze deutlich zu kennzeichnen, um eine Zuordnung und Nachvollziehbarkeit der Ausführungen sicherzustellen.
Zitate sind, unter Verwendung der genauen Zeilenangabe, in Anführungsstrichen und korrektem Wortlaut darzustellen. Mögliche Einfügungen bzw. Auslassungen sind kenntlich zu machen (Auslassungen z. B. durch folgendes Zeichen: [...]).

Zeiteinteilung

Zunächst müssen Sie sich für einen Klausurvorschlag entscheiden. Nehmen Sie sich hierfür ausreichend Zeit und entscheiden Sie erst nach Sichtung aller Vorschläge und der dazugehörigen Arbeitsaufträge.
Nachdem Sie sich für einen Vorschlag entschieden haben, sollten Sie diesen mithilfe von Textmarkern konzentriert durcharbeiten. Verwenden Sie zudem Notizen und Schlüsselbegriffe, um das Material zu strukturieren.
Anschließend sollten Sie sich eine Grobstruktur erstellen, nach der Sie die Klausur schreiben wollen. Planen Sie hierfür ca. 30–40 Minuten ein. Versehen Sie die Teilaufgaben mit einer ungefähren Bearbeitungszeit, um ausreichend Zeit für das Korrekturlesen (ca. 20 Minuten) am Ende zur Verfügung zu haben.
Zum Schluss nummerieren Sie die Seiten vollständig durch und ergänzen gegebenenfalls noch Zwischenüberschriften.

Bewertung der Abiturklausur

Die Bewertung der Abiturklausur erfolgt sowohl durch Betrachtung der inhaltlichen und methodischen Anforderungen in der Aufgabenstellung als auch durch die Aspekte Qualität (Erfassen der Aufgabe und Herausarbeiten wesentlicher Merkmale, Urteilsqualität, Differenziertheit etc.) und Quantität (Umfang der Argumentation, Vielfalt der Ergebnisse), Kommunikations- und Darstellungsfähigkeit (Fähigkeit, die Ergebnisse angemessen und verständlich darzustellen).
Das Bewertungsschema entspricht dem der gymnasialen Oberstufe. Die Punktevergabe erfolgt also in der Spanne von 0 bis 15 Punkten.
Die Gewichtung der Aufgaben erfolgt regelmäßig in dem Schema 30 % – 40 % – 30 % (AFB I – AFB II – AFB III) der Gesamtpunktzahl.
Den festgelegten Notendefinitionen in Niedersachsen folgend müssen ihre Leistungen für ein mit „gut" bewertetes Prüfungsergebnis den Anforderungen voll entsprechen. Hierfür müssen z. B. die Anforderungen im Anforderungsbereich III zumindest ansatzweise erreicht werden.
Ein „ausreichendes" Ergebnis ist erreichbar, wenn Ihre Leistung zwar Mängel aufweist, aber im Ganzen den Anforderungen noch entspricht (z. B. wurden zentrale Aussagen des Materials in Grundzügen erfasst).
Die Vergabe der Note „gut" setzt auch voraus, dass die Bearbeitung insgesamt argumentativ schlüssig, widerspruchsfrei und sprachlich sowie formal überzeugend unter sicherer Verwendung der Fachsprache ausgearbeitet ist.
Die Vergabe der Note „ausreichend" setzt auch voraus, dass die Bearbeitung insgesamt geordnet, sprachlich korrekt und verständlich ist.

Tipps für die Abiturklausur

Nervennahrung einpacken!
Für eine gute Konzentration ist es wichtig, den Körper ausreichend mit Nahrung und Flüssigkeit zu versorgen. Hierfür bieten sich Energielieferanten wie Äpfel, Bananen und Vollkornbrot besonders gut an. Als Flüssigkeit eignet sich am besten Wasser.

Keine Panik bei den Prüfungsaufgaben!
Nachdem die Aufgaben verteilt wurden, heißt es zunächst: „Durchatmen!". Lesen Sie konzentriert alle Vorschläge mit den dazugehörigen Aufgaben durch, treffen Sie durchdacht Ihre Entscheidung für einen Vorschlag und verschaffen Sie sich einen Überblick. Beginnen Sie dann ruhig und konzentriert mit Ihrer Arbeit.

Positiv bleiben und Auszeiten nehmen!
Sollte es doch einmal nicht so laufen wie geplant, ist das Wichtigste, positiv zu bleiben. Eine anfangs unverständliche Teilaufgabe können Sie zunächst überspringen und aus Ihren Lösungen zu einer anderen Aufgabe neue Motivation schöpfen. Sollte eine kurzfristige Schreibblockade entstehen, nehmen Sie sich eine Auszeit, indem Sie etwas essen oder trinken, aus dem Fenster schauen oder auf die Toilette gehen, um danach die Konzentration wieder auf die Klausur zu lenken.

Die Präsentationsprüfung ABI

1. Formales und Definition

Die Präsentationsprüfung stellt eine **Alternative zur mündlichen Prüfung im fünften Prüfungsfach** dar. Sie besteht grundsätzlich aus zwei Teilen: Im **Präsentationsteil** halten Sie einen mediengestützten Vortrag, den Sie zuvor schriftlich vorbereiten. Im Anschluss erfolgt ein **Prüfungsgespräch**, dessen Inhalte über die im Präsentationsteil zu lösende Aufgabe hinausgehen und größere fachliche Zusammenhänge zum Gegenstand haben.

Sie dürfen einen **Themenvorschlag** für die Prüfung machen, zwei Wochen vor der Prüfung erhalten Sie dann die konkrete Aufgabenstellung. Eine Woche vor der Prüfung müssen Sie die schriftliche Dokumentation für die Präsentation bei der Prüfungskommission einreichen.

Die Aufgabenstellung der Präsentationsprüfung muss alle drei Anforderungsbereiche abdecken. Bereits behandelte Präsentationsthemen dürfen nicht wiederholt werden. Die Präsentationsprüfung muss **mindestens 30 Minuten** umfassen, darf aber **maximal 45 Minuten** dauern. Beide Prüfungsteile sollen in etwa gleich verteilt sein.

In Anlehnung an die AVO-GOBAK des Bundeslandes Niedersachsen, Fassung 01.08.2016, Zugriff am 28.04.2020

2. Die schriftliche Dokumentation

Hinweise zur schriftlichen Dokumentation:
Ihre Dokumentation sollte einen Umfang von drei Seiten (DIN A4; Zeilenabstand 1,5; Schrifttyp Arial) nicht überschreiten und folgende Elemente enthalten:
- Name, Thema, Prüfungsjahrgang, Schule, Prüfer/in
- Angaben zur geplanten Struktur des mediengestützten Vortrages (Gliederung)
- Angaben zur geplanten inhaltlichen Ausrichtung (inhaltliche Schwerpunkte, grundlegende Lösungsansätze)
- voraussichtlich verwendete Präsentationsmedien
- verwendete Quellen (z. B. ein Schulbuch, ein Fachaufsatz und eine angemessene Internetquelle)
- Erklärung zur Eigenständigkeit der erbrachten Leistung

3. Lösungsansätze für die Präsentation

1. Zusammenfassen der Entwicklung des Handelskonflikts zwischen den USA und China (Material 1 und aktuelle Informationen), z. B.:

- **Thema des Materials:** Geplanter Abschluss eines ersten Teilabkommens, um den Handelskonflikt möglichst beizulegen
- **Vorgeschichte und Hintergründe der Eskalation:** Politische und wirtschaftliche Konflikte in jüngster Vergangenheit, beide Nationen konkurrieren auf globaler Ebene um wirtschaftliche und politische Vormachtstellung
- **Aktualisierung:** Aktuell im Zuge der Corona-Krise scheint eine erneute Eskalation des Konflikts wieder möglich.

2. Erläutern der Rolle internationaler Organisationen und Regime in der Konfliktbewältigung bezüglich des Handelskonflikts u. a.:

- WTO-Urteil, welches China gestattet, Milliardenzölle auf US-Produkte zu erheben
- Rolle der WTO für das globale Handelssystem wird skizzenhaft dargestellt
- Machtlosigkeit der WTO, Präsident Trump bekämpft die WTO (Blockade bei Besetzungen), es droht eine Blockade des Welthandelssystems

3. Entwickeln je eines begründeten Positiv- und Negativszenarios zur Entwicklung des Konfliktes, z. B.:

- Positivszenario: Einigung im Handelskonflikt, Beilegung der Streitigkeiten und gemeinsame Weiterentwicklung der WTO
- Negativszenario: Eskalation des Handelsstreits, Spirale protektionistischer Maßnahmen, die die Weltwirtschaft in die Krise stürzen können

Darstellung und Begründung des methodischen Vorgehens (Recherche, fachspezifische Methoden, mediale Aufbereitung)

- Recherche: Internetrecherche, wegen der Aktualität des Themas vorwiegend journalistische Quellen; zu Aufgabe 2 Nutzung von Primärquellen der WTO, Bundeszentrale für politische Bildung o. Ä.

4. Prüfungsgespräch

Das Prüfungsgespräch geht über die in der Präsentation zu lösende Aufgabe hinaus, indem z. B.

- Aspekte der Haltung relevanter internationaler Akteure im vorliegenden Konflikt (China, USA, EU) in anderen – aus dem Unterricht bekannten – internationalen Konflikten thematisiert werden,
- Aspekte der Folgen des Handelskonflikts im internationalen Wirtschaftssystem thematisiert werden.

Niedersächsisches Kultusministerium: Präsentationsprüfung Politik-Wirtschaft. https://www.nibis.de/uploads/mk-bolhoefer/2021/Praesentationspruefung/20191125_Pr%C3%A4sentationspr%C3%BCfung%20Politik-Wirtschaft_final.pdf, Zugriff am 28.04.2020

5. Die Prüfungsaufgabe – ein Beispiel

Thema – Der Handelskonflikt zwischen den USA und China

Textgrundlage: Ning Wang: Was das Teilabkommen für die Verhandlungen zwischen USA und China bedeutet (13.01.2020)

Quelle: https://www.tagesspiegel.de/wirtschaft/entscheidendes-treffen-im-handelsstreit-was-das-teilabkommen-fuer-die-verhandlungen-zwischen-usa-und-china-bedeutet/25424714.html, Zugriff am 28.04.2020

Arbeitsaufträge

1. **Fassen** Sie die Entwicklung des Handelskonflikts zwischen den USA und China - unter Berücksichtigung von Material 1 und aktuellen Informationen - anschaulich **zusammen**.
2. **Erläutern** Sie – ausgehend von Material 1 und unter Verwendung relevanter Quellen – die Rolle internationaler Organisationen und Regime für die Konfliktbewältigung des amerikanisch-chinesischen Handelskonflikts.
3. **Entwickeln** Sie – unter Berücksichtigung aktueller Informationen – je ein begründetes Positiv- und Negativszenario zur Entwicklung des Handelskonflikts zwischen den USA und China.

M1 Was das Teilabkommen für die Verhandlungen zwischen USA und China bedeutet

Es ist eine Reise, von der viel abhängt. An diesem Montag bricht Chinas Vize-Ministerpräsident Liu He mit einer hochrangigen Delegation nach Washington auf, um dort ein Teilabkommen mit den Amerikanern zu unterschreiben. Geplant ist die Unterzeichnung für Mittwoch.

US-Präsident Donald Trump hat allerdings bereits angekündigt, dass sich dieser Termin auch noch leicht nach hinten verschieben könnte. An sich scheinen sich die USA und China aber einig zu sein. Trump selbst hatte bereits im Dezember einen „sehr großen Deal" angekündigt. „Sie wollen es – und wir auch", hatte er vor Weihnachten gesagt.

Der US-Präsident will vorerst auf Zölle auf chinesische Importe verzichten. Zudem erklärte er sich einverstanden, einige bestehende Abgaben zu senken. Im Gegenzug soll Peking doppelt so viel Agrarprodukte aus den USA importieren als noch 2017. An den Einzelheiten des Deals dürften die Anwälte beider Seiten jedoch bis zuletzt sitzen. Das chinesische Handelsministerium wollte sich bislang nicht äußern – besonders nicht zu der geplanten Ausweitung der Importe aus den USA. Und: Auch mit der Unterzeichnung dürfte Ökonomen zufolge der Handelskonflikt zwischen den beiden Großmächten noch lange nicht beigelegt sein. Darauf weist zum Beispiel Nobelpreisträger Paul Krugman hin. Er argumentiert, dass die „Chinesen ihre Industriepolitik nicht ändern werden". […]

Viel hängt deshalb von der zweiten Phase der Verhandlungen ab. Das weiß auch Trump, der bereits angekündigt hat, umgehend weitere Gespräche mit China aufnehmen zu wollen. Zu einer endgültigen Einigung mit Peking könnte es dennoch womöglich erst nach den Präsidentschaftswahlen kommen. Trump hofft, dann einen besseren Deal für die USA aushandeln zu können.

Auch wenn die Unterzeichnung eines ersten Teilabkommens am Mittwoch nur eine kurzfristige Lösung ist, reduziert sie den Druck: Die Gefahr eines weiter eskalierenden Handelskriegs nimmt damit ab. Der soll die Weltwirtschaft nach Berechnungen des Internationalen Währungsfonds (IWF) schon jetzt rund 700 Milliarden Dollar gekostet haben. Schließlich dauert der Konflikt zwischen den USA und China nun bereits seit zweieinhalb Jahren an. […]

Ausgelöst hatte Trump ihn, als er zu der Überzeugung gekommen war, die USA besser gegen die Dumpingpreise der chinesischen Stahl- und Aluminiumindustrie schützen zu müssen. Er verhängte daraufhin Strafzölle. Im März 2018 legte die Trump-Regierung dann nach und stellte eine Untersuchung vor, in der China unfairer Umgang mit amerikanischen Technologien und geistigem Eigentum vorgeworfen wurde.

Im Kern geht es für Trump vor allem darum, das Handelsdefizit mit China abzubauen. Und seine Rechnung scheint aufzugehen: Berichten der US-Statistikbehörde zufolge ist das Defizit im November um 3,9 Milliarden Dollar auf rund 43 Milliarden gesunken. Damit fällt das Defizit so niedrig aus wie seit vier Jahren nicht mehr. […]

Chinas Staats- und Parteichef Xi Jinping hätte sich sicher lieber erst einmal weiter auf das Wirtschaftswachstum und den Ausbau der chinesischen Vorherrschaft in den Bereichen Technologie, Künstliche Intelligenz oder E-Mobilität konzentriert. Doch Trumps Drohgebärden machten ihm einen Strich durch die Rechnung.

Dabei zeigt sich auch in den Verhandlungen, wie viel größer Chinas Selbstbewusstsein in den vergangenen Jahren geworden ist. Der Ton aus Peking ist heute harscher denn je. Immer häufiger wird, zumindest verbal, genauso hart zurückgeschlagen – nur dass das international wenig wahrgenommen wird. […]
Für US-Präsident Trump steht die Wiederwahl auf dem Spiel. Um sie gewinnen zu können, muss er zumindest Teilerfolge im Handelskonflikt vorweisen. Chinas Machthaber Xi wiederum hat für 2020 ausgerufen, die Armut im Land soweit beseitigen zu wollen, dass die meisten Menschen sich einen bescheidenen Wohlstand erarbeiten können.

Darüber hinaus öffnet sich China der Welt wirtschaftlich so weit wie nie zuvor. Das Land setzt allerlei Reformen um, auch um sich als zivilisiert, weltoffen und tolerant zu präsentieren. Dabei geht es um Technologietransfer, unfaire Wettbewerbsbedingungen und die Frage, wie geistiges Eigentum geschützt werden kann. All das kostet Peking viel Kraft. Eine weitere Eskalation im Handelskonflikt mit den USA wäre keine gute Basis, um weiter internationale Investoren zu locken.

Vorbereitung auf die mündliche Abiturprüfung ABI

In den vergangenen Monaten haben wir Sie – wenn es gut gelaufen ist – erfolgreich durch die Qualifikationsstufe bis hin zur schriftlichen Abiturprüfung begleitet. Sie sind weit gekommen – herzlichen Glückwunsch!

Nun steht Ihnen die hoffentlich letzte Prüfung Ihrer Schullaufbahn bevor: Ihre mündliche Abi-Prüfung, die für Sie mit Sicherheit nicht die letzte, aber doch die erste längere Prüfung sein wird, während der Sie sich Auge in Auge einer Prüfungskommission gegenüber sehen und Rede und Antwort stehen müssen. Das letzte Methodenkapitel dieser Reihe unterstützt Sie bei der sinnvollen Vorbereitung Ihrer mündlichen Prüfung/en.

1. Mündliches Abitur – eine ganz besondere Prüfung

Sind Sie schon jetzt nervös, wenn Sie an die Prüfungssituation denken, Auge in Auge mit drei Lehrkräften? Die ganze Zeit sprechen, und das 20 Minuten lang? Seien Sie ganz sicher: Fast jeder Prüfling, der jemals im mündlichen Abitur gestanden hat, war aufgeregt – und hat die Situation doch gemeistert.
Aber es stimmt, das mündliche Abitur ist in vielerlei Hinsicht eine besondere Prüfung für Sie – mit Unwägbarkeiten, die Sie vielleicht verunsichern, aber auch mit Chancen.
Richtig ist, dass es sich vermutlich um Ihre erste längere mündliche Prüfung handelt. Richtig ist auch, dass Ihre Äußerungen eine direkte Rückmeldung hervorrufen – dies können z. B. Zustimmung, Nachfragen oder weitergehende Vertiefungsfragen sein. Andererseits ist gerade dieser „direkte Draht" zwischen Prüfer und Prüfling hilfreich für einen positiven Verlauf der Prüfung. Keine Lehrkraft sucht Ihre Wissenslücken, sondern versucht das, was Sie gelernt haben, zu erfragen. Daraus folgt, dass auch Sie als Prüfling den Prüfungsverlauf aktiv gestalten können, einerseits durch einen guten, runden Prüfungsvortrag zu Beginn, andererseits indem Sie versuchen, die Prüfung auf Gegenstände zu lenken, in denen Sie gut vorbereitet sind.
Hilfreich ist es in jedem Fall, sich den Ablauf einer Prüfung formal vorzustellen und dann eine Prüfung zu simulieren.

2. Formaler Ablauf einer mündlichen Abiturprüfung

Auch für Ihre mündliche Prüfung gibt es eine **Prüfungskommission**, die aus drei Lehrkräften besteht. **Prüfer/in** ist Ihre Fachlehrkraft, daneben gibt es eine/n **Schriftführer/in**, die/der ebenso wie die Prüferin/der Prüfer das Prüfungsfach unterrichtet und schließlich eine/n **Prüfungsvorsitzende/n**. Mit dieser Kommission sitzen Sie in der Prüfung zusammen.

- Vor der eigentlichen Prüfung erhalten Sie Prüfungsaufgaben und -materialien, für die Sie 20 Minuten Vorbereitungszeit haben und Aufzeichnungen anfertigen dürfen. Neben Texten sind im Fach Politik/Wirtschaft Karikaturen beliebte Prüfungsmaterialien.
- Dann findet die Prüfung statt – diese dauert in der Regel ca. 20 Minuten und besteht aus ihrem Prüfungsvortrag zu den Aufgaben und aus einem sich anschließenden Prüfungsgespräch. Die Prüfung darf sich inhaltlich nicht auf nur ein Schulhalbjahr beziehen.

Nach der Prüfung legt die Prüfungskommission das **Ergebnis** fest, das Ihnen am Tag der Prüfung mitgeteilt wird. Auch für die mündliche Prüfung gelten die sogenannten Einheitlichen Prüfungsanforderungen für das Abitur (EPA) der Kultusministerkonferenz, die die Noten **gut** und **ausreichend** definieren.

3. Simulation einer mündlichen Abiturprüfung

Die Prüfungssituation durchzuspielen, mit ihr vertraut zu sein, verleiht Sicherheit und hilft, Abläufe richtig einzuordnen. In die folgende Prüfungssimulation wird daher möglichst der gesamte Kurs eingebunden.

1. Teil: Vorbereitung

- Themenauswahl: Suchen Sie Zeitungsartikel (auch online) und/oder Karikaturen zu abiturrelevanten Themen und bringen Sie diese mit in den Unterricht (max. 300 Wörter, mit Karikatur weniger, abhängig vom Schwierigkeitsgrad. Ihre Lehrkraft kann auch ältere Prüfungsaufgaben mitbringen).
- Arbeiten Sie in Kleingruppen zu dritt: Entscheiden Sie sich für ein/e Material/-kombination und entwerfen Sie zwei bis drei Aufgabenstellungen dazu (drei Anforderungsbereiche beachten!) sowie mögliche Prüfungsfragen, die Sie notieren. Dieser Schritt dient auch der Wiederholung von Aufgabenstellungen bzw. Operatoren und der Anforderungsbereiche. Sie können diesen Schritt auch übergehen, wenn Ihre Lehrkraft die Vorbereitung vollständig übernimmt.

2. Teil: Prüfungssimulation

- Stellen Sie an einer Stelle im Raum eine Sitzordnung zur Prüfung auf (fünf Plätze mit Tisch und Stuhl).

- Die Lehrkraft teilt nun eine oder mehrere Prüfungen mit Materialien und Arbeitsaufträgen aus. Mindestens drei oder vier Schülerinnen oder Schüler erhalten jeweils die gleichen Materialien. Alle haben nun 20 Minuten Bearbeitungszeit, um einen Prüfungsvortrag auszuarbeiten.
- Besetzung des Prüfungsgremiums, Aufgabenverteilung: Aus den themengleichen Gruppen werden nun ausgelost: Prüfling – Schriftführer – Vorsitzender – gegebenenfalls ein weiterer Prüfer (neben der Lehrkraft).
- Prüfling und Kommission nehmen ihre Plätze ein, simulieren dann die Prüfung (mindestens 10 Minuten).
- Nach Beendigung der Simulation darf der Prüfling auf seinen Platz gehen (Er/sie verlässt so symbolisch den Raum und beendet seine Rolle.). Prüfer und Schriftführer tragen nun ihre Beobachtungen und Wertungen zusammen und machen einen Notenvorschlag (Alle hören zu.). Der Vorsitzende ergänzt, legt die (Simulations)Note fest und verkündet sie laut.
- Bewertet werden unter anderem folgende Aspekte: Wurde die Aufgabe richtig verstanden, d.h., wurden die Operatoren beachtet? Wurde die Aufgabe vollständig bearbeitet? Wurden die Aufgabenteile sinnvoll gewichtet? Wurde die Problemstellung des Textes und sein Anliegen richtig erfasst? Wurden die Kernaussagen dargestellt? Wurde Fachsprache (Fachtermini) korrekt verwendet? Wurde die eigene Argumentation und Meinung gut begründet und nachvollziehbar präsentiert, also durch politik- und sozialwissenschaftliche Positionen, Inhalte oder Denkmodelle untermauert?
- Manöverkritik: Prüfling, Kommission und Zuschauer geben eigene Gefühle und Eindrücke zum Geschehen wieder, diskutieren Stärken der Prüfung und Lösungswege bei Problemen. Die Lehrkraft ergänzt durch Erfahrungen und Informationen, gibt die Note und teilt Verbesserungsvorschläge mit.

4. Zum Schluss: Letzte Tipps für Ihre mündliche Prüfung

1. Zeitmanagement: Fangen Sie rechtzeitig mit der Vorbereitung an, lernen Sie nicht auf Lücke, konzentrieren Sie sich bei der Vorbereitung zunächst eher auf thematische Zusammenhänge als auf Details. Prägen Sie sich einen roten Faden der Themen (eine Struktur, die Unterthemen miteinander verknüpft) ein.

2. Intelligent lernen: Überlegen Sie, wo es thematische Schwerpunkte gab. Denken Sie sich eigene Arbeitsaufträge aus, die Sie auf Karteikarten notieren (kann auch nur ein Stichwort sein). Notieren Sie die kurze (!) Lösung auf der Rückseite. Fragen Sie sich ab und beantworten Sie die Frage im lauten Selbstgespräch.

3. Nervosität in der Prüfung: Trockener Mund, rote Birne, Tunnelblick, Wortfindungsstörungen – alles ist erlaubt! Notieren Sie den ersten Satz für Ihre Prüfung vollständig, das verleiht Ihnen Sicherheit. Geben Sie gegebenenfalls Prüfungsangst auch zu. Ihre Prüfer sind auch nur Menschen und werden dafür Verständnis haben.

4. Strukturiert sein: In den meisten Prüfungssituationen bekommen Sie die Möglichkeit, mit einigen einleitenden Worten das Thema vorzustellen. Hier können Sie den weiteren Verlauf der Prüfung mitgestalten, indem Sie den Lernstoff unkompliziert und verständlich vortragen und gezielt Schwerpunkte setzen. So geben Sie sich selbst und auch der Prüferin/dem Prüfer eine klare Struktur.

5. Wer sich wohlfühlt, leistet mehr: Erscheinen Sie ausgeruht zur Prüfunng. Frühstücken Sie vorher.

6. Überblick behalten: Nehmen Sie sich eine Uhr mit, damit Sie Ihre 20 Minuten Vorbereitungszeit im Auge haben. Bearbeiten Sie in jedem Fall alle Aufgaben.

7. Schwieriges Thema „Dress-Code"? Keine Prüfung im deutschen Bildungswesen macht Äußerlichkeiten zum Maßstab der Bewertung – und dennoch: Sie sollten schon aus Höflichkeit durch Ihr Äußeres signalisieren, dass Sie die Prüfung (und die Prüfer) ernst nehmen.

Für die Jungs: Sie müssen keinen Schlips anlegen, aber lassen Sie die kurze Hose im Schrank, tragen Sie lieber ein Hemd zur langen Hose – schließlich sind Sie keine 10 mehr.

Für die Mädchen: Hose oder Rock oder Kleid, egal – aber in keinem Fall den Eindruck erwecken, Sie wollten durch Sexappeal zu Punkten kommen! Also: Nicht zu kurz oder zu tief ausgeschnitten auftreten.

Das gilt übrigens auch für jedes Vorstellungsgespräch.

8. „Der erste Eindruck zählt – der letzte entscheidet!"

So lautet ein geflügeltes Wort. Sie haben gar keinen Bock mehr zu lernen, und eigentlich sollte alles zum Bestehen gereicht haben? Sie müssen in eine Nachprüfung, nicht, weil Sie noch nicht bestanden haben, aber weil Sie in der schriftlichen Prüfung wesentlich schlechter (oder besser) abgeschnitten haben als in der Qualifikationsstufe? Sie glauben, Sie haben eh alles im Griff und mündlich lief es doch eigentlich immer ganz gut (gelegentlich auch mal mit solidem Halbwissen)? Halt! – Tun Sie sich selbst den Gefallen und bereiten sich auch dann, wenn Sie ganz unmotiviert sind, ein letztes Mal gewissenhaft vor. Glauben Sie uns: Es fühlt sich richtig bescheiden an, wenn Sie das Ding verhauen. Die Prüfungsnote begleitet Sie Ihr gesamtes Leben auf dem Abi-Zeugnis und Sie werden dieses öfter vorzeigen müssen, als Sie heute denken. Und die Vorbereitung auf die nächste mündliche Prüfung, vielleicht im Studium, fühlt sich auch schlechter an, wenn Sie an eine verhauene Abi-Prüfung zurückdenken müssen. Also: Zeigen Sie Haltung und hängen Sie sich rein! Gutes Gelingen!

Glossar

Allokation: Verteilung der verfügbaren Produktionsfaktoren auf die verschiedenen Produktionsmöglichkeiten in einer → **Volkswirtschaft**. Da alle Produktionsfaktoren (Maschinen, Rohstoffe) Geld kosten (um sie zu kaufen oder zu nutzen), ist eine möglichst optimale Allokation, d. h. der bestmögliche Einsatz der begrenzt verfügbaren Produktionsfaktoren, anzustreben, um Gewinne zu erzielen. Es darf nichts vergeudet werden. In einer Marktwirtschaft wird die Allokation durch flexible und anpassungsfähige Märkte gesteuert. (siehe Seite 46, 49, 56)

Arbeitnehmerfreizügigkeit: Die Arbeitnehmerfreizügigkeit ist ein Kernbestandteil des für alle EU-Mitgliedstaaten verbindlich geltenden Unionsrechts. Sie stellt gemeinsam mit der Niederlassungsfreiheit eine besondere Form der Personenfreizügigkeit dar. (siehe Seite 57)

Arbeitskosten: durchschnittlicher Stundenlohn plus Lohnzusatzkosten. (siehe Seite 68, 71, 84, 92)

Arbeitsproduktivität: → Produktivität

Autarkie: die Selbstversorgung einer → **Volkswirtschaft** unabhängig von Importen. (siehe Seite 42, 91)

Ceteris-Paribus-Regel (c. p.) = unter sonst gleichen Bedingungen: In der → **Volkswirtschaft** übliche Klausel oder Annahme, bei der jeweils nur eine Variable geändert wird und man davon ausgeht, dass alle anderen Einflussfaktoren unverändert bleiben. (siehe Seite 34)

Deregulierung: die Abschaffung staatlicher Regelungen und Beschränkungen des Wirtschaftslebens sowie die Verminderung von staatlichen Eingriffen. (siehe Seite 18, 58)

Devisenreserven: die Reserven eines Wirtschaftssystems an international akzeptierten fremden Währungen. Es sind die Reserven einer Zentralbank entweder ohne oder mit den Devisenbeständen von Banken und Unternehmen. Währungsreserven beschreibt den Bestand der Zentralbank an Fremdwährungen, d.h. internationalen Zahlungsmitteln. (siehe Seite 67)

Direktinvestitionen sind Kapitalanlagen im Ausland, die auf unternehmerische Beteiligung abzielen. Zu den Direktinvestitionen zählen u.a. die Errichtung von Auslandsniederlassungen, der Kauf von ausländischen Unternehmen, der Erwerb von ausländischen Beteiligungen oder Investitionen in ausländische Zweigwerke und Tochterbetriebe. Richtung und Umfang der Direktinvestitionen können u.a. ein Anhaltspunkt dafür sein, ob ein Land international als attraktiver Standort gilt oder nicht. (siehe Seite 10, 11, 18, 42, 67, 68, 70, 92, 93, 94, 101)

Doppelte Buchführung: Doppelte Buchführung besagt im Grundsatz, dass eine Transaktion immer auf beiden Seiten einer Bilanz aufgeführt werden muss und beide Seiten sich gegenseitig ausgleichen. (siehe Seite 67)

economies of scale: Kostenvorteile, die sich aus der Produktion großer Mengen ergeben (z.B. infolge von Mengenrabatten bei der Rohstoffbeschaffung, Rationalisierungsvorteilen, Erfahrungszuwachs). (siehe Seite 30, 38, 42, 46)

Energieunion: Mit der Energieunion ist eine Vertiefung der nationalen Energie- und Verbundmärkte in den Mitgliedstaaten der Europäischen Union und eine Weiterentwicklung der Energiepolitik der Europäischen Union beabsichtigt. Die Energieunion wird teilweise auch als Energie- und Klimaunion bezeichnet. (siehe Seite 56)

Entsenderichtlinie: Die Entsenderichtlinie (von 1996) beseitigt Hindernisse für die Dienstleistungsfreiheit in der EU. Sie gilt für Unternehmen, die Arbeitnehmer zeitlich begrenzt in einen anderen Mitgliedstaat entsenden. Ziel ist, den Arbeitnehmern die Mindestschutzbestimmungen des Staates zu garantieren, in den sie entsandt werden (z.B. Höchstarbeitszeiten oder Mindestlöhne). Der Staat darf aber von Unternehmen bei der Durchführung öffentlicher Aufträge nicht die Bezahlung von Tariflöhnen verlangen, die über dem im Arbeitnehmerentsendegesetz festgelegten Mindestlohn liegen. Da in anderen Mitgliedstaaten die Mindestlöhne niedriger sind, würde ausländischen Unternehmen eine zusätzliche wirtschaftliche Belastung auferlegt und die Dienstleistungsfreiheit beschränkt werden. (siehe Seite 58)

Europäische Agrarpolitik: Die Grundlagen der Gemeinsamen Agrarpolitik, Abkürzung GAP, wurden Ende der 1950er-Jahre geschaffen. Ausgangspunkt ist, dass die auf dem freien Markt und bei freier Einfuhr erzielbaren Preise für einheimische landwirtschaftliche Produkte die hiesigen Erzeugerkosten nicht decken. Deshalb wird der Agrarmarkt in allen hoch industrialisierten Staaten durch Marktordnungen reguliert. Sie legen beispielsweise Mindestpreise für Agrarprodukte fest und garantieren den Bauern die Abnahme ihrer Erzeugnisse zu diesen Preisen. Der hohe Anteil der Agrarausgaben am EU-Haushalt führten zu einer Strukturänderung der GAP weg von Markt- und Preisstützung hin zur direkten Einkommensstützung. Durch die Agrarreformen 2000 und 2003 sollen einerseits die Marktordnungsausgaben zugunsten von Direktzahlungen deutlich reduziert werden. Andererseits hat die Entwicklung des ländlichen Raums angesichts der erreichten Selbstversorgung der EU sowie des Schutzes der natürlichen Umwelt und einer ökologisch nachhaltigen Landwirtschaft an Bedeutung in der Agrarpolitik gewonnen. (siehe Seite 62)

Europäische Gemeinschaft (EG): Sammelbezeichnung (seit 1967) für die drei Europäischen Gemeinschaften: → **Europäische Gemeinschaft für Kohle und Stahl**, Europäische Wirtschaftsgemeinschaft und Europäische Atomgemeinschaft (EAG). Mit dem Vertrag von Maastricht wurde 1993 die **EG** zu einem Teil der → **Europäischen Union**. (siehe Seite 52)

Europäische Gemeinschaft für Kohle und Stahl (EGKS): 1952 entstandene Vereinigung zur gemeinsamen Verwaltung und Kontrolle der gesamten Kohle- und Stahlproduktion der 6 Gründerstaaten der **EGKS** (Montanunion). Sie gilt als Gründungsgemeinschaft der späteren → **EU**. Ziele waren die Förderung von Wachstum und Beschäftigung im Montanbereich, ein gemeinsamer Markt für Kohle, Schrott und Stahl, ein unverzerrter Wettbewerb und soziale Fortschritte (Mitbestimmung). Der EGKS-Vertrag lief 2002 aus, die Aufgaben der Montanunion gingen auf die → **Europäische Gemeinschaft (EG) über.** (siehe Seite 50, 52)

Europäische Schuldenkrise (Euro-Schuldenkrise): Die Staatsschuldenkrise bezeichnet die Krise einiger Euroländer wie Griechenland, Irland, Spanien oder Portugal. Die Bezeichnung Euro-Schuldenkrise ist dabei differenziert zu sehen, da es sich nicht direkt um eine Krise des Euro als Währung handelt, sondern um eine Schuldenkrise einiger Mitgliedstaaten der → **Eurozone**. Die Schuldenkrise steht teilweise im Zusammenhang mit den Auswirkungen der Finanzmarktkrise, ist teilweise aber auch Folge unsolider Finanzpolitik in einigen Euroländern mit Haushaltsdefiziten und Schuldenständen in erheblicher Höhe jenseits aller Defizitkriterien des Stabilitäts- und Wachstumspakts. Einige Länder standen bzw. stehen vor einer Staatsinsolvenz. Verschärft wurde die Situation auch durch Spekulationen und durch

Ratingagenturen, die mehrere Staaten und deren Banken in ihrer Bonität herabstuften. Unter Einbeziehung des Internationalen Währungsfonds IWF (Beteiligung an Krediten und Bürgschaften für die Krisenländer) und der Europäischen Zentralbank (Niedrigzinspolitik, Ankauf von Anleihen der Krisenländer) wurden innerhalb der Staaten der Eurozone mehrere Rettungsschirme verabschiedet, letztlich mit dem Europäischen Stabilitätsmechanismus ein dauerhafter Rettungsschirm geschaffen. Weiterhin wurden mit dem Fiskalpakt strengere Haushaltsregeln beschlossen. (siehe Seite 53, 54)

Europäische Union (EU): wirtschaftliches und politisches Bündnis von 27 Staaten in Europa, 1993 mit dem Vertrag von Maastricht gegründet. Bereits bestehende Gemeinschaften (→ **EGKS**, EWG, EURATOM) wurden durch die zwischenstaatliche Zusammenarbeit auf zwei weiteren Politikfeldern ergänzt: Gemeinsame Außen- und Sicherheitspolitik und die Zusammenarbeit im Bereich Justiz und Inneres. (siehe Seite 18, 22, 44, 50, 52, 60, 62, 68, 80)

Eurozone: Alle Mitgliedstaaten der EU – mit Ausnahme von Dänemark – haben sich dazu verpflichtet, den Euro als gemeinsame Währung einzuführen und auf die Erreichung und Einhaltung der → **Konvergenzkriterien** hinzuarbeiten. (siehe Seite 53, 74)

Everything But Arms: „Alles Außer Waffen" ist ein präferenzielles Handelsabkommen (Handelspräferenz) zwischen der Europäischen Union und den 49 weltweit am wenigsten entwickelten Ländern. Das Abkommen wurde am 26. Februar 2001 beschlossen. Zweck dieser Initiative ist es, den 49 ärmsten Ländern der Welt einen zoll- und quotenfreien Zugang zum europäischen Markt zu gewähren. Von dieser Regelung ausgenommen sind Rüstungsgüter. (siehe Seite 62)

Freihandel: ein internationaler Waren- und Dienstleistungsverkehr, der keinerlei Zollschranken oder anderweitigen (z. B. mengenmäßigen) Handelsbeschränkungen unterliegt. (siehe Seite 6, 33, 40, 42, 46, 48, 49, 63, 93, 99)

GATT (*General Agreement of Tariffs and Trade*) ist das allgemeine Zoll- und Handelsabkommen von 1947. Es soll den weltweiten Handel begünstigen und Zollschranken senken. GATT wurde 1995 durch die WTO (*World Trade Organization*) ersetzt. (siehe Seite 7, 13, 20, 29, 40)

Geoblocking: Das Geoblocking ist die im Internet eingesetzte Technik zur regionalen Sperrung von Internetinhalten durch den Anbieter. Die Technik kommt insbesondere beim Urheberschutz über das Internet verbreiteter Werke wie Filme und Fernsehübertragungen zum Einsatz. (siehe Seite 57)

ILO: Die Internationale Arbeitsorganisation (International Labour Organization = ILO) ist eine Sonderorganisation der Vereinten Nationen und damit beauftragt, soziale Gerechtigkeit sowie Menschen- und Arbeitsrechte zu befördern. (siehe Seite 58, 80)

Konvergenzkriterien: Die im Vertrag von Maastricht festgelegten Konvergenzkriterien sind die Eintrittsbedingungen für die **EWG**. Diese Eintrittskriterien sollen zusammen mit dem 1997 vereinbarten Stabilitäts- und Wachstumspakt die Stabilität der gemeinsamen europäischen Währung Euro sicherstellen. Hierzu gehören die → **Preisstabilität** (die Inflationsrate darf max. 1,5 Prozent über derjenigen der drei preisstabilsten Mitgliedsstaaten liegen), das Haushaltsdefizit (die Neuverschuldung darf höchstens 3 Prozent des BIP betragen), die Verschuldung (die Gesamtverschuldung der öffentlichen Haushalte darf 60 Prozent des BIP nicht übersteigen), stabile Wechselkurse (vor Aufnahme in die Währungsunion muss ein Beitrittskandidat mindestens zwei Jahre am Wechselkurssystem des Europäischen Währungssystems teilnehmen, ohne seine Währung abzuwerten und die Zinsen (der Zinssatz für langfristige Anlagen darf höchstens 2 Prozent über dem der drei preisstabilsten Mitgliedsländer liegen). (siehe Seite 53)

Liberalisierung: die Rücknahme oder Abschwächung bisher bestehender gesetzlicher Regelungen oder anderweitiger Verordnungen und Verhaltensvorschriften (→ **Deregulierung**). Gemeint ist die Rücknahme staatlicher Auflagen, Be- und Einschränkungen in Bezug auf die wirtschaftliche Betätigung, die Herstellung oder den Handel mit Gütern und Dienstleistungen, nach außen z. B. durch den Abbau von Zöllen, Mengen- und anderen Handelsbeschränkungen. (siehe Seite 7, 8, 10, 12, 13, 18, 20, 40, 58, 60, 81, 89, 99)

Lissabon-Vertrag: Durch das Inkrafttreten des Vertrags von Lissabon gegen Ende 2009 wurde das Europäische Parlament mit erweiterten legislativen Befugnissen ausgestattet. Bei Entscheidungen über die Tätigkeit der EU und über den Haushaltsplan wurde es dem Ministerrat gleichgestellt. Durch den Vertrag wurde auch die Zusammenarbeit des Parlaments mit anderen Organen verändert und die MdEP haben nun mehr Einfluss auf die Entscheidungen über die Führungspositionen der EU. (siehe Seite 58, 60)

Lohnstückkosten: das Verhältnis von → **Arbeitskosten** und → **Arbeitsproduktivität**. (siehe Seite 71)

Lomé-Abkommen: Das Lomé-Abkommen war ein nach der togoischen Hauptstadt Lomé benanntes Abkommen der EG-Staaten mit 77 Entwicklungsländern in Afrika, Karibik und Pazifik (AKP-Staaten). Den Beziehungen der Gemeinschaft zu den ehemaligen Kolonien der EU-Staaten ist in den Gründungsverträgen zur Errichtung der EWG explizit eine Sonderrolle zugewiesen worden. Ziel der beiderseitigen Beziehungen ist eine umfassende wirtschaftliche, finanzielle, entwicklungspolitische und kulturelle Zusammenarbeit. Durch das Lomé-Abkommen verzichteten die EG/EU-Staaten im industriellen Bereich vollständig, im landwirtschaftlichen Bereich weitgehend auf Gegenpräferenzen bei Handelsabkommen. So wurde diesen Ländern ein bevorzugter Marktzugang in Europa gewährt. (siehe Seite 61)

Multilateralismus: ein System mehrseitiger Abkommen. Beispiele für multilaterale Abkommen sind internationale Umweltabkommen oder Verträge zur Gründung internationaler Organisationen wie der UN. (siehe Seite 20, 22, 26, 29, 42, 60, 96)

Neoliberalismus: Denkrichtung des Liberalismus, die eine freiheitliche, marktwirtschaftliche Wirtschaftsordnung mit den entsprechenden Gestaltungsmerkmalen wie privates Eigentum an den Produktionsmitteln, freie Preisbildung, Wettbewerbs- und Gewerbefreiheit anstrebt, staatliche Eingriffe in die Wirtschaft jedoch nicht ganz ablehnt, sondern auf ein Minimum beschränken will. (siehe Seite 58)

Ökonomisches Prinzip: Mit den gegebenen Mitteln das möglichst beste Ergebnis erzielen (Maximalprinzip) oder ein vorgegebenes Ziel mit möglichst geringem Mitteleinsatz erreichen (Minimalprinzip). (siehe Seite 35)

Plädoyer: ein Schlussvortrag in einem Strafverfahren, in dem Staatsanwalt und Verteidiger das Ergebnis der Beweisaufnahme aus ihrer Sicht zusammenfassen, nach rechtlichen Gesichtspunkten bewerten und ggf. ein Strafmaß vorschlagen. (siehe Seite 48)

Präferenzsystem, allgemeines: Das Allgemeine Präferenzsystem (= Handelsabkommen) ist ein handelspolitisches Instrument der EU und gewährt unterentwickelten Ländern Zollfreiheit bzw. Zollermäßigung bei der Einfuhr von Waren in die EU. Das entwicklungspolitische Ziel ist, die begünstigten Länder mit einem handelspolitischen Vorteil zu unterstützen. Die im Rahmen einer Verordnung gewährten

Zollpräferenzen fallen je nach begünstigten Ländern und Waren unterschiedlich aus. (siehe Seite 62, 65)

Preisstabilität: (Preisniveaustabilität, Geldwertstabilität) eines der wirtschaftspolitischen Ziele, nach dem das Preisniveau in der → **Volkswirtschaft** über einen längeren Zeitraum möglichst gleich bleiben soll. Die Inflationsrate als Größe für die prozentuale Veränderung des allgemeinen Preisniveaus soll möglichst niedrig sein. (siehe Seite 56)

Produktivität ist nicht das Gleiche wie Produktion. Mit Produktion ist die Menge der hergestellten Güter gemeint, Produktivität bezeichnet dagegen das Verhältnis von Produktionsmenge und eingesetzten Produktionsmitteln, z.B. Arbeitsstunden. Beispiel: Wenn ein Unternehmen mit weniger Arbeitsstunden die gleiche Menge an unveränderten Waren produziert wie im Jahr davor, dann ist die (Arbeits-)Produktivität gestiegen. Das Unternehmen produziert effizienter. (siehe Seite 7, 36, 68, 71, 92)

Rechtsmittel: Möglichkeiten, ein Urteil anzufechten (Berufung oder Revision). (siehe Seite 48)

Schengener Abkommen: Nach seinem Unterzeichnungsort, dem luxemburgischen Grenzort Schengen, genanntes Abkommen. Es wurde 1985 von zunächst fünf Staaten der EU abgeschlossen (Belgien, Deutschland, Frankreich, Luxemburg, Niederlande), um die Grenzkontrollen zwischen ihren Ländern grundsätzlich abzuschaffen (Ausnahmen sind möglich). Inzwischen gilt diese Regelung für alle Staaten der EU außer Großbritannien, Irland, Bulgarien, Rumänien und Zypern. Als Nicht-EU-Staaten sind dem Abkommen Norwegen, Island und die Schweiz beigetreten. (siehe Seite 53, 65)

Schöffen: ehrenamtliche Laienrichter, die grundsätzlich mit den Rechten ausgestattet sind (Fragerecht in der Hauptverhandlung, Stimmrecht bei der Urteilsfindung). (siehe Seite 48)

Schuman-Plan: am 9. Mai 1950 vom französischen Außenminister Robert Schuman vorgelegter Plan, die deutsche und französische Kohle- und Stahlindustrie (Grundlage der Rüstungsindustrie) dem nationalen Einfluss zu entziehen und einer gemeinsamen europäischen Behörde zu unterstellen. Damit sollte der Friede in Europa gesichert werden. Dieser Vorschlag führte 1951 zur Gründung der → **EGKS**. Er gilt deshalb als Beginn der europäischen Integration überhaupt. (siehe Seite 50)

Statistisches Bundesamt: eine deutsche Bundesoberbehörde im Geschäftsbereich des Bundesministeriums des Innern. Sie erhebt, sammelt und analysiert statistische Informationen zu Wirtschaft, Gesellschaft und Umwelt. (siehe Seite 70)

Streikrecht: Ein Streik ist eine vorübergehende Verweigerung der Arbeitsleistung einer verhältnismäßig großen Anzahl von Arbeitnehmern, um ein gemeinsames Ziel im Rahmen ihrer Arbeits- und Beschäftigungsverhältnisse zu erreichen. Das Recht zum Arbeitskampf für Arbeitnehmer wie für Arbeitgeber wird aus dem Grundgesetz hergeleitet. Die Teilnahme an rechtswidrigen Streiks kann eine Abmahnung und Kündigung rechtfertigen. (siehe Seite 58)

Subdienstleister: Ein Subunternehmen erbringt aufgrund eines Werkvertrages oder Dienstvertrages im Auftrag eines anderen Unternehmens (Hauptunternehmen) die gesamte oder einen Teil der vom Hauptunternehmen gegenüber dessen Auftraggeber geschuldeten Leistung. Das Subunternehmen ist rechtlich selbstständig und in der Art und Weise, wie es seinen Vertrag erfüllt, frei. (siehe Seite 58)

Subventionen (lat. subvenire: zu Hilfe kommen) sind finanzielle Hilfen ohne unmittelbare Gegenleistungen, die in der Regel von staatlichen Institutionen an private Haushalte oder Unternehmen geleistet werden. (siehe Seite 28, 42, 44, 45, 63, 69, 84, 95)

Tarifautonomie: Tarifautonomie ist das in Deutschland in Art. 9 Abs. 3 Grundgesetz verankerte Recht der Koalitionen, Vereinbarungen frei von staatlichen Eingriffen über Arbeits- und Wirtschaftsbedingungen, insbesondere Tarifverträge über Arbeitsentgelt und Arbeitszeit abzuschließen. (siehe Seite 58, 59)

Tarifverhandlungen, Tarifvertrag: der schriftliche Vertrag zwischen einem oder mehreren Arbeitgebern bzw. einem Arbeitgeberverband einerseits und einer oder mehreren Gewerkschaften andererseits (Tarifvertragsparteien) zur Regelung arbeitsvertraglicher Bedingungen (Inhalt, Abschluss und Beendigung von Arbeitsverhältnissen). (siehe Seite 58, 59, 80)

Tenor (Betonung auf der ersten Silbe!): im juristischen Kontext die Benennung der wichtigsten Rechtsfolgen in einem Urteil. In einem Strafprozess geht es dabei meist um die Frage, ob der Angeklagte freigesprochen oder zu welcher Strafe er verurteilt wird. (siehe Seite 48)

Ultimatumspiel: Eine Person erhält eine Geldsumme (z.B. 1.200,00 €), die sie einmalig beliebig auf sich und eine andere Person aufteilen darf. Der Empfänger kann die vorgeschlagene Aufteilung annehmen; dann erhalten beide die jeweils vorgeschlagenen Auszahlungen. Oder er kann sie zurückweisen; in diesem Fall erhalten beide nichts. In jedem Fall ist die einmalig vorgeschlagene Aufteilung unwiderruflich – daher der Name Ultimatumspiel. (siehe Seite 35)

Volkswirtschaft: bezeichnet die Gesamtheit aller wirtschaftlichen Beziehungen zwischen den Wirtschaftsteilnehmern wie Staat, Unternehmen, privaten Haushalten, Kreditinstituten und dem Ausland. (siehe Seite 22, 34, 35, 38, 66, 68, 74, 78, 79, 88, 92)

Vollbeschäftigung: wirtschaftliche Situation, in der das Produktionspotenzial einer → **Volkswirtschaft** ausreichend genutzt wird. Für den Arbeitsmarkt bedeutet dies z.B., dass der Beschäftigungsgrad hoch ist. Die Zahl der offenen Stellen in der Volkswirtschaft stimmt mit der Zahl der Arbeitssuchenden überein, d.h., alle arbeitswilligen Arbeitnehmer können einen zumutbaren Arbeitsplatz finden. In der Praxis wird davon ausgegangen, dass immer eine bestimmte Menge an Arbeitnehmern den Arbeitsplatz gerade wechselt (friktionelle Arbeitslosigkeit), sodass Vollbeschäftigung nicht erst bei einer Arbeitslosenquote von 0% vorliegt, sondern bereits bei 2%. Vollbeschäftigung zählt zu den wichtigsten wirtschaftspolitischen Zielen. (siehe Seite 35, 56)

Wirtschafts- und Währungsunion: Die europäische Wirtschafts- und Währungsunion (WWU) regelt die Koordinierung der Wirtschafts- und Fiskalpolitik sowie die gemeinsame Währungspolitik. Dabei ist vorgesehen, dass letztendlich alle Mitgliedstaaten, die die Voraussetzungen erfüllen, den Euro als einheitliche Währung der Union einführen. Lediglich für das Vereinigte Königreich und Dänemark gilt eine Ausnahmeregelung. (siehe Seite 52, 53, 56)

Wirtschaftswachstum: Unter Wirtschaftswachstum versteht man technisch zunächst die Änderung des Bruttoinlandsprodukts (BIP), also die in Werten ausgedrückte Summe der in einer → **Volkswirtschaft** produzierten ökonomischen Güter (Waren und Dienstleistungen), von einer Periode zur nächsten. Nominales Wirtschaftswachstum definiert das Wachstum als monetäre Änderung des BIP beziehungsweise des Bruttonationaleinkommens. Beim realen Wirtschaftswachstum wird die Preissteigerung herausgerechnet. (siehe Seite 6, 7, 26, 56, 60, 92, 93)